KB261113

제발 조용히 좀 해요

WILL YOU PLEASE BE QUIET, PLEASE?
by Raymond Carver

Copyright © Raymond Carver 1976, Tess Gallagher 1989
Korean Translation Copyright © MUNHAKDONGNE Publishing Corp., 2004
All rights reserved.

This Korean edition is published by arrangement with the Wylie Agency(UK) Ltd.

이 책의 한국어판 저작권은 the Wylie Agency(UK) Ltd.와 독점 계약한
(주)문학동네에 있습니다.
저작권법에 의해 한국 내에서 보호를 받는 저작물이므로
무단 전재 및 무단 복제를 금합니다.

제발 조용히 좀 해요

레이먼드 카버 소설 | 손성경 옮김

문학동네

메리앤에게

차례

뚱보

　　나는 친구 리타네 집에서 커피를 앞에 놓고 담배를 피워가면서 그 일에 대해 이야기하는 중이다.

　　다음은 내가 그녀에게 얘기한 내용이다.

　　허브가 그 뚱뚱한 남자를 내 담당 테이블에 앉힌 건 손님이 뜸한 어느 수요일 저녁이었어.

　　그 뚱뚱한 남자는 단정한 외모에 아주 잘 차려입고 있긴 했지만, 난 그렇게 뚱뚱한 사람은 처음 봤어. 모든 게 다 크더라구. 하지만 가장 잘 기억나는 건 손가락이야. 그 사람 테이블 가까이에 앉은 노부부의 시중을 들러 그 옆에 섰을 때 그 손가락들을 처음 보았어. 보통 사람 크기의 세 배는 되어 보이데. 길고 두껍고 말랑말랑하게 생겼어.

나는 다른 테이블의 시중도 들어야 했어. 요구가 많은 사업가 네 명이 앉은 테이블하고 남자 세 명과 여자 한 명이 앉은 테이블, 그리고 노부부의 테이블이었지. 리앤더가 그 뚱뚱한 남자에게 물을 따라주었고, 나는 그 남자가 결정할 시간을 충분히 준 다음 그 테이블로 갔어.

안녕하세요? 주문 받을까요? 내가 말했지.

리타, 그 남자는 덩치가 컸어, 정말 크더라구.

안녕하세요, 좋은 저녁이네요. 우리 이제 주문할 준비가 된 것 같은데요, 하고 그가 말했지.

그는 이런 식으로 말했어—이상하지 않니? 그리고 때때로 조금씩 쌕쌕거리는 소리를 내더라.

시저 샐러드로 시작하는 게 좋겠어요. 그러고 나서 괜찮으시다면 수프에 빵과 버터를 곁들이구요. 양고기 요리가 좋을 것 같군요. 사워크림 얹은 구운 감자하고요. 디저트는 나중에 생각하기로 합시다. 대단히 고맙습니다. 그는 그렇게 말하고는 내게 메뉴를 건넸어.

세상에, 리타, 그 손가락이라니.

나는 서둘러 주방으로 가서 루디에게 주문서를 내밀었어. 그는 인상을 쓰면서 그것을 받았어. 너도 알잖아. 그 사람 일할 때면 늘 그런 얼굴이지.

주방을 나오는데 마고가—마고 얘기 한 적 있지? 루디 쫓아다 닌다는 애—그애가 묻는 거야, 저 뚱땡이 누구니? 라고. 그 사람 진짜 뚱보야.

그런데 그건 약과였어. 얘긴 이제부터 시작이라구.

나는 그의 테이블에서 시저 샐러드를 만들었어. 그는 내 행동을 하나도 빼놓지 않고 지켜보면서 빵조각마다 버터를 발라 옆에 쌓아두더라. 그 쌕쌕거리는 소리를 계속 내면서 말이야. 어쨌든 너무 긴장을 했는지 어쨌는지, 내가 그 사람 물컵을 엎어버렸어.

정말 죄송합니다. 급하게 하다보면 언제나 이런 일이 생겨요. 정말 죄송해요. 괜찮으세요? 웨이터한테 빨리 치우라고 하겠습니다, 내가 그랬지.

괜찮아요, 됐어요. 걱정 마세요, 우린 괜찮아요. 그가 쌕쌕거리면서 대답했어.

그러고는 내가 리앤더를 부르러 가는데 미소를 지으면서 손을 흔들더라. 샐러드를 다시 서빙하려고 돌아와보니 그 뚱보 남자, 버터 바른 빵을 다 먹어버렸더라구.

조금 있다가는 빵을 더 갖다줬는데, 그새 샐러드를 다 먹었더군. 시저 샐러드가 얼마나 양이 많은지 알지?

정말 친절하시네요. 이 빵, 정말 맛있습니다, 그러더라.

고맙습니다, 내가 그랬지.

어, 아주 훌륭해요. 진심입니다. 우린 이런 빵을 자주 먹지 못해요.

어디서 오셨어요? 전에 뵌 적이 없는 것 같아서요.

보고 잊어버릴 수 있는 그런 사람이 아니네, 리타가 킬킬거리면서 끼어들었다.

덴버요.

난 호기심이 일었지만 더이상 아무 말도 하지 않았어.

잠시 후면 수프가 나올 겁니다, 나는 그렇게 말하고 이것저것 시키는 게 많던 사업가 네 명의 테이블을 마무리하러 갔지.

그 남자 수프를 가지고 가보니 빵이 또 다 없어진 거야. 마지막 빵조각을 막 입에 밀어넣고 있더라.

정말이지 우린 늘 이렇게 먹지는 않는답니다, 우릴 너그럽게 이해해주셔야 해요. 그는 그렇게 말하고는 쌕쌕거렸어.

아, 그런 건 신경 쓰지 마세요. 전 남자들이 맛있게 먹는 걸 보는 게 좋은 걸요.

글쎄요, 그걸 그렇게 생각하시는군요, 그러고는 쌕쌕거리더니, 냅킨을 바로 놓고 숟가락을 들었어.

맙소사, 정말 뚱뚱하네! 리앤더가 말했어.

저 사람도 어쩔 수 없어, 그러니 그만 해, 내가 대꾸했어.

나는 빵을 또 한 바구니 가져다놨어. 버터도 더 가져갔지.

수프 어땠어요? 내가 물었어.

고마워요. 맛있었어요. 아주 좋았어요. 그는 입술을 닦고 턱을 가볍게 두드렸어.

여기가 더운가요, 아니면 저만 그런가요? 그가 묻더군.

아니에요, 더워요.

우린 코트를 벗어야겠어요.

그러세요. 편안해야죠.

맞습니다, 진짜로 맞는 말입니다.

그렇지만 조금 후에 보니 그 남자, 여전히 코트를 입고 있더라.

여러 명씩 있던 테이블의 손님들도 갔고 노부부도 갔지. 식당이 비어가고 있었어. 내가 그 뚱뚱한 남자에게 양고기 요리와 구운 감자, 그리고 빵과 버터를 더 가지고 갔을 때, 손님은 그 사람밖에 없었어.

나는 그 사람 감자 위에 사워크림을 듬뿍 얹어줬어. 크림 위에는 베이컨과 산파를 뿌렸지. 빵과 버터도 더 가지고 갔고.

뭐 불편한 건 없으신지요? 내가 물었지.

없어요, 그러면서 쌕쌕거리더라.

아주 훌륭해요, 고마워요, 그러고는 또 쌕쌕거리고.

맛있게 드십시오, 하면서 나는 설탕 단지 뚜껑을 열고 안을 들여다봤어. 그는 고개를 끄덕이고는 내가 자리를 뜰 때까지 계속 나를 쳐다봤어.

내가 뭔가를 찾고 있다는 건 알고 있었지. 근데 그게 뭔지 모르겠더군.

저 늙은 뚱뗑이, 어떻게 하고 있어? 널 무척 부려먹을 참인가본데, 하고 해리엇이 말했어. 너, 해리엇 알지?

디저트로는 그린 랜턴 스페셜이 있는데, 소스를 얹은 푸딩 케이크가 나오죠, 아니면 치즈 케이크나 바닐라 아이스크림, 파인애플 셔벗이 있습니다, 하고 내가 말했어.

우린 당신을 기다리게 해서는 안 되겠죠? 그가 쌕쌕거리며 걱정스러운 표정으로 말했어.

괜찮습니다, 상관없어요. 천천히 주문하세요. 결정하실 동안 커피를 더 갖다드리죠.

솔직하게 말씀드리죠, 하면서 그는 자리에서 몸을 움직였어.

우린 그 스페셜 디저트를 먹겠어요, 그렇지만 바닐라 아이스크림도 한 접시 먹을 수 있겠어요. 괜찮으시다면 초콜릿 시럽을 딱 한 방울만 떨어뜨려서요. 말씀드렸지만 우린 배가 고팠거든요.

나는 주방으로 가서 직접 그 사람 디저트를 챙겼어. 그런데 루디가 그러는 거야, 해리엇이 그러는데 당신 서커스단의 뚱보를 받았다며? 사실이야?

루디는 앞치마와 모자를 벗고 있었어, 내 말이 무슨 뜻인지 알 거야.

루디, 저 사람은 뚱뚱해, 그렇지만 그게 다는 아니야.

루디는 웃기만 했어.

이 여자, 뚱땡이를 좋아한다는 얘기 같군.

그때 막 주방으로 들어온 조앤이 말했어, 조심하는 게 좋아, 루디.

질투가 나는군, 루디가 조앤에게 대답했어.

나는 스페셜 디저트를 그 뚱뚱한 남자 앞에 내려놓고 초콜릿 시럽을 뿌린 바닐라 아이스크림을 담은 큰 그릇을 그 옆에 놓았어.

고마워요.

천만에요, 라고 대답하는데 어떤 감정이 엄습하는 거야.

어떻게 생각하실지 모르지만 우린 언제나 이렇게 먹지는 않아요.

전 먹어도 먹어도 살이 안 쪄요. 살이 찌면 좋겠는데.

안 돼요. 선택을 할 수 있다면 찌지 않는 게 좋아요. 하지만 선택의 여지가 없지요.

그리고 그는 숟가락을 들고 먹었어.

그러곤? 얘기가 점점 재밌어지는데? 내 담배를 하나 뽑아 불을 붙이고 의자를 탁자 가까이로 끌어당기며 리타가 묻는다.

그게 다야. 더는 없어. 그 사람, 디저트를 먹고 갔어. 루디와 나도 집으로 갔고.

망할 놈의 뚱땡이. 피곤할 때면 늘 그러듯이 기지개를 켜면서 루디가 그렇게 말하더군. 그러고는 그냥 웃고 텔레비전 보는 데 열중했어.

나는 차를 마시려고 물을 올려놓고 샤워를 했어. 그러면서 한 손을 허리에 얹고 생각했지. 만일 내게 아이들이 있는데 그중 하나가 그 사람처럼 된다면, 그렇게 뚱뚱해진다면 어떤 일이 생길까 하고 말이야.

나는 물을 찻주전자에 따르고 찻잔이랑 설탕 단지랑 우유를 반 섞은 크림 한 통을 쟁반에 담아서 루디에게 가져갔어. 루디 역시 그 일을 내내 생각하고 있었던지 이런 말을 했어.

내가 어렸을 때 뚱뚱한 애가 한둘 있었지. 정말 뚱뚱했어. 그야말로 굴러다녔지. 그애들 이름은 기억이 안 나. 그중 한 아이는 뚱보라는 이름만 가지고 있었어. 우린 그애를 뚱보라고 불렀지. 우리 옆집에 사는 애였어. 이웃이었지. 다른 애는 나중에 이사 왔어. 그애 이름은 뒤뚱발이였어. 선생님들만 빼놓고 모두 그렇게 불렀어. 뒤뚱발이와 뚱보. 그애들 사진이 있으면 좋았을걸.

난 할말이 생각나지 않았어. 그래서 우린 그냥 차를 마셨고 나는 곧 일어나서 자러 갔어. 루디도 일어나서 텔레비전을 끄고 현관문을 잠그고 옷을 벗기 시작했지.

나는 침대에 들어가서 가장자리에 딱 붙어 배를 깔고 누웠어. 그런데 불을 끄고 침대로 들어오자마자 루디가 시작하는 거야. 나는 원치 않았지만 바로 누워서 몸의 힘을 뺐어. 그런데 바로 그거였어. 그가 내 위로 올라왔을 때 난 갑자기 내가 뚱뚱하다고 느낀 거야. 내가 끔찍하게 뚱뚱하다고, 너무 뚱뚱해서 루디가 조그맣게 되어버리고 날 제대로 안지도 못한다고.

말도 안 돼, 라고 리타가 말하지만 나는 그녀가 그걸 어떻게 생각해야 할지 알 수 없어한다는 걸 알 수 있다.

나는 우울해진다. 하지만 그녀와 그 얘기를 계속 하지는 않을 것이다. 벌써 그녀에게 너무나 많은 것을 말했다.

그녀는 우아한 손가락으로 머리카락을 매만지면서 기다리고 앉아 있다.

뭘 기다리는 걸까? 난 알고 싶다.

8월이다.

내 인생은 변할 것이다. 나는 그것을 느낀다.

이웃 사람들

빌과 알린 밀러는 행복한 부부였다. 그러나 때로 그들은 그들이 속한 그룹에서 어쩐지 자기들만 별볼일 없이 사는 것 같다고 느꼈다. 빌은 부기 업무에 매달리고, 알린은 비서의 잡무에 파묻혀 지내면서 말이다. 그들은 가끔씩 그것에 대해 이야기했다. 대개는 이웃인 해리엇과 짐 스톤 부부의 삶과 비교해볼 때의 얘기였다. 밀러 부부에게는 스톤 부부가 더 충만하고 빛나는 삶을 사는 듯이 보였다. 스톤네는 저녁때면 언제나 외식을 했고, 집에 손님을 초대했으며, 짐의 일과 관련하여 국내 여기저기를 여행하고 다녔다.

스톤 부부는 밀러네와 복도 하나를 사이에 두고 살았다. 짐은 기계 부품 회사의 세일즈맨이었는데 종종 일과 유람을 결합하는 재주를 부렸고, 이번에는 부부가 함께 열흘 동안 여행을 하며 친척들을 만난다면서 먼저 샤이엔으로 갔다가 그 다음에는 세인트루이스를 방문한다고 했다. 그들이 여행 가고 없을 때면 밀러 부부는 스톤네 아파트를 보살피고, 고양이 키티에게 먹이를 주고, 나무에 물을 주곤 했다.

빌과 짐이 차 옆에서 악수를 했고, 해리엇과 알린은 서로 팔을 잡고 입술에 가볍게 키스를 했다.

"즐겁게 지내세요."

빌이 해리엇에게 말했다.

"그럴게요, 두 분도 즐겁게 지내요."

해리엇이 인사했다. 알린이 고개를 끄덕였다.

짐이 그녀에게 윙크했다.

"잘 있어요, 알린. 남편 잘 돌보세요."

"네."

알린이 대답했다.

"잘 지내요."

빌이 말했다.

"물론이죠. 다시 한번 감사드려요, 두 분."

짐이 빌의 팔을 가볍게 치며 말했다.

스톤 부부는 차를 몰고 멀어지면서 손을 흔들었고, 밀러 부부도 손을 흔들었다.

"아, 저게 우리였으면."

빌이 말했다.

"우리도 휴가를 쓸 수 있잖아요."

알린이 대답했다. 아파트로 올라가는 계단에서 그녀는 그의 팔을 잡아 자기 허리에 감았다.

저녁식사 후에 알린이 말했다.

"잊지 마세요. 키티는 첫째날 밤엔 간(肝) 맛이 나는 먹이를 먹어요."

그녀는 작년에 해리엇이 산타페에서 사다준 수제 식탁보를 접으면서 부엌 문간에 서 있었다.

스톤네 아파트로 들어가면서 빌은 숨을 깊이 들이쉬었다. 집 안 공기는 벌써 탁해져 있었고 달콤한 향기가 희미하게 떠돌았다. 텔레비전 위에 걸린 해 모양의 시계가 여덟시 반을 가리키고 있었다. 그는 해리엇이 그 시계를 가지고 왔던 때를 기억한다. 그녀는 알린에게 그것을 보여주려고 복도를 건너와서는 티슈로 덮인 시계의 황동 외장을 안고 흔들면서 마치 그것이 아기라도 되는 양 시계에게 말을 걸었다.

키티는 그의 슬리퍼에 얼굴을 부비고는 옆으로 드러누웠으나,

그가 부엌으로 가서 반짝이는 싱크대 위에 쌓여 있는 깡통 중에서 하나를 고르자 재빨리 뛰어올랐다. 그는 고양이가 얌전하게 먹이를 먹도록 놔두고 욕실로 갔다. 그는 거울에 비친 자기 얼굴을 바라보다가 눈을 감았다. 그러고는 다시 바라보았다. 그는 약장을 열고 알약 통 하나를 찾아냈다. 통에 붙은 종이에는 '해리엇 스톤. 지시대로 하루 한 알' 이라고 씌어 있었다. 그는 약통을 자기 주머니에 집어넣었다. 그런 다음 부엌으로 돌아와 물주전자를 꺼내어 거실로 갔다. 화분에 물을 준 다음 주전자를 바닥의 깔개 위에 놓아두고 술을 넣어둔 장을 열었다. 뒤쪽에 놓인 시바스 리갈 병을 꺼내어 두 잔을 따라 마신 후, 소매로 입술을 닦고 술병을 장 안에 도로 넣었다.

키티는 소파 위에서 자고 있었다. 그는 불을 끄고 천천히 문을 닫은 후 잘 잠겼는지 확인했다. 뭔가 놓고 온 것 같은 기분이 들었다.

"왜 그렇게 시간이 걸렸어?"

알린이 물었다. 그녀는 다리를 옆으로 하고 앉아 텔레비전을 보고 있었다.

"별거 아니야. 키티랑 노느라구."

그렇게 말하고 그는 그녀에게 다가가서 가슴에 손을 얹었다.

"가서 잡시다."

다음날 빌은 오후에 주어진 이십 분의 휴식 시간 중 십 분만 쓰고는 다섯시 십오 분 전에 퇴근했다. 그가 주차장에 차를 세웠을 때 알린은 막 버스에서 뛰어내리고 있었다. 그는 그녀가 건물 안으로 들어갈 때까지 기다렸다가 계단으로 달려올라가 그녀가 엘리베이터에서 내릴 때 붙잡았다.

"빌! 세상에, 놀랐잖아요. 일찍 왔네."

그는 어깨를 으쓱했다.

"할 일이 없어서."

알린은 그가 문을 열도록 자신의 열쇠를 건넸다. 그는 그녀를 따라 들어가기 전에 복도 건너편 문을 한 번 바라보았다.

"침대로 가자."

"지금? 요즘 왜 그래?"

그녀가 웃었다.

"아무것도 아냐. 옷 벗어."

그는 어색한 태도로 갑자기 그녀를 붙잡았다.

"이런, 빌."

그는 자기 허리띠를 풀었다.

나중에 그들은 중국 음식을 주문했고, 음식이 배달되자 말 한마디 없이 허겁지겁 먹어치우고는 레코드를 들었다.

"키티 먹이 주는 거 잊지 마."

그녀가 말했다.

"지금 그 생각을 하고 있었어. 곧 가볼게."

그는 고양이에게 생선맛 깡통을 골라주고는 주전자에 물을 채워 나무에 뿌렸다. 부엌에 돌아와보니 고양이는 보금자리 상자 안의 바닥에 깔린 천을 긁어대고 있었다. 고양이는 그를 한참 쳐다보더니 다시 바닥을 긁기 시작했다. 그는 찬장문을 전부 열고 깡통 제품이며 시리얼, 포장된 식품, 칵테일과 와인 잔들, 도자기, 냄비, 팬을 꼼꼼히 살폈다. 그리고 냉장고를 열어 셀러리 냄새도 맡고 체다 치즈도 두 입 베어먹었다. 그는 사과를 씹으면서 침실로 들어갔다. 부드러운 흰색 침대보가 바닥까지 늘어져 있어서 침대가 아주 커 보였다. 그는 침대 옆 작은 탁자의 서랍 하나를 열어보고 반쯤 빈 담뱃갑 하나를 발견하고는 그것을 자기 주머니에 쑤셔넣었다. 그러고는 벽장으로 가서 문을 열고 있는데 현관문을 두드리는 소리가 들렸다.

그는 현관으로 가는 길에 욕실에 들어가 변기 물을 내렸다.

"뭐 하고 있었어요? 온 지 한 시간이 지났어."

알린이 물었다.

"정말이야?"

"그래."
"화장실에 좀 가느라고."
"집에서 가면 되잖아요."
"너무 급해서."
그날 밤 그들은 또다시 사랑을 나누었다.

아침에 그는 알린이 전화로 깨워서야 일어났다. 그는 샤워를 하고 옷을 입고 간단히 식사를 했다. 그리고 책을 한 권 읽기 시작하려고 했다. 산책을 나가자 기분이 좀 나아졌다. 그러나 잠시 후 그는 여전히 주머니에 두 손을 넣은 채 아파트로 돌아왔다. 그는 고양이가 돌아다니는 소리가 들리기를 은근히 기대하면서 스톤네 문 앞에 멈추어 섰다. 그러더니 자기 집으로 들어가서 부엌에서 열쇠를 찾았다.

그 집은 자기 집보다 더 시원하고 어둑한 것 같았다. 거실의 나무들이 공기가 서늘한 것과 관계가 있는 것이 아닐까 하고 그는 생각했다. 그는 창문을 내다보고 나서 천천히 이 방 저 방 돌아다녔다. 그러면서 눈에 띄는 것은 모두, 한 번에 하나씩 주의 깊게 살폈다. 그는 재떨이 몇 개와 가구와 부엌의 그릇들, 그리고 시계를 보았다. 그는 모든 것을 살펴보았다. 마지막으로 그는 침실로 들어갔다. 발치에 고양이가 나타났다. 그는 고양이를 한 번 토닥여주고는 안아서 욕실에 들여놓고 문을 닫았다.

그는 침대에 누워 천장을 쳐다보았다. 잠시 눈을 감은 채 누워 있다가 한 손을 허리띠 밑으로 넣었다. 그리고 오늘이 무슨 요일인지 기억해내려고 애썼다. 스톤네가 언제 돌아오기로 되어 있는지도 기억해내려고 애썼다. 그들이 돌아오기는 할 것인지 궁금했다. 그들의 얼굴도, 말하는 품이나 옷 입는 방식도 기억이 나지 않았다. 그는 한숨을 쉬고 침대에서 힘들게 굴러내려와서는 화장대에 기대어 거울에 비친 자기 얼굴을 바라보았다.

그는 벽장을 열고 하와이안 셔츠를 꺼냈다. 그리고 한참을 들여다보고 버뮤다 팬츠*를 찾아냈다. 그것은 반듯하게 다려진 채, 갈색 능직 바지 위에 걸려 있었다. 그는 자기 옷을 벗고 반바지와 셔츠를 입었다. 그리고 다시 거울을 들여다보았다. 그런 다음 거실로 가서 술을 한 잔 따라 홀짝이며 침실로 돌아왔다. 그는 파란 셔츠, 어두운 색의 양복을 입고, 파란색과 흰색이 섞인 넥타이를 매고, 앞부분에 작은 구멍이 뚫린 검은 구두를 신었다. 그리고 술잔이 비자 또 한 잔 따르러 갔다.

다시 침실로 돌아온 그는 의자에 다리를 꼬고 앉아서 거울에 비친 자기 모습을 찬찬히 뜯어보며 미소를 지었다. 전화벨이 두 번

-----

* 무릎까지 내려오는 헐렁한 반바지.

울리고 조용해졌다. 그는 잔을 비우고 양복을 벗었다. 그리고 서
랍장 맨 위칸을 뒤져 팬티 하나와 브래지어를 찾아냈다. 그는 팬
티를 입고 브래지어를 채운 다음 벽장에서 겉옷을 찾았다. 그는
검은색과 흰색의 체크무늬 스커트를 입고 지퍼를 올리려고 애썼
다. 그리고 단추를 앞에서 채우는 버건디 블라우스를 입었다. 해
리엇의 구두를 이리저리 재보았지만 맞지 않을 것 같았다. 그는
오랫동안 거실 커튼 뒤에 서서 창 밖을 바라보았다. 그러고는 침
실로 돌아가서 다 제자리에 치워놓았다.

그는 배가 고프지 않았다. 그녀도 많이 먹지 않았다. 그들은 수
줍게 서로 바라보며 미소를 지었다. 그녀는 식탁에서 일어나 열
쇠가 선반 위에 있는지 확인한 다음 재빨리 그릇을 치웠다.

그는 부엌 문간에 서서 담배를 피우며 그녀가 열쇠를 집어드는
것을 바라보았다.

"앞집에 갔다 올 테니 쉬어요. 신문을 읽든지 해요."

그녀는 열쇠를 꼭 쥐었다. 그녀는 그가 피곤해 보인다고 했다.

그는 신문의 뉴스에 정신을 집중하려고 애썼다. 그는 신문을
읽고 텔레비전을 켰다. 마침내 그는 복도를 건너갔다. 문이 잠겨
있었다.

"나야. 아직 거기 있어?"

그가 불렀다.

잠시 후 잠긴 문이 열리고 알린이 밖으로 나와 문을 닫았다.

"내가 그렇게 오래 있었어?"

"응."

"그랬어? 키티랑 노느라 그랬나봐."

그는 그녀를 찬찬히 살폈다. 그녀는 고개를 돌렸다. 그녀의 손은 아직도 문 손잡이를 잡고 있었다.

"재밌어. 이렇게 다른 사람 집에 들어가는 거 말야."

그녀가 말했다.

그는 고개를 끄덕이고 손잡이에 놓인 그녀의 손을 잡고 자기 집 문 앞으로 이끌었다. 그는 그녀를 데리고 안으로 들어갔다.

"그래, 재밌어."

그가 말했다.

그는 그녀의 스웨터 등 부분에 하얀 실이 붙어 있는 것을 보았다. 그녀의 두 뺨은 붉게 물들어 있었다. 그는 그녀의 목과 머리카락에 키스하기 시작했다. 그녀도 돌아서서 그에게 키스했다.

"오, 맙소사. 세상에, 이럴 수가."

그녀는 소녀처럼 손뼉을 쳐가면서 노래부르듯 말했다.

"방금 기억났어. 내가 앞집에 뭘 하러 갔는지 정말로 까맣게 잊고 있었어. 키티 먹이도 안 주고 나무에 물도 안 줬어. 바보 같지 않아?"

그녀는 그를 쳐다보았다.

"그렇지 않아. 잠깐만 기다려. 담배 가지고 올 테니 같이 가자."

그녀는 그가 문을 닫고 잠글 때까지 기다렸다가 그의 팔을 잡고 말했다.

"당신한테 말해야 할 것 같은데, 사진을 몇 장 발견했어."

그는 복도 가운데에서 멈춰 섰다.

"무슨 사진인데?"

"직접 봐요."

그렇게 말하면서 그녀는 그를 쳐다보았다.

"정말이야? 어디 있는데?"

그가 씩 웃었다.

"서랍에."

"놀랍군."

뒤이어 그녀가 말했다.

"어쩌면 그 사람들 안 돌아올지도 몰라."

그리고 자기가 한 말에 깜짝 놀랐다.

"그럴 수도 있지. 무슨 일이든 일어날 수 있으니까."

"아니면 돌아와서는……"

그러나 그녀는 입을 다물었다.

그들은 복도를 건너는 짧은 시간 동안 손을 잡고 있었다. 그리고 그가 말을 했을 때 그녀는 그의 목소리를 거의 알아들을 수가 없었다.

"열쇠, 나한테 줘."

"뭐?"

그녀는 문을 뚫어지게 쳐다보았다.

"열쇠 말야. 당신이 가지고 있잖아."

"이를 어째, 열쇠를 안에 놔뒀어."

그는 손잡이를 돌려보았다. 문은 잠겨 있었다. 이번에는 그녀가 손잡이를 돌려보았다. 손잡이는 돌아가지 않았다. 그녀의 입술이 벌어지고 숨소리가 거칠어졌다. 그는 두 팔을 벌렸고 그녀는 그의 품에 안겼다.

그가 그녀의 귀에 대고 속삭였다.

"걱정 마. 제발, 걱정하지 마."

그들은 그 자리에 그대로 있었다. 그들은 서로 꼭 끌어안았다. 그들은 바람에 맞서듯이 문에 기대어 서로 꼭 끌어안고 있었다.

좋은 생각

우리는 식사를 끝냈고 나는 불을 끈 채로 한 시간째 망을 보며 부엌 식탁에 앉아 있었다. 만일 그가 오늘 밤 할 거라면 바로 지금이다. 아니, 벌써 시간이 지났다. 나는 그를 사흘 밤 동안 보지 못했다. 그러나 오늘 밤엔 침실의 블라인드가 올려져 있고 불이 밝혀져 있었다.

오늘 밤일 거라는 예감이 들었다.

그때 나는 그를 보았다. 그는 티셔츠에 버뮤다 팬츠인지 수영복인지를 입은 채 망사문을 열고 자기 집 뒤쪽 현관으로 나왔다. 그는 사방을 한 번 둘러보고 현관에서 뛰어내려 어둠 속으로 숨어든 채 집 옆으로 돌아 움직이기 시작했다. 빨랐다. 지켜보고 있지 않았다면 그를 보지 못했을 것이다. 그는 불 켜진 창문 앞에 서서 안을 들여다보았다.

"번, 번, 빨리 와서 봐요! 저기 나왔어. 빨리 오라구요!"

나는 그를 불렀다.

번은 거실에 앉아서 텔레비전을 켜놓은 채 신문을 읽고 있었다. 그가 신문을 내던지는 소리가 들렸다.

"그놈한테 들키지 않게 해! 창문에 너무 가까이 가지 말라구!"

번은 언제나 그렇게 말했다. '너무 가까이 가지 말' 라고. 번은 감시하는 일을 조금은 불안해하는 것인지도 모른다. 그러나 그가 그 일을 즐긴다는 것은 알고 있다. 그가 그렇게 말했으니까.

"불을 껐으니 우릴 못 보죠."

나는 늘 그렇게 대답한다. 석 달째 이런 식이다. 정확히 말하자면 9월 3일부터다. 어쨌든 그날 밤 나는 그를 처음 보았다. 그전부터 얼마나 오랫동안 그래왔는지는 모르겠다.

그날 밤 나는 보안관에게 전화를 걸 뻔하다가 저기 밖에 있는 게 누군지 겨우 알아볼 수 있었다. 번이 내게 설명을 해줘야 했다. 그런데도 이해하는 데 시간이 좀 걸렸다. 그러나 그날 밤 이후 나는 계속 지켜봐왔고, 이제는 그가 이틀이나 사흘 밤에 한 번꼴로 나오며, 때로는 더 자주 나올 때도 있다는 걸 안다. 비가 오는 밤에도 나온 걸 본 적이 있다. 사실 비가 오면 거의 틀림없이 그를 볼 수 있다. 그러나 오늘 밤은 맑고 바람이 불었다. 달이 떠 있었다.

우리는 창 뒤에 무릎을 꿇고 앉았다. 번이 헛기침을 했다.

"저놈 좀 봐."

번이 말했다. 번은 담배를 피우고 있었는데, 필요할 때마다 재를 한쪽 손바닥에 털었다. 연기를 내뿜을 때면 담배를 창에서 멀리했다. 번은 늘 담배를 피웠다. 못 피우게 하는 건 불가능했다. 그는 잘 때도 머리맡 3인치 거리에 재떨이를 두고 잤다. 밤에 내가 깨면 그도 깨어서 담배를 피웠다.

"세상에."

번이 중얼거렸다.

잠시 후에 내가 번에게 물었다.

"저 여자한테는 다른 여자들에겐 없는 무슨 희한한 구석이라도 있는가보지?"

우리는 마룻바닥에 쭈그리고 앉아 창틀 위로 머리만 내민 채 자기 집 침실 창을 들여다보고 서 있는 한 남자를 바라보고 있었다.

"바로 저거야."

번이 말했다. 그는 바로 내 귓가에서 헛기침을 했다.

우리는 계속 지켜보고 있었다.

이젠 커튼 뒤에 사람이 있다는 걸 알아볼 수 있었다. 그녀는 옷을 벗고 있는 게 분명했다. 그러나 자세히 보이지는 않았다. 나는 눈을 가늘게 떴다. 번은 안경을 쓰고 있어서 모든 걸 나보다 더 잘

볼 수 있었다. 갑자기 커튼이 양옆으로 젖혀지더니 여자가 창을 등지고 섰다.

"저 여자, 지금 뭐 하고 있는 거지?"

나는 아주 잘 알고 있으면서도 물었다.

"세상에."

번이 중얼거렸다.

"번, 저 여자 뭐 하냐구요."

"옷 벗고 있어. 달리 뭘 하고 있다고 생각하는 거야?"

그때 침실 불이 꺼지고 남자는 집 옆으로 되돌아가기 시작했다. 그는 망사문을 열고 안으로 사라졌다. 그리고 조금 후에 나머지 불들이 꺼졌다.

번이 기침을 했다. 연거푸 기침을 하더니 머리를 흔들었다. 나는 불을 껐다. 번은 그 자리에 무릎을 꿇은 채 앉아 있었다. 그러더니 일어서서 담배에 불을 붙였다.

"언젠간 내가 자기를 어떻게 생각하고 있는지 저 쓰레기 같은 여자한테 얘기해줄 거야."

그렇게 말하면서 나는 번을 쳐다보았다. 번은 웃는 것 같았다.

"진짜야. 언젠가 슈퍼마켓에서 저 여잘 보게 되면 면전에다 대고 얘기를 해줄 거야."

"나 같으면 안 그럴걸. 도대체 뭣 때문에 그러려고 하지?"

번이 물었다.

그러나 나는 그가 내 얘기를 진담으로 여기고 있지 않다는 것을 알 수 있었다. 그는 미간을 찌푸리고 손톱을 들여다보았다. 무언가에 집중할 때면 늘 그러는 것처럼 입 안에서 혀를 둥글게 말고 눈을 가늘게 떴다. 그러더니 표정이 변했다. 그는 턱을 긁었다.

"설마 그런 짓은 안 할 거지?"

그가 물었다.

"두고 봐."

나는 대답했다.

"젠장."

나는 그를 따라 거실로 들어갔다. 우리는 안절부절못했다. 그 생각 때문이었다.

"두고 봐."

번은 피우던 담배를 커다란 재떨이에 비벼 껐다. 그는 자기 가죽 의자 옆에 서서 잠시 텔레비전을 쳐다보았다.

"아무것도 안 하는군."

번은 잠시 후 다시 말을 이었다.

"저놈, 정말로 뭔가 있는지도 몰라."

번은 담배를 또 한 대 피워 물었다.

"누가 알겠어."

"누군가 와서 내 집 창문을 들여다본다. 그러면 경찰들이 와서 그놈들을 지켜보게 될 테지. 캐리 그랜트라면 또 모를까."

번이 어깨를 으쓱했다.

"모를 일이지."

나는 식욕을 느꼈다. 부엌으로 가서 찬장을 뒤지다가 냉장고를 열었다.

"번, 뭐 먹을래요?"

내가 소리쳤다.

그는 대답이 없었다. 욕실에서 물 떨어지는 소리가 들렸다. 하지만 나는 그가 먹고 싶어할지도 모른다고 생각했다. 우리는 밤에 이 시간쯤 되면 늘 배가 고팠으니까. 나는 식탁 위에 빵과 고기 통조림을 꺼내놓고 수프 깡통 하나를 땄다. 크래커와 땅콩버터, 차가운 미트 로프, 피클, 올리브, 감자칩도 꺼냈다. 나는 식탁 위에 그것들을 전부 늘어놓았다. 그러고 나니 애플파이가 생각났다.

번은 플란넬 잠옷에 실내복을 걸치고 나왔다. 머리카락은 젖은 채 뒤로 깨끗하게 빗어넘겨져 있었고 화장수 냄새가 풍겼다. 그는 식탁 위에 놓인 것들을 바라보았다.

"황설탕을 친 콘플레이크는 어때?"

그는 그렇게 말하고는 앉아서 자기 접시 옆에 신문을 펼쳐놓았다.

우리는 밤참을 먹었다. 재떨이는 올리브 씨와 그의 담배꽁초로 가득 찼다.

다 먹고 나서 번이 씩 웃으며 말했다.

"이 좋은 냄새는 뭐지?"

나는 오븐으로 가서 녹은 치즈로 뒤덮인 애플파이 두 조각을 꺼냈다.

"근사한데."

잠시 후에 그가 말했다.

"더이상은 못 먹어. 난 자겠어."

"나도 잘 거야. 식탁은 내가 치울게요" 하고 나는 대답했다.

나는 접시 위의 남은 것들을 쓰레기통에 비우다가 개미를 보았다. 나는 자세히 들여다보았다. 개미들은 개수대 아래 배수관 밑 어딘가에서 나와서, 줄을 지어 쓰레기통 한쪽으로 올라왔다가 다른쪽으로 내려가고 있었다. 나는 서랍 하나에서 스프레이 식 개미약을 찾아내 쓰레기통 안팎과 개수대 아래 손이 닿는 데까지 뿌렸다. 그리고 손을 씻은 다음 마지막으로 부엌을 한 번 더 둘러보았다.

번은 자고 있었다, 코를 골면서. 몇 시간 후면 깨어나 욕실로 가서 담배를 피울 것이다. 침대 발치에 놓인 작은 텔레비전 화면에서는 주사선(走査線)*이 연달아 위로 올라가고 있었다.

나는 번에게 개미 얘기를 하고 싶었다.

나는 느릿느릿 잘 준비를 하고 화면을 고정시킨 다음 침대로 기어들어갔다. 번은 잠잘 때 내곤 하는 여러 가지 소리들을 냈다.

나는 잠시 텔레비전을 보았지만 프로그램은 토크쇼였고, 나는 토크쇼를 좋아하지 않았다. 나는 다시 개미들에 대해 생각하기 시작했다.

그런데 얼마 안 있어 개미들이 온 집 안에 득실거리는 상상을 하게 되었다. 나는 번을 깨워서 악몽을 꾸었다고 얘기해야 되는 것 아닐까 하고 생각했다. 그러나 그러는 대신 몸을 일으켜 개미약을 가지러 갔다. 나는 다시 개수대 밑을 들여다보았다. 개미는 한 마리도 없었다. 나는 집 안의 불이란 불은 모두 켜서 환하게 만들었다. 그리고 계속 약을 뿌렸다.

마침내 나는 부엌 창문의 블라인드를 올리고 밖을 내다보았다. 늦은 시각이었다. 바람이 불고 나뭇가지들이 서로 부딪치는 소리가 들렸다.

"저 쓰레기 같은 것."

나는 중얼거렸다.

---

* 텔레비전에서 화상(畵像)을 이루는 많은 점들로 이루어진 낱낱의 선.

"어떻게 그런 짓을!"

나는 훨씬 더 나쁜 말을 내뱉었다. 도저히 되풀이하지는 못할 말들을.

그들은 당신 남편이 아니야

얼 오버는 세일즈맨으로 현재 실직상태였다. 하지만 그의 아내 도린은 시내 변두리에 있는 24시간 커피숍에서 밤마다 종업원으로 일했다. 어느 날 밤 술을 마시다가 얼은 그 커피숍에 들러 뭘 좀 먹기로 했다. 그는 도린이 일하는 곳을 보고 싶었고 공짜로 주문할 수 있는지도 알고 싶었다.

그는 카운터에 앉아서 메뉴를 들여다보았다.

"당신 여기서 뭐 해요?"

그가 거기 앉아 있는 걸 보고 도린이 말했다.

그녀는 주문서를 주방장에게 주었다.

"얼, 뭘 주문할 거예요? 애들은 괜찮아요?"

"괜찮아. 커피하고 2번 샌드위치 중 하나를 먹겠어."

도린이 받아썼다.

"저기, 알지?"

그가 말하면서 눈을 찡긋했다.

"안 돼요. 내게 말 걸지 말아요. 나 바빠요."

얼은 커피를 마시면서 샌드위치가 나오기를 기다렸다. 양복 차림에 넥타이를 풀고 와이셔츠 깃을 열어젖힌 남자 둘이 그의 옆에 앉아서 커피를 시켰다. 도린이 커피를 따르고 가자 그중 한 사람이 옆의 남자에게 말했다.

"저 여자 엉덩이 좀 보게. 놀랍군."

다른 남자가 웃었다.

"그리 대단하진 않은데."

"내 말이 그거야."

처음 남자가 말했다.

"그렇지만 어떤 바보들은 엉덩이에 살이 많은 걸 좋아하지."

"난 아니야."

다른 남자가 말했다.

"나도 아니야. 내가 말하는 게 바로 그거라구."

처음 남자가 말했다.

도린이 얼 앞에 샌드위치를 놓았다. 샌드위치 둘레에는 감자튀김과 양배추 샐러드, 오이피클이 있었다.

"다른 건요? 우유 한 잔 줘요?"

도린이 물었다.

그는 아무 말도 하지 않았다. 그녀가 계속 거기 서 있자 그는 고개를 흔들었다.

"커피 더 갖다줄게요."

그녀는 커피 주전자를 가지고 돌아와서 그와 그 옆의 두 남자에게 따라주었다. 그러고는 접시를 하나 집어들더니 아이스크림을 가지러 갔다. 그녀는 아이스크림 통 안으로 몸을 굽히고 아이스크림을 뜨기 시작했다. 흰색 스커트가 엉덩이에 들러붙고 다리 위로 끌려올라갔다. 거들이 보였다. 분홍색이었다. 주름이 지고 창백하며 털이 약간 나 있는 허벅지와 보기 흉하게 퍼져나간 핏줄이 보였다.

얼 옆에 앉은 두 남자가 서로 눈짓을 교환했다. 그들 중 하나가 눈썹을 치켜올렸다. 다른 남자는 헤벌쭉 웃으며 도린이 숟가락으로 아이스크림 위에 초콜릿 시럽을 끼얹는 동안, 커피를 마시며 그녀를 계속 바라보았다. 그녀가 휘핑 크림 깡통을 흔들기 시작했을 때 얼은 음식을 다 먹지도 않고 일어서서 문으로 향했다. 그녀가 자기 이름을 부르는 소리를 들었으나 그는 계속 걸었다.

그는 아이들을 살펴보고 다른 침실로 들어가서 옷을 벗었다.

그는 이불을 끌어올리고 눈을 감고서 생각하기 시작했다. 격한 감정이 그의 얼굴에서 시작되어 배와 다리로 내려갔다. 그는 눈을 뜨고 베개 위에서 머리를 이리저리 굴렸다. 그러다가 옆으로 돌아누워 잠이 들었다. 도린은 아침에 아이들을 학교에 보낸 다음 침실로 들어와 블라인드를 올렸다. 얼은 벌써 깨어 있었다.

"거울 좀 들여다봐."

그가 말했다.

"네? 무슨 말을 하는 거예요?"

"당신 모습을 비춰보란 말이야."

"뭘 보란 말이에요?"

그녀가 물었다. 그러면서도 그녀는 화장대 거울을 들여다보며 어깨 위로 늘어진 머리카락을 뒤로 넘겼다.

"어때?"

"어떻다니, 뭐가요?"

"이런 말을 하고 싶진 않지만, 당신 다이어트 좀 생각해보는 게 좋을 것 같아. 진짜야. 난 심각하다구. 몇 파운드쯤은 뺄 수 있을 것 같은데. 화내지 말구."

"무슨 말을 하는 거예요?"

"말한 대로야. 당신, 몇 파운드쯤 뺄 수 있을 것 같다구. 몇 파운드만."

"전에는 그런 말 안 하더니."

그녀가 말했다. 도린은 잠옷을 엉덩이 위로 걷어올리고 몸을 돌려 배를 거울에 비춰보았다.

"전엔 그게 문제라고 생각하지 않았지."

그는 말을 골라가면서 하려고 노력했다.

도린은 잠옷을 여전히 허리 둘레에 모아쥐고서 몸을 돌려 어깨 너머로 거울을 바라보았다. 손으로 한쪽 엉덩이를 치켜올려보고 도로 놓았다.

얼은 눈을 감았다.

"내가 틀렸는지도 모르지."

"뺄 수 있을 것 같아요. 하지만 어려울 거예요."

"당신 말이 맞아, 쉽지 않을 거야. 하지만 나도 도울게."

"당신 말이 옳을지도 몰라요."

그녀는 잠옷 자락을 내려놓고 그를 처다보더니 잠옷을 벗었다.

그들은 다이어트 방법에 대해 얘기했다. 단백질 다이어트, 채식 다이어트, 자몽 주스 다이어트에 대해 얘기를 나누었다. 그러나 단백질 다이어트를 하기 위해 필요한 스테이크를 살 돈이 없다는 결론을 내렸다. 그리고 도린은 그 많은 채소들을 다 좋아하지는 않는다고 말했다. 또 자몽 주스도 그다지 좋아하지 않기 때문에 그것도 할 수 있을지 모르겠다고 했다.

“좋아, 그만두자구.”
“아니에요, 당신 말이 옳아요. 뭔가 하긴 할 거예요.”
“운동은 어떻겠어?”
“운동이라면 커피숍에서 할 만큼 하고 있어요.”
“먹는 걸 그만두는 거야. 며칠만 말이야.”
“좋아요. 해볼게요. 며칠만 해보죠. 당신이 내게 깨달음을 줬어요.”
“이걸로 결정이 난 거야.”
얼이 말했다.

그는 당좌예금 계좌의 잔액을 계산해보고 나서, 할인매장으로 차를 몰고 가 욕실용 체중계를 샀다. 그는 점원이 금전 등록기에 금액을 찍을 때 그녀를 재빨리 훑어보았다.
집에 돌아온 그는 도린에게 옷을 모두 벗고 체중계에 올라가보라고 했다. 허벅지의 핏줄이 보이자 그는 눈살을 찌푸렸다. 그는 손가락으로 그녀의 허벅지에 솟아난 핏줄 하나를 더듬었다.
“뭐 하는 거예요?”
“아무것도 아니야.”
그는 체중계를 보고 종이에 그 숫자를 썼다.
“좋아, 됐어.”

얼이 말했다.

그 다음날 그는 오후 시간의 대부분을 면접으로 보냈다. 몸집이 큰 고용주는 다리를 절면서 창고의 배관 비품들을 얼에게 보여주고는 여행을 많이 다녀야 하는데 괜찮겠냐고 물었다.

"괜찮고말고요."

얼이 대답했다.

남자는 고개를 끄덕였다.

얼은 미소를 지었다.

현관문을 열기 전부터 텔레비전 소리가 들렸다. 그가 거실로 들어오는데도 아이들은 쳐다보지도 않았다. 도린은 나갈 준비를 하고 부엌에서 스크램블드 에그와 베이컨을 먹고 있었다.

"뭐 하는 거야?"

얼이 말했다.

그녀는 뺨이 불룩해질 정도로 음식을 씹고 있다가 몽땅 다 냅킨에 뱉어냈다.

"참을 수가 없었어요."

"칠칠치 못한 사람 같으니. 먹어, 먹으라구! 더 먹어!"

그는 침실로 가서 문을 닫고 침대에 누웠다. 텔레비전 소리가 여전히 들려오고 있었다. 그는 두 손을 머리 밑에 괴고 천장을 응시했다.

그녀가 문을 열었다.

"다시 해볼게요."

도린이 말했다.

"좋아."

이틀 후 아침에 그녀가 욕실에서 그를 불렀다.

"봐요."

그녀가 말했다.

그는 체중계의 눈금을 읽었다. 그는 서랍을 열고 종이를 꺼낸 다음 다시 눈금을 읽었다. 그녀는 활짝 미소를 지었다.

"4분의 3파운드예요."

"대단해."

이렇게 말하면서 그는 그녀의 엉덩이를 두드렸다.

그는 구인광고를 읽었다. 주(州) 고용사무소에도 갔다. 그는 사나흘에 한 번씩 어딘가로 면접을 보러 갔고, 밤이면 그녀가 받아온 팁을 셌다. 그는 달러 지폐들을 식탁 위에 놓고 잘 폈다. 그리고 5센트, 10센트, 25센트짜리 주화들을 1달러씩 되게 쌓았다. 매일 아침 그는 그녀를 체중계에 올라가도록 했다.

2주가 지나자 3파운드 반이 빠졌다.

"나 조금씩 먹어요. 하루 종일 굶다가 일하면서 조금씩만 먹죠. 그게 상당한가봐요."

일 주일 후에 그녀의 몸무게는 5파운드가 줄었다. 그로부터 또 일 주일 후에는 9파운드 반이 줄었다. 옷들이 헐렁해졌다. 그녀는 새 유니폼을 사기 위해 집세 낼 돈에 손을 대야 했다.

"커피숍에서 사람들이 말이 많아요."

그녀가 말했다.

"뭐라고 하는데?"

"첫째로는 내가 너무 창백하다고요. 내가 나 같아 보이지 않는 대요. 살을 너무 많이 빼는 게 아닌가 하는 거죠."

"살 빼는 게 뭐 잘못됐나? 그 사람들 말에 신경 쓰지 마. 자기들 일이나 잘하라고 해. 그들은 당신 남편이 아니야. 그들과 함께 사는 게 아니잖아."

"그 사람들과 일을 하잖아요."

도린이 말했다.

"그렇지. 하지만 그들은 당신 남편이 아니야."

얼이 대답했다.

매일 아침 그는 욕실로 그녀를 따라 들어가서 그녀가 체중계에 올라가는 동안 기다렸다. 그는 연필과 종이를 쥔 채, 무릎을 꿇고 앉았다. 종이는 날짜와 요일과 숫자로 뒤덮여 있었다. 그는 체중계의 숫자를 읽고 종이를 들여다본 다음 고개를 끄덕이거나 입을 굳게 다물었다.

도린은 이제 침대에 누워 있는 시간이 많아졌다. 그녀는 아이들이 학교로 가고 나면 다시 침대로 돌아왔고, 일하러 나가기 전 오후 시간에 낮잠을 잤다. 얼은 집안 일을 돕고 텔레비전을 보며 그녀가 자도록 내버려두었다. 그는 장도 보았고 가끔씩 면접을 보러 갔다.

어느 날 밤, 그는 아이들을 재우고 텔레비전을 끈 다음 술을 몇 잔 마시러 가기로 했다. 바가 닫혀 있어서 그는 커피숍으로 차를 몰았다.

그는 카운터에 앉아서 기다렸다. 그를 보자 도린이 말했다.

"애들은 괜찮아요?"

얼은 고개를 끄덕였다.

그는 주문을 하면서 시간을 끌었다. 그녀가 카운터 뒤에서 왔다갔다하는 것을 계속 지켜보았다. 마침내 그는 치즈버거 하나를 주문했다. 그녀는 주문서를 주방장에게 주고 다른 사람 시중을 들러 갔다.

다른 여종업원이 커피 주전자를 가지고 와서 그의 잔에 가득 따라주었다.

"당신 친구 이름이 뭐요?"

그가 자기 아내를 고갯짓으로 가리키며 말했다.

"도린이에요."

종업원이 대답했다.

"지난번에 왔을 때하고 아주 달라 보이는데."

"전 모르겠는데요."

종업원이 대답했다.

그는 치즈버거를 먹으며 커피를 마셨다. 카운터에는 사람들이 끊임없이 와서 앉았다가 일어서서 가곤 했다. 때때로 다른 여종업원이 와서 주문을 받기도 했지만 카운터에 앉은 손님들 시중은 대부분 도린이 들었다. 얼은 자기 아내를 지켜보면서 사람들의 얘기에 귀를 기울였다. 그는 두 번 자리를 떠나 화장실에 가야 했다. 그때마다 자기가 뭔가 놓치는 게 아닐까 염려스러웠다. 두번째 다녀왔을 때 그는 자기 잔이 치워지고 다른 사람이 자기 자리에 앉아 있는 것을 보았다. 그는 카운터 한쪽 끝으로 가서 줄무늬 셔츠를 입은 늙수그레한 남자 옆의 스툴*에 앉았다.

"무슨 일이에요? 집에 가야죠."

그를 다시 보게 되자 도린이 물었다.

---

* 바 앞에 놓는 등받이가 없고 높은 의자.

"커피 좀 줘."

얼의 옆에 앉은 남자는 신문을 읽고 있었다. 그는 고개를 들어 도린이 얼에게 커피를 따라주는 것을 지켜보았다. 그는 그녀가 멀어져갈 때 흘끗 바라보고는 다시 신문으로 눈을 돌렸다.

얼은 커피를 홀짝이면서 남자가 무슨 얘기를 하길 기다렸다. 그는 안 보는 척하면서 그 남자를 계속 보고 있었다. 남자는 다 먹고 나서 접시를 옆으로 밀었다. 그리고 담배에 불을 붙이더니 신문을 접어서 앞에 놓고 계속 읽었다.

도린이 와서 접시를 치우고 남자에게 커피를 더 따라주었다.

"저 여자 어떻게 생각하세요?"

도린이 카운터 쪽으로 가자 얼은 그녀를 고갯짓으로 가리키며 남자에게 물었다.

"대단하다고 생각하지 않으세요?"

남자는 고개를 들었다. 그는 도린을 보고 얼을 쳐다보더니 다시 신문으로 눈길을 돌렸다.

"저, 어떠세요? 묻고 있지 않습니까. 멋져 보이나요, 아닌가요? 말씀 좀 해주시죠."

남자는 신문을 소리가 나게 흔들었다.

도린이 다시 카운터 이쪽 편으로 다가오자 얼은 남자의 어깨를 쿡 찌르며 말했다.

"제 말 좀 들어보세요. 자, 저 여자 엉덩이 좀 봐요. 잘 좀 보세요. 이봐요, 여기 초콜릿 선데이 하나 줘요."

얼은 도린에게 소리쳤다.

그녀는 그의 앞에 서서 한숨을 내쉬었다. 그러고는 몸을 돌려 접시 하나와 아이스크림 국자를 집어들었다. 그녀는 아이스크림 통 위로 몸을 굽히고 팔을 아래로 뻗어 국자를 아이스크림에 눌러 대기 시작했다. 도린의 스커트가 허벅지 위로 올라가자 얼은 남자를 돌아보며 한쪽 눈을 찡긋했다. 그러나 남자의 눈은 다른 여종업원의 눈길로 향하고 있었다. 남자는 신문을 옆구리에 끼고 주머니에 손을 넣었다.

다른 여종업원이 도린에게 곧장 다가갔다.

"저 인간 누구야?"

"누구?"

도린이 아이스크림 접시를 손에 든 채 주위를 둘러보며 물었다.

"저 작자."

여종업원은 얼 쪽으로 고개를 까딱해 보였다.

"저 얼간이 누구야, 대체?"

얼은 가장 멋진 미소를 지어 보였다. 그리고 그대로 있었다. 얼굴이 뒤틀리는 것을 느낄 때까지.

그러나 여종업원은 그를 꼼꼼히 뜯어보았고 도린은 천천히 머리를 흔들기 시작했다. 남자는 자기가 마시던 잔 옆에 잔돈을 놓고 자리에서 일어났지만 그 역시 도린의 대답을 기다리고 서 있었다. 그들은 모두 얼을 바라보고 있었다.

"그 사람 세일즈맨이야. 내 남편이지."

마침내 어깨를 으쓱하며 도린이 말했다. 그러고는 다 완성되지도 않은 초콜릿 선데이를 그의 앞에 내려놓고 그의 계산서를 가지러 갔다.

당신, 의사세요?

　전화벨이 울리기 시작하자 그는 파자마에 슬리퍼를 신고 가운을 걸친 차림으로 서재에서 허둥지둥 뛰어나왔다. 열시가 지났으니 전화는 아내가 건 것이리라. 그녀는 출장을 가면 매일 밤 전화를 했다. 이렇게 늦은 시간에, 몇 잔 걸치고서. 그녀는 구매담당자인데 이번 주 내내 출장중이었다.

　"여보세요, 당신이야?"

　그가 말했다.

　"누구세요?"

　어떤 여자가 물었다.

　"아니, 누구시죠? 어디 거셨어요?"

　"잠깐만요. 273에 8063이요."

여자가 대답했다.

"여기 전화번혼데요. 이 번호를 어떻게 아셨습니까?"

"모르겠어요. 퇴근해서 돌아와보니 종이에 씌어 있었어요."

"누가 쓴 거지요?"

"모르죠. 아마 베이비시터일 거예요. 그 여자가 틀림없어요."

"글쎄, 그 여자가 그걸 어떻게 알았는지 모르겠소만, 그건 내 번호요. 전화번호부에도 올라 있지 않지요. 그 종이를 그냥 버려주시면 고맙겠소. 여보세요? 내 말 들었습니까?"

"네, 들었어요."

"다른 문제는 없지요? 밤도 늦었고 나는 바쁩니다."

그렇게 퉁명스럽게 굴 생각은 아니었으나 모험을 할 수는 없는 법이다. 그는 전화 옆 의자에 앉아 말했다.

"퉁명스럽게 굴 생각은 없어요. 그저 너무 늦었고 당신이 어떻게 내 전화번호를 알게 되었는지 궁금해서 한 말입니다."

그는 대답을 기다리면서 슬리퍼를 벗고 발을 주무르기 시작했다.

"나도 모르겠어요. 말씀드린 것처럼 그 번호가 씌어 있는 걸 발견했을 뿐이에요. 다른 메모 같은 것도 없었어요. 내일 아네트를 보면— 베이비시터 말이에요— 물어봐야죠. 귀찮게 할 생각은 없었어요. 지금 막 그 번호를 발견한 것 뿐이죠. 퇴근한 후로 계속 부엌에만 있었거든요."

"괜찮습니다. 됐어요. 그 종이를 그냥 던져버리거나 하시고 잊어버리세요. 문제될 것은 없으니 걱정하지 마십시오."

그는 수화기를 한쪽 귀에서 다른쪽 귀로 옮겨 댔다.

"좋으신 분 같아요."

여자가 말했다.

"내가요? 아, 그렇게 말씀해주시니 고맙습니다."

그는 지금 전화를 끊어야 한다는 것을 알았으나 고요한 방에서 목소리를 듣는 것이 ─ 그게 자기 목소리라 해도 ─ 좋았다.

"아, 정말이에요. 난 알 수 있어요."

그는 주무르고 있던 발을 놓았다.

"이런 걸 여쭤봐도 괜찮을지 모르겠는데, 성함이 어떻게 되세요?"

"아놀드입니다."

그가 대답했다.

"그럼 이름은요?"

"아놀드가 이름입니다."

"오, 미안해요. 아놀드가 당신 이름이죠. 그럼 성은요, 아놀드? 성이 뭐죠?"

"전화 끊어야겠습니다."

"아놀드, 난 클라라 홀트예요. 그런데 당신 이름은 아놀드 뭐예요?"

"아놀드 브레이트요."

그렇게 말하고 그는 재빨리 덧붙였다.

"클라라 홀트. 좋은 이름이군요. 그런데 이제 정말 끊어야 할 것 같네요. 전화 올 데가 있어서요."

"미안해요, 아놀드. 시간을 뺏을 생각은 없었어요."

"괜찮아요. 얘기 즐거웠습니다."

"그렇게 말하다니, 참 친절한 분이세요, 아놀드."

"잠시만 수화기 좀 들고 계시겠습니까? 좀 살펴볼 게 있어서요."

그는 서재로 들어가서 시가를 하나 찾아들고 책상 위에 놓인 라이터로 시간을 한참 들여 불을 붙인 다음, 안경을 벗고 벽난로 위의 거울에 자기 모습을 비춰보았다. 전화 있는 데로 돌아왔을 때 그는 그녀가 전화를 끊었을까봐 조금 불안했다.

"여보세요?"

"네, 아놀드."

"전화를 끊었을지도 모른다고 생각했지요."

"오, 아니에요."

"당신이 내 전화번호를 가지고 있는 것에 대해서 말인데요. 걱정할 건 없을 것 같군요. 그냥 버리시면 되겠어요."

"그럴게요, 아놀드."

"저, 그러면 인사를 해야겠습니다."

"예, 그래야지요. 안녕히 주무시라고 말해야겠네요."

그는 그녀가 숨을 들이쉬는 소리를 들었다.

"제가 부담을 드린다는 건 알지만, 아놀드, 어딘가 얘기 나눌 만한 곳에서 만나면 어떨까요? 잠깐 동안요."

"불가능할 것 같은데요."

그가 대답했다.

"잠깐 동안만요, 아놀드. 당신 전화번호며 이것저것 알게 된 것 말이에요, 난 그게 굉장히 중요하게 느껴져요."

"난 노인입니다."

"오, 그럴 리가요."

"정말이에요, 난 나이가 많아요."

"우리 어디서 만날 수 없을까요, 아놀드? 저기, 난 당신에게 전부 다 말한 게 아니에요. 할말이 더 있어요."

"무슨 말이요? 그게 정확히 뭐죠? 여보세요?"

그녀는 이미 전화를 끊었다.

그가 잘 준비를 하고 있을 때 그의 아내가 전화를 했다. 약간 취해 있다는 것을 알 수 있었다. 잠시 이런저런 얘기를 했지만 그는 아까 왔던 전화에 대해서는 아무 말도 하지 않았다. 나중에 그가 자려고 이불을 젖히고 있는데 전화가 다시 울렸다.

그는 수화기를 들었다.

"여보세요. 아놀드 브레이트입니다."

"아놀드, 전화가 끊겼어요. 아까 말씀드렸듯이, 우리가 만나는 건 정말 중요한 일이라고 생각해요."

다음날 오후, 그가 열쇠구멍에 막 열쇠를 밀어넣는데 전화벨이 울렸다. 그는 가방을 내던지고 모자며 코트며 장갑 차림 그대로 탁자로 가서 수화기를 들었다.

"아놀드, 또다시 성가시게 해서 죄송해요. 오늘 밤 아홉시나 아홉시 반쯤에 우리집에 오셔야겠어요. 그래줄 수 있겠어요, 아놀드?"

그녀가 자기 이름을 부르는 것을 듣고, 그는 마음이 움직였다.

"그럴 수 없소."

"제발, 아놀드. 중요한 일이에요. 그렇지 않으면 이렇게 부탁하지도 않았을 거예요. 세릴이 감기로 앓고 있고, 아들아이 때문에 걱정이 돼서 오늘 밤은 집을 비울 수가 없어요."

"당신 남편은요?"

그는 기다렸다.

"난 결혼하지 않았어요. 오실 거죠?"

"약속할 수 없어요."

"이렇게 부탁할게요."

그녀는 그렇게 말하더니 재빨리 그에게 주소를 알려주고는 전화를 끊었다.

"이렇게 부탁할게요."

그는 수화기를 붙든 채 여자의 말을 되뇌었다. 그는 천천히 장갑을 벗고 코트도 벗었다. 그는 조심해야 한다고 느꼈다. 그는 씻으러 갔다. 욕실 거울을 들여다보았을 때 그는 자기가 아직도 모자를 쓰고 있음을 알았다. 그 순간 그는 그녀를 만나러 가기로 마음먹었다. 그는 모자와 안경을 벗고 얼굴에 비누칠을 했다. 그리고 손톱을 점검했다.

"이 길이 맞는 게 분명해요?"

그는 운전사에게 물었다.

"이 길이 맞아요. 저기가 그 건물이고요."

운전사가 대답했다.

"계속 가요. 이 블록 끝에서 내려주시오."

그는 운전사에게 요금을 치렀다. 위층 창문에서 나온 불빛이 발코니를 비추고 있었다. 난간마다 꽃이 심긴 사각형 화분이 놓여 있었고 여기저기에 야외용 가구도 놓여 있었다. 어느 발코니에선가 스웨트 셔츠*를 입은 덩치 큰 남자가 난간에 기대어 서서 그가 문을 향해 걸어가는 것을 지켜보고 있었다.

그는 C. 홀트라는 이름 밑의 버튼을 눌렀다. 벨이 울리는 소리가 났고, 그는 뒷걸음질쳤다가 문으로 들어갔다. 그는 층계참마다 잠깐씩 쉬면서 천천히 계단을 올라갔다. 룩셈부르크의 호텔이 생각났다. 오래 전 그와 그의 아내는 5층까지 걸어올라가야 했다. 그는 옆구리에서 갑작스런 통증을 느꼈다. 그는 심장이 멎으며 다리가 꺾이고 계단 밑까지 큰 소리를 내며 굴러떨어지는 자신을 상상했다. 그는 손수건을 꺼내 이마의 땀을 닦았다. 그러고는 안경을 벗어 알을 닦으며 심장이 잠잠해지기를 기다렸다.

그는 홀을 내려다보았다. 아파트는 아주 조용했다. 그는 그녀의 집 문 앞에 서서 모자를 벗고 가볍게 노크했다. 문이 조금 열리고 잠옷을 입은 통통한 어린 여자애의 모습이 보였다.

"아저씨가 아놀드 브레이트세요?"

아이가 물었다.

"그래. 엄마 집에 계시니?"

"엄마가 아저씨 들어오시랬어요. 그리고 엄마는 기침할 때 먹

---

* 두꺼운 면직물로 만든 운동용 티셔츠.

는 시럽하고 아스피린 좀 사러 약국에 갔다고 말씀드리랬어요."

그는 들어가서 문을 닫았다.

"이름이 뭐니? 네 엄마가 말씀하셨는데 내가 잊어버렸다."

아이가 아무 말도 하지 않자 그는 다시 물어보았다.

"이름이 뭐야? 셜리 아니니?"

"셰릴이에요. 셰릴."

"그래, 이제 기억난다. 그래도 거의 맞혔잖니. 그건 너도 인정해야 해."

아이는 방 저편의 조그만 방석으로 가서 앉더니 그를 쳐다보았다.

"그래, 네가 아픈 거구나?"

아이는 고개를 저었다.

"아프지 않아?"

"네."

그는 주위를 둘러보았다 황금색의 키 큰 스탠드가 방을 밝히고 있었다. 스탠드 기둥에는 커다란 재떨이와 잡지꽂이가 붙어 있었다. 텔레비전은 건너편 벽 앞에 놓여 있었다. 화면은 켜져 있었으나 소리는 낮춰져 있었다. 아파트 뒤쪽으로 좁은 복도가 연결되어 있었다. 난로가 켜져 있었고 방 안 공기는 약 냄새 때문에 답답했다. 커피 탁자 위에는 머리핀과 헤어롤이 놓여 있었고, 소파 위에는 분홍색 목욕 가운이 던져져 있었다.

그는 다시 아이를 바라보고 눈을 들어 부엌과 발코니로 이어지는 유리문을 보았다. 문은 약간 열려 있었다. 스웨트 셔츠를 입고 있던 덩치 큰 남자를 떠올리자 오싹한 한기가 온몸을 훑고 지나갔다.

"엄만 잠깐 나가셨어요."

갑자기 잠에서 깬 것처럼 아이가 말했다.

그는 모자를 손에 든 채 발가락에 힘을 주고 몸을 앞으로 기울이며 아이를 응시했다.

"나는 가는 게 낫겠구나."

문에서 열쇠가 돌아가고 문이 활짝 열렸다. 그리고 작고 창백하며 얼굴에 주근깨가 있는 여자가 종이 봉지를 들고 들어왔다.

"아놀드! 뵙게 돼서 기뻐요!"

그녀는 불안한 표정으로 재빨리 그를 한 번 훑어보고는 머리를 야릇하게 좌우로 흔들면서 봉지를 들고 부엌으로 갔다. 찬장문이 닫히는 소리가 들렸다. 아이는 방석에 앉아서 그에게서 눈을 떼지 않았다. 그는 몸무게를 양쪽 다리에 번갈아 실었다가, 모자를 머리에 얹었다가 벗었다가 했다. 여자가 다시 나타났다.

"당신, 의사세요?"

그녀가 물었다.

"아니오. 천만에, 아니에요."

그가 놀라며 대답했다.

"보시다시피 세릴이 아파요. 전 물건 좀 사러 나갔다 왔어요. 왜 아저씨 코트를 받아드리지 않았니?"

아이를 돌아보면서 그녀가 말했다.

"애를 용서해주세요. 우린 손님이 오는 것에 익숙지 않아요."

"난 더 있을 수가 없습니다. 정말 오지 말아야 했는데 그랬어요."

"제발 앉으세요. 이래가지곤 얘기를 할 수가 없어요. 우선 아이한테 약부터 먹이구요. 그런 다음에 얘기할 수 있을 거예요."

"난 정말로 가야 합니다. 당신 목소리로 봐서 뭔가 급한 일이 있는 거라고 생각했어요. 그렇지만 난 정말로 가봐야 해요."

그는 자기 손을 내려다보고 자기가 힘없이 손짓을 하고 있었다는 것을 깨달았다.

"찻물을 올리겠어요."

그는 그녀가 말하는 것을 들었다. 그녀는 마치 그의 말을 듣고 있지 않았던 것처럼 말했다.

"그리고 세릴한테 약을 먹이고 나면 얘기할 수 있을 거예요."

그녀는 아이의 어깨를 감싸고 부엌으로 데리고 갔다. 그는 여자가 숟가락을 들고 약병에 붙은 설명서를 살펴본 후 뚜껑을 열고 두 번 따르는 것을 보았다.

"자, 브레이트 씨께 인사드리고 네 방으로 가거라."

그는 아이에게 고개를 끄덕여주고 여자를 따라 부엌으로 들어 갔다. 그는 그녀가 가리킨 의자에 앉는 대신, 발코니와 복도, 작은 거실을 볼 수 있는 자리에 앉았다.

"시가 한 대 피워도 되겠소?"

그가 물었다.

"네, 그러세요. 난 괜찮을 것 같아요. 부디 피우세요."

그는 피우지 않기로 했다. 그는 두 손을 무릎에 놓고 진지한 표 정을 지었다.

"나에겐 여전히 대단한 수수께끼로군요. 정말이지 이건 완전히 상례를 벗어난 일입니다."

"이해해요, 아놀드. 아마도 내가 어떻게 당신 전화번호를 알게 됐는지 듣고 싶으시겠지요?"

"네, 그렇습니다."

그들은 물이 끓기를 기다리면서 서로 마주 보고 앉아 있었다. 텔레비전 소리가 들렸다. 그는 부엌을 둘러보고 다시 발코니 쪽 으로 눈길을 돌렸다. 물이 끓기 시작했다.

"전화번호 애기를 해주려고 하셨죠?"

"뭐라고요? 죄송해요."

그는 헛기침을 했다.

"어떻게 내 전화번호를 얻게 됐는지 말해주세요."

"내가 아네트한테 알아봤어요, 그 베이비시터요. 물론 알고 계시죠? 아무튼 그녀 얘기로는 그녀가 여기 있을 때 전화가 왔는데 나를 찾더래요. 전화를 해달라며 번호를 남겼는데, 그녀가 적어놓은 게 당신 번호였어요. 내가 아는 건 그게 전부예요."

그녀는 컵 하나를 앞에 놓고 빙빙 돌렸다.

"더이상은 말씀드릴 게 없어서 죄송하군요."

"물이 끓네요."

그가 말했다.

그녀는 티스푼과 우유와 설탕을 꺼내고 티백 위로 김이 오르는 물을 부었다.

그는 설탕을 넣고 차를 저었다.

"내가 오는 게 중요한 일이라고 하셨잖습니까."

"아, 그거요, 아놀드."

그녀는 그를 외면하면서 대답했다.

"왜 그런 말을 했는지 모르겠어요. 무슨 생각으로 그랬는지 전혀 모르겠어요."

"그러면 아무 일도 없단 말인가요?"

"아뇨. 아, 제말은 그렇다고요."

그녀는 머리를 흔들었다.

"말씀하신 대로예요. 아무 일도 없어요."

"알겠소."

그는 계속 차를 저었다.

한참 있다가 혼잣말하듯이 그가 말했다.

"이상한 일이에요. 정말 이상해요."

그는 희미하게 미소를 짓고는 컵을 옆으로 밀어내고 냅킨으로 입술을 눌렀다.

"가실 거 아니죠?"

"가야죠. 집으로 전화 올 게 있어요."

"아직 안 돼요, 아놀드."

그녀는 의자를 뒤로 밀치면서 일어섰다. 그녀의 눈은 연한 초록색이었다. 그 눈은 그가 처음에 짙은 눈화장일 거라고 생각했던 무언가에 둘러싸인 채 그녀의 창백한 얼굴 깊숙이 박혀 있었다. 스스로 놀라고, 그렇게 한 것 때문에 나중에 자신을 경멸하게 되리라는 것을 알면서도 그는 일어서서 어정쩡하게 그녀의 허리에 두 팔을 둘렀다. 그녀는 잠깐 눈꺼풀을 떨다가 눈을 감으며 그가 키스를 하도록 내버려두었다.

"늦었어요."

그녀를 놓고 불안하게 외면하며 그가 말했다.

"정말 친절하십니다. 하지만 가야 해요. 차, 잘 마셨습니다."

"또 올 거죠, 아놀드?"

그는 고개를 저었다.

그녀는 문까지 그를 따라왔다. 그는 거기서 손을 내밀었다. 텔레비전 소리가 들렸다. 볼륨을 크게 해놓은 게 분명했다. 그때 다른 아이─아들이라고 했었다─가 기억났다. 그애는 어디 있지?

그녀는 그의 손을 잡고 재빨리 자기 입술에 갖다댔다.

"날 잊으면 안 돼요, 아놀드."

"잊지 않겠소, 클라라. 클라라 홀트."

"얘기 즐거웠어요."

그녀는 그의 양복 깃에 붙은 머리카락인지 실인지를 떼어냈다.

"오셔서 정말 기뻐요. 그리고 다시 오실 거라고 전 확신해요."

그는 주의 깊게 그녀를 바라보았다. 그러나 그녀는 무언가를 기억해내려는 것처럼 그의 뒤편을 응시하고 있었다.

"자─ 안녕히 가세요, 아놀드."

그렇게 말하면서 그녀는 문을 닫았다. 그의 코트 자락이 문에 낄 뻔했다.

"이상해."

계단을 내려가기 시작하면서 그는 말했다. 보도에 이르렀을 때 그는 길게 숨을 들이쉬며 잠시 멈춰 서서 건물을 돌아다보았다. 그러나 어느 발코니가 그녀의 집인지 알 수 없었다. 스웨트 셔츠를 입은 큰 남자는 난간에 조금 더 다가서며 계속 그를 내려다보고 있었다.

그는 코트 주머니에 손을 깊숙이 찔러넣고 걷기 시작했다. 집에 도착했을 때 전화가 울리고 있었다. 그는 전화벨이 그칠 때까지 손가락 사이에 열쇠를 끼운 채 방 한가운데에 숨소리도 내지 않고 서 있었다. 그러고는 가슴에 손을 살짝 대고 몇 겹으로 껴입은 옷 위로 자신의 심장 박동을 느껴보았다. 잠시 후 그는 침실로 들어갔다.

들어가는 것과 거의 동시에 전화가 다시 살아났다. 이번에는 전화를 받았다.

"아놀드, 아놀드 브레이트입니다."

"아놀드? 세상에, 오늘 밤엔 격식을 차리는군요!"

목소리에 힘을 주며 비꼬듯이 그의 아내가 말했다.

"아홉시부터 전화를 했어요. 밖에서 흥청망청하는 거예요, 아놀드?"

그는 말없이 그녀의 목소리를 가늠해보았다.

"듣고 있어요, 아놀드? 당신 목소리 같지가 않네요."

그녀가 말했.

아버지

아기는 흰색 보닛을 쓰고 아기용 잠옷을 입은 모습으로 침대 옆 바구니에 누워 있었다. 바구니에는 새로 칠을 하고 담청색 리본을 여기저기 묶어놓았고, 파란색 조각이불을 깔아놓았다. 세 명의 어린 누나들과 막 침대를 벗어난, 아직 몸이 정상이 아닌 엄마, 그리고 할머니가 아기를 둘러싸고 서서 아기가 그들을 쳐다보며 때로 주먹을 입으로 가져가는 모습을 지켜보고 있었다. 아기는 미소를 짓거나 웃지는 않았으나 가끔씩 누나들 중 하나가 그의 턱을 만질 때면 눈을 깜박이면서 혀를 입술 사이로 내밀곤 했다.

아버지는 부엌에 있었고, 그들이 아기와 노는 소리를 들을 수 있었다.

"아가야, 넌 누굴 사랑하니?"

필리스는 아기의 턱을 간질이며 물었다.

"아기는 우리를 모두 사랑해. 하지만 아빠를 정말 사랑해. 왜냐하면 아빠의 아기니까!"

필리스가 스스로 대답했다.

할머니가 침대 가장자리에 걸터앉으며 말했다.

"저 조그만 팔 좀 봐! 정말 통통하구나. 그리고 저 작은 손가락들이라니! 꼭 자기 엄마를 닮지 않았니."

"정말 사랑스럽죠?"

어머니가 말했다.

"우리 아기, 건강하기도 하지."

그녀는 몸을 굽혀 아기의 이마에 키스하고 한쪽 팔 위를 덮고 있는 이불을 쓰다듬었다.

"우리도 아기를 사랑한단다."

"그런데 아기가 누굴 닮았어요? 누굴 닮았어요?"

앨리스가 소리쳤다. 그들은 아기가 누굴 닮았는지 보려고 모두 바구니로 더 가까이 다가갔다.

"눈이 예뻐요."

캐롤이 말했다.

"아기들은 다 눈이 예뻐."

필리스가 대답했다.

"자기 할아버지 입술을 빼닮았어. 저 입술 좀 봐라."

할머니가 말했다.

"전 모르겠어요…… 그렇게 보이지 않는데요."

엄마가 말했다.

"코요! 코는요!"

앨리스가 소리쳤다.

"코가 어때서?"

엄마가 물었다.

"누구 코를 닮은 것 같은데."

아이가 대답했다.

"아니, 모르겠어. 그런 것 같지 않아."

어머니가 말했다.

"입술이……"

할머니가 중얼거렸다.

"요 작은 손가락은……"

할머니는 소매를 젖혀 아기의 손을 빼내어 손가락을 펴보며 말

했다.

"아기가 누굴 닮았어요?"

"아무도 안 닮았어."

필리스가 말했다. 그러자 그들은 더 가까이 다가섰다.

"알겠어요! 알겠어요!"

캐롤이 말했다.

"아빠 닮았어요!"

그들은 아기를 더 자세히 들여다보았다.

"그런데 아빤 누구 닮았어요?"

필리스가 물었다.

"아빤 누굴 닮았어요?"

앨리스가 되풀이했다. 그들은 일제히 아버지가 등을 보인 채 식탁에 앉아 있는 부엌 쪽으로 고개를 돌렸다.

"웬걸, 아무도 안 닮았어!"

필리스가 말하고 울먹이기 시작했다.

"쉿."

할머니는 외면하더니 다시 아기를 바라보았다.

"아빠는 아무도 안 닮았어!"

앨리스가 말했다.

"그렇지만 아빠도 누군가를 닮아야 해."

바구니에 매인 리본 중 하나로 눈물을 닦으면서 필리스가 말했다. 할머니를 제외한 모든 사람이 식탁에 앉아 있는 아버지를 바라보았다.

그가 의자에 앉은 채 뒤를 돌아보았다. 그의 얼굴은 하얗고 표
정이 없었다.

아무도 아무 말도 하지 않았다

나는 부모님들이 부엌에서 이야기하는 것을 들을 수 있었다. 무슨 말을 하고 있는지는 들리지 않았지만 싸우고 있다는 것은 알 수 있었다. 그러다가 조용해지더니 엄마가 울기 시작했다. 나는 조지를 팔꿈치로 찔렀다. 나는 그가 잠을 깨어 부모님이 미안해하면서 싸움을 그치도록 한마디쯤 해줄 거라고 생각했다. 그러나 조지는 정말 멍청한 놈이었다. 발길질을 하면서 소리를 지르기 시작한 것이다.

"건드리지 마, 이 자식아. 가만 안 둘 거야!"

"이 멍청한 닭똥 같은 놈아. 한 번만이라도 좋으니 상황 파악 좀 할 수 없어? 둘이 싸우고 엄마가 울잖아. 들어봐."

그는 베개에서 머리를 들고 귀를 기울였다.

"아, 몰라"

그는 이렇게 말하고 벽 쪽으로 돌아눕더니 다시 잠이 들었다. 조지는 정말 못 말리는 멍청이다.

조금 있다가 나는 아빠가 버스를 타러 나가는 소리를 들었다. 아빠는 현관문을 쾅 닫고 나갔다. 엄마는 아빠가 가정을 깨뜨리고 싶어한다고 전에 내게 얘기했었다. 그러나 나는 듣고 싶지 않았다.

잠시 후 엄마가 학교 가라고 우리를 깨우러 왔다. 엄마의 목소리는 글쎄, 좀 이상야릇했다. 나는 배가 아프다고 했다. 10월 첫째 주였고 나는 아직까지 한 번도 학교를 빠진 적이 없었다. 그러니 엄마인들 무슨 말을 하겠는가? 엄마는 나를 바라보았지만 딴 생각을 하고 있는 것 같았다. 조지도 잠에서 깨어 듣고 있었다. 그애가 침대에서 움직이는 모양을 보면 깨어 있다는 것을 알 수 있었다. 그는 상황이 어떻게 되어가는지 보려고 기다리고 있다. 그런 다음 움직이려는 것이다.

"좋아."

엄마가 고개를 저었다.

"나도 모르겠다. 그럼 집에 있거라. 하지만 텔레비전은 안 된다. 알겠지."

조지가 몸을 일으켰다.

"나도 아파요."

그가 엄마에게 말했다.

"난 머리가 아파요. 저놈이 밤새 날 때리고 차고 했거든요. 잠을 하나도 못 잤어요."

"그만 해! 넌 학교에 가, 조지! 집에 남아서 하루 종일 네 동생이랑 싸우게 놔둘 수는 없어. 일어나서 옷을 입거라. 농담 아니야. 오늘 아침엔 또 싸우고 싶지 않다."

조지는 엄마가 방을 나갈 때까지 기다렸다. 그리고 침대 발치로 기어내려갔다.

"나쁜 새끼."

그는 이렇게 말하며 내 이불을 몽땅 벗겨냈다. 그리고 잽싸게 욕실로 들어갔다.

"죽여버릴 거야!"

나는 소리쳤지만 엄마가 들을까봐 그리 큰 소리는 내지 않았다.

나는 조지가 학교에 갈 때까지 누워 있었다. 엄마가 출근할 준비를 하기 시작했을 때 나는 소파에 이불을 깔아줄 수 있겠느냐고 엄마에게 물었다. 나는 공부를 하고 싶다고 말했다. 커피 탁자 위에는 생일 선물로 받은 에드거 라이스 버로스*의 책들과 사회책

이 있었다. 그러나 읽고 싶은 생각은 없었다. 나는 텔레비전을 볼 수 있게 엄마가 어서 나가줬으면 싶었다.

엄마가 변기 물을 내렸다.

나는 더이상 기다릴 수가 없었다. 그래서 텔레비전을 켜고 소리를 죽였다. 그리고 부엌으로 가서 엄마가 놓아둔 담뱃갑에서 담배 세 개비를 흔들어 꺼냈다. 나는 꺼낸 담배를 찬장에 넣어두고 소파로 돌아와서 『화성의 공주』*를 읽기 시작했다. 엄마는 욕실에서 나와서 텔레비전을 한 번 쳐다봤으나 아무 말도 하지 않았다. 나는 책을 펴놓고 있었다. 엄마는 거울 앞에서 머리를 매만지고 부엌으로 들어갔다. 엄마가 나왔을 때 나는 다시 책 위로 고개를 숙였다.

"늦었다. 잘 있거라, 애야."

엄마는 텔레비전 얘기를 꺼내지 않을 것이다. 어젯밤에 엄마는 "화가 나지" 않은 채로 일하러 나간다는 게 어떤 것인지 이젠 더이상 알 수 없을 것 같다고 말했다.

"아무것도 데우거나 하지 말거라. 가스불을 켤 일도 없을 거야. 배가 고프면 아이스박스에 참치가 있으니 먹어라."

---

* 버로스의 SF 소설.

엄마는 나를 바라보았다.

"그렇지만 배가 아프다면 아무것도 먹지 말아야 할 것 같구나. 아무튼 가스불은 켤 필요가 없어. 알겠니? 저 약 먹어라. 오늘 밤까지는 배가 나았으면 좋겠다. 어쩌면 오늘 밤에는 우리 모두 기분이 괜찮아질지도 모르지."

엄마는 문간에 서서 손잡이를 돌렸다. 그러나 뭔가 더 말하고 싶은 게 있는 것처럼 보였다. 엄마는 흰색 블라우스에 폭이 넓은 검정색 벨트를 하고 검정색 치마를 입고 있었다. 엄마는 어떤 때는 그것을 외출복이라고 불렀다가 어떤 때는 유니폼이라고도 했다. 내가 기억하는 한 그 옷은 언제나 벽장에 걸려 있거나, 빨랫줄에 걸려 있거나, 밤에 손빨래를 해서 부엌에서 다려지고 있거나 했다.

엄마는 수요일부터 일요일까지 일했다.

"다녀오세요, 엄마."

나는 엄마가 차에 시동을 걸고 워밍업 할 때까지 기다렸다. 나는 차가 집 앞 진입로에서 멀어지는 소리에 귀를 기울였다. 그러고는 일어나서 텔레비전 소리를 키우고 담배를 가지러 갔다. 나는 의사와 간호사들에 관한 프로그램을 보면서 담배를 한 대 피우고, 자위행위를 했다. 그러고 나서 다른 채널로 돌렸다가 텔레비전을 껐다. 보고 싶지 않았다.

나는 타스 타카스가 녹색 여자를 사랑하게 됐지만, 다음날 아침 그녀의 머리가 질투심에 불타는 형부에게 잘린 것을 보게 되는 장을 다 읽었다. 벌써 다섯번째 읽는 거였다. 그러고 나서 부모님 침실로 가서 안을 둘러보았다. 특별히 찾는 것은 없었다. 이번에도 콘돔이 있나 찾아보고 뒤졌으나 찾지는 못했다. 한 번은 서랍 저 안쪽에서 바셀린 병을 발견한 적이 있었다. 나는 그게 그것과 관련이 있는 게 분명하다는 것은 알았지만 어떻게 관계가 있는지는 몰랐다. 나는 병에 붙은 설명서를 꼼꼼히 읽으면서 거기서 뭔가 밝혀지기를 기대했다. 사람들의 행동에 대한 묘사나 바셀린을 어떻게 사용하는지, 뭐 그런 것을 기대했다. 그러나 그런 것은 없었다. 순수 바셀린, 그게 병 앞면에 씌어 있는 전부였다. 그러나 그것을 읽는 것만으로도 발기가 되기에 충분했다. **보육시설의 훌륭한 보조제**, 뒷면엔 그렇게 씌어 있었다. 나는 **보육시설**—그네와 미끄럼틀과 모래상자와 정글짐—과 침대에서 부모님에게 일어나는 일 사이의 관련성을 찾아내려고 애썼다. 나는 지금까지 여러 번 그 병을 열고 냄새를 맡아보았으며, 지난번 이후로 얼마나 줄어들었는지 살피곤 했다. 이번에는 순수 바셀린을 그냥 지나쳤다. 내 말은 병이 그 자리에 그대로 있는지 들여다보기만 했다는 것이다. 나는 서랍 몇 개를 뒤졌으나, 꼭 무엇인가 찾겠다고 기대하면서 그런 것은 아니었다. 나는 침대 밑을 보았다. 어디에도 아무것도 없었다. 나는 벽장을 열고 부모님이 잔돈을 넣어두는 병을 찾아 안을 들여다보았다. 잔돈은 없고 5달러짜리 한 장과 1달러짜리 한 장이 있었다. 그 돈이 없어지면 부모님은 알아챌 것이다. 그때 나는 옷을 입고 버치 크리크까지 걸어가야겠다고 생각했다. 송어잡이 철이 끝나려면 아직 일 주일 정도 남아 있었으나 사람들이 거의 낚시를 그만둔 뒤였다. 지금은 모두 사슴과 꿩 사냥철이 시작되기를 기다리고 있다.

나는 낡은 옷들을 꺼냈다. 보통 신는 양말 위에 털실 양말을 덧신고 장화끈을 꼼꼼히 맸다. 그리고 참치 샌드위치 두 개와 두 겹짜리 땅콩버터 크래커를 몇 개 만들었다. 나는 물통을 채우고 사냥용 칼과 물통을 허리띠에 매달았다. 문 밖으로 나서다가 나는 메모를 남기기로 했다. 메모엔 이렇게 썼다.

"배가 많이 나아서 버치 크리크에 가요. 곧 돌아올게요. R. 3시 15분."

그것은 지금부터 약 네 시간 후였다. 그리고 조지가 학교에서 돌아오기 약 십오 분 전이었다. 떠나기 전에 나는 샌드위치 하나를 먹고 우유 한 컵을 마셨다.

바깥은 날씨가 좋았다. 가을이었다. 그러나 밤에만 싸늘할 뿐춥지는 않았다. 밤에는 과수원마다 모닥불을 피워서 아침이면 코안이 새까매진 채 잠을 깨곤 했다. 그러나 아무도 아무 말도 하지 않았다. 사람들은 모닥불 덕에 어린 배들이 얼지 않는다고, 그러니 괜찮다고 했다.

버치 크리크에 가려면 우리집이 있는 거리의 끝까지 가야 한다. 그 길은 16번가와 만난다. 16번가에서 왼쪽으로 돌아 묘지를 지나 언덕을 올라갔다가 레녹스로 내려가면, 거기에 중국 식당이 하나 있다. 그곳 십자로에서는 공항이 보이고, 버치 크리크는 공항 아래쪽에 있다. 16번가는 십자로에서 뷰 로드로 바뀐다. 뷰 로드를 따라 조금 가다보면 다리에 이른다. 길 양편에는 과수원들이 있다. 가끔 과수원 옆을 지날 때면 나무들이 줄지어 선 사이로 뛰어내려오는 꿩을 보게 되지만 거기서는 사냥을 하면 안 된다. 마트소스라는 그리스인에게 총을 맞을지도 모르기 때문이다. 전부 해서 걸어서 45분쯤 되는 거리일 것이다.

16번가를 반쯤 갔을 때 빨간 차를 탄 한 여자가 저 앞 길가에 차를 세웠다. 그녀는 조수석의 창을 내리더니 태워줄까? 하고 물었다. 그녀는 말랐고 입 주위에 조그만 뾰루지가 나 있었다. 머리에는 헤어롤을 말고 있었다. 그러나 아주 멋졌다. 갈색 스웨터 안에 멋진 가슴을 감추고 있었다.

"학교 땡땡이 쳤구나?"

"그런 셈이죠."

"태워줄까?"

나는 고개를 끄덕였다.

"타. 난 조금 바쁘단다."

나는 플라이 낚싯대와 고기 바구니를 뒷좌석에 놓았다. 바닥과 뒷좌석에는 멜 상점의 식료품 봉투가 여러 개 있었다. 나는 뭔가 할 얘기를 생각해내려고 애썼다.

"전 낚시 가는 길이에요."

내가 말했다. 나는 모자를 벗은 다음 앉을 수 있도록 물통을 앞으로 돌린 후 창 옆에 자리를 잡았다.

"오호, 전혀 모를 뻔했네."

그녀가 웃었다. 그녀는 도로 쪽으로 차를 몰았다.

"어디로 가는데? 버치 크리크?"

나는 또 고개를 끄덕였다. 나는 내 모자를 바라보았다. 시애틀에서 삼촌이 하키 경기를 보러 갔다가 사준 것이었다. 나는 더이상 말할 거리를 생각해내지 못했다. 나는 창 밖을 내다보며 두 뺨을 홀쭉하게 만들었다. 나는 이 여자가 나를 차에 태워주는 상상을 한다. 그리고 나와 그녀가 서로 반해서, 그녀가 나를 집으로 데려가 집 안을 헤매고 다니며 섹스를 하게 되는 상상도. 그 생각을 하니 발기가 되기 시작했다. 나는 모자를 무릎 위로 옮겨놓고 눈을 감은 채 야구에 대해 생각하려고 노력했다.

"난 늘 조만간 낚시를 시작할 거라고 말하곤 한단다. 그게 그렇게 사람을 편안하게 해준다며. 난 신경질이 많거든."

나는 눈을 떴다. 차는 십자로에 서 있었다. 나는 이렇게 말하고 싶었다. 정말로 바쁘세요? 오늘 아침에 시작하고 싶지 않으세요? 그러나 나는 그녀를 쳐다보기가 두려웠다.

"이 정도면 되겠니? 난 여기서 옆으로 돌아야 하거든. 오늘 아침엔 좀 급해서. 미안하다."

"괜찮아요. 됐어요."

나는 내 물건들을 꺼냈다. 그리고 모자를 썼다가 다시 벗으면서 말했다.

"안녕히 가세요. 고마웠습니다. 내년 여름에는 어쩌면."

그러나 나는 말을 마칠 수 없었다.

"낚시 말이니? 물론이지."

그녀는 여자들이 흔히 하듯이 손가락 두 개를 펴서 흔들었다.

나는 했어야 했던 말을 곱씹으며 걷기 시작했다. 많은 것을 생각해낼 수 있었다. 뭐가 잘못된 거지? 나는 플라이 낚싯대를 공중에서 휘두르며 두어 번 고함을 질렀다. 얘기가 시작되도록 하기 위해서는 점심식사를 같이 할 수 있는지 물어보아야 했다. 우리 집에는 아무도 없다. 갑자기 우리는 내 침대에 이불을 덮고 누워 있다. 그녀는 내게 스웨터를 입고 있어도 되겠느냐고 묻는다. 나는 괜찮다고 말한다. 그녀는 바지도 입은 채로 있다. 나는 그것도 괜찮다고 말한다. 나는 상관하지 않는다.

파이퍼 컵* 한 대가 착륙하러 내려오면서 내 머리 위로 낮게 다가왔다. 다리까지는 몇 피트만 가면 되었다. 나는 물 흐르는 소리를 들을 수 있었다. 둑을 서둘러 내려가서 지퍼를 내리고 샛강 위로 5피트의 오줌 줄기를 쏘았다. 이건 최고 기록일 것이다. 나는 천천히 남은 샌드위치 하나와 땅콩버터 크래커를 먹었다. 그리고 물통의 물을 절반 가까이 마셨다. 그러고 나자 낚시를 할 준비가 다 되었다.

나는 어디서 시작할까 궁리했다. 이사 온 이래로 지난 삼 년간 나는 여기서 낚시를 해왔다. 아빠는 조지와 나를 차에 태우고 와서는 담배도 피우고, 우리 낚싯바늘에 미끼도 꿰어주고, 줄이 못 쓰게 되면 새 줄을 매어주면서 우릴 기다렸다. 우리는 언제나 다리에서 시작해서 아래로 내려갔고, 언제나 고기를 많이 잡았다. 가끔 낚시철이 시작될 무렵이면 제한수량까지도 잡았다. 나는 우선 낚싯줄을 매고 다리 아래에서 몇 번 던져보았다.

---

* 경비행기의 한 종류.

이따금씩 둑 아래나 커다란 바위 뒤에서도 던져보았다. 그러나 아무 일도 일어나지 않았다. 물이 고요하고 바닥에 노란 잎들이 잔뜩 쌓여 있는 지점을 대충 살펴보니, 가재 몇 마리가 커다랗고 못생긴 집게발을 들어올리고 바닥을 기어다니는 것이 보였다. 메추라기 몇 마리가 나뭇가지들이 쌓여 있는 곳에서 날아올랐다. 막대기를 하나 던지자 10피트쯤 떨어진 곳에서 장끼 한 마리가 큰 울음소리를 내며 날아오르는 바람에 나는 낚싯대를 떨어뜨릴 뻔했다.

샛강은 흐름이 느리고 폭도 그다지 넓지 않았다. 어느 곳을 건너도 장화 위까지 물이 차지 않았다. 나는 암소 똥 천지인 목장을 가로질러 커다란 관에서 물이 흘러나오는 곳으로 갔다. 관 아래에 작은 웅덩이가 있다는 것을 알고 있기 때문에 조심했다. 낚싯대를 떨어뜨릴 뻔해서 나는 무릎을 꿇었다. 줄이 물 속으로 들어가자마자 고기가 미끼를 물었으나 그놈을 놓치고 말았다. 고기가 줄과 함께 뱅뱅 도는 것이 느껴졌다. 그러다가 놈은 가버리고 줄은 뒤로 날았다. 나는 연어알 하나를 꿰고 몇 번 더 던져보았다. 그러나 낚싯대에는 이미 불운이 붙어버렸다는 것을 나는 알고 있었다.

나는 둑으로 올라갔다가 계속해서 '출입금지' 라는 표지판이 붙어 있는 울타리 아래로 기어들어갔다. 공항의 활주로 하나가 여기서 시작되었다. 나는 걸음을 멈추고 활주로의 갈라진 틈 사이에서 자라고 있는 꽃들을 보았다. 비행기 바퀴가 활주로 위를 미끄러지며 꽃들 주위에 온통 기름투성이의 바퀴 자국을 남겨놓은 것을 볼 수 있었다. 나는 다시 샛강을 건너 반대편으로 가서 강을 따라 내려가며 낚시를 하다가 얼마 안 있어 웅덩이에 이르렀다. 나는 내가 갈 수 있는 곳은 여기까지라고 생각했다. 삼 년 전 여기 처음 왔을 때는 둑의 꼭대기까지 강물이 차올라 물결쳤다. 그땐 물살의 흐름이 너무 빨라서 낚시를 할 수 없었다. 지금 샛강은 둑 아래로 6피트 정도 수위가 내려가 있었다. 바닥이 보이지 않는 웅덩이로 흘러드는 작은 수로를 따라 강물이 거품을 일으키며 솟아올랐다. 조금만 더 내려가면 바닥이 경사져 올라오면서 마치 아무 일도 없었다는 듯이 다시 얕아진다. 지난번 여기 왔을 때 나는 길이가 거의 10인치는 되는 물고기를 두 마리 잡았고, 그보다 배는 커 보이는 한 마리를 놓쳤다. 아빠한테 그 얘기를 했을 때 아빠는 그것이 여름 무지개송어라고 했다. 아빠는 송어들이 이른 봄에 샛강의 수위가 높을 때 올라왔다가, 대부분은 수위가 낮아지기 전에 강으로 돌아간다고 했다.

나는 줄 위에 추를 두 개 더 달고 이빨로 그것들을 잡아당겨 묶었다. 그리고 연어알 한 개를 새로 꿴 다음, 물이 선반처럼 생긴 바위를 지나 웅덩이로 떨어지는 지점에 줄을 던졌다. 나는 물살이 줄을 밑으로 끌고 가도록 놔두었다. 추들이 바위를 두드리는 것을 느낄 수 있었다. 고기가 물어서 당기는 것과는 다른 종류의 감촉이었다. 그러더니 줄 끝이 팽팽해지면서 물살이 연어알을 웅덩이 저 끝으로 쓸어가버렸다.

여기까지 왔는데 아무것도 못 잡다니 기분이 아주 나빴다. 이번에는 모든 종류의 낚싯줄을 다 꺼내서 또 한 번 던졌다. 나는 플라이 낚싯대를 나무의 굵은 가지 위에 놓고 남은 담배 두 개비 중의 하나에 불을 붙였다. 그리고 계곡의 상류쪽을 올려다보며 그 여자에 대해 생각하기 시작했다. 그 여자가 식료품을 안으로 들여놓는 걸 도와달라고 해서 우리는 그녀의 집으로 가고 있다. 그녀의 남편은 해외에 있다. 나는 그녀를 만지고 그녀는 몸을 떨기 시작한다. 우리는 소파에서 진한 키스를 하고 있다. 그런데 여자가 욕실에 좀 가도 되겠느냐고 한다. 나는 그녀를 따라간다. 나는 그녀가 바지를 내리고 변기 위에 앉는 것을 지켜본다. 내 페니스가 빳빳이 일어서고, 여자는 손짓으로 나를 가까이 오라고 한다. 내가 막 지퍼를 열려고 하는데 강에서 풍덩 하는 소리가 들렸다. 돌아보니 내 플라이 낚싯대의 끝이 가볍게 흔들리고 있었다.

놈은 그다지 크지도 않았고, 많이 몸부림치지도 않았다. 그러나 나는 될 수 있는 한 오래 끌어서 놈을 지치게 했다. 놈은 옆으로 누워 저 아래 물살 속에서 흔들리고 있었다. 나는 놈이 뭔지 몰랐다. 이상하게 생긴 녀석이었다. 나는 줄을 당겨 그놈을 둑 위로 끌어올려서 풀 위에 놓았다. 그러자 녀석은 몸을 뒤틀기 시작했다. 송어였다. 그러나 녹색이었다. 그런 송어는 본 적이 없었다. 물고기의 녹색 옆구리에는 송어의 검은색 반점이 있었고 녹색을 띤 머리와 녹색 배를 갖고 있었다. 이끼 색깔 같은 녹색이었다. 마치 오랫동안 이끼 속에 싸여 있어서 그 색깔이 온통 배어버린 듯했다. 고기는 뚱뚱했다. 그런 놈이 왜 좀더 저항하지 않았는지 이상했다. 몸이 성하긴 한 건지 궁금해졌다. 나는 좀더 지켜보다가 녀석의 고통을 끝내주었다.

나는 풀을 조금 뽑아서 고기 바구니에 깔고 고기를 그 위에 올려두었다.

나는 낚싯줄을 몇 번 더 던졌다. 그런데 이제 두시나 세시쯤 되었을 거라는 생각이 들었다. 다리로 내려가는 게 좋을 것 같았다. 다리 아래서 좀더 낚시를 하다가 집으로 출발할 생각이었다. 그리고 밤이 될 때까지 기다렸다가 그 여자 생각을 다시 하기로 했다. 그러나 밤에 발기가 될 것을 생각하자 그 즉시 발기가 되어버렸다. 나는 너무 자주 하지는 말아야겠다고 생각했다. 한 달쯤 전, 식구들이 모두 나가고 없는 토요일에 나는 자위행위 후 바로 성경책을 집어들고 다시는 하지 않겠다고 약속하고 맹세했었다. 그러나 나는 성경책을 든 채 사정을 했고, 그 약속과 맹세는 내가 다시 혼자 있게 된 날까지 하루나 이틀밖에 지속되지 않았다.

나는 다리로 내려가는 길에서는 낚시를 하지 않았다. 다리에 도착했을 때 풀밭에 자전거 한 대가 보였다. 살펴보니 조지만 한 아이가 둑 위를 뛰어가고 있었다. 나는 그애가 있는 쪽으로 향했다. 그러자 그애는 몸을 돌려 물 속을 들여다보며 내 쪽으로 다가오기 시작했다.

"야, 뭐야!"

나는 소리를 질렀다.

"왜 그러는데?"

그애는 듣지 못한 것 같았다. 나는 둑 위에 놓여 있는 그애의 낚싯대와 바구니를 보았다. 나는 내 것들을 떨어뜨렸다. 그리고 그애가 있는 곳으로 달려갔다. 그애는 쥐나 뭐 그 비슷한 것처럼 생겼다. 그러니까 내 말은 그애가 뻐드렁니에 팔이 비쩍 말랐고, 자기 몸엔 너무 작은 넝마 같은 긴소매 셔츠를 입고 있었다는 것이다.

"와, 지금까지 여기서 본 것 중에 제일 큰 놈이야! 빨리 와! 봐! 여길 보라구! 여기 있어!"

그애가 소리쳤다.

나는 그가 가리키는 곳을 보았다. 가슴이 뛰었다.

그건 내 팔 길이만 했다.

"세상에, 와, 저놈 좀 봐!"

그애가 말했다.

나는 눈을 떼지 못했다. 그것은 물 위로 드리워진 커다란 나뭇가지 아래 그늘 속에서 쉬고 있는 중이었다.

"세상에나."

나는 물고기한테 말을 걸었다.

"넌 어디서 온 거냐?"

"어떻게 하지? 총이 있으면 좋을 텐데."

그애가 말했다.

"우리가 놈을 잡는 거야. 와, 대단해! 저놈을 여울로 몰아가자."

나는 대답했다.

"도와줄래? 함께 잡아보자!"

그 커다란 물고기는 하류로 몇 피트 떠내려가 그곳의 맑은 물 속에서 천천히 지느러미를 움직이며 흔들거리고 있었다.

"좋아, 그럼 어떻게 해야 하지?"

그애가 말했다.

"내가 위로 갔다가 강을 걸어내려오면서 놈을 움직이게 할게. 넌 여울에 서 있다가 놈이 지나가려고 하면 생똥을 쌀 정도로 힘껏 걷어차는 거야. 어떻게든 둑 위로 올려. 무슨 수를 써서라도. 그런 다음 놈을 꽉 붙들고 그대로 있어."

"좋아. 제기랄, 저기 봐! 저거, 가고 있잖아! 어딜 가는 거지?"

그애가 소리를 질렀다.

나는 물고기가 샛강을 다시 오르다가 둑 가까이에서 멈추는 것을 지켜보았다.

"아무 데도 안 갈 거야. 갈 곳이 없다구. 보여? 놈은 지독하게 놀랐어. 우리가 여기 있는 걸 아는 거지. 지금은 그냥 갈 곳을 찾아서 슬슬 돌아다니는 거야. 봐, 다시 섰잖아. 갈 곳이 없다니까. 놈도 그걸 알아. 우리가 자길 잡으려고 한다는 것도 알고, 전혀 사정을 안 봐줄 거라는 것도 알지. 난 올라가서 놈을 겁줘서 내려보낼 게. 지나갈 때 놈을 붙잡아."

"내 총이 있으면 좋을 텐데. 그거면 놈을 한 방에 잡을 텐데."

그애가 말했다.

나는 상류로 조금 올라갔다가 어기적거리며 물 속을 걸어내려가기 시작했다. 내려가면서 앞쪽을 주의 깊게 살폈다. 갑자기 물고기가 둑으로부터 쏜살같이 떨어져나오더니 바로 내 앞에서 커다랗고 뿌연 회오리를 일으키며 몸을 돌려 하류로 돌진했다.

"놈이 간다! 야, 야, 놈이 간다구!"

내가 외쳤다.

그러나 물고기는 여울에 도달하기 전에 몸을 빙글 돌려 도로 올라왔다. 내가 물을 첨벙이며 소리를 지르자 놈은 다시 몸을 돌렸다.

"간다! 잡아, 잡아! 지금 간다!"

그런데 그 바보 멍청이, 그 얼간이는 몽둥이를 들고 있었다. 물고기가 여울에 닿자, 당연히 발로 차야 하는데도 불구하고 그 망할 놈의 물고기에게 몽둥이를 휘두르는 것이었다. 물고기는 방향을 틀어 몽둥이를 비켜갔고, 미친 듯이 흥분해서 몸을 옆으로 누인 채 얕은 물 속을 총알처럼 빠져나갔다. 놈은 가고 말았다. 그 머저리 천치는 놈을 잡겠다고 돌진하다가 납작하게 엎어져버렸다.

그애는 흠뻑 젖은 채 둑 위로 기어올라왔다.

"내가 그놈을 쳤어! 그놈도 다쳤을 거야. 놈이 손에 닿았는데 잡을 수가 없었어."

그애가 소리를 질렀다.

"넌 아무것도 안 했어!"

나는 숨을 헐떡였다. 그애가 엎어진 게 고소했다.

"이 멍청아, 넌 가까이 가지도 못했어. 그 몽둥이 갖고 뭘 하고 있었냐? 놈을 발로 차야 했다구. 놈은 지금쯤 일 마일도 더 갔을 거야."

나는 침을 뱉으려고 했다가 고개를 저었다.

"모르겠다. 우린 아직 놈을 잡지 못했어. 그놈을 잡지 못할지도 몰라."

"젠장, 내가 놈을 쳤다니까!"

그애는 소리를 질렀다.

"모르겠냐? 내가 때렸어, 그리고 손까지 댔다니까. 넌 얼마나 가까이 갔냐? 그리고 그게 누구 물고기냐?"

그애는 나를 쳐다보았다. 그애의 바지에서 물이 흘러내려 신발 속으로 들어갔다.

나는 더이상 말을 하지 않았지만, 그 사실에 대해서는 나 자신도 확신이 없었다. 나는 어깨를 으쓱했다.

"뭐, 좋아. 난 그게 우리 둘의 것이라고 생각했어. 이번에는 꼭 그놈을 잡자. 우리 둘 다 어벙이는 아니니까."

우리는 물 속에 들어가 하류로 걸어내려갔다. 장화에 물이 들어왔다. 그러나 그애는 목 근처까지 젖어 있었다. 그애는 이빨이 딱딱 부딪치는 것을 막으려고 뻐드렁니로 아랫입술을 꼭 깨물고 있었다.

물고기는 여울 아래의 수로에도 없었고, 거기를 지나 한참 내려가도 없었다. 우리는 서로 쳐다보면서 그놈이 정말로 하류로 한참 내려가서 깊은 웅덩이 중 하나로 들어가버린 건 아닐까 걱정하기 시작했다. 그런데 그때 그 망할 놈의 물고기가 둑 근처에서 꼬리로 흙탕물을 휘젓다시피 하며 뒹굴다가 다시 헤엄치는 것이었다. 놈은 커다란 꼬리를 물 밖으로 내민 채 또다른 여울을 지나갔다. 나는 그놈이 둑 가까이에서 천천히 돌아다니다가 꼬리를 물 밖으로 반쯤 내민 채, 물살에 휩쓸리지 않을 정도로만 지느러미를 움직이면서 멈추어 있는 것을 보았다.

"봤어?"

내가 말했다. 그애가 나를 쳐다보았다. 나는 그애의 팔을 잡고 손가락이 그쪽 방향을 향하게 해주었다.

"바로 저기 있잖아. 좋아, 잘 들어. 내가 저기 둑 사이의 작은 수로로 내려갈게. 어딜 말하는지 알겠어? 넌 내가 신호를 보낼 때까지 여기서 기다려. 신호를 보내면 그때 내려오기 시작하는 거야. 됐어? 이번엔 놈이 뒤돌아오더라도 네 옆으로 빠져나가게 하지 마."

"알았어."

그렇게 말하고 그애는 이빨로 입술을 짓눌렀다.

"이번에는 놈을 잡자."

끔찍하게 춥다는 표정으로 그애가 말했다.

나는 둑 위로 올라가서 걸었다. 조용히 움직이도록 조심했다. 그러다가 둑을 미끄러져내려가 다시 물 속으로 들어갔다. 그러나 그 빌어먹을 커다란 놈은 보이지 않았다. 환장할 것 같았다. 나는 놈이 벌써 떠나버린 건지도 모르겠다고 생각했다. 하류로 조금만 더 내려가면 놈은 웅덩이 중 하나로 들어가버릴 것이다. 그렇게 되면 우린 그놈을 도저히 잡을 수 없을 것이다.

"아직 거기 있니?"

나는 소리를 질렀다. 그리고 숨을 죽였다.

그애가 손을 흔들었다.

"준비!"

내가 다시 소리를 질렀다.

"간다!"

그애가 맞받아 고함을 질렀다.

손이 떨렸다. 샛강은 폭이 약 3피트로, 흙으로 만든 양쪽 둑 사이를 흘렀다. 물은 얕았지만 물살이 빨랐다. 그애는 이제 무릎까지 물에 잠긴 채 앞으로 돌을 던지고 물을 튀기고 고함을 지르며 내려오고 있었다.

"간다!"

그애가 두 팔을 휘둘렀다. 물고기가 보였다. 놈은 내게로 곧장 오고 있었다. 나를 보자 뒤돌아가려고 했으나 때는 너무 늦었다. 나는 무릎을 꿇고 차가운 물을 움켜쥐었다. 나는 두 손과 두 팔로 놈을 위로, 위로 끌어올려 물 밖으로 번쩍 들어냈다. 나는 물고기를 안은 채 둑 위로 쓰러졌다. 나는 놈을 꼭 끌어안고 있었다. 놈은 퍼덕거리고 요동을 쳤지만 결국 놈의 미끈거리는 옆구리를 지나 아가미를 잡을 수 있었다. 나는 한 손을 아가미 속에 집어넣어 놈의 입으로 나오게 해서 움켜쥐고는 주둥이를 움직이지 못하게 했다. 드디어 놈을 잡은 것이다. 놈은 여전히 퍼덕거려 잡고 있기 힘들었으나, 놈은 내 손아귀에 있었고 나는 놈을 놓치지 않을 터였다.

"잡았다!"

첨벙거리고 뛰어오면서 그애가 소리쳤다.

"와, 우리가 잡았어! 정말 대단한 놈이다! 세상에, 나도 좀 잡아보자."

"먼저 이놈을 죽여야 돼."

나는 다른 손을 놈의 목으로 가져갔다. 이빨에 물리지 않도록 조심하면서 놈의 머리를 있는 힘껏 뒤로 당겼다. 뼈가 우두둑 하고 부러지는 것이 느껴졌다. 놈은 오랫동안 천천히 몸을 떨더니 이내 조용해졌다. 나는 놈을 둑 위에 내려놓았다. 우리는 놈을 바라보았다. 놈은 적어도 2피트는 되는 길이에 이상하게도 살이 없었지만, 내가 전에 잡은 어떤 물고기보다 컸다. 나는 다시 놈의 주둥이를 잡았다.

"이봐."

그애는 입을 열었지만 내가 무엇을 하려는지 알고는 더이상 아무 말도 하지 않았다. 나는 물고기의 피를 씻어내고 다시 둑 위에 놓았다.

"이놈을 아빠에게 보여주고 싶어 죽겠다."

그애가 말했다.

우리는 온몸이 젖은 채 떨고 있었다. 우리는 물고기를 보며 계속 쓰다듬었다. 놈의 커다란 입을 비집어 열고 겹겹이 난 이빨을 만져보았다. 놈의 양쪽 옆구리에는 상처가 있었다. 희끄무레하게 부르튼 25센트짜리 은화만 한 상처들은 약간 부풀어 있었다. 눈 주변과 주둥이에는 베인 상처들이 있었다. 바위며 돌에 부딪히고 여러 번 싸우면서 생긴 상처일 것이다. 그런데 놈은 너무 말랐다. 길이에 비해서 살이 너무 없었고, 옆구리로 흘러내리는 분홍색 줄도 거의 보이지 않았다. 배는 당연히 희고 단단해야 했지만 놈의 배는 우중충한 색깔에 쿨렁거렸다. 그러나 나는 놈이 대단하다고 생각했다.

"난 곧 가야 할 것 같아."

내가 말했다. 나는 해가 지고 있는 언덕 위의 구름들을 바라보았다.

"집에 가는 게 좋겠어."

"내 생각도 그래. 나도 가야 해. 얼어죽겠어. 야, 나는 놈을 가져가고 싶어."

그애가 말했다.

"막대길 하나 줍자. 그걸 주둥이에 꿰어 함께 들고 가는 거야."

그애가 막대기를 찾아왔다. 우리는 그걸 아가미에 찔러넣고 계속 밀어서 물고기가 막대기 가운데 오도록 했다. 그런 다음 각자 막대기 한쪽 끝을 잡고 물고기가 막대기 위에서 흔들리는 것을 보면서 되돌아가기 시작했다.

"우리, 이걸 어떻게 하지?"

그애가 말했다.

"몰라. 난 내가 잡은 것 같은데."

내가 말했다.

"우리 둘이서 잡은 거야. 게다가 처음 본 건 나야."

"맞아. 그런데 넌 이놈을 누가 가질지 동전 던지기라도 하고 싶어?"

나는 막대기를 들지 않은 손으로 더듬어보았지만 돈이 하나도 없었다. 게다가 지면 어떻게 할 것인가?

아무튼 그애는 이렇게 말했다.

"아니, 그건 하지 말자."

"좋아. 난 상관없어."

나는 그애를 바라보았다. 머리카락은 곤두서 있었고 입술은 창백했다. 싸울 수밖에 없는 상황이 된다면 나는 그애를 이길 수 있을 것이다. 그러나 싸우기 싫었다.

우리는 우리 물건들을 놔둔 곳에 도착해서 한 손으로 물건들을 집었다. 누구도 잡고 있는 막대기를 놓으려 하지 않았다. 그런 다음 우리는 그애의 자전거가 있는 곳으로 걸어갔다. 그애가 무슨 짓을 할지 알 수 없어서 나는 막대기 끝을 단단히 붙잡고 있었다.

그때 내게 한 가지 생각이 떠올랐다.

"반 자르면 되겠다."

"무슨 말이냐?"

또다시 이빨을 덜그럭거리면서 그애가 말했다. 그애가 막대기를 잡은 손에 힘을 주는 것을 느낄 수 있었다.

"반으로 자르자구. 내게 칼이 있어. 반으로 잘라서 반씩 갖는 거야. 잘 모르지만 그렇게 하면 될 것 같아."

그는 머리카락 한 올을 잡아당기면서 물고기를 바라보았다.

"그 칼을 쓰려구?"

"너 칼 있어?"

내가 물었다. 그애는 고개를 저었다.

"됐어."

나는 막대기를 빼내고 물고기를 그애의 자전거 옆 풀밭에 놓았다. 나는 칼을 꺼냈다. 내가 자를 곳을 재고 있을 때 비행기 한 대가 활주로를 달려갔다.

"여기?"

나는 물었다. 그애가 고개를 끄덕였다. 비행기는 굉음을 내며 활주로를 내달리더니 바로 우리 머리 위로 날아올랐다. 나는 물고기를 자르기 시작했다. 칼이 내장에 닿자 나는 물고기를 뒤집어 내장을 모두 꺼냈다. 나는 반으로 잘린 물고기의 배껍질에 칼이 닿을 때까지 계속 잘랐다. 그리고 거의 다 잘린 물고기를 한쪽씩 잡고 손으로 비틀어 당겨서 두 쪽을 냈다.

나는 그애한테 꼬리 쪽 반을 건넸다.

"싫어."

그애가 머리를 흔들었다.

"난 그쪽 걸 가질래."

"둘 다 똑같은 거야! 에이씨, 너 조심해. 나 화나려고 한단 말이야."

"상관없어. 둘 다 똑같다면 난 그걸 가질 거야. 둘 다 똑같다며, 안 그래?"

"둘 다 똑같다니까. 그렇지만 난 내가 여기 이걸 가져야 한다고 생각해. 내가 잘랐으니까."

"나도 그거 갖고 싶어. 내가 먼저 봤으니까."

"누구 칼로 잘랐냐?"

내가 말했다.

"난 꼬린 싫어."

그애가 말했다.

나는 주위를 둘러보았다. 길에는 차도 없고, 낚시하는 사람도 없었다. 비행기 한 대가 웅웅거렸고 해가 지고 있었다. 나는 뼛속까지 떨렸다. 그애도 기다리면서 몹시 떨고 있었다.

"좋은 생각이 있어."

내가 말했다. 나는 바구니를 열어 아까 내가 잡은 송어를 보여주었다.

"봤지? 이거 녹색이야. 녹색 송어는 처음 봤어. 그러니 누가 머리를 갖든 간에 다른 사람은 꼬리 쪽과 이 녹색 송어를 갖자. 좋아?"

그애는 녹색 송어를 바라보다가 그것을 꺼내 손에 들었다. 그리고 두 쪽 난 물고기도 찬찬히 살폈다.

"괜찮다. 좋아, 괜찮은 것 같아. 그럼 네가 그쪽 반 가져. 내 거에 살이 더 많아."

"난 상관없어. 이걸 씻어야겠다. 넌 어느 쪽에 사니?"

"아서 가(街)에."

그애는 녹색 송어와 자기 몫의 물고기 반쪽을 더러운 캔버스 천

가방에 넣었다.

"그런데 왜?"

"거기가 어딘데? 야구장 옆이니?"

내가 물었다.

"그래, 그런데 왜 그러냐구?"

그애는 겁이 나는 듯 보였다.

"나도 그 근처에 살아. 그래서 말인데, 내가 앞자리에 앉아 가면 될 것 같은데. 번갈아서 페달을 밟으면 되잖아. 담배도 있어. 젖지 않았다면 우리 둘이서 피울 수 있을 거야."

그러나 그애는 오로지 "얼어죽겠다"는 말만 했다.

나는 강물에 내 몫의 반 토막을 씻었다. 나는 물 밑에서 그 커다란 머리를 잡고 입을 벌렸다. 강물이 놈의 입으로 쏟아져들어가 반쪽 남은 몸뚱이 끝으로 빠져나왔다.

"얼어죽겠어."

그애가 말했다.

나는 조지가 길 저쪽 끝에서 자전거를 타고 있는 것을 보았다. 그는 나를 보지 못했다. 나는 집 뒤로 돌아가서 장화를 벗었다. 그리고 고기 바구니를 풀어내려 뚜껑을 들고 함박웃음을 지으며 보무도 당당하게 집 안으로 들어가기 시작했다.

부모님 목소리가 들려와서 나는 창문으로 들여다보았다. 부모님은 식탁에 앉아 있었고 부엌은 온통 연기로 가득 차 있었다. 연기는 가스불 위에 올려놓은 냄비에서 나오고 있었다. 그러나 두 사람 다 전혀 신경 쓰지 않았다.

"내가 당신한테 얘기하고 있는 건 불변의 진리야. 애들이 뭘 알겠어? 당신도 곧 알게 될 거야."

아빠가 말했다.

"난 아무것도 알지 못할 거예요. 그 생각을 하면 난 애들부터 죽어버렸으면 좋겠어."

엄마가 말했다.

"당신 왜 그래? 말조심해야겠어!"

엄마는 울기 시작했다. 아빠는 담배를 재떨이에 비벼 끄고 일어섰다.

"에드나, 당신, 냄비가 타고 있는 것도 몰라?"

아빠가 말했다.

엄마는 냄비를 바라보았다. 의자를 밀치고 일어나 냄비 손잡이를 쥐더니 그것을 개수대 위 벽에 던졌다.

"당신 제정신이야? 무슨 짓을 한 건지 보라구!"

아빠는 행주를 들고 냄비에서 쏟아진 것들을 닦기 시작했다.

나는 뒷문을 열었다. 그리고 함박웃음을 짓기 시작했다.

"내가 버치 크리크에서 뭘 잡았는지 상상도 못 하실 거예요. 보세요, 여기, 이거 보세요. 내가 잡은 거예요."

다리가 후들거렸다. 서 있기도 힘들었다. 나는 엄마에게 고기 바구니를 내밀었다. 엄마가 마침내 들여다보았다.

"어머나, 세상에! 이게 뭐야? 뱀이잖아! 이게 뭐니? 제발, 제발 갖고 나가, 나 토하기 전에."

"갖고 나가! 엄마 말 못 들었어? 당장 갖고 나가!"

아빠가 고함을 질렀다.

"하지만 보세요, 아빠. 이게 뭔지 보라구요."

"보고 싶지 않다."

"이건 버치 크리크에 사는 커다란 여름 무지개송어예요. 보세요! 멋지지 않아요? 이건 괴물이에요! 난 미친 사람처럼 샛강 위아래로 이놈을 쫓아다녔어요!"

내 목소리는 들떠 있었다. 말을 멈출 수가 없었다.

"다른 것도 있었어요."

내가 서둘러 말했다.

"녹색 송어요. 정말이에요! 녹색이었어요! 녹색 송어 본 적 있으세요?"

아빠는 바구니 안을 들여다보더니 입을 떡 벌렸다.

그리고 소리를 질렀다.

"그 망할 물건을 치워버려라! 도대체 너 어떻게 된 거냐? 당장 갖고 나가서 쓰레기통에 던져버려!"

나는 다시 밖으로 나왔다. 나는 바구니 안을 들여다보았다. 안에 든 것은 현관 불빛 아래서 은빛으로 보였다. 그것은 바구니를 가득 채우고 있었다.

나는 놈을 꺼내 손에 들었다. 반 토막짜리 그놈을.

60에이커

전화는 한 시간 전, 그들이 점심을 먹고 있을 때 걸려왔다. 코위치 로드에 있는 다리 아래, 토페니시 크리크의 리 웨이트네 땅에서 두 남자가 총을 쏘고 있었다. 누군가 거기 온 게 이번 겨울 들어서만 벌써 세번짼가 네번째라고 조지프 이글이 리 웨이트에게 일깨워주었다. 조지프 이글은 정부에서 주는 특별수당으로 먹고사는 늙은 인디언으로, 밤낮으로 끼고 사는 라디오와 아플 때를 대비한 전화기 한 대를 가지고 코위치 로드에서 조금 떨어진 작은 집에서 살고 있었다. 리 웨이트는 그 땅과 관련된 일이라면 그 늙은 인디언이 자신을 그냥 내버려두었으면 싶었다. 조지프 이글이 그 땅에 관해서 뭔가 다른 것을 원한다면 전화하는 것 외의 다른 일을 해주었으면 싶었다.

현관으로 나온 리 웨이트는 한쪽 다리에 힘을 주고 서서 이빨 사이에 낀 고기 조각을 손가락으로 빼냈다. 그는 홀쭉한 얼굴에 검은 머리를 길게 기른 작고 마른 남자였다. 그 전화만 없었다면 그는 오늘 오후에 잠깐 눈을 붙였을 것이다. 그는 인상을 쓰고 천천히 코트를 입었다. 그가 거기 도착할 무렵이면 그들은 가고 없을 것이기 때문이었다. 거의 언제나 그런 식이었다. 토페니시나 야키마에서 온 사냥꾼들은 다른 사람들처럼 인디언 보호구역의 도로들을 통과해도 문제가 없다. 다만 사냥은 허락되지 않았다. 그러나 그들은 사람이 살지 않는 매력적인 땅, 그의 60에이커 넓이의 땅 옆을 두세 번 돌다가, 못 참겠다는 기분이 들면 길에서 떨어진 숲속에 차를 세워놓고 무릎까지 오는 보리와 야생 귀리를 헤치며 서둘러 샛강까지 가곤 했다. 어떨 때는 오리 몇 마리를 잡기도 하고 어떨 때는 못 잡기도 하지만 떠나기 전까지의 그 짧은 시간 동안 총을 정말 많이도 쏘았다. 조지프 이글은 자기 집에 무기력하게 앉아 그들을 지켜보았다. 아니면 그렇다고 리 웨이트에게 얘기를 하였다.

그는 혀로 이빨을 문질러 닦고 겨울날 늦은 오후의 흐릿한 빛 속에서 눈을 가늘게 뜨고 둘러보았다. 두렵지는 않았다. 그런 건 아니라고 그는 혼잣말을 했다. 다만 말썽이 생기는 걸 원치 않을 뿐이었다.

전쟁 직전에 세워진 작은 현관은 어둑했다. 한쪽 창유리가 몇 년 전에 깨졌는데 웨이트는 그 구멍에 사탕무 자루를 박아두었다. 캐비닛 옆이었다. 매트리스만큼이나 두꺼운 자루는 얼어붙은 채로 바깥의 찬 공기가 들어올 때면 조금씩 움직였다. 사방 벽은 낡은 멍에며 마구들로 가득했다. 한쪽 벽의 창 위에는 녹슨 연장들이 한 줄로 걸려 있었다. 그는 혀로 이빨에 낀 것이 없나 마지막으로 점검하고 나서 머리 위 소켓의 전구를 돌려 꽉 끼우고 캐비닛을 열었다. 그는 캐비닛 안쪽에서 낡은 쌍발총을 꺼낸 후 꼭대기 선반의 상자 속에 손을 넣어 총알을 한 줌 꺼냈다. 총알의 황동색 끄트머리는 차가웠다. 그는 그것들을 손 안에서 굴려본 다음 입고 있는 낡은 코트의 호주머니에 넣었다.

"장전 안 해요, 아빠?"

베니가 뒤에서 물었다.

웨이트는 몸을 돌렸다. 베니와 어린 잭이 부엌 문간에 서 있었다. 전화가 온 후로 그들은 내내 그를 쫓아다녔다. 그가 이번에는 정말 누군가를 쏘려고 하는 것인지 알고 싶었던 것이다. 아이들이 그렇게 말하는 것이, 마치 그것을 즐기는 것처럼 말하는 것이 성가셨다. 그리고 지금 그들은 문간에 선 채, 찬바람이 온통 집 안으로 들어가게 하면서 그가 옆구리에 낀 커다란 총을 보고 있는 것이다.

"집 안에 있어야지, 어서 들어가라."

그가 말했다.

아이들은 문을 열어놓은 채로 그의 어머니와 니나가 있는 곳으로 달려들어갔다가 거기서 다시 침실로 들어갔다. 니나가 식탁에 앉아 아기를 달래가며 호박을 조금씩 떠먹이려고 애쓰는 모습이 보였다. 아기는 몸을 뒤로 빼며 머리를 흔들고 있었다. 니나는 고개를 들고 미소를 지어보려고 했다.

웨이트는 부엌으로 들어가 문을 닫고 기대어 섰다. 그녀가 무척 지쳐 있다는 것을 알 수 있었다. 송글송글 맺힌 땀방울이 그녀의 입술 위에서 반짝였다. 그가 지켜보고 있자, 그녀는 잠시 손을 멈추고 이마의 머리카락을 쓸어올렸다. 그녀는 다시 그를 올려다보더니 아기에게로 눈을 돌렸다. 그녀가 전에 임신했을 때는 지금처럼 힘들어하지 않았다. 다른 아이들을 임신했을 때는 가만히 앉아 있을 수가 없어서 음식을 만들거나 바느질을 하는 것 외에는 그다지 할 일이 많지 않은데도 벌떡 일어나서 걸어다니곤 했다. 그는 목 주위의 늘어진 피부를 만지작거리며 식사 후 지금까지 난로 옆 의자에 앉아 졸고 있는 어머니를 슬쩍 곁눈질했다. 그녀는 눈을 가늘게 뜨고 그를 보며 고개를 끄덕였다. 어머니는 일흔 살로, 늙어 쪼그라들었지만 머리카락만은 아직도 까마귀처럼 검었으며, 두 갈래로 단단히 땋아 어깨 앞으로 늘어뜨리고 있었다. 리

웨이트는 어머니가 어딘가 이상하다고 확신하고 있었다. 때때로 다른 방 창가에 앉아 저 멀리 계곡을 바라보며 한마디도 하지 않고 이틀씩 보내는 일이 있기 때문이었다. 어머니가 그럴 때면 그는 오싹해졌다. 어머니의 작은 몸짓과 소리들, 그리고 침묵이 무엇을 의미하는 것인지도 이젠 알 수 없었다.

"왜 아무 말도 안 해요?"

그가 머리를 흔들면서 물었다.

"엄마, 말을 안 하면 왜 그러시는지 제가 어떻게 알겠어요?"

웨이트는 잠시 어머니를 바라보고, 어머니가 땋은 머리채를 잡아당기는 것을 지켜보면서 무슨 말인가 하기를 기다렸다. 그러다가 그는 뭐라고 중얼거리며 그녀 앞을 가로질러 못에 걸린 모자를 벗겨들고 밖으로 나갔다.

날씨가 추웠다. 사흘 전에 내린 싸락눈이 1, 2인치 쌓여 모든 것을 덮고 땅을 울퉁불퉁하게 만들었으며, 줄기를 모두 걷어낸 집 앞의 콩줄기 받침들을 우스꽝스러운 꼴로 만들었다. 문이 열리는 소리에 집 아래 있던 개가 더듬거리며 나오더니 뒤도 돌아보지 않고 트럭을 향해 달려갔다.

"이리 와!"

웨이트가 날카롭게 소리질렀다. 그의 목소리가 메마른 공기 속에서 둥글게 원을 그리며 퍼져 나갔다.

그는 허리를 굽혀 개의 차갑고 건조한 코를 쥐었다.

"이번엔 여기 남아 있어. 그래, 그래."

그는 개의 귀를 앞뒤로 펄럭이며 주위를 둘러보았다. 구름이 무겁게 덮여 있어서 계곡 저편 새터스 힐즈가 보이지 않았다. 굽이치며 뻗어나간 사탕무밭만이 하얗게―군데군데 눈이 쌓이지 않은 곳이 검게 보이는 것을 제외하곤―펼쳐져 있을 뿐이었다. 집이라곤 단 한 채뿐이었지만―찰리 트레드웰의 집으로, 멀리 떨어져 있었다―불은 하나도 켜져 있지 않았다. 아무런 소리도 들리지 않았다. 낮게 깔린 무거운 구름만이 모든 것을 짓누르고 있었다. 바람이 불 거라고 생각했었지만 조용했다.

"여기 있어, 알겠니?"

갈 필요가 없다면 얼마나 좋을까 하는 생각을 또다시 하면서 그는 트럭을 향해 걸었다. 어젯밤에도 꿈을 꾸었다. 무슨 꿈이었는지 기억은 나지 않았지만 잠을 깬 후로 내내 기분이 편치 않았다. 그는 천천히 대문으로 차를 몰아가서 차에서 내려 문고리를 벗긴 후, 문을 지난 후 다시 고리를 걸었다. 이제는 말을 키우지 않았다. 그러나 대문을 늘 닫아두는 것이 그의 습관이 되었다.

길 저쪽에서 땅 고르는 기계가 땅을 문질러대며 이쪽으로 오고 있었다. 얼어붙은 자갈을 스칠 때마다 칼날은 무섭게 비명을 질렀다. 급하지 않았으므로 그는 기계가 다가올 때까지 오랜 시간 동안 그냥 기다렸다. 지나가면서 운전석에 앉은 남자들 중 하나가 손에 담배를 든 채 몸을 밖으로 내밀고 손을 흔들었다. 그러나 웨이트는 못 본 체했다. 그들이 지나간 뒤 그는 길 위로 차를 몰았다. 찰리 트레드웰의 집을 지나가면서 언뜻 살펴보았으나 여전히 불빛이 전혀 없고 차도 없었다. 그는 찰리가 며칠 전에 해준 이야기를 기억하고 있었다. 찰리가 지난 일요일에 어떤 아이와 싸운 이야기였는데, 그 아이는 그날 오후에 그의 집 담을 넘어와 헛간 바로 아래, 오리들이 있는 연못에 대고 총을 쐈다는 것이다. 찰리는 매일 오후 오리들이 거기 온다고 말했다. 그는 그것이 마치 중요한 사실이라도 되는 것처럼 오리들이 자신을 믿었다고 말했다. 그는 헛간에서 소젖을 짜고 있다가 두 팔을 흔들고 고함을 지르며 달려내려갔는데 아이가 그에게 총을 겨눴다는 것이다. 찰리는 그 총을 그애한테서 뺏을 수만 있었다면, 하고 말하면서 성한 한쪽 눈으로 웨이트를 쏘아보며 천천히 고개를 끄덕였다. 웨이트는 자리에서 조금 움직였다. 그는 그런 말썽을 전혀 원하지 않았다. 그는 거기 온 사람이 누구였건 다른 때처럼 자신이 그곳에 도착했을 때 가버리고 없기를 바랐다.

저 멀리 왼쪽으로 포트 심코가 나타났다. 흰색 페인트칠을 한 낡은 건물의 꼭대기들이 복원된 울타리 뒤에 서 있었다. 대문이 열려 있어서 마당 여기저기에 주차되어 있는 차들과 코트를 입은 사람들이 보였다. 그는 차를 세우려 하지 않았다. 언젠가 선생이 애들을 모두 이곳에 데려온 적이 있었지만—그 여선생 말로는 견학이라고 했다—웨이트는 그날 학교에 가지 않고 집에 있었다. 그는 창을 내리고 가래를 끓어올리곤, 문 앞을 지나면서 대문에 대고 퉤 하고 뱉었다.

그는 래터럴 B로 회전한 다음 조지프 이글의 집으로 갔다. 불이 전부 켜져 있었다. 현관 불까지. 웨이트는 그 집을 지나쳐 코위치 로드와 만나는 곳까지 계속 차를 몰아간 다음, 트럭에서 내려 귀를 기울였다. 그들이 갔을지도 모른다는 생각이 들기 시작했다. 나도 집으로 돌아가도 되지 않을까 생각하고 있을 때, 멀리서 둔한 총소리가 연속적으로 울리며 들판을 건너왔다. 그는 잠시 기다렸다가 넝마 조각 하나를 집어들고 트럭을 돌아 차창 가장자리에 눌어붙은 눈과 얼음을 닦아내려고 애썼다. 그는 신발에 묻은 눈을 탁탁 차서 털어낸 다음 트럭에 올라 다리가 보이는 곳까지 조금 더 몰아갔다. 거기서 숲속으로 들어간 바퀴 자국들을 찾았다. 그리로 가면 그들의 차를 발견하게 되리라는 걸 그는 알고 있었다. 그는 회색 세단 뒤에 도착한 뒤 차의 시동을 껐다.

그는 트럭 안에 앉아 브레이크를 발로 눌렀다 뗐다 하면서, 그리고 이따금씩 그들이 쏘는 총소리를 들으면서 기다렸다. 몇 분이 지나자 더이상 가만히 앉아 있을 수가 없었던 그는 트럭에서 내려 천천히 차 앞으로 걸어갔다. 그는 지난 4, 5년간 무엇인가 하러 이곳에 와본 적이 없었다. 그는 차의 흙받이에 기대어 땅을 내려다보았다. 그 모든 시간이 다 어디로 가버렸는지 이해할 수가 없었다.

어른이 되고 싶었던 어린 시절이 생각났다. 그때는 종종 여기 와서 사향쥐를 잡기 위해 샛강의 이쪽 지역에 덫을 놓기도 했고, 갈색 송어를 잡으려고 낚싯줄을 넣어두기도 했다. 웨이트는 주위를 둘러보며 구두 안에서 발을 움직여보았다. 그 모든 것은 오래전 일이었다. 자라면서 그는 아버지가 이 땅을 세 아들에게 주려고 한다는 말을 들었다. 그러나 두 형은 살해당했다. 리 웨이트는 그 땅을, 그 전부를 물려받은 유일한 아들이었다.

그는 죽음들을 기억했다. 지미가 첫번째였다. 문을 세차게 두드리는 소리에 잠을 깼던 것을 기억한다. 어둠과 난로에서 나는 나무진 냄새, 라이트를 켜고 엔진도 켠 채 밖에 세워져 있는 자동차, 그리고 안에서 말하고 있는 누군가의 갈라진 목소리도. 그의 아버지가 문을 열어젖히자, 카우보이 모자에 총을 가진 보안관 대리의 커다란 몸이 문간을 가득 채우고 있었다. 웨이트 씨입니까? 댁의 아들 지미가 와파토의 무도장에서 칼에 찔렸습니다. 모두 트럭을 타고 떠났고 리 혼자 남았다. 그는 그날 밤 나머지 시간 동안 혼자서 장작난로 앞에 웅크리고 앉아 벽에 비친 그림자들이 춤추는 것을 지켜보았다. 후에, 열두 살이 되었을 때는 다른 사람이, 다른 보안관이 왔다. 그리고 같이 좀 가주셔야겠다는 말만 했다.

그는 트럭을 밀치듯이 해서 몸을 떼낸 후, 들판 가장자리까지 몇 피트 걸었다. 이젠 모든 것이 달랐다. 그게 전부다. 그는 서른두 살이고 베니와 어린 잭이 자라고 있었다. 그리고 아기도 있었다. 웨이트는 고개를 저었다. 그는 고들빼기의 긴 줄기 하나를 손으로 잡아 위쪽을 뚝 끊었다. 머리 위에서 오리들의 나직한 울음소리가 들리자 그는 고개를 들었다. 그는 바지에 손을 문지르고 오리들을 잠시 따라가다가 그들이 동시에 날개를 접고 샛강 위를 한 바퀴 도는 모습을 지켜보았다. 그때 오리들이 확 흩어졌다. 미처 총소리를 듣기도 전에 오리 세 마리가 떨어지는 것이 보였다.
그는 갑자기 돌아서서 트럭을 향해 걷기 시작했다.
그는 차문에 부딪히지 않도록 조심하면서 총을 꺼냈다. 그리고 숲속으로 들어갔다. 이제 주변은 어둑어둑했다. 그는 기침을 한 번 하고 나서 입을 꼭 다물고 서 있었다.

그들은 덤불을 헤치며 다가왔다. 두 명이었다. 그들은 삐걱거리는 소리를 내며 담을 넘은 뒤, 들판으로 올라와 와삭 하는 소리를 내며 눈을 밟고 걸었다. 차에 가까이 올 때쯤에는 둘 다 숨을 거 칠게 몰아쉬고 있었다.

"어쩌지, 트럭이 있네!"

그들 중 하나가 그렇게 말하면서 들고 있던 오리를 떨어뜨렸다.

소년의 목소리였다. 그는 무거운 사냥 코트를 입고 있었다. 웨 이트는 그의 주머니가 오리들로 꽉 채워져 있을 거라고 짐작할 수 있었다.

"침착해!"

다른 소년은 목을 길게 빼고 안을 들여다보려고 애쓰면서 서 있 었다.

"서둘러! 안에 아무도 없어. 빨리 차에 타!"

"거기 서. 총을 거기 땅 위에 내려놔."

움직이지도 않고, 목소리를 단호하게 내려고 노력하면서 웨이 트가 말했다. 그는 숲 가장자리로 나와 그들을 마주 보고 총신을 올렸다가 다시 내렸다.

"코트들 벗고 주머니 안에 있는 것 다 꺼내."

"맙소사! 어쩌면 좋아!"

한 아이가 말했다.

다른 아이는 아무 말도 하지 않았지만 코트를 벗고 여전히 주위 를 둘러보면서 오리들을 꺼내기 시작했다.

웨이트는 그들 차의 문을 열고 한 팔을 넣어 더듬다가 헤드라이트 스위치를 찾아 켰다. 소년들은 한 손을 들어 눈을 가리더니 불빛을 등지고 섰다.

"이 땅이 누구 땅이라고 생각하지? 내 땅에서 오리들을 쏘다니, 뭐 하는 짓이냐!"

웨이트는 말했다.

한 소년이 조심하면서 돌아섰다. 손으로 여전히 눈을 가린 채였다.

"어떻게 할 거예요?"

"내가 어떻게 할 것 같으냐?"

웨이트가 말했다. 그의 목소리는 스스로 듣기에도 이상했다. 가볍고 공허했다. 그는 오리들이 샛강에 내려앉아 아직도 공중에 떠 있는 다른 오리들에게 꽥꽥 지껄이는 것을 들을 수 있었다.

"너희들을 어떻게 할 것 같으냐고? 만약 너희가 너희 땅에 침입한 아이들을 붙잡았다면 어떻게 하겠니?"

"그애들이 죄송하다고 하고 이번이 처음이었다고 한다면 그냥 보내주겠어요."

그 소년이 대답했다.

"저도요, 아저씨. 죄송하다고 말하면요."

다른 소년이 말했다.

"그냥 보내준다고? 너희가 정말 그렇게 할 거라고 생각해?"

웨이트는 지금 자신이 시간을 벌려 하고 있음을 알았다.

그들은 대답하지 않았다. 그들은 헤드라이트의 눈부신 빛 속에 서 있다가 다시 등을 돌리고 섰다.

"너희가 전에 여기 온 적이 없다는 걸 내가 어떻게 알지?"

웨이트가 말했다.

"다른 때에도 여러 번 내가 여기 와야 했는데."

"정말이에요, 아저씨, 우린 여기 온 적 없어요. 전엔 그냥 지나가기만 했어요. 제발이요, 아저씨."

소년은 흐느꼈다.

"정말이에요. 누구든 일생에 한 번은 실수할 수 있잖아요."

다른 소년이 말했다.

이제는 완전히 어두웠다. 불빛 앞으로 가는 보슬비가 내리고 있었다. 웨이트는 코트 깃을 올리고 소년들을 바라보았다. 아래쪽 샛강에서 수컷 오리가 귀에 거슬리게 꽥꽥거리는 소리가 들려왔다. 그는 나무들의 무시무시한 형상을 흘끗 돌아보고 다시 소년들을 보았다.

"그럴지도 모르지."

그렇게 말하며 그는 발을 움직였다. 그는 자기가 아이들을 곧 놓아주리라는 것을 알았다. 달리 취할 방도가 없었다. 그는 그들을 이 땅에서 쫓아낼 것이다. 중요한 건 그것이었다.

"그런데 이름이 뭐냐? 너 말이야. 여기 이 차 네 거냐, 아니냐? 네 이름이 뭐야?"

"밥 로버츠요."

한 소년이 재빨리 대답하고 다른 소년을 곁눈질했다.

"윌리엄스요."

다른 소년이 말했다.

"빌 윌리엄스요."

웨이트는 그들이 아이들이라는 것, 겁이 나서 그에게 거짓말을 하고 있다는 것을 기꺼이 이해해주고 싶었다. 그들은 그에게 등을 돌리고 서 있었고, 웨이트는 그들을 바라보며 서 있었다.

"거짓말을 하는구나!"

그가 말했다. 스스로도 놀랄 일이었다.

"왜 거짓말을 하는 거냐? 내 땅에 들어와서 내 오리들을 죽이더니 빌어먹을 거짓말까지 해!"

그는 총신을 고정시키기 위해 총을 차문 위에 올려놓았다. 나무 꼭대기에서 가지들이 서로 부딪치는 소리가 들렸다. 그는 저기 불이 밝혀진 자기 집에서 상자 위에 발을 올려놓고 앉아 라디오를 듣고 있을 조지프 이글을 떠올렸다.

"그래, 좋아."

웨이트가 말했다.

"거짓말쟁이들! 거기 그냥 서 있어, 이놈들아."

그는 화난 태도로 자기 트럭으로 걸어가서 낡은 사탕무 자루를 꺼내 흔들어 열고 소년들에게 오리를 모두 자루에 담게 했다. 기다리면서 가만히 서 있는데 이상하게 무릎이 떨리기 시작했다.

"앞으로 가. 계속 가라구!"

그들이 차로 다가갈 때 그는 뒤로 물러섰다.

"난 길로 나갈 거야. 너희는 나를 따라와."

"네, 아저씨."

운전대 앞으로 들어가 앉으며 한 소년이 말했다.

"하지만 만일 제가 이 차를 출발시키지 못하면 어떻게 해요? 배터리가 나갔을지도 모르는 걸요. 처음부터 그다지 세지 않았는데."

"나도 몰라."

웨이트가 말했다. 그는 사방을 둘러보았다.

"내가 밀어야 하겠지."

소년은 불을 끄고 액셀을 밟으며 시동을 걸었다. 엔진이 천천히 돌더니 걸렸다. 소년은 페달을 발로 누르고 엔진을 공회전시킨 다음 다시 불을 켰다. 웨이트는 자신의 신호가 떨어지기를 기다리는 그들의 창백하고 추위에 떠는 얼굴을 가만히 바라보았다.

그는 오리가 든 자루를 트럭에 던져넣고 쌍발총을 좌석에 길게 밀어넣었다. 그는 트럭에 타고 조심스럽게 후진해서 길 위로 나왔다. 소년들이 나올 때까지 기다렸다가 그들을 따라 래터럴 B까지 간 다음, 엔진을 켠 채로 차를 세우고 그들 차의 미등이 토페니시 쪽으로 사라지는 것을 바라보았다. 그는 그들을 그 땅에서 쫓아냈다. 중요한 것은 그것뿐이었다. 그럼에도 그는 왜 중요한 일이 일어났었다는 느낌이 드는지, 왜 실패했다는 느낌이 드는지 이해할 수 없었다.

그러나 아무 일도 일어나지 않았다.

계곡 저 아래로부터 안개가 밀려들어왔다. 집 대문 앞에 멈춰 문을 열려고 했을 때, 찰리네 집 방향에서는 보이는 것이 거의 없었다. 그날 오후엔 본 기억이 없는 그 집 현관 불만 희미하게 빛나고 있을 뿐이었다. 개는 헛간 옆에서 배를 깔고 기다리다가, 웨이트가 오리 자루를 어깨에 휙 둘러메고 집을 향해 걷기 시작하자 뛰어올라 자루에 대고 코를 킁킁거렸다. 그는 현관에서 총을 치우면서 미적댔다. 오리들은 캐비닛 옆 마룻바닥에 놓았다. 내일이나 그 다음날 그것들을 깨끗이 손질할 것이다.

"당신이에요?"

니나가 소리쳤다.

웨이트는 모자를 벗고 전구를 느슨하게 돌려놓은 다음 문을 열기 전에 조용한 어둠 속에 잠시 서 있었다.

니나는 부엌 식탁 앞에 앉아 있었다. 바느질에 쓰는 물건들을 담은 작은 상자가 그녀 옆의 다른 의자 위에 놓여 있었다. 그녀는 데님 천 조각을 들고 있었고, 그의 셔츠 두어 벌이 가위와 함께 식탁 위에 놓여 있었다. 그는 펌프질을 해서 물을 한 컵 채우고, 개수대 위 선반에서 아이들이 늘 집으로 가져오는 색색의 돌을 몇 개 집어들었다. 선반에는 말라버린 솔방울 하나와 여름에 따와서 이젠 종이같이 되어버린 커다란 단풍잎이 몇 개 있었다. 그는 찬장도 흘끗 들여다보았다. 그러나 배가 고프지는 않았다. 그는 문간으로 다가가 문설주에 기대었다.

작은 집이었다. 갈 곳이 없었다.

뒤쪽에 있는 방 하나에서 아이들이 모두 함께 잤고, 부엌에서 멀리 떨어진 방에서 웨이트와 니나와 그의 어머니가 잤다. 웨이트와 니나는 여름에는 가끔 밖에서 자기도 했다. 정말 갈 곳이 없었다. 그의 어머니는 아직도 난로 옆에 앉아 있었으나, 지금은 다리를 담요로 감싸고 있었다. 어머니는 작은 눈을 떠서 그를 바라보았다.

"애들이 당신 올 때까지 깨어 있고 싶어했어요."

니나가 말했다.

"그렇지만 당신이 아이들은 잠을 자야 한다고 했다고 말해주었죠."

"그래, 잘했어요. 자야지, 그럼."

"난 겁이 났었어요."

"겁이 나?"

그는 자신이 그 말에 놀란 것처럼 들리게 하려고 애썼다.

"엄마도 겁이 나셨어요?"

노인은 대답하지 않았다. 그녀는 손가락으로 담요 가장자리를 더듬어 안쪽으로 잡아당겨 덮으며 바람을 막고 있었다.

"당신, 몸은 어때? 오늘 밤엔 좀 낫소?"

그는 의자 하나를 잡아당겨 식탁 옆에 앉았다.

그의 아내는 고개를 끄덕였다. 그는 더이상 아무 말도 하지 않고 눈을 내리깐 채 엄지손톱으로 식탁에 자국을 내기 시작했다.

"누군지 잡았어요?"

"아이들 둘이었어. 그냥 보내줬소."

그는 일어나 난로 저편으로 걸어가 장작 상자에 침을 뱉고 바지 뒷주머니에 양손 손가락을 건 채 서 있었다. 난로 뒤에 놓인 장작은 꺼멓고 껍질이 벗겨지고 있었다. 머리 위로는 선반에서 삐죽 튀어나온 연어잡이 창의 뾰족한 끝에 감아놓은 겉그물의 갈색 그물망이 보였다. 저게 뭐지? 그는 눈을 가늘게 뜨고 그것을 바라보왔다.

"그애들을 놔줬어. 너무 너그러웠던 건 아닌지 모르겠어."

"옳은 일을 했어요."

니나가 말했다.

그는 난로 건너 어머니를 바라보았다. 그러나 어머니한테서는 어떤 반응도 없었다. 검은 눈만 그를 응시하고 있을 뿐이었다.

"모르겠소."

그는 그 일에 대해 생각해보려고 했지만 그것이 무엇이었건 벌써 오래 전에 일어난 일처럼 느껴졌다.

"그애들한테 더 겁을 줘야 했어."

그는 니나를 바라보았다.

"내 땅인데. 그들을 죽일 수도 있었어."

"누굴 죽여?"

그의 어머니가 물었다.

"코위치 로드 쪽 땅에 들어왔던 애들이요. 조지프 이글이 그 일로 전화했었잖아요."

그가 서 있는 곳에서 어머니의 손가락이 담요의 오톨도톨한 무늬를 따라가며 무릎 위로 움직이고 있는 것을 볼 수 있었다. 그는 뭔가 더 말을 하고 싶어서 난로 위로 몸을 굽혔다. 그러나 무슨 말을 하고 싶은지 스스로도 알 수 없었다.

그는 식탁으로 어슬렁거리며 걸어가서 다시 앉았다. 그때 그는 자기가 아직도 코트를 입고 있다는 것을 깨닫고 일어서서 천천히 그것을 벗은 다음 식탁 위에 길게 펼쳐놓았다. 그는 의자를 아내의 무릎 가까이로 끌어당기고는 두 팔을 힘없이 포개고 양쪽 셔츠 소매를 손가락 사이에 끼웠다.

"그 땅을 사냥 클럽에 세놓을 수도 있지 않을까 생각했소. 거기 그렇게 있는 건 우리한테 아무런 도움도 안 돼. 그렇지 않소? 우리집이 거기 있거나, 그 땅이 여기 바로 집 앞에 있거나 하면 다르겠지만, 안 그래?"

침묵 속에 난로 안에서 나무가 탁탁거리며 타는 소리만 들렸다. 그는 식탁 위로 두 손을 폈다. 팔에서 맥박이 뛰는 것이 느껴졌다.

"토페니시의 오리 클럽들 중 하나에 빌려줄 수 있을 거요. 아니면 야키마나. 철새가 지나가는 길에 있는 그런 땅을 차지할 수 있으면 누구든 좋아할걸. 아마 이 계곡 최고의 사냥터일 테니까……어떻게 해서든 그 땅을 사용할 수 있으면 사정이 달라질 거야."

그의 목소리는 점점 작아지다가 그쳤다.

그녀가 앉은 채로 몸을 움직이며 말했다.

"그렇게 해야겠다고 생각한다면 생각대로 해요. 난 모르겠어요."

"나도 모르겠어."

그의 눈길이 바닥을 건너 그의 어머니를 지나 올라가더니 다시 연어잡이 창에 머물렀다. 그는 머리를 흔들며 일어섰다. 그가 작은 방을 가로질러갈 때, 노인은 머리를 뒤로 돌리고 한쪽 뺨을 의자 등받이에 대고는 눈을 가늘게 뜨고 그의 움직임을 좇았다. 그는 손을 뻗어 창과 그물 뭉치를 거칠거칠한 선반에서 힘들여 떼어낸 후, 어머니가 앉은 의자 뒤로 돌아섰다. 그는 작고 검은 머리와 굽은 어깨 위에 매끈하게 둘러진 갈색 양모 숄을 바라보았다. 그는 창을 두 손에 쥐고 돌리다가 그물을 벗겨내기 시작했다.

"얼마나 받을 수 있을까요?"

니나가 물었다.

그도 몰랐다. 그 생각에 조금 혼란스럽기까지 했다. 그는 그물을 뜯어낸 후 창을 선반 위에 도로 올려놓았다. 밖에서 나뭇가지 하나가 집을 거칠게 긁어댔다.

"여보?"

그도 몰랐다. 여기저기 물어보아야 할 것이다. 마이크 처크가 지난 가을에 30에이커를 5백 달러에 임대했다. 제롬 신파는 매년 땅 일부를 세놓지만 얼마나 받는지 물어본 적이 없었다.

"천 달러쯤 될 거요."

그가 말했다.

"천 달러요?"

그는 고개를 끄덕였다. 그녀가 놀라자 안심이 되었다.

"아마 그럴 거야. 더 많을지도 모르지. 알아봐야지. 얼마나 받을 수 있는지 사람들한테 물어봐야 해."

그건 큰돈이었다. 그는 천 달러를 갖는다는 것에 대해 생각해보려고 했다. 눈을 감고 생각해보려고 애썼다.

"파는 건 아니죠? 그 땅을 빌려준다면 그게 여전히 당신 땅이라는 거죠?"

니나가 물었다.

"그럼, 그럼, 여전히 내 땅이지!"

그는 그녀에게 다가가 식탁 위로 몸을 구부렸다.

"당신 그 차이를 모르겠어? 인디언 보호구역의 땅은 그 사람들이 살 수 없어. 그걸 모르겠어? 땅을 그 사람들이 사용하라고 빌려주는 거야."

"알겠어요."

그녀는 아래를 내려다보고 그의 셔츠 중 하나의 소매를 집었다.

"그들이 그 땅을 돌려줘야 한다는 거죠? 그건 여전히 당신 소유로 있는 거죠?"

"이해 못 하겠어?"

그는 식탁 모서리를 움켜쥐었다.

"그건 임대라구!"

"어머니가 뭐라고 하실까요? 그렇게 해도 괜찮을까요?"

니나가 물었다.

그들은 둘 다 노인네를 건너다보았다. 그러나 그녀의 눈은 감겨져 있고 자는 것 같았다.

"천 달러라구요?"

니나가 말하며 고개를 저었다.

천 달러. 어쩌면 더 많을지도 모른다. 그도 알지 못했다. 그러나 천 달러도 어디냐! 그는 어떻게 시작해야 할지, 자기가 땅을 임대할 것임을 사람들에게 어떻게 알릴지 궁리했다. 올해 임대하기엔 너무 늦었다. 그러나 봄이 오면 여기저기 물어볼 수 있을 것이다. 그는 팔짱을 끼고 생각하려고 노력했다. 다리가 떨리기 시작했다. 그는 벽에 기댔다. 그는 거기 서 있다가 벽을 따라 서서히 미끄러져내려와 마침내 바닥에 주저앉았다.

"그냥 임대야."

그가 말했다.

그는 바닥을 응시했다. 바닥이 자기 앞으로 기우는 것 같았다. 마치 움직이는 듯했다. 그는 두 눈을 감고 몸을 똑바로 버티려고 두 손을 귀에 댔다. 그러고는 조개껍질에서 바람 소리가 일듯이 웅얼거리는 소리가 들리도록 손을 오므려야겠다고 생각했다.

알래스카에 뭐가 있지?

칼은 세시에 퇴근했다. 그는 역을 나와 아파트 근처의 구두 가게로 차를 몰았다. 그는 둥근 의자 위에 발을 올려놓고 점원이 그의 작업화 끈을 끄르는 것을 지켜보았다.

"편한 걸로 주시오."

칼이 말했다.

"캐주얼에 맞춰 신을 걸로요."

"그런 게 있지요."

점원이 대답했다.

점원은 세 켤레의 구두를 가져왔다. 칼은 발이 편안하고 탄력이 있으면서 부드러운 베이지색 구두를 사겠다고 말했다. 그는 점원에게 돈을 치르고 작업화를 넣은 상자를 옆구리에 끼었다.

그는 걸으면서 새 구두를 내려다보았다. 집으로 차를 몰아오면서 그는 발이 이 페달에서 저 페달로 자유롭게 움직인다고 느꼈다.

"당신 새 구두 샀네. 좀 봐요."

메리가 말했다.

"마음에 들어?"

칼이 물었다.

"색깔은 좋지 않지만 편할 것 같네. 새 구두가 필요했잖아."

그는 다시 구두를 바라보았다.

"목욕을 해야겠어."

"저녁 일찍 먹을 거야. 헬렌과 잭이 오늘 밤에 놀러 오래. 헬렌이 잭한테 생일 선물로 물담뱃대를 사줬는데 그걸 시험해보고 싶어서 안달이야."

메리가 그를 바라보았다.

"당신 괜찮겠어?"

"몇시에?"

"일곱시쯤."

"괜찮아."

그녀는 그의 구두를 다시 한번 바라보고는 뺨을 오목하게 만들었다.

"목욕해요."

그녀가 말했다.

칼은 물을 틀고 구두와 옷을 벗었다. 그는 잠시 욕조 안에 누웠다가 손톱 밑에 긴 윤활유 찌끼를 솔로 긁어냈다. 그는 두 손을 내렸다가 다시 눈앞까지 들어올렸다.

그녀가 욕실문을 열었다.

"맥주 가져왔어."

수증기가 그녀 주변을 맴돌다가 거실로 빠져나갔다.

"곧 나갈게."

그가 대답했다. 그리고 맥주를 마셨다.

그녀는 욕조 가장자리에 앉아 그의 허벅지에 손을 올려놓았다.

"전쟁터에서 귀환했네."

"전쟁터에서 귀환했지."

그녀는 그의 허벅지의 젖은 털 사이로 손을 움직였다. 그러더니 손뼉을 쳤다.

"참, 말해줄 게 있어! 오늘 면접을 봤는데 일자리가 생길 것 같아, 페어뱅크스야."

"알래스카?"

그가 물었다.

그녀는 고개를 끄덕였다.

"어떻게 생각해?"

"난 언제나 알래스카에 가보고 싶었어. 그런데 확실한 것 같아?"

그녀는 또 고개를 끄덕였다.

"그 사람들, 날 좋아했어. 다음주에 소식을 주겠대."

"근사한데. 수건 좀 줘. 나갈 거야."

"난 가서 식탁 차릴게."

그의 손가락 끝과 발가락이 하얗고 쭈글쭈글했다. 그는 천천히 물기를 닦고 깨끗한 옷을 입고 새 구두를 신었다. 그는 머리를 빗고 부엌으로 갔다. 그녀가 식탁을 차리는 동안 그는 맥주를 한 캔 더 마셨다.

"소다수하고 스낵 좀 가져가기로 했어. 가게에 들러야 해."

"소다수와 스낵이라, 좋아."

그가 말했다.

저녁을 먹고 나서 그는 식탁 치우는 일을 도왔다. 그러고 나서 가게에 가서 소다수와 감자칩, 콘칩, 양파맛 크래커를 샀다. 계산대에서 그는 한 줌의 유노* 바를 추가했다.

"당신도 참."

그것들을 보자 그녀가 말했다.

---

* 초콜릿 바의 일종.

그들은 다시 집으로 가서 차를 세워놓은 다음, 한 블록을 걸어서 헬렌과 잭의 집으로 갔다.

헬렌이 문을 열었다. 칼은 식탁 위에 봉지를 내려놓았다. 메리는 흔들의자에 앉아 코를 킁킁거렸다.

"우리가 늦었네. 우리 없이 시작해버렸어."

메리가 말했다.

헬렌은 웃었다.

"잭이 왔을 때 같이 한 대 피웠어. 물담뱃대에는 아직 불을 붙이지 않았어. 두 사람이 올 때까지 기다리고 있었지."

그녀는 방 한가운데 서서 그들을 바라보며 싱글벙글 웃었다.

"봉지 안에 뭐가 들었는지 볼까. 이야! 지금 바로 콘칩 한 봉지 먹어야겠네. 두 사람도 먹을래?"

"우린 방금 저녁을 먹어서…… 조금 있다가 먹을게."

칼이 대답했다.

물 흐르는 소리가 멈추고 칼은 잭이 욕실에서 부는 휘파람 소리를 들었다.

"우린 팝시클*하고 엠앤엠즈**를 사놨어."

---

* 미국의 아이스캔디 상표명.
** 미국의 초콜릿 상표명.

헬렌이 말했다. 그녀는 식탁 옆에 서서 감자칩 봉지에 손을 집어넣었다.

"잭이 샤워하고 나오면 물담뱃대를 시동할 거야."

그녀는 크래커 상자를 열어 하나를 입에 넣었다.

"아, 이거 정말 맛있는데."

"에밀리 포스트*가 너에 대해 뭐라고 할지 궁금하네."

메리가 말했다.

헬렌은 소리내어 웃으며 고개를 저었다.

잭이 욕실에서 나왔다.

"안녕, 여러분. 반갑네, 칼. 뭐가 그렇게 재밌어? 웃음소리가 들리던데."

그가 활짝 웃으며 말했다.

"헬렌을 놀리고 있었어요."

메리가 대답했다.

"헬렌이 웃었어."

칼이 말했다.

"재밌는 여자야. 와, 맛있겠는데! 저기, 소다수 한 잔씩 하겠어? 이제 담뱃대에 불을 붙여봐야겠어."

---

* 미국의 가정 예법 전문가.

잭이 말했다.

"나 한 잔 마실래. 당신은?"

메리가 칼에게 물었다.

"마실게."

칼이 대답했다.

"칼은 오늘 밤 좀 짜증이 나 있어요."

메리가 말했다.

"왜 그런 말을 하지?"

칼이 물었다. 그는 그녀를 바라보았다.

"날 짜증나게 하는 좋은 방법이군그래."

"그냥 장난 좀 친 거야."

메리가 말했다. 그녀는 그에게 다가가 그의 옆 소파에 앉았다.

"여보, 그냥 장난친 거라구."

"그래, 칼. 짜증내지 말라구. 내가 생일날 뭘 받았는지 보여줄 테니까. 헬렌, 내가 담뱃대에 불을 붙일 동안 소다수 한 병 따요. 정말 목이 말라."

잭이 말했다.

헬렌이 칩과 크래커를 커피 탁자로 가져왔다. 그리고 소다수 병과 컵 네 개도 내왔다.

"파티라도 하는 것 같네."

메리가 말했다.

"낮 동안 내내 굶지 않으면 난 아마 일 주일에 십 파운드씩 찔 거야."

헬렌이 말했다.

"무슨 말인지 알아."

메리가 대답했다.

잭이 물담뱃대를 가지고 침실에서 나왔다.

"이거 어때?"

그는 칼에게 물었다. 그는 그것을 커피 탁자 위에 놓았다.

"정말 근사한데."

칼은 그것을 들고 바라보았다.

"그걸 후카라고 한대."

헬렌이 말했다.

"내가 그걸 산 곳에서 사람들이 그렇게 부르더라구. 작지만 제 구실을 해요."

그녀는 웃었다.

"어디서 샀어?"

메리가 물었다.

"어디냐구? 4번가의 그 작은 가게야. 알잖아."

"그래, 알아. 언제 한번 들어가봐야겠어."

메리가 말했다. 그녀는 두 손을 깍지끼고 잭을 바라보았다.

"어떻게 하는 건가?"

칼이 물었다.

"이걸 여기 놓고, 불을 붙이는 거야. 그런 다음 여기 이걸 통해서 들이마시면 연기가 물을 통과하면서 걸러지지. 그래서 맛이 좋아져. 정말 놀랍다니까."

잭이 대답했다.

"나도 크리스마스 때 칼한테 하나 사주고 싶어요."

메리가 말했다. 그녀는 칼을 보고 빙긋 웃으며 그의 팔을 만졌다.

"나도 하나 갖고 싶어."

칼이 말했다. 그는 다리를 쭉 뻗고 불빛이 비치는 구두를 바라보았다.

"자, 한번 해봐."

가는 연기를 한 줄 내뿜으며 잭이 칼에게 담뱃대를 건넸다.

"좋은지 한번 해봐."

칼은 한 번 빨고 연기를 머금은 채 담뱃대를 헬렌에게 건넸다.

"메리가 먼저 해. 난 메리 다음에 할래. 당신들 두 사람, 따라잡아야 해."

"그러지 뭐."

메리가 말했다. 그녀는 담뱃대를 입에 넣고 빠르게 두 번 빨았다. 칼은 메리가 거품을 만드는 모습을 지켜보았다.

"정말 좋은데."

메리가 말했다. 그녀는 담뱃대를 헬렌에게 건넸다.

"우리가 어젯밤에 길들여놨거든."

헬렌은 그렇게 말하고는 큰 소리로 웃었다.

"헬렌은 오늘 아침에 애들을 깨울 때도 여전히 취한 상태였어."

잭도 웃었다. 그는 헬렌이 담뱃대를 빠는 모습을 지켜보았다.

"애들은 어때요?"

메리가 물었다.

"잘 지내."

잭은 그렇게 대답하고 담뱃대를 입 속에 넣었다.

칼은 소다수를 조금씩 마시며 물 속에 이는 거품을 바라보았다. 그것은 잠수 헬멧에서 솟아오르는 거품을 떠올리게 했다. 그는 석호와 한 떼의 멋진 물고기를 상상했다.

잭이 담뱃대를 넘겼다.

칼이 일어서서 몸을 쭉 폈다.

"어디 가?"

메리가 물었다.

"아무 데도 안 가."

칼이 말했다. 그는 도로 앉아서 머리를 흔들고는 싱긋 웃었다.

"맙소사."

헬렌이 웃었다.

"뭐가 우스워?"

한참 있다가 칼이 물었다.

"오, 나도 몰라."

헬렌이 말했다. 그녀는 눈가를 닦고 다시 웃었다. 메리와 잭도
웃었다.

잠시 후 잭이 담뱃대의 꼭대기를 비틀어 열더니 입으로 불었다.

"가끔씩 막히거든."

"아까 내가 짜증이 나 있다고 한 거 무슨 뜻으로 말한 거야?"

칼이 메리에게 물었다.

"응?"

칼은 그녀를 바라보며 눈을 깜박였다.

"당신, 내가 기분이 나쁘다고 했잖아. 왜 그런 말을 했지?"

"지금은 기억이 안 나지만 당신이 짜증나 있으면 난 알 수 있어."

그녀가 말했다.

"하지만 좋지 않은 얘기는 제발 꺼내지 말자구, 응?"

"좋아. 내 말은 당신이 왜 그렇게 말했는지 모르겠다는 거야. 당
신이 그런 말을 하기 전까지는 괜찮았는데, 그렇게 말하니까 기분
이 나빠지잖아."

"그렇다면 그런 줄 알아요."

메리가 말했다. 그녀는 소파의 팔걸이에 기대어 눈물이 나도록 웃었다.

"그게 무슨 말이야?"

잭이 물었다. 그는 칼을 쳐다보고 메리를 바라보았다.

"못 들었는데."

"과자 찍어먹을 만한 걸 좀 만들어둘걸."

헬렌이 말했다.

"소다수 한 병 더 없어?"

잭이 물었다.

"두 병 샀는데."

칼이 대답했다.

"두 병 다 마셨나?"

잭이 말했다.

"뭘 마시긴 했나? 난 병 하나만 땄어. 한 병만 딴 것 같아. 한 병 이상 딴 기억은 없어."

헬렌이 말하며 웃었다.

칼은 담뱃대를 메리에게 넘겼다. 그녀는 그의 손을 이끌어 담뱃대를 자기 입으로 가져갔다. 그는 한참 후에 연기가 그녀의 입술 위로 흐르는 것을 지켜보았다.

"소다수 더 마시는 게 어떻겠어?"

잭이 말했다.

메리와 헬렌이 웃었다.

"그러는 게 어때?"

메리가 말했다.

"아, 난 우리가 한 잔씩 마실 거라고 생각했는데."

잭이 말했다. 그는 메리를 보며 씩 웃었다.

메리와 헬렌이 웃었다.

"뭐가 우스워?"

잭이 물었다. 그는 헬렌을 보고 메리를 보았다. 그는 머리를 흔들었다.

"난 당신들 속을 모르겠어."

"우린 알래스카로 가게 될지도 몰라."

칼이 말했다.

"알래스카?"

잭이 물었다.

"알래스카에 뭐가 있는데? 거기서 뭘 할 건데?"

"난 우리가 어디론가 갈 수 있다면 좋겠어."

헬렌이 말했다.

"여기가 어때서? 두 사람, 알래스카에서 뭘 할 건데? 난 진지해. 정말 알고 싶어."

잭이 말했다.

칼은 감자칩 하나를 입에 넣고 소다수를 조금 마셨다.

"모르겠어. 자네 뭐라고 했지?"

잠시 후 잭이 다시 물었다.

"알래스카에 뭐가 있냐구."

"몰라. 메리한테 물어봐. 메리가 아니까. 메리, 난 거기서 뭘 하게 되지? 어쩌면 난 당신이 읽은 적이 있는 그 커다란 양배추를 키우게 될지도 모르겠군."

칼이 말했다.

"아니면 호박이거나."

헬렌이 말했다.

"호박을 키워요."

"큰돈을 벌게 될 거야."

잭이 말했다.

"할로윈 때 호박을 여기로 보내게. 내가 대신 팔아주지."

"잭이 당신의 판매 대행자가 될 거예요."

헬렌이 말했다.

"맞아. 우린 큰돈을 벌 거야."

잭이 말했다.

"부자가 되세요."

메리가 말했다.

잠시 후 잭이 일어섰다.

"난 뭐가 맛있을지 알아. 바로 소다수야."

그가 말했다.

메리와 헬렌이 웃었다.

"계속 웃으라구. 소다수 마실 사람?"

잭이 벙긋 웃으면서 말했다.

"무슨 수요?"

메리가 물었다.

"소다수."

잭이 말했다.

"꼭 연설이라도 할 것처럼 일어섰는데."

메리가 말했다.

"그 생각을 못 했네."

잭이 말했다. 그는 머리를 흔들면서 웃었다. 그리고 다시 앉았
다.

"좋은 건데."

그가 말했다.

“우린 더 가져야 해.”

헬렌이 말했다.

“뭘 더 가져?”

메리가 물었다.

“돈.”

잭이 대답했다.

“돈이 아니야.”

칼이 말했다.

“봉지에서 유노 바 본 것 같은데?”

헬렌이 말했다.

“몇 개 샀어. 마지막 순간에 발견했지.”

칼이 말했다.

“그 초콜릿 바 맛있어.”

잭이 말했다.

“부드러워요. 입 안에서 살살 녹지요.”

메리가 말했다.

“원한다면 엠앤엠즈와 팝시클도 있어.”

잭이 말했다.

“난 팝시클 먹을래요. 부엌으로 갈 거예요?”

메리가 말했다.

"응, 소다수도 가져올 거야. 막 기억났어. 한 잔씩 할래?"

잭이 말했다.

"다 가져와요. 그런 다음 결정하자구. 엠앤엠즈도 가져와요."

헬렌이 말했다.

"부엌을 통째로 옮겨오는 게 더 쉽겠군."

잭이 말했다.

"우리가 도시에서 살 때는, 아침에 그 집 부엌을 보면 그 전날 밤에 누가 몸이 달았었는지 알 수 있다고들 했어. 그땐 부엌이 작았지."

메리가 말했다.

"우리도 부엌이 작았어."

칼이 말했다.

"뭐가 있는지 가서 봐야겠어."

잭이 말했다.

"같이 가요."

메리가 말했다.

칼은 그들이 부엌으로 향하는 것을 지켜보았다. 그는 쿠션에 깊숙이 몸을 기대며 그들이 걷는 모습을 바라보았다. 그러고는 아주 천천히 몸을 앞으로 굽히며 곁눈질을 했다. 잭이 찬장 선반에 손을 뻗는 것이 보였다. 메리가 뒤에서 다가가 그의 허리를 껴안았다.

"농담 아니야?"

헬렌이 말했다.

"진담이야."

칼이 대답했다.

"알래스카 말이야."

헬렌이 말했다.

칼은 그녀를 응시했다.

"당신이 뭐라고 했던 것 같은데."

헬렌이 말했다.

잭과 메리가 돌아왔다. 잭은 커다란 엠앤엠즈 봉지와 소다수 한 병을 들고 있었다. 메리는 오렌지맛 팝시클을 빨고 있었다.

"샌드위치 먹을래요? 재료가 있어."

헬렌이 물었다.

"우습지 않아? 처음에 디저트로 시작해서 이제 주요리로 옮겨 가니 말이야."

메리가 말했다.

"우습군."

칼이 말했다.

"당신, 지금 빈정대는 거야?"

메리가 말했다.

"소다수 마실 사람? 소다수 한 잔씩 갑니다."

잭이 말했다.

칼이 컵을 내밀자 잭은 가득 따라주었다. 칼은 컵을 커피 탁자 위에 놓았으나 탁자가 컵과 딱 소리나게 부딪치면서 소다수가 그의 한쪽 구두 위로 튀었다.

"이런 젠장. 그래, 어때? 내가 구두에다 엎지르니."

"헬렌, 수건 있지? 칼한테 수건 좀 갖다줘."

잭이 말했다.

"저거 새 구두예요. 조금 전에 산 건데."

메리가 말했다.

"편해 보이는데."

한참 후에 헬렌이 그렇게 말하면서 칼에게 수건을 건네주었다.

"나도 그렇게 얘기했었어."

메리가 말했다.

칼은 구두를 벗어 수건으로 닦았다.

"이젠 못 쓰게 됐어. 소다수가 절대로 안 빠질 거야."

그가 말했다.

메리와 잭과 헬렌은 웃었다.

"그러고 보니 생각나는데, 신문에서 뭔가를 읽었거든."

헬렌이 말했다. 그녀는 코끝을 손가락으로 누르면서 눈을 가늘
게 떴다.

"그런데 그게 뭐였는지 잘 생각이 안 나네."

칼은 구두를 다시 신었다. 그는 두 발을 램프 아래로 뻗어 양쪽
구두를 동시에 바라보았다.

"뭘 읽었는데?"

잭이 물었다.

"뭐라구?"

헬렌이 말했다.

"신문에서 뭔가 읽었다면서."

잭이 말했다.

헬렌은 웃었다.

"방금 알래스카에 대해 생각하다가 사람들이 얼음 덩어리 안에
서 선사시대의 남자 한 명을 발견했던 게 기억났어. 왠지 모르지
만 그게 기억이 났어."

"그건 알래스카가 아니야."

잭이 말했다.

"그럴지도 모르지. 하지만 알래스카 때문에 그게 생각이 났다
니까."

헬렌이 말했다.

"두 사람은 알래스카에 대해 어떻게 생각해?"

잭이 물었다.

"알래스카엔 아무것도 없어."

칼이 대답했다.

"이 사람 기분이 안 좋다니까."

메리가 말했다.

"두 사람, 알래스카에서 뭘 할 건데?"

잭이 물었다.

"알래스카에선 할 일이 아무것도 없어."

칼이 대답했다. 그는 발을 커피 탁자 밑으로 넣었다. 그러더니 다시 한번 불빛 아래로 발을 꺼내놓았다.

"새 구두 한 켤레 필요한 사람 있어?"

칼이 물었다.

"저 소리가 뭐지?"

헬렌이 말했다.

그들은 귀를 기울였다. 무엇인가가 문을 긁어대고 있었다.

"신디 같은데. 들여놔야겠군."

잭이 말했다.

"일어선 김에 팝시클를 하나 갖다줘요."

헬렌이 말했다. 그녀는 머리를 젖히고 웃었다.

"내 것도 하나 갖다줘요, 여보."

메리가 말했다.

"내가 방금 잭한테 뭐라고 했지? 미안해요. 칼한테 말하고 있다고 생각했어요."

"모두 하나씩 먹겠다는 거지. 자네도 하나 먹을 텐가, 칼?"

잭이 말했다.

"뭐?"

"오렌지맛으로 먹을 거야?"

"오렌지맛으로."

칼이 대답했다.

"팝시클 네 개."

잭이 말했다.

잠시 후 그는 팝시클을 가지고 돌아와 하나씩 나누어주었다. 그는 자리에 앉았고 또다시 긁는 소리가 들렸다.

"뭔가 잊어버린 것 같더라니."

잭은 그렇게 말하고는 일어서서 현관문을 열었다.

"맙소사, 이거 대단한 놈이네. 신디가 오늘 밤 저녁 먹으러 나갔던 모양이군. 여러분, 이것 좀 봐요."

고양이는 생쥐 한 마리를 물고 거실로 들어와 잠시 그들을 바라보다가 그대로 입에 문 채 복도로 나갔다.

"당신도 봤어? 정말 기분 나쁘네."

메리가 말했다.

잭이 현관 불을 켰다. 고양이는 쥐를 문 채 복도를 벗어나 욕실로 들어갔다.

"그 쥐를 먹고 있어."

잭이 말했다.

"저 녀석이 내 욕실에서 쥐를 먹고 있도록 놔두고 싶지는 않은데."

헬렌이 말했다.

"쫓아내요. 애들 물건이 거기 있단 말이야."

"안 나가려고 할 거야."

잭이 말했다.

"쥐는 어떻게 됐어요?"

메리가 말했다.

"좋아, 쫓아내지. 우리가 알래스카로 간다면 신디는 사냥하는 법을 배우게 될 거야."

잭이 말했다.

"알래스카라구? 왜 다들 알래스카 얘기를 해?"

헬렌이 말했다.

"나한테 묻지 마."

잭이 대답했다. 그는 욕실문 가까이에 서서 고양이를 지켜보고 있었다.

"메리와 칼이 알래스카로 갈 거라고 했어. 그리고 신디는 사냥하는 법을 배워야 해."

메리는 두 손으로 턱을 감싸고 복도 쪽을 응시했다.

"지금 쥐를 먹고 있어."

잭이 말했다.

헬렌은 마지막 남은 콘칩을 먹었다.

"신디가 욕실에서 쥐를 먹는 게 싫다고 이야기했는데, 잭?"

"왜?"

"고양이를 욕실에서 쫓아내라고 했잖아."

"젠장."

"봐요."

메리가 말했다.

"윽, 저 망할 놈의 고양이가 이리로 오고 있어."

"저게 뭘 하는 거지?"

칼이 말했다.

고양이는 쥐를 커피 탁자 아래로 끌고 왔다. 그리고 탁자 밑에 배를 깔고 앉아 쥐를 핥았다. 고양이는 쥐를 앞발로 잡고 머리부터 꼬리까지 천천히 핥았다.

"이 고양이 흥분했는데."

잭이 말했다.

"보고 있으니 떨리네."

메리가 말했다.

"저건 그냥 천성이야."

잭이 말했다.

"저 눈 좀 봐."

메리가 말했다.

"우릴 보는 저 시선 좀 봐. 맞아, 쟤 흥분했어."

잭은 소파로 다가와서 메리 옆에 앉았다. 메리가 칼 쪽으로 조금 다가앉아 잭에게 앉을 자리를 만들어주었다. 그녀는 한 손을 칼의 무릎에 놓았다.

그들은 고양이가 쥐를 잡아먹는 것을 지켜보았다.

"저 고양이한테 먹이 안 줘?"

메리가 헬렌에게 물었다.

헬렌은 웃었다.

"한 대 더 피울 준비 됐어?"

잭이 말했다.

"우린 가야 해."

칼이 말했다.

"뭐 급한 일 있어?"

잭이 물었다.

"조금 더 있다 가요. 벌써 갈 필요 없잖아."

헬렌이 말했다.

칼은 메리를 바라보았다. 메리는 잭을 바라보고 있었다. 잭은 그의 발치의 깔개 위에 있는 무언가를 응시하고 있었다.

헬렌은 손바닥에 엠앤엠즈를 늘어놓고 골라 먹었다.

"난 초록색이 제일 좋아."

헬렌이 말했다.

"나, 아침에 일하러 가야 해."

칼이 말했다.

"왜 저렇게 뚱한지 몰라. 여러분, 짜증쟁이 얘기 좀 들어볼래요? 여기 짜증쟁이가 있어요."

메리가 말했다.

"갈 거야?"

칼이 물었다.

"우유 마실 사람 없어? 부엌에 우유가 있는데."

잭이 말했다.

"난 소다수를 너무 많이 마셨어."

메리가 말했다.

"소다수는 다 떨어졌어."

잭이 말했다.

헬렌은 웃었다. 그녀는 눈을 감았다가 뜨고는 다시 웃었다.

"우린 집에 가야 해."

칼이 말했다. 잠시 후 그는 일어서서 말했다.

"우리가 코트를 입고 왔던가? 입었던 것 같지 않은데."

"뭐? 코트를 입고 오진 않았을 거야."

메리가 말했다. 그녀는 자리에 그냥 앉아 있었다.

"가는 게 좋겠어."

칼이 말했다.

"가야 한대."

헬렌이 말했다.

칼은 메리의 겨드랑이에 두 손을 넣어 그녀를 일으켰다.

"잘 있어요."

메리가 말했다. 그녀는 칼을 끌어안았다.

"너무 배가 불러서 움직일 수가 없어."

헬렌은 웃었다.

"헬렌은 언제나 웃을 거리를 찾아낸다니까."

잭이 말하며 빙긋이 웃었다.

"뭣 때문에 그렇게 웃는 거야, 헬렌?"

"나도 몰라. 메리가 말한 게 우스워."

헬렌이 말했다.

"내가 무슨 말을 했는데?"

메리가 물었다.

"기억 안 나."

헬렌이 대답했다.

"가야 돼."

칼이 말했다.

"안녕."

잭이 말했다.

"잘 지내."

메리는 웃으려고 애썼다.

"갑시다."

칼이 말했다.

"잘 가, 모두. 잘 가게, 칼."

잭이 말했다.

칼은 잭이 천천히, 아주 천천히 말하는 것을 들었다.

밖으로 나오자 메리는 칼의 팔을 붙잡고 고개를 숙인 채 걸었다. 그들은 보도 위를 천천히 걸었다. 그는 그녀의 구두가 질질 끌리는 소리에 귀를 기울였다. 개가 날카롭고 단속적으로 짖는 소리 너머 아주 멀리서 차들이 달리는 소리가 어렴풋이 들렸다.

그녀가 고개를 들었다.

"집에 가면, 사랑도 하고 얘기도 하고 기분을 바꿔보고 싶어. 칼, 날 즐겁게 해줘. 오늘 밤엔 기분전환을 할 필요가 있어."

그녀는 그의 팔을 잡은 손에 힘을 주었다.

그는 한쪽 구두에서 축축함을 느꼈다. 그는 문을 열고 스위치를 톡 쳐서 불을 켰다.

"침대로 와요."

그녀가 말했다.

"갈게."

그는 부엌으로 가서 물을 두 잔 마셨다. 그리고 거실 불을 끄고 벽을 더듬어가며 침실로 들어갔다.

"칼! 칼!"

그녀가 소리를 질렀다.

"깜짝이야, 나야! 나 지금 불을 켜려고 하고 있어."

그는 램프를 찾았다. 그녀는 침대에 앉아 있었다. 그녀의 눈이 반짝였다. 그는 자명종 시계를 울리게 해놓고 옷을 벗기 시작했다. 무릎이 후들거렸다.

"피울 거 뭐 없어?"

그녀가 물었다.

"하나도 없어."

"그러면 마실 거 한 잔 만들어줘. 마실 게 있을 거야. 아무것도 없다고 하지 마."

"맥주가 있지."

그들은 서로 바라보았다.

"맥주 마실게."

그녀가 말했다.

"정말 맥주 마실 거야?"

그녀는 천천히 고개를 끄덕이고 입술을 잘근잘근 씹었다.

그는 맥주를 가지고 돌아왔다. 그녀는 그의 베개를 무릎 위에 놓고 앉아 있었다. 그는 그녀에게 맥주 캔을 건네주고 침대로 기어들어가 이불을 끌어당겼다.

"피임약 먹는 걸 잊었어."

그녀가 말했다.

"뭐라구?"

"피임약 먹는 걸 잊었다구."

그는 침대에서 나와 그녀에게 약을 가져다주었다. 그녀는 눈을 떴고 그는 그녀가 내민 혓바닥 위에 약을 떨어뜨렸다. 그녀는 맥주와 함께 약을 삼켰고, 그는 침대로 다시 들어갔다.

"이거 마셔. 난 눈을 뜨고 있을 수가 없어."

그녀가 말했다.

그는 맥주 캔을 마룻바닥에 놓고 옆으로 돌아누운 채 어두운 복도를 응시했다. 그녀가 그의 갈비뼈 위에 한쪽 팔을 올렸다. 그녀의 손가락들이 그의 가슴으로 기어갔다.

"알래스카에 뭐가 있지?"

그녀가 말했다.

그는 엎드려서 침대의 자기 자리 쪽으로 천천히 움직여갔다. 잠시 후 그녀는 코를 골았다.

막 램프를 끄려고 했을 때 그는 현관에서 무엇인가를 보았다고 생각했다. 그는 계속 바라보며 자신이 그것을, 한 쌍의 작은 눈을 보았다고 생각했다. 심장이 벌렁댔다. 그는 눈을 깜박이고는 계속 응시했다. 그는 몸을 굽혀 던질 만한 것을 찾았다. 그는 구두 한 짝을 집어들었다. 그리고 똑바로 앉아서 두 손으로 구두를 쥐었다. 그는 그녀가 코고는 소리를 들으며 이를 악물었다. 그는 기다렸다. 그는 그것이 한 번 더 움직이기를, 아주 조그만 소리라도 내기를 기다렸다.

야간 학교

내 결혼생활이 방금 끝장이 났다. 나는 일자리를 찾을 수가 없었다. 내게는 다른 여자가 있었다. 그러나 그녀는 시내에 없었다. 그래서 나는 바에서 맥주를 한잔 하고 있었다. 그런데 몇 자리 떨어진 곳에 앉아 있던 여자 두 명 중 하나가 내게 말을 걸기 시작했다.

"차 있으세요?"

"네, 그런데 여기 없어요."

나는 대답했다.

차는 아내에게 있었다. 나는 부모님 집에 머물고 있고, 때때로 부모님 차를 썼다. 그러나 오늘 밤엔 걸어왔다.

다른 여자가 나를 쳐다보았다. 둘 다 마흔 살 정도였다. 어쩌면 더 많을지도 모른다.

"저 사람한테 뭘 물어본 거야?"

그 여자가 처음 여자한테 물었다.

"차 있느냐고 물었어."

"그래, 차 있으세요?"

나중 여자가 내게 말했다.

"저분께 말하고 있었는데요, 차는 있지만 지금 가지고 오진 않았다고요."

나는 대답했다.

"그래선 우리에게 별 도움이 안 돼요."

그녀가 말했다.

처음 여자가 웃었다.

"우리한테 묘안이 떠올랐는데, 그걸 해내려면 차가 필요해요. 유감이네요."

그녀는 바텐더에게 고개를 돌리고 맥주 두 잔을 더 주문했다.

나는 내 맥주를 오랫동안 붙들고 있었는데, 이제 다 마시고 나니 그들이 내게 한 잔 사줄 거라는 생각이 들었다. 하지만 그들은 사주지 않았다.

"뭐 하는 분이에요?"

처음 여자가 내게 물었다.

"지금은 아무것도 안 해요. 이따금 기회가 되면 학교에 다니지요."

"저 사람, 학교에 다닌대. 학생이야."

그녀는 다른 여자에게 말했다.

"어느 학교에 다녀요?"

"근처에요."

내가 말했다.

"내가 그랬잖아. 저 사람 학생처럼 보인다고."

그 여자가 말했다.

"학교에선 뭘 배우죠?"

나중 여자가 물었다.

"뭐든 다요."

"내 말은," 하고 그녀가 말했다. "뭘 할 생각이냐구요. 댁의 인생의 큰 목표가 뭐예요? 모두 인생의 큰 목표를 가지고 있잖아요."

나는 바텐더에게 빈 컵을 들어보였다. 그는 그것을 가져가고 한 잔 더 따라주었다. 나는 잔돈을 세어 내놓았다. 그래서 두어 시간 전에 나오면서 가지고 있던 2달러에서 30센트만 남게 되었다. 그녀는 대답을 기다리고 있었다.

"가르치는 거요. 학교에서 가르치는 거."

나는 대답했다.

"저 사람, 선생님이 되고 싶대."

그녀가 말했다.

나는 맥주를 조금씩 마셨다. 누군가 주크박스에 동전을 넣었고, 아내가 좋아하는 노래가 나오기 시작했다. 나는 주위를 둘러보았다. 출입문 가까이에서 두 남자가 셔플보드* 게임을 하고 있었다. 문이 열려 있었고 밖은 어두웠다.

"있죠, 우리도 학생이랍니다. 우리도 학교에 다녀요."

처음 여자가 말했다.

"우린 야간 강의를 듣죠. 월요일 밤에 강독을 들어요."

다른 여자가 말했다.

"이리로 오시죠. 이렇게 서로 소리지를 필요 없게 말이에요."

처음 여자가 말했다.

나는 맥주잔과 담배를 집어들고 두 자리 너머 그들 쪽으로 다가앉았다.

"더 낫군요. 그런데, 학생이라고 했어요?"

그녀가 말했다.

"네, 가끔씩은요. 그렇지만 지금은 아니에요."

내가 대답했다.

"어디요?"

---

* 긴 막대기로 원반을 밀어 점수가 씌어 있는 곳으로 넣는 게임.

"주립대학이죠."

"맞아요. 이제 기억나요."

그녀는 다른 여자를 보았다.

"거기 패터슨이란 이름의 선생 얘기 들어봤어요? 그 선생 성인 교육 강의를 맡고 있어요. 우리가 월요일에 듣는 그 강의도 한답니다. 댁은 그 선생을 많이 닮았어요."

그들은 서로 마주 보며 웃었다.

"신경 쓰지 마세요."

처음 여자가 말했다.

"우리끼리만 통하는 농담이니까요. 저 사람한테 우리가 뭘 하려고 했는지 말할까, 이디스? 할까?"

이디스는 대답하지 않았다. 그녀는 맥주를 한 모금 마시고는 눈을 가늘게 뜨고 바 뒤의 거울에 비친 자신을, 우리 셋을 바라보았다.

"우린 만일 오늘 밤 차가 있다면 가서 그 선생을 만날 텐데 하고 생각했어요."

처음 여자가 계속해서 말했다.

"패터슨 말이에요. 그렇지, 이디스?"

이디스는 혼자 웃었다. 그녀는 자기 맥주를 다 마시고 한 잔씩 더 달라고 했다. 내게도 한 잔 시켜주었다. 그녀는 5달러짜리 지폐로 술값을 계산했다.

"패터슨은 술 마시는 걸 좋아해요."

이디스가 말했다.

"맞아."

다른 여자가 말했다. 그녀는 내게 고개를 돌렸다.

"어느 날 밤 수업 시간에 그 얘기를 했죠. 패터슨은 식사 때마다 포도주를 마시고 저녁 먹기 전엔 하이볼*을 한두 잔 마신다고 해요."

"그게 무슨 강좌입니까?"

내가 물었다.

"패터슨이 가르치는 그 강독이요. 패터슨은 여러 가지 일에 대해 얘기하는 걸 좋아해요."

"우린 읽는 걸 배우고 있어요. 거짓말 같죠?"

이디스가 말했다.

"나는 헤밍웨이나 그 비슷한 걸 읽고 싶어요. 하지만 패터슨은 『리더스 다이제스트』에 있는 얘기 같은 걸 읽게 해요."

다른 여자가 말했다.

"우린 월요일 밤마다 시험을 봐요. 하지만 패터슨은 괜찮아요.

---

* 위스키에 소다수를 탄 음료.

우리가 하이볼 한잔 하러 찾아가도 개의치 않을 거예요. 아무튼 그도 어쩌지 못할 거예요. 우린 그의 약점을 쥐고 있거든요. 패터슨 말이에요."

이디스가 말했다.

"우린 오늘 밤 자유예요. 그런데 이디스의 차가 정비소에 있는 거예요."

다른 여자가 말했다.

"만일 지금 댁이 차를 갖고 있었다면 우린 그를 보러 갔을 거예요."

이디스가 말했다. 그녀는 나를 바라보았다.

"댁은 패터슨에게 선생이 되고 싶다고 얘기할 수도 있을 텐데. 당신들 두 사람은 뭔가 공통점이 있어요."

나는 맥주를 다 마셨다. 하루 종일 땅콩 몇 개 외에는 먹은 것이 없었다. 계속 귀를 기울이며 얘기하기가 힘들었다.

"세 잔 더 줘요, 제리."

처음 여자가 바텐더에게 말했다.

"고맙습니다."

내가 말했다.

"댁이라면 패터슨하고 잘 지낼 거예요."

이디스가 말했다.

"그럼 그 사람한테 전화해요."

내가 말했다. 나는 여자들의 말이 그냥 해보는 것이라고 생각했다.

"난 전화 안 할 거예요. 그가 핑계를 댈 테니까요. 곧바로 그 사람 집 현관 앞에 나타나는 거예요. 그러면 그는 우릴 집 안에 들일 수밖에 없을 거예요."

그녀는 말했다. 그러고는 맥주를 조금 마셨다.

"그럼 가자구! 뭘 기다리고 있는 거야? 차가 어디 있다고 했죠?"

처음 여자가 말했다.

"몇 블록 떨어진 곳에 있어요. 하지만 잘 모르겠어요."

내가 말했다.

"가고 싶어요, 그렇지 않아요?"

이디스가 물었다.

"가고 싶다고 했어."

처음 여자가 말했다.

"맥주 여섯 캔들이 한 팩을 사야겠어요. 가지고 가게."

"난 삼십 센트밖에 없는데요."

내가 말했다.

"누가 댁의 돈이 필요하댔어요?"

이디스가 말했다.

"우린 당신 차만 있으면 돼요. 제리, 세 잔 더 줘요. 그리고 여섯 캔들이 한 팩도요."

"패터슨에게 건배."

맥주가 나오자 처음 여자가 말했다.

"패터슨과 그 사람의 하이볼을 위해."

"그 사람, 과자를 떨어뜨릴 거야."

이디스가 말했다.

"주욱 마셔요."

처음 여자가 말했다.

인도에 나서자 우리는 시내를 벗어나 남쪽으로 향했다. 나는 두 여자 사이에 서서 걸었다. 열시쯤이었다.

"난 지금 그 맥주 하나 마실 수 있을 것 같아요."

내가 말했다.

"드세요."

이디스가 말했다.

그녀는 봉지를 열었고, 나는 손을 넣어 캔 하나를 떼어냈다.

"그 사람, 집에 있을 거예요. 패터슨이요."

이디스가 말했다.

"확실히는 몰라요. 하지만 그럴 거라고 생각해요."

다른 여자가 말했다.

"얼마나 더 가죠?"

이디스가 물었다.

나는 걸음을 멈추고 맥주 캔을 들어 반 정도 마셨다.

"다음 블록이에요. 난 부모님과 함께 있어요. 거긴 부모님 집이
에요."

"잘못된 거 있나요, 뭐."

이디스가 말했다.

"하지만 댁은 그러기에는 나이가 좀 많은 것 같은데."

"실례잖아, 이디스."

다른 여자가 말했다.

"뭘, 난 늘 이러는데."

이디스가 말했다.

"이 사람도 이런 것에 익숙해져야지. 그뿐이야. 난 원래 그런걸."

"얘는 늘 이런 식으로 말해요."

다른 여자가 말했다.

나는 맥주를 다 마시고 캔을 풀숲으로 던졌다.

"이젠 얼마나 더 남았죠?"

이디스가 물었다.

"여기예요. 바로 여기. 가서 차 열쇠 가져올게요."

내가 말했다.

"그럼 서둘러요."

이디스가 말했다.

"밖에서 기다릴게요."

다른 여자가 말했다.

"나 참!"

이디스가 말했다.

나는 문을 따고 아래층으로 내려갔다. 아버지는 잠옷 차림으로 텔레비전을 보고 있었다. 아파트 안은 따뜻했다. 나는 잠시 문설주에 기대어 한 손으로 눈을 비볐다.

"저 맥주 두어 잔 했습니다. 뭘 보고 계세요?"

"존 웨인이야."

아버지가 말했다.

"아주 좋다. 앉아서 봐라. 네 어머니는 아직 안 들어왔다."

어머니는 폴스라는 생맥주 식당에서 야간 근무를 했다. 아버지는 직업이 없었다. 전에는 숲에서 일을 했는데 그러다 다치셨다. 합의금을 받았지만 지금은 거의 다 써버리고 없었다. 아내가 떠났을 때 나는 아버지께 2백 달러만 빌려달라고 부탁했으나 아버지는 거절했다. 거절하면서, 그것 때문에 내가 아버지를 미워하지

170

않았으면 좋겠다고 했다. 아버지의 두 눈에는 눈물이 고였다. 나는 괜찮다고, 그런 일로 아버지를 미워하진 않는다고 말씀드렸다.

이번에도 아버지는 안 된다고 할 것이다. 그러나 나는 소파의 다른쪽 끝에 앉아서 말했다.

"여자들 둘을 만났는데 집까지 태워다줄 수 있겠느냐고 하는데요."

"그래서 뭐라고 했니?"

아버지가 물었다.

"밖에서 기다리고 있어요."

"그냥 기다리게 내버려둬라. 누군가 지나갈 테지. 넌 그런 일에 말려들고 싶지 않겠지."

아버지는 고개를 저었다.

"우리가 어디 사는지 그 여자들에게 가르쳐준 건 아니지? 그 여자들이 진짜로 밖에 있는 건 아니지?"

아버지는 소파 위에서 잠깐 몸을 움직이고는 다시 텔레비전을 보았다.

"아무튼 차 열쇠도 네 어머니가 가지고 갔다."

아버지는 여전히 텔레비전을 바라보면서 천천히 고개를 끄덕였다.

"괜찮아요. 저 차 필요 없어요. 아무 데도 안 갈 거예요."

나는 일어나서 복도를 들여다보았다. 나는 거기 놓인 간이침대에서 잔다. 간이침대 옆 탁자 위에는 재떨이와 럭스 시계 하나, 낡은 염가본 책 몇 권이 있었다. 나는 보통 자정에 잠자리에 들어 글씨들이 흐릿해질 때까지 책을 보다가, 그걸 손에 들고 불은 켜놓은 채 잠이 든다. 내가 거기서 읽고 있는 책 중 한 권에는 내가 아내에게 들려준 적이 있는 이야기가 들어 있다. 그것은 내게 무서운 인상을 남겼다. 악몽을 꾸는 한 남자가 있는데, 꿈을 꾸는 악몽을 꾸다가 깨어나보니 한 남자가 자신의 침실 창가에 서 있다. 꿈꾸던 사람은 겁에 질린 나머지 움직일 수 없고 숨도 쉴 수가 없다. 창가의 남자는 창 안을 들여다보더니 창의 방충망을 뜯기 시작한다. 꿈꾸던 남자는 움직일 수가 없다. 비명을 지르고 싶지만 숨을 쉴 수가 없다. 그런데 달이 구름 뒤에서 나타나고, 악몽을 꾸던 그 남자는 밖에 있는 남자가 누군지 알아본다. 그는 자신의 가장 친한 친구, 꿈꾸던 남자의 가장 친한 친구이지만 그 악몽 속에서는 서로 아는 사이가 아니다.

그 얘기를 아내에게 해주면서 나는 피가 얼굴로 몰리고 머릿가죽이 오싹해지며 따끔거리는 것을 느꼈다. 그러나 아내는 흥미를 보이지 않았다.

"그건 그저 글일 뿐이야. 자신의 가족 중 누군가에게 배신당하면 바로 그게 진짜 악몽인 거야."

나는 그들이 바깥문을 흔드는 소리를 들을 수 있었다. 내 창문 위 보도에서 울리는 발소리도 들을 수 있었다.

"이 더러운 새끼야!"

이디스의 목소리가 들렸다.

나는 욕실로 들어가 한참 있다가 위층으로 올라가 밖으로 나갔다. 아까보다 더 추웠다. 나는 재킷의 지퍼를 올렸다. 나는 폴스 식당으로 걸어가기 시작했다. 어머니의 근무가 끝나기 전에 거기에 도착한다면 칠면조 샌드위치를 먹을 수 있을 것이다. 그런 다음 커비의 신문 가판대로 가서 잡지들을 훑어볼 것이다. 그러고 나면 아파트로 가서 침대에 누워 책을 읽다가 웬만큼 읽고 나면 잠을 잘 것이다.

그 여자들, 그들은 내가 나올 때 그곳에 없었다. 내가 돌아왔을 때도 그들은 그곳에 없을 것이다.

수집가들

나는 실직했다. 그러나 매일 북쪽에서 소식이 오기를 기다렸다. 나는 소파에 누워 빗소리에 귀를 기울였다. 가끔씩은 커튼을 들어올리고 우편 집배원이 오는지 내다보았다.

거리에는 아무도 없었다. 아무것도.

다시 아래층으로 내려와 채 오 분도 되지 않았을 때 나는 누군가가 현관으로 걸어와서 기다리다가 문을 두드리는 소리를 들었다. 나는 가만히 누워 있었다. 그 사람이 집배원이 아니라는 걸 알고 있었다. 나는 집배원의 발소리를 안다. 실직중이고, 문 밑으로 밀어넣어지는 우편물을 통해 통지*들을 받게 되면 아무리 주의를

---

* 가스나 전기 등 각종 요금에 대한 독촉 통지서를 가리킴.

기울여도 지나치지 않다. 특히 집에 전화가 없을 경우, 그들은 애기를 하려고 갑자기 집에 나타나기도 하니까.

문 두드리는 소리가 또 났다. 더 크게. 나쁜 신호다. 나는 긴장을 풀고 현관을 내다보려고 했다. 그러나 거기 있는 사람은 문 앞에 바짝 붙어 서 있었다. 또다른 나쁜 신호였다. 바닥이 삐걱거리기 때문에, 다른 방으로 소리없이 가서 창문으로 내다볼 수도 없었다.

또다시 문 두드리는 소리가 났고 나는 말했다, 누구세요?

오브리 벨입니다, 어떤 남자가 말했다. 슬레이터 씨입니까?

누굴 찾습니까? 나는 소파에서 소리를 질렀다.

슬레이터 부인께 전할 물건이 있습니다. 그분이 뭔가에 당첨되셨거든요. 슬레이터 부인 댁에 계십니까?

슬레이터 부인은 여기 안 살아요, 내가 말했다.

저, 그러시면, 댁이 슬레이터 씨입니까? 남자가 말했다. 슬레이터 씨…… 그러더니 남자는 재채기를 했다.

나는 소파에서 일어났다. 문을 따고 조금 열었다. 그는 레인코트를 입은 뚱뚱하고 커다란 늙은 남자였다. 코트에서 물이 흘러내려 그가 들고 있던 여행가방같이 생긴 커다란 가방 위로 떨어졌다.

그는 히죽 웃고는 그 큰 가방을 내려놓았다. 그리고 손을 내밀었다.

오브리 벨입니다, 그가 말했다.

나는 댁을 모르는데요, 내가 대꾸했다.

슬레이터 씨, 그가 말하기 시작했다. 슬레이터 부인께서 카드 하나를 적어냈습니다. 그는 안주머니에서 카드 몇 장을 꺼내더니 잠시 그것을 뒤적였다. 슬레이터 부인, 그가 읽었다. 사우스 식스 스 이스트 거리 255번지 맞죠? 슬레이터 부인이 당첨잡니다.

그는 모자를 벗고 엄숙하게 고개를 끄덕이며 됐다는 듯, 모든 것이 해결됐고, 여행은 끝났으며, 기차가 종점에 도달했다는 듯 모자를 코트에 대고 탁탁 털었다.

그는 기다렸다.

슬레이터 부인은 여기 살지 않아요, 내가 말했다. 그 사람이 뭘 받게 됐는데요?

보여드려야 알 겁니다, 그가 말했다. 들어가도 될까요?

글쎄요, 오래 걸리지만 않는다면요. 난 상당히 바빠요.

좋습니다, 그가 말했다. 우선 이 코트부터 벗어야겠습니다. 그리고 덧신*도요. 댁의 카펫에 자국을 남기고 싶지 않으니까요. 댁에는 카펫이 있군요, 저……

카펫을 보자 그의 눈이 번쩍했다가 흐려졌다. 그는 몸을 떨었

---

* 오버슈즈(overshoes), 비 올 때 방수용으로 구두 위에 신는 것.

다. 그러고는 코트를 벗어 털더니 문 손잡이에 걸었다. 저게 코트 걸기에 좋은 자리죠, 그가 말했다. 하여튼 더러운 날씨예요. 그는 허리를 굽히고 덧신 끈을 끌렀다. 그리고 가방을 방 안에 들여놓았다. 그는 덧신을 벗은 후, 슬리퍼를 신고 방으로 들어왔다.

나는 문을 닫았다. 그는 내가 슬리퍼를 바라보고 있는 것을 보더니 말했다. W. H. 오든*은 중국을 처음 방문했을 때 내내 슬리퍼를 신고 다녔답니다. 절대로 벗지 않았죠. 못이 박힐까봐 그랬다죠.

나는 어깨를 으쓱했다. 나는 우체부가 오는지 다시 한번 거리를 내다보고 다시 문을 닫았다.

오브리 벨은 카펫을 응시했다. 그는 자기 입술을 잡아당겼다. 그러더니 웃었다. 그는 웃으며 머리를 흔들었다.

뭐가 그렇게 우습죠? 내가 말했다.

아무것도 아니에요. 오, 하느님, 그가 말했다. 그는 또 웃었다. 내 정신이 이상해지는 것 같아요. 열이 있는 것 같기도 하구요. 그는 한 손을 이마에 댔다. 그의 머리는 헝클어졌고, 머리통을 따라 모자를 썼던 자국이 둥그렇게 나 있었다.

제가 열이 좀 있어 보이지 않습니까? 그가 말했다. 열이 좀 있

---

* 1907~1973, 영국의 시인.

는 것 같아요. 그는 여전히 카펫을 응시하고 있었다. 아스피린 좀 있나요?

뭐가 문젭니까? 내가 물었다. 여기서 아프지 않았으면 좋겠는데요. 난 할 일이 있어서요.

그는 고개를 저었다. 그는 소파에 앉았다. 그리고 슬리퍼를 신은 발로 카펫을 문질렀다.

나는 부엌으로 가서 컵을 하나 씻고 병에서 아스피린 두 알을 흔들어 꺼냈다.

여기 있어요, 내가 말했다. 그런데 댁은 그만 가야 할 것 같은데요.

슬레이터 부인 대신 말하는 건가요? 그가 바람 새는 소리를 내며 말했다. 아니, 아니에요, 내가 한 말 잊어버려요, 잊어버려요. 그는 얼굴을 훔쳤다. 그리고 아스피린을 삼켰다. 그의 눈이 가구가 없는 방 안을 재빨리 훑었다. 그리고 그는 조금 힘들게 허리를 굽혀 가방의 잠금 장치를 풀었다. 가방이 홱 열렸다. 호스와 브러시, 반짝이는 파이프, 작은 바퀴 위에 얹혀 있는 무거워 보이는 파란 물건 등이 칸막이들 사이에 가득 차 있었다. 그는 놀란 듯한 눈길로 그 물건들을 바라보았다. 조용하게, 교회에서와 같은 목소리로 그가 말했다. 이게 뭔지 알겠어요?

나는 가까이 다가갔다. 진공 청소기 같은데요. 난 안 사요. 진공 청소기를 살 생각은 전혀 없어요.

한 가지 보여드리고 싶군요, 그가 말했다. 그는 재킷 주머니에서 카드 한 장을 꺼냈다. 이걸 좀 보십시오. 그는 내게 그 카드를 건넸다. 댁한테 사라고 하진 않았어요. 하지만 그 서명 좀 보세요. 그거 슬레이터 부인 서명 맞죠, 아닌가요?

나는 카드를 보았다. 그것을 불 가까이로 들어올렸다. 뒤집어 보았지만 뒷면엔 아무것도 없었다. 그래서요? 내가 말했다.

슬레이터 부인의 카드는 한 바구니 가득 담긴 카드들 중에서 무작위로 뽑은 거요. 이 조그만 카드와 똑같은 수백 장의 카드 가운데서 말이요. 부인은 무료 청소와 카펫 청소액 한 병에 당첨됐지요. 슬레이터 부인은 당첨자입니다. 조건은 없습니다. 댁의 매트리스까지 청소해주려고 여기 왔지요. 몇 달, 몇 년 동안 매트리스에 어떤 것들이 모이는지 알면 놀랄 겁니다. 우리는 살아가면서 매일 밤 매일 낮 우리의 작은 조각들을, 이런저런 파편들을 남기죠. 그게 어디로 가겠습니까, 이런 조각들 말이에요. 바로 시트를 통해서 매트리스로 가는 겁니다, 바로 거기죠! 베개도 그렇구요. 그것도 마찬가지입니다.

그는 이야기하면서 반짝이는 파이프의 길이를 조절하고 각 부분들을 조립하고 있었다. 그리고 다 맞춰진 파이프들을 호스에 끼워넣었다. 그는 무릎을 꿇고 앉아 툴툴거리면서 그 일을 하고 있었다. 그는 국자같이 생긴 것을 호스에 붙이더니 바퀴가 달린 파란 물건을 꺼내올렸다.

그는 자기가 사용하려고 하는 필터를 내게 살펴보라고 했다.

차 있으세요? 그가 물었다.

없어요, 내가 말했다. 차는 가지고 있지 않아요. 차가 있다면 댁을 어딘가로 태워다드릴 텐데요.

정말 유감입니다, 그가 말했다. 이 작은 청소기는 60피트짜리 연장선을 갖추고 있지요. 차가 있으시면 이 작은 청소기를 차문까지 가지고 가서 플러시* 천으로 된 카펫과 뒤로 젖혀지는 고급 시트까지 청소할 수 있죠. 그 멋진 시트 안에 몇 년 동안 쌓인 우리의 부분들이 얼마나 많은지, 얼마나 많은 부분들이 모여 있는지 아시면 놀랄 겁니다.

벨 씨, 내가 말했다. 그 물건들 챙겨서 나가는 게 좋을 것 같네요. 난 정말 아무런 악의 없이 말하는 겁니다.

그러나 그는 플러그를 꽂을 곳을 찾아 두리번거리고 있었다. 그는 소파 옆에서 하나를 찾았다. 기계는 안에 공깃돌 혹은 아무튼 헐거운 무언가가 들어 있는 듯 덜그럭거리더니, 윙 하는 고른 소리를 내며 안정되었다.

---

* 카펫이나 곰인형 등을 만드는 데 쓰는 보풀 많은 천.

릴케는 성인이 된 후 줄곧 이 성에서 저 성으로 옮겨다니며 살았어요. 후원자들 덕분이죠, 그가 청소기 소음 위로 소리를 지르며 말했다. 그는 자동차를 거의 타지 않았어요. 기차를 더 좋아했지요. 그리고 마담 샤틀레*와 함께 시레이**에 있었던 볼테르의 경우를 보세요. 그의 데스마스크도요. 그렇게 평온할 수가 없어요. 그는 내가 이의라도 제기하려 한다는 듯 오른손을 들었다. 아니, 아니에요, 그건 옳지 않아요, 그렇죠? 그렇게 말하지 말아요. 하지만 누가 알겠어요? 그렇게 말하면서 그는 몸을 돌려 청소기를 다른 방으로 끌고 가기 시작했다.

그 방에는 침대 하나와 창문 하나가 있었다. 침대 커버가 방바닥에 한 더미를 이루고 있었다. 매트리스 위에는 베개 하나와 시트 하나가 있었다. 그는 베개 커버를 벗기고 매트리스의 시트도 재빨리 벗겨냈다. 그는 매트리스를 바라보고는 나를 흘끗 한 번 곁눈질했다. 나는 부엌으로 가서 의자를 가져왔다. 그리고 문간에 앉아서 지켜보았다. 먼저 그는 그 국자 같은 것을 손바닥에 대

---

* 에밀리 드 샤틀레(1706~1749), 볼테르의 연인이자 친구였던 후작부인으로, 그와 함께 철학과 과학을 논했다.
** 볼테르와 마담 샤틀레가 15년간 기거했던 섬. 파리에서 250km 떨어진 곳에 있다.

고 잘 빨아들이는지 시험했다. 그러고는 허리를 굽히고 청소기에 달린 다이얼을 돌렸다. 이런 일을 하려면 이걸 최고 강도로 올려야 합니다. 그는 다시 한번 빨아들이는 힘을 점검하고는 호스를 침대 머리까지 늘여서 국자로 매트리스를 훑기 시작했다. 국자가 매트리스에 달라붙었다. 청소기가 더 큰 소리를 내며 돌았다. 그는 매트리스 위를 세 번 훑고는 기계를 껐다. 그가 레버를 누르자 뚜껑이 튀어오르듯이 열렸다. 그는 필터를 꺼냈다. 이 필터는 실연용으로만 쓰이죠. 정상적으로 사용할 때는 이것들, 이 물질들이 전부 다 여기 이 주머니로 들어가는 겁니다, 그가 말했다. 그는 두 손가락으로 먼지 덩어리를 조금 집어냈다. 이런 게 한 컵 분량은 있는 게 분명합니다.

그는 얼굴에 그런 표정을 지었다.

그건 내 매트리스가 아니에요, 나는 말했다. 나는 의자에서 몸을 앞으로 내밀고 흥미를 보이려고 애썼다.

이제 베개를 봅시다, 그가 말했다. 그는 사용한 필터를 창턱에 놓고 잠시 창 밖을 내다보더니 고개를 돌렸다. 베개 이쪽 끝을 잡아주시면 좋겠는데요, 그가 말했다.

나는 일어서서 베개의 양끝을 붙잡았다. 어떤 것의 두 귀를 붙들고 있는 것 같은 느낌이 들었다.

이렇게요? 내가 물었다.

그는 고개를 끄덕였다. 그리고 다른 방으로 들어가더니 다른 필터를 가지고 돌아왔다.

그 필터는 얼마나 합니까? 내가 물었다.

아주 쌉니다, 그가 말했다. 종이하고 플라스틱 조금으로 만드는 거니까. 비쌀 리가 없지요.

그는 청소기를 켰다. 나는 국자가 베개에 달라붙어 베개 끝에서 끝까지 한 번, 두 번, 세 번─그렇게 움직이는 동안 베개 양쪽 귀를 꼭 쥐고 있었다. 그는 청소기 스위치를 끄고 필터를 빼낸 뒤 아무 말 없이 그것을 집어들었다. 그는 그것을 창턱 위 다른 필터 옆에 놓았다. 그러고는 벽장문을 열고 안을 들여다보았다. 그러나 거기에는 쥐약 한 상자만 있을 뿐이었다.

현관에서 발소리가 들리고 이어서 편지 투입구의 뚜껑이 열렸다가 찰캉 닫히는 소리가 들렸다. 우리는 서로 쳐다보았다.

그는 다른 방으로 청소기를 끌고 갔고 나는 그를 따라갔다. 우리는 현관문 가까이의 카펫 위에 뒤집어진 채 떨어져 있는 편지를 보았다.

나는 편지 쪽으로 다가가면서 고개를 돌리고 말했다. 다른 게 또 있나요? 이제 어두워지네요. 이 카펫은 손을 댈 만한 게 못 돼요. 이건 러그 시티*에서 나온 건데 뒷면에 미끄럼 방지 처리가 돼 있고 가로 12인치 세로 15인치 사이즈인 면 카펫이에요. 손질할 만한 가치가 없는 거예요.

꽁초가 가득 찬 재떨이 없습니까? 그가 물었다. 아니면 나무가 심긴 화분 같은 건요? 흙이 조금만 있어도 되는데요.

나는 재떨이를 찾아냈다. 그는 그것을 들더니 내용물을 카펫에 쏟고 슬리퍼 신은 발로 재와 담배꽁초를 뭉갰다. 그리고 또다시 무릎을 꿇고는 새 필터를 끼웠다. 그는 재킷을 벗어 소파 위에 던졌다. 겨드랑이에 땀이 흐르고 있었고, 허리띠 위로는 배가 불룩 나와 있었다. 그는 국자를 비틀어 떼고 호스에 다른 장치를 부착했다. 그리고 다이얼을 조정했다. 그는 기계를 작동시켜 낡은 카펫 위를 이리저리 앞뒤로 움직이기 시작했다. 나는 두번째로 편지 쪽으로 다가가려고 했다. 그러나 그는 내가 올 것을 예상한 듯 나를 막았다. 말하자면 호스와 파이프와 밀고 다니며 청소하는 동작으로 말이다……

나는 의자를 부엌으로 도로 가지고 가서 거기에 앉아 그가 일하는 것을 지켜보았다. 잠시 후 그는 기계를 끄고 뚜껑을 열더니 필터를 말없이 내게 가지고 왔다. 먼지와 머리카락과 조그만 알갱이 같은 것이 잔뜩 붙어 있었다. 나는 필터를 보고는 일어서서 그

---

* 동양풍의 저렴한 카펫이나 러그(깔개)를 파는 회사 이름.

것을 쓰레기통에 넣었다.

그는 이제는 안정된 태도로 일했다. 더이상 설명도 없었다. 그는 초록색 액체가 몇 온스 들어 있는 병을 들고 부엌으로 왔다. 그는 그 병을 수도꼭지 아래 놓고 물을 채웠다.

아시겠지만 난 한 푼도 드릴 수 없어요, 내가 말했다. 내 목숨이 거기 달려 있다 해도 댁한테 1달러도 줄 수 없다구요. 댁은 내 경우가 완전히 손해였다고 생각해야 할 거예요. 댁은 지금 시간을 낭비하고 있는 거예요, 내가 말했다.

나는 그것을 명백하게, 아무런 오해도 없도록 밝혀두고 싶었다.

그는 자기 일을 계속했다. 그는 호스에 다른 부착물을 붙이고 거기에 약간 복잡한 방식으로 병을 걸었다. 그는 카펫 위를 천천히 움직이며 가끔씩 초록색의 작은 물줄기를 흘렸고, 솔을 카펫 위에서 앞뒤로 움직여 거품을 일으켰다.

나는 할 얘기를 다 한 셈이었다. 나는 부엌 의자에 앉아서 이제는 마음놓고 그가 일하는 모습을 바라보았다. 가끔씩 나는 창 밖으로 비가 내리는 것을 보았다. 벌써 어두워졌다. 그는 청소기를 껐다. 그는 현관문 가까운 구석에 있었다.

커피 드릴까요? 내가 말했다.

그는 헉헉대면서 얼굴을 훔쳤다.

나는 물을 올렸다. 물이 끓고 내가 커피 두 잔을 다 만들 즈음 그도 모든 걸 다 분해해서 가방에 넣어놓고 있었다. 그는 편지를 집어들었다. 겉봉에 씌어 있는 이름을 읽고 발신자 주소를 자세히 들여다보았다. 그리고 그 편지를 반으로 접더니 바지 뒷주머니에 넣었다. 나는 줄곧 그를 지켜보았다. 그렇게 바라보기만 했다. 커피가 식기 시작했다.

슬레이터 씨한테 온 겁니다, 그가 말했다. 내가 처리하지요. 커피를 못 마실 것 같네요. 카펫을 가로질러 가고 싶지 않습니다. 막 청소액으로 청소를 했으니까요.

그렇군요, 내가 말했다. 그런데 그 편지가 누구 앞으로 온 건지 확실한 겁니까?

그는 소파로 가서 재킷을 입고 현관문을 열었다. 여전히 비가 내리고 있었다. 그는 덧신에 발을 집어넣고 동여매고 나서 레인코트를 입고는 집 안을 돌아다보았다.

편지, 보고 싶으시오? 내 말을 못 믿겠소? 그가 말했다.

이상해 보여서 말이죠, 내가 말했다.

그럼 난 가는 게 좋겠소, 그가 말했다. 그러나 그는 계속 거기 서 있었다. 청소기 갖고 싶으시오?

나는 이제는 잠긴 채 바로 움직일 준비가 되어 있는 그 커다란 가방을 바라보았다.

아니오, 내가 말했다. 싫어요. 난 곧 여기를 떠날 겁니다. 그건 방해만 될 거예요.

좋아요, 라고 말하고 그는 문을 닫았다.

샌프란시스코에서는 뭘 하세요?

이 이야기는 나와는 아무런 관련이 없다. 이건 아이 셋 딸린 젊은 부부에 관한 이야기로, 그들은 지난 여름 초반 내가 배달하는 구역의 한 집으로 이사 왔다. 나는 지난 일요일자 신문에서 야구 방망이로 아내와 아내의 남자친구를 때려 죽인 혐의로 샌프란시스코에서 체포된 한 젊은 남자의 사진을 보았을 때 그 부부에 대해 또다시 생각하기 시작했다. 턱수염 때문에 닮아보이긴 했지만 물론 그 사람은 아니었다. 그러나 상황은 그런 생각을 하기에 충분할 만큼 유사했다.

내 이름은 헨리 로빈슨이다. 나는 연방 공무원인 우편 집배원이고 1947년부터 이 일을 해왔다. 나는 전쟁중에 삼 년을 군대에서 보낸 것을 제외하고는 평생 서부에서 살았다. 이십 년 전에 이혼했고 거의 그만큼의 세월 동안 만나보지 못한 두 아이가 있다.
나는 경박한 사람이 아니며, 또 내 생각에 진지한 사람도 아니다.
요즘 세상에서 남자는 양쪽 면을 조금씩 가지고 있어야 한다는 게
내 지론이다. 나는 또 일의 가치를 믿는다 — 열심히 일할수록 좋
은 것이다. 일하지 않는 남자는 시간이 너무 많은 셈이다. 자신에
대해, 또 자신의 문제에 대해 생각할 시간이 너무 많은 것이다.

나는 여기 살았던 그 젊은 남자의 문제가 부분적으로는 일이 없
었던 것 때문이었다고 믿는다. 물론 그녀 탓이라고도 말할 수 있
을 것이다. 그 여자 말이다. 그녀가 그것을 조장했다.

만일 여러분이 그들을 봤다면 비트족*이라고 불렀을 것이다.
남자는 턱에 뾰족한 갈색 수염을 길렀는데, 멋진 저녁식사를 하
고 식사 후엔 시가 한 대 정도는 피우게 해야 할 필요가 있는 몰골
로 보였다. 여자는 긴 검은 머리에 흰 피부를 가진 매력적인 여자
였다. 이건 아첨이 아니다. 그러나 그녀는 좋은 아내와 어머니는
아니었다고 말할 수밖에 없다. 그녀는 화가였다. 그 젊은 남자가
무슨 일을 했는지는 모르겠는데 — 아마도 같은 분야의 일이었을
것이다. 그들 둘 다 제대로 일을 하지는 않았다. 그러나 그들은 집

* 1950년대 후반에 샌프란시스코와 뉴욕을 중심으로 활동한 보헤미안 성향의
문화인들.

세를 냈고, 그럭저럭 살아나갔다—적어도 그 여름 동안은.

내가 그들을 처음 본 것은 토요일 아침 열한시나 열한시 십오분 경이었다. 내가 그들이 사는 블록으로 들어섰을 때는 내 구역의 3분의 2쯤을 돌았을 때였다. 나는 1956년식 포드 세단이 커다란 트레일러를 뒤에 달고 마당에 서 있는 것을 보았다. 파인 가(街)에는 세 집밖에 없었고 그들의 집이 마지막 집이었다. 다른 집은 이곳 아카타에서 산 지 일 년이 조금 못 되는 머치슨네와 이 년쯤 되는 그랜트네였다. 머치슨은 심슨 레드우드 제재소에서 일했고, 진 그랜트는 데니네 식당에서 아침 시간에 요리사로 일했다. 그 두 집 다음에는 공터가 있고 그 다음 맨 끝 집은 콜네가 살았었다.

젊은 남자가 마당의 트레일러 뒤에 나와 있었고, 여자는 담배를 입에 문 채 꽉 끼는 흰색 진바지에 흰색 남자용 속옷 차림으로 막 현관문을 나오고 있었다. 그녀는 나를 보자 걸음을 멈추고 내가 길을 따라 다가오는 것을 지켜보며 서 있었다. 나는 그 집 우체통에 가까워지자 걸음을 늦추었고 그녀가 있는 방향으로 고개를 숙였다.

"다 정리가 되셨습니까?"

내가 물었다.

"곧 될 거예요."

그녀는 이렇게 말하고 계속 담배를 피우면서 이마에 흘러내린 머리카락을 쓸어올렸다.

"잘 됐군요. 아카타에 오신 걸 환영합니다."

내가 말했다.

그렇게 말하고 나서 나는 약간 어색한 기분을 느꼈다. 왜 그랬는지 모르지만 이 여자 옆에 있을 때마다 어색한 기분이 들었다. 그게 내가 처음부터 그녀에게 반감을 품게 된 여러 가지 이유 중 하나였다.

그녀는 내게 보일 듯 말 듯 미소를 지어보였고 나는 계속 걸음을 옮기기 시작했다. 그때 그 젊은 남자가—마스턴이 그의 이름이었다—장난감이 든 커다란 상자를 들고 트레일러 뒤를 돌아나왔다. 아카타는 작은 도시도 아니고 큰 도시도 아니다. 다소 작은 편이라고 해야 할지도 모르겠다. 그렇다고 해서 아카타가 결코 세상의 끝은 아니지만, 여기 사는 대부분의 사람들은 제재소에서 일하거나 어업과 관련 있는 일을 하거나 아니면 시내의 가게들에서 일한다. 이곳 사람들은 턱수염을 기른 남자를 보는 데 익숙하지 않다. 일하지 않는 남자를 보는 것도 그렇다.

"안녕하세요."

나는 말했다. 내가 손을 내밀자 그는 상자를 차 앞의 완충장치 위에 내려놓았다.

"헨리 로빈슨입니다. 두 분은 막 오신 건가요?"

"어제 오후에 왔어요."

그가 말했다.

"힘든 여행이었어요! 샌프란시스코에서 오는 데 열네 시간이
걸렸죠. 저 웬수 같은 트레일러를 끌고 오느라구요."

여자가 현관에서 큰 소리로 말했다.

"저런."

나는 고개를 저었다.

"샌프란시스코라구요? 나도 얼마 전에 샌프란시스코에 갔었는
데, 보자, 지난 사월 아니면 삼월에 말이죠."

"그랬어요? 샌프란시스코에서는 뭘 했어요?"

그녀가 물었다.

"아, 뭐, 아무것도 안 했어요. 난 일 년에 한두 번은 거길 간답니
다. 피셔먼스 와프*에도 가고 자이언츠 팀이 경기하는 것을 보려
고 가기도 하지요. 그게 다예요."

잠시 말이 끊겼다. 마스턴은 발끝으로 잔디를 헤치며 무엇인가
열심히 들여다보았다. 나는 걸음을 옮기기 시작했다. 그 순간 아
이들이 현관문에서 날 듯이 튀어나와 현관 끝까지 소리를 지르며

---

* 관광지로 유명한 샌프란시스코의 부두. 근처에 박물관과 알카트라즈 감옥이
있다.

뒤엉켜 내달았다. 망사문이 탕 소리를 내며 열렸을 때 나는 마스턴이 놀라서 펄쩍 뛸 거라고 생각했다. 여자는 팔짱을 낀 채 태연자약하게, 눈 하나 깜짝하지 않고 그냥 거기 서 있었다. 남자는 전혀 괜찮아 보이지 않았다. 뭔가 하려고 할 때마다 경련이라도 일으키는 것처럼 빠르고 작은 움직임을 보였다. 그리고 그의 눈은 상대방을 보다가 슬쩍 딴 데로 돌려졌다가 다시 상대에게 향하곤 했다.

아이는 셋이었는데 네댓 살 되어 보이는 곱슬머리의 작은 여자애 둘과 그 둘을 쫓아다니는 조그만 남자애 하나였다.

"애들이 귀엽네요. 그럼 난 가봐야겠습니다. 우체통의 이름을 바꾸고 싶으시겠지요?"

내가 말했다.

"네, 그럼요. 하루나 이틀 후에 손을 볼 겁니다. 하지만 어쨌거나 한동안은 우편물이 오지 않겠지요."

"모를 일이지요."

내가 말했다.

"이 낡은 우편낭 안에서 뭐가 나타날지는 아무도 모른다니까요. 준비해서 나쁠 것 없지요."

나는 걷기 시작했다.

"참, 제재소에 일자리를 구하고 있다면 심슨 레드우드에서 누굴 찾으면 되는지 말해줄 수 있어요. 내 친구 하나가 거기 감독이라오. 그 사람 아마 뭔가 할 일을……"

그들이 흥미 있어하지 않아서 나는 말끝을 흐렸다.

"아니, 됐습니다."

그가 말했다.

"이 사람은 일을 찾고 있는 게 아니에요."

그녀가 끼어들었다.

"아, 그럼 안녕히 계세요."

"안녕히 가세요."

마스턴이 말했다.

여자한테서는 아무런 말도 나오지 않았다.

그날은 앞서 말했듯이 토요일이었고 전몰장병기념일 전날이었다. 우리는 월요일날 쉬었고 그래서 나는 화요일까지 거기 들르지 않았다. 그 트레일러가 아직도 앞뜰에 있는 것 때문에 놀랐다고 말할 수는 없다. 그러나 그가 아직도 짐을 다 내리지 않은 것을 보고는 정말로 놀랐다. 짐의 약 4분의 1—커버를 씌운 의자 하나와 크롬 도금의 부엌 의자 하나, 위뚜껑이 뜯긴 커다란 옷상자—은 앞쪽 현관으로 향하는 중이었다고 말할 수 있겠다. 또다른 4분의 1은 집 안으로 들어갔음이 틀림없고, 나머지 짐은 아직도 트레일러 안에 있었다. 트레일러 뒷문으로 오르락내리락하고 있는 아이들은 작은 막대기를 들고 다니며 트레일러의 옆구리를 두들겨 댔다. 그애들의 엄마와 아빠는 어디에도 보이지 않았다.

목요일에 나는 그가 다시 마당에 나와 있는 것을 보고 그에게 우체통 이름을 바꾸도록 상기시켰다.

"꼭 해야지요."

그가 말했다.

"천천히 해요. 새 집으로 이사 오면 살펴야 할 일이 많은 법이지요. 여기 살던 콜 씨네는 댁이 이사 오기 꼭 이틀 전에 이사 갔지요. 그 사람은 유레카에서 일할 거랍니다. 생선과 사냥한 짐승 고기를 파는 매장에서요."

마스턴은 수염을 쓰다듬으며 다른 일을 생각하는 것처럼 딴 데를 보았다.

"또 봅시다."

내가 말했다.

"안녕히 가세요."

그가 말했다.

그런데 결국 그는 우체통의 이름을 바꾸지 않았다. 얼마 후에 그 주소로 온 편지 한 통을 가지고 갔을 때 그는 이런 식으로 얘기했다.

"마스턴이요? 네, 그거 우리집에 온 거네요, 마스턴이요……
곧 저 통의 이름을 바꿔야겠어요. 페인트를 한 통 사서 저 콜이라
는 이름 위에 칠을 하면 될 거예요."

그 말을 하는 동안 그의 눈길은 내내 이곳저곳을 떠돌아다녔
다. 그러고는 나를 흘겨보듯이 쳐다보고 한두 번 턱을 까닥였다.
그러나 그는 우체통 이름을 결코 바꾸지 않았고 얼마 후에는 나도
어깨를 한 번 으쓱하고는 그 일을 잊어버렸다.

소문은 퍼지게 마련이다. 나는 그가 이로울 게 없는 샌프란시
스코의 환경에서 벗어나고자 아카타로 온, 가석방중인 전과자라
는 얘기를 여러 번 들었다. 그 얘기에 따르면 여자는 그의 아내지
만, 아이들은 단 한 명도 그의 자식이 아니라는 것이다. 또다른 얘
기로는 그가 범죄를 저지르고 여기로 숨어든 것이라고 했다. 그
러나 그 얘기에 수긍하는 사람은 많지 않았다. 그가 정말 범죄와 관
련된 일을 할 사람으로는 보이지 않았던 것이다. 대부분의 사람들
이 믿는 듯했던 얘기, 어쨌거나 가장 많이 떠돌던 얘기가 가장 끔
찍했다. 그 얘기에 따르면 여자는 마약 중독자이고, 남편은 그녀
가 약에서 벗어나도록 하기 위해 여기로 데려왔다는 것이다. 그
증거로 샐리 윌슨이 방문했던 일이 언제나 언급되었다. 웰컴 왜
건*의 샐리 윌슨 말이다. 그녀는 어느 날 오후에 그들 집에 들렀는

196

데, 나중에 말하기를 거짓말이 아니라 진짜로 그 가족—특히 여자—에게 뭔가 이상한 것이 있다고 했다. 한동안 앉아서 샐리가 얘기하는 것을 듣고 있는 것처럼—귀를 기울여 듣는 것처럼 보였는데, 다음 순간에는 샐리가 아직 얘기하는 중인데도 일어나서 마치 그녀가 그곳에 없는 것처럼 그림을 그리기 시작하더라는 것이다. 또 아이들을 어루만지고 뽀뽀를 해주다가도 갑자기 분명한 이유도 없이 아이들에게 소리를 질러대는 것도 이상하다고 했다. 샐리는 가까이서 보면 그녀의 눈이 이상해 보이더라고 말했다. 샐리 윌슨은 웰컴 왜건이라는 허울 아래서 오랜 세월을 남을 염탐하고 엿보며 산 사람이다.

누군가가 그 얘기를 꺼내면 나는 말하곤 했다. "모를 일이지. 누가 알겠어? 그 사람이 이제 일하러 갈는지 말이야."

그러면서도 그 일이 내게는 어떻게 보였느냐 하면, 그들은 샌프란시스코에서 상당한 말썽이 있었고—그게 어떤 건지는 모르지만,—그래서 그 일로부터 피해 떠나기로 결정했다는 것이다. 그들이 일거리를 찾아서 온 것은 분명 아니기 때문에 정착할 장소로 왜 아카타를 골랐는지를 알기란 쉽지 않지만 말이다.

---

* 새로 이사 온 이웃을 환영하는 활동을 하는 북미의 사회단체.

처음 몇 주 동안에는 우편물이라고 할 만한 것이 없었다. 시어스*니 웨스턴 오토**니 하는 곳에서 온 전단지들뿐이었다. 그러더니 일 주일에 한두 통 정도 편지가 오기 시작했다. 그 집에 가게 되면 어떤 때는 부부 중 한 사람이 집 주변에 나와 있기도 했고, 어떤 때는 아무도 보지 못하기도 했다. 그러나 아이들은 언제나 나와 있었다. 집 안팎으로 뛰어다니기도 하고, 집 옆의 공터에서 놀기도 했다. 물론 그 집이 애초부터 모델 하우스는 아니었지만, 그들이 거기서 살기 시작하고 얼마 지나지 않아 잡초가 돋아나고, 거기 자라던 얼마 안 되는 잔디는 누렇게 말라 죽어갔다. 그런 모습은 정말 보기 싫은 법이다. 제서프 노인이 한두 번 가서 그들에게 물을 틀라고 했지만, 그들은 호스를 살 수가 없다고 주장하더라고 했다. 그래서 노인은 그들에게 호스 하나를 주고 갔다. 나는 아이들이 벌판에서 그것을 가지고 노는 것을 보았고, 그걸로 끝이었다. 나는 작은 흰색 스포츠카가 그 집 앞에 서 있는 것을 두 번 보았는데 이 근처에서 온 차는 아니었다.

딱 한 번 나는 그 여자와 직접 상대하게 되었다. 우편요금이 5센트 부족한 편지가 있어서 그것을 들고 문으로 갔다. 어린 여자애들 중 하나가 나를 들어오게 하고는 자기 엄마를 데리러 달려갔

---

* 미국의 쇼핑몰 체인.
** 미국의 중고차 체인.

다. 집 안은 잡다한 낡은 가구와 사방에 내던져진 옷가지로 난장판이었다. 그러나 그건 우리가 더럽다고 말하는 그런 것은 아니었다. 깔끔하지는 않더라도 더러운 것도 아니었다. 낡은 소파와 의자가 거실의 한쪽 벽을 따라 놓여 있었다. 창문 아래로는 벽돌과 판자로 만든 책장이 있었는데 작은 염가본 책들이 빼곡했다. 구석에는 앞면을 뒤로 돌려놓은 그림들이 무더기로 쌓여 있었고, 옆에는 다른 그림이 천으로 덮인 채 이젤 위에 놓여 있었다.

나는 우편가방을 다른 쪽으로 바꿔 메고 그 자리에 버티고 섰지만, 그 5센트를 내가 내고 말걸 하는 마음이 들기 시작했다. 기다리면서 이젤을 계속 바라보다가 살금살금 다가가서 막 천을 들추려는 순간, 발걸음 소리가 들렸다.

"무슨 일이죠?"

현관 복도에 나타난 그녀는 전혀 친절하지 않은 태도였다.

나는 모자의 테를 살짝 만지고 대답했다.

"편지가 왔는데 요금이 오 센트 부족해요."

"어디 보죠. 누구한테서 왔지요? 세상에, 제리한테서 왔네! 이 괴짜가 우표도 안 붙이고 편지를 보냈어. 리!"

그녀가 소리를 질렀다.

"제리한테서 편지가 왔어."

마스턴이 들어왔다. 그러나 그는 그다지 반가워하는 것 같지 않았다. 나는 처음에는 이쪽 다리에, 다음에는 저쪽 다리에 체중을 실어가며 기다리고 서 있었다.

"오 센트라구요. 옛 친구 제리한테서 온 것이니 돈을 드리죠. 여기 있어요. 그럼 안녕히 가세요."

그녀가 말했다.

이런 식으로 일이 진행되었다 — 말하자면 무슨 식이랄 것도 없었다. 이 근방 사람들이 그들에게 차차 익숙해져갔다고 하진 않겠다. 그들은 정말로 익숙해질 수 없는 그런 사람들이었다. 그러나 얼마 후에는 어느 누구도 그들에게 그리 신경 쓰지 않는 것 같았다. 사람들이 세이프웨이에서 식료품 카트를 밀고 가는 그와 마주치게 되면 그 수염을 한참 바라보았을지도 모르지만, 그게 전부였다. 우리는 더이상의 얘기를 듣지 못했다.

그러던 어느 날 그들은 사라졌다. 서로 다른 두 방향으로 말이다. 나는 나중에 여자가 그 전 주에 누군가 — 어떤 남자 — 와 떠나버렸고, 며칠 후에는 남자가 아이들을 데리고 레딩의 자기 어머니 집으로 갔다는 것을 알게 되었다. 일 주일 동안, 목요일부터 다음주 수요일까지, 그들의 우편물은 우체통 안에 그대로 있었다. 블라인드는 모두 내려졌고, 그들이 영원히 떠나버린 건지 어떤지 아무도 확실히 알지 못했다. 그런데 그 수요일에 나는 포드 세단이 다시 뜰에 서 있는 것을 보게 되었다. 블라인드는 여전히 내려져 있었지만 우편물은 사라지고 없었다.

그 다음날부터 그는 매일 내가 편지를 전해주기를 기다리며 계속 우체통 옆에 나와 있거나, 담배를 피우며 현관 앞 계단에 앉아 있곤 했다. 기다리고 있다는 것이 분명히 보였다. 내가 오는 것을 보면 그는 일어나서 바지 엉덩이를 털고 우체통 옆으로 오는 것이었다. 그에게 온 편지가 있으면 그는 내가 건네주기도 전에 발신자 주소를 재빨리 훑어보았다. 우리는 거의 말을 나누지 않았다. 어쩌다 눈길이 마주치면 서로 고개를 끄덕하는 정도였으나, 그런 일도 잦지는 않았다. 그러나 그는 고통을 겪고 있었다. 누구라도 그것을 알 수 있었다. 할 수만 있다면 어떻게든 그를 도와주고 싶었다. 그러나 나는 무슨 말을 하면 좋을지 알 수 없었다.

그가 뒷주머니에 두 손을 찌르고 우체통 앞에서 왔다갔다하고 있는 것을 보고 뭔가 말을 건네봐야겠다고 생각한 건 그가 돌아오고 나서 일 주일쯤 되었을 때의 어느 아침이었다. 무슨 말을 해야 할지는 아직 몰랐지만 반드시 뭔가 말을 할 작정이었다. 내가 다가갔을 때 그는 등을 돌리고 있었다. 가까이 가니 그가 갑자기 내 쪽으로 돌아섰다. 그의 얼굴에 떠오른 표정을 보자 말이 입 안에서 얼어붙었다. 나는 그에게 온 편지 한 통을 든 채 그 자리에 멈춰 서버렸다. 그는 내게 두어 걸음 다가왔고, 나는 그의 얼굴에 눈길 한 번 주지 않고 편지를 건네주었다. 그는 그것을 뚫어지게 바라보았다.

"현거주자 앞이네요."

그가 말했다.

그것은 의료보험 계획을 선전하는 전단지로, 로스앤젤레스에서 온 것이었다. 그날 아침에만 적어도 일흔다섯 통은 배달했을 것이다. 그는 그것을 반으로 접어 들고는 집으로 들어갔다.

그 다음날도 그는 언제나처럼 거기 나와 있었다. 그는 그 낯익은 표정을 짓고 있었다. 전날보다는 자신을 잘 억제하고 있는 듯 보였다. 이번에는 나도 그가 기다리던 것을 가지고 있다는 느낌이 들었다. 그날 아침, 역에서 우편물을 정리해서 한 묶음씩 다발을 만들다가 그것을 보았다. 보통의 흰색 봉투에 장식적인 여자의 필체로 씌어진 주소가 앞면을 거의 다 차지하고 있었다. 편지에는 포틀랜드 소인이 찍혀 있었고 발신자 주소에는 JD라는 이니셜과 포틀랜드 거리 주소가 씌어 있었다.

"안녕하슈."

편지를 주면서 내가 말했다.

그는 아무 말 없이 내게서 그것을 받고는 무섭도록 창백해졌다. 그는 잠시 비틀거리더니 편지를 높이 들고 햇빛에 비춰보면서 집 안으로 들어가기 시작했다.

나는 큰 소리로 말했다.

"그 여자는 좋은 여자가 아니에요, 젊은이. 그 여자를 보는 순간 알 수 있었다오. 그 여잘 왜 잊지 못해요? 나가서 일을 하고 그 여잔 잊어버려요. 무엇 때문에 일을 안 하려는 거요? 내가 당신 같은 처지였고, 내가 있던 곳에 전쟁이 났을 때, 내게 모든 것을 잊게 해준 건 밤낮없이 일하는 것, 바로 그것이었어요……"

그 일 이후로 그는 더이상 밖에 나와 나를 기다리지 않았고, 거기 머무른 것도 그 뒤로 닷새 동안뿐이었다. 그러나 나는 매일 그를 보곤 했다. 언제나처럼 나를 기다리지만 창문 뒤에 서서 커튼 틈으로 엿보고 있는 그를. 그는 내가 갈 때까지 나오지 않았다. 내가 돌아서면 망사문 열리는 소리가 들리곤 했다. 뒤를 돌아보면 그는 전혀 서두르지 않는 태도로 우체통을 향하고 있었다.

그를 마지막으로 보았을 때 그는 창가에 서 있었고, 차분하며 편안해 보였다. 커튼은 내려져 있었고 블라인드는 모두 올려져 있었다. 그때 나는 그가 떠나려고 짐을 꾸리고 있는 모양이라고 생각했다. 그러나 그의 얼굴 표정으로 보아 이번에는 나를 기다리고 있는 게 아니라는 것을 알 수 있었다. 그는 나를 지나쳐, 나의 너머, 지붕 꼭대기와 나무 너머 남쪽을 응시하고 있는 것 같았다. 내가 집 가까이 다가갔다가 보도를 걸어 계속 가고 있는데도 그는 그저 바라보기만 했다. 나는 뒤를 돌아보았다. 그는 아직도 창가에 서 있었다. 너무도 강한 감정에 이끌린 나는 돌아서서 그가 바라보고 있는 방향을 쳐다보지 않을 수 없었다. 그러나 여러분도 추측했겠지만, 늘 보던 숲과 산과 하늘 외에 아무것도 보지 못했다.

그 다음날 그는 사라졌다. 그는 가는 곳의 주소를 남겨놓지 않았다. 가끔 이런저런 우편물이 그나 그의 아내, 혹은 그들 둘 앞으로 오곤 했다. 그런 우편물이 1종 우편물이면 우리는 그것을 하루만 가지고 있다가 발신자 주소로 돌려보낸다. 그런 것은 많지 않다. 그리고 나는 그런 일을 귀찮아하지 않는다. 어느 편이든 간에 그것은 일일 뿐이며, 할 일이 있다는 게 나는 항상 감사하다.

학생의 아내

그가 자신이 찬미하는 시인인 릴케의 시를 읽어주고 있는 동안 그녀는 그의 베개를 베고 잠이 들었다. 그는 큰 소리로 읽는 걸 좋아했고, 잘 읽기도 했다. 확신에 찬 맑은 목소리가 낮고 음울하게 깔리다가 높아지는가 하면 흥분으로 떨리기도 했다. 읽을 때면 절대로 책장에서 눈을 떼지 않았고, 담배를 찾아 침대 옆 작은 탁자로 손을 뻗을 때에만 멈추었다. 그의 낭랑한 목소리는 성벽으로 둘러싸인 도시에서 막 출발한 대상(隊商)과 긴 옷을 입고 수염 기른 남자들이 나오는 꿈속으로 그녀를 떨어뜨렸다. 그녀는 잠깐 동안 그가 읽어주는 것을 듣다가 눈을 감곤 스르르 잠에 빠지는 것이었다.

그는 계속 큰 소리로 읽었다. 아이들은 벌써 몇 시간 전에 잠들었고, 밖에서는 이따금씩 젖은 길 위에서 차가 미끄러지는 소리가 났다. 잠시 후 그는 책을 내려놓고 램프를 끄려고 침대에 앉은 채로 몸을 돌렸다. 그녀가 갑자기 눈을 떴다. 겁에 질린 듯한 모습이었다. 그러고는 두어 번 눈을 깜박였다. 움직이지 않는 멍한 눈 위로 파득이며 오르내리는 그녀의 눈꺼풀이 그에게는 이상하게도 검고 두툼해 보였다. 그는 그녀를 가만히 바라보았다.

"꿈꾸고 있었어?"

그가 물었다.

그녀는 고개를 끄덕이고는 손을 올려 머리 양쪽에 매달린 플라스틱 헤어롤에 손가락을 댔다. 내일은 금요일이고, 우드론 아파트에 사는 네 살부터 일곱 살까지의 모든 아이들을 그녀가 맡아서 돌보는 날이었다. 그는 팔꿈치를 짚고 그녀를 계속 바라보면서 동시에 다른 손으로는 이불을 반듯하게 펴려고 애쓰고 있었다. 그녀는 부드러운 피부에 광대뼈가 튀어나온 얼굴을 지녔다. 그녀가 때때로 친구들에게 주장하는 바에 따르면 그 광대뼈는 아버지에게 물려받은 것으로, 아버지는 4분의 1이 네즈 퍼스* 족 인디언이었다는 것이다.

그녀가 말했다.

---

* 오리건, 워싱턴, 아이다호 일대에 거주했던 미국 원주민.

"샌드위치 좀 만들어줘, 마이크. 빵 위에 버터를 바르고 양상추 얹고 소금을 뿌려서."

그는 자고 싶었기 때문에 아무것도 하지 않았고 아무 말도 하지 않았다. 그러나 그가 눈을 떴을 때 그녀는 아직도 깨어서 그를 쳐다보고 있었다.

"잠이 안 와, 낸? 늦었는데."

그가 매우 점잖게 말했다.

"우선 뭐 좀 먹고 싶어."

그녀가 말했다.

"왜 그런지 팔다리가 아파. 그리고 배가 고파."

침대에서 몸을 굴려 빠져나오면서 그는 터무니없이 큰 소리로 신음을 했다.

그는 샌드위치를 만들어 접시에 담아 들고 왔다. 그가 침실로 들어오자 그녀는 침대에 일어나 앉아 미소를 짓더니 접시를 받아 들면서 베개 하나를 등에 받쳤다. 그는 흰색 잠옷을 입은 그녀가 병원 환자 같다고 생각했다.

"얼마나 이상한 꿈을 꾸었는지 몰라."

"무슨 꿈을 꾸었는데?"

침대로 들어가 그녀와 거리를 둔 채 옆으로 돌아누우면서 그가 말했다. 그는 대답을 기다리면서 침대 옆 탁자를 바라보았다. 그러다가 천천히 눈을 감았다.

"정말로 듣고 싶어?"

그녀가 물었다.

"응."

그녀는 베개에 편안히 기대고는 입술에 붙은 빵 부스러기를 떼어냈다.

"음, 그게 진짜로 오래 가는 그런 꿈 같았어. 온갖 인간관계가 진행되고. 그런데 지금은 다 기억나지는 않아. 막 잠에서 깼을 때는 모든 게 아주 생생했는데 지금은 흐릿해지고 있어. 내가 얼마나 잤어? 하긴 그건 별로 중요하지 않은 것 같긴 해. 어쨌거나 우리가 어디선가 밤을 보내고 있었어. 애들은 어디 있었는지 모르겠고, 우리 둘만 어떤 작은 호텔 같은 데 있는 거야. 가본 적이 없는 무슨 호수 옆에 있는 호텔이었어. 나이가 많은 어떤 부부도 있었는데 자기네 모터보트에 우릴 태워주고 싶어했어."

그 얘기를 하며 그녀는 웃었다. 그리고 베개에서 떨어져 몸을 앞으로 굽혔다.

"그 다음에 기억나는 건 우리가 보트 선착장에 있었다는 거야. 보트에는 앉을 데가 한 군데밖에 없었는데, 앞쪽에 있는 벤치 같은 거였어. 그리고 세 사람 앉을 만큼의 넓이밖에 안 됐어. 당신과 나는 누가 양보를 해서 뒤쪽에 갇혀 앉아 있을 것인가를 놓고 언쟁을 하기 시작했지. 당신은 당신이 하겠다고 했고, 난 내가 하겠다고 했어. 결국은 내가 보트 뒤쪽으로 간신히 비집고 들어갔어. 거긴 너무 좁아서 다리가 아팠고 뱃전을 넘어서 물이 들어올까봐 겁이 나데. 그때 잠이 깼어."

"대단한 꿈이네."

그는 비몽사몽간에 간신히 대답하고 나서도 뭔가 더 말을 해야 한다고 느꼈다.

"보니 트래비스 기억나? 프레드 트래비스의 아내 말야. 그녀는 총천연색 꿈을 꾸곤 했다고 하더군."

그녀는 손에 든 샌드위치를 보더니 한 입 베어물었다. 그것을 삼키고 나서 그녀는 입술 안쪽을 혀로 한 번 훑었다. 그리고 무릎 위에 놓인 접시가 떨어지지 않도록 조심하면서 뒤로 손을 뻗어 베개를 통통하게 부풀렸다. 그런 다음 미소를 지으며 다시 베개에 기댔다.

"우리가 틸턴 강가에서 밤을 보내던 때 기억나, 마이크? 그 다음날 아침에 당신이 큰 물고기를 잡았잖아."

그녀는 그의 어깨에 손을 올려놓았다.

"그거 기억나?"

그녀는 기억했다. 지난 몇 년 동안 그 일에 대해 거의 생각하지 않았는데 최근에 다시 생각나기 시작한 것이다. 그것은 그들이 결혼하고 한두 달쯤 후로, 주말 여행을 떠났을 때의 일이었다. 그들은 그날 밤 눈처럼 차가운 강물에 수박을 담가두고 조그맣게 화톳불을 피우고 앉아 있었다. 그녀는 저녁식사로 햄과 달걀과 통조림 콩을 기름에 볶았고, 다음날 아침에도 시커멓게 된 그 프라이팬에 팬케이크를 데우고 햄과 달걀을 익혔다. 그녀는 두 번 다 프라이팬을 태웠다. 커피를 끓일 수도 없었지만 그것은 그들이 보낸 가장 멋진 순간 중 하나였다. 그녀는 그가 그날 밤 그녀에게 시를 읽어준 것도 기억하고 있었다. 엘리자베스 브라우닝의 시와 『루바이야트』*중의 몇 편이었다. 그들이 모포를 너무나 많이 덮었기 때문에 그 무게로 그녀는 발을 옆으로 돌릴 수조차 없었다. 다음날 아침에 그는 커다란 송어를 낚았고 사람들은 강 건너편 길 위에 차를 세우고 그가 그것을 잡아 넣는 것을 구경했다.

"어때? 기억나, 안 나?"

그녀는 말하면서 그의 어깨를 톡톡 쳤다.

"마이크?"

"기억나."

그가 말했다. 그는 옆으로 누운 채 조금 움직이며 눈을 떴다. 별로 기억이 나지 않는데, 하고 그는 생각했다. 기억나는 것은 아주

---

* 페르시아의 천문학자인 우마르 하이얌의 4행 시집. 영국의 시인 E. 피츠제럴드의 번역으로 소개되어 19세기 말에 많은 인기를 누렸다.

조심스럽게 빗질한 머리와 삶과 예술에 대한 시끄럽고 설익은 생각들뿐이었고, 그는 그것을 기억하고 싶지 않았다.

"그건 아주 오래 전이야, 낸."

그가 말했다.

"우리가 막 고등학교를 졸업한 때였지. 당신이 아직 대학에 들어가기 전이고."

그녀가 말했다.

그는 기다리다가 한 팔을 짚고 몸을 일으킨 채 고개를 돌려 어깨 너머로 그녀를 바라보았다.

"당신 그 샌드위치 거의 다 먹은 거지?"

그녀는 아직도 침대에 일어나 앉아 있었다.

그녀는 고개를 끄덕이고 접시를 그에게 건네주었다.

"불 끌게."

그가 말했다.

"좋을 대로 해."

그리고 그는 다시 침대 속으로 쑥 들어가 그녀의 발에 닿을 때까지 발을 뻗었다. 그는 잠시 가만히 누워 있다가 긴장을 풀려고 애썼다.

"마이크, 당신 안 자는 거지?"

"응, 자는 거 아니야."

"그럼 나보다 먼저 잠들지 마. 혼자 깨어 있고 싶지 않아."

그는 대답하지 않았지만 옆으로 누운 채 조금씩 그녀에게 다가갔다. 그녀가 그에게 팔을 두르고 손을 펴서 그의 가슴을 눌렀을 때 그는 그 손을 잡아 살짝 쥐었다. 그러나 잠시 후 그의 손은 침대로 떨어졌고 그는 한숨을 쉬었다.

"마이크? 여보? 내 다리 좀 문질러주면 좋겠어. 다리가 아파."

"맙소사."

그가 나직하게 말했다.

"나 정말 깊이 잠들었었는데."

"저기, 내 다리를 문질러주면서 얘기 좀 해주면 좋겠어. 어깨도 아파. 그렇지만 다리가 더 많이 아파."

그는 돌아누워 그녀의 다리를 문지르기 시작했다. 그러다가 그녀의 엉덩이에 손을 올려놓은 채 다시 잠이 들었다.

"마이크?"

"왜 그래, 낸? 왜 그러는지 말해봐."

"온몸을 문질러주면 좋겠어."

반듯하게 돌아누우면서 그녀가 말했다.

"오늘 밤엔 팔다리가 다 아파."

그녀가 무릎을 올리자 이불이 탑처럼 솟아올랐다.

그는 어둠 속에서 잠깐 눈을 떴다가 다시 감았다.

"통증이 심해지는 거야, 응?"

"응."

발가락을 꼼지락거리면서, 그의 반응을 끌어낸 걸 기뻐하면서 그녀가 대답했다.

"열 살인가 열한 살 때도 난 지금처럼 컸어. 그때의 날 봤어야 하는데! 그땐 너무 빨리 자라서 팔과 다리가 내내 아팠어. 당신은 안 그랬어?"

"안 그랬냐니, 뭐가?"

"자신이 자라고 있는 걸 느낀 적이 없냐구."

"기억이 안 나는걸."

마침내 그는 팔꿈치를 짚고 몸을 일으킨 채 성냥을 켜고는 시계를 보았다. 그는 베개를 더 차가운 쪽으로 뒤집고 다시 누웠다.

그녀가 말했다.

"당신 자는구나. 얘기를 하면 좋을 텐데."

"좋아."

그는 움직이지 않은 채 대답했다.

"날 안아서 잠들게 해줘. 잠을 잘 수가 없어."

그녀가 말했다.

그가 몸을 돌려 팔을 그녀의 어깨에 올려놓자 그녀는 벽 쪽으로 돌아누웠다.

"마이크? 당신이 좋아하는 것과 싫어하는 것을 모두 다 말해 줘."

그는 발가락으로 그녀의 발을 톡 쳤다.

"지금 당장은 생각나는 게 없어. 하고 싶으면 당신이 얘기해."

그가 말했다.

"당신도 나한테 얘기해주겠다고 약속하면. 그거 약속이야?"

그는 그녀의 발을 다시 쳤다.

"그러면……"

그녀는 만족해하며 바로 누웠다.

"난 맛있는 음식, 스테이크, 기름에 지진 감자, 그런 게 좋아. 좋은 책과 잡지, 밤에 기차 타는 거, 비행기를 타는 걸 좋아해."

그녀는 잠시 멈추었다.

"물론 이건 좋아하는 순서로 말한 건 아니야. 좋아하는 순서대로 말하라고 하면 생각을 해봐야 해. 그렇지만 나는 그게 좋아, 비행기 타고 가는 거. 이륙할 때면 어떤 일이 일어나든 상관없다는 느낌이 드는 순간이 있어."

그녀는 한쪽 다리를 그의 복사뼈 위에 걸쳤다.

"나는 밤늦게까지 깨어 있다가 다음날 아침에 침대에 그냥 누워 있는 걸 좋아해. 우리가 늘 그럴 수 있으면 좋겠어, 어쩌다 한 번씩이 아니라. 그리고 난 섹스가 좋아. 기대하지 않고 있을 때 이따금씩 날 쓰다듬어주는 것도 좋고. 영화관 가는 것, 영화 보고 나서 친구들과 맥주 마시는 것도 좋아. 친구를 사귀는 것도 좋아해. 난 재니스 헨드릭스를 아주 좋아해. 그리고 적어도 일 주일에 한 번은 춤추러 가고 싶어. 늘 멋진 옷을 입고 싶고. 아이들에게 새 옷이 필요할 때마다 기다릴 필요 없이 그때그때 멋진 옷을 사줄 수 있으면 좋겠어. 로리는 부활절에 입을 새 옷이 당장 필요하거든. 그리고 게리한테 귀여운 양복이나 뭐 그런 걸 사주고 싶어. 그 애도 그럴 만한 나이가 됐지. 당신도 새 양복을 샀으면 좋겠어. 당신이야말로 그애보다 새 양복이 더 필요하잖아. 그리고 난 우리가 우리 집을 가졌으면 좋겠어. 매년, 아니면 이 년에 한 번씩 이사하는 거 그만 했으면 좋겠어. 그리고 무엇보다도,"

그녀가 말을 이었다.

"우리 둘이 돈이며 청구서 따위 걱정할 필요 없이 착하고 정직하게 살았으면 좋겠어. 당신 자는구나."

"안 자."

그가 말했다.

"다른 건 더 생각이 안 나. 이젠 당신이 해. 당신이 좋아하는 걸 말해봐."

"몰라. 많아."

그가 중얼거렸다.

"그럼 말해봐. 우리 얘기하고 있는 거 맞지?"

"내가 좋아하는 건, 당신이 날 가만 놔두는 거야, 낸."

그는 다시 침대의 자기 자리로 돌아누웠다. 그리고 팔을 침대 가장자리 밖으로 늘어뜨렸다. 그녀도 돌아누워 그에게 몸을 붙였다.

"마이크?"

"맙소사."

그가 말했다. 그리고 덧붙였다.

"좋아. 잠시만 다리를 쭉 뻗게 해줘. 그러면 잠을 깰 거야."

잠시 후 그녀가 물었다.

"마이크? 당신 자?"

그녀는 그의 어깨를 살짝 흔들었다. 그러나 아무런 반응이 없었다. 그녀는 그의 몸에 몸을 붙이고 잠들려고 애를 쓰며 잠시 누워 있었다. 그녀는 처음에는 움직이지 않고 그에게 몸을 꼭 붙인 채로 아주 조그맣게, 아주 고르게 숨을 쉬며 조용히 누워 있었다. 그러나 잠을 잘 수가 없었다.

그녀는 그의 숨소리를 듣지 않으려고 했으나, 그 숨소리는 그녀를 불편하게 만들기 시작했다. 그가 숨을 쉴 때면 그의 콧속에서 소리가 났다. 그녀는 그와 똑같은 박자로 숨을 들이쉬고 내쉴 수 있도록 자신의 호흡을 조절하려고 애썼다. 그러나 그것도 소용이 없었다. 그의 콧속에서 나는 작은 소리가 모든 것을 쓸모없게 만들었다. 그의 가슴에서도 작게 끽끽거리는 소리가 났다. 그녀는 다시 돌아누워 엉덩이를 그의 엉덩이에 붙이고 팔을 침대 가장자리 위로 뻗은 다음, 손가락 끝을 조심스럽게 차가운 벽에 댔다. 이불은 침대 발치에 밀쳐져 있었다. 다리를 움직일 때면 바람이 솔솔 들어오는 것을 느낄 수 있었다. 그녀는 두 사람이 옆집 층계를 올라가는 소리를 들었다. 문을 열기 전에 누군가가 쉰 목소리로 웃었다. 그 다음 그녀는 바닥에 의자가 끌리는 소리를 들었다. 그녀는 다시 돌아누웠다. 옆집에서 변기 물 내리는 소리가 났다가 잠시 후 또다시 반복되었다. 그녀는 다시 돌아누웠다. 이번에는 바로 누워서 긴장을 풀려고 애썼다. 그녀는 언젠가 잡지에서 읽은 기사를 떠올렸다. 온몸의 뼈와 근육과 관절이 완전한 이완 속에서 결합되면 거의 확실하게 잠이 올 것이라는 내용이었다. 그녀는 숨을 길게 들이쉬고 눈을 감은 다음, 두 팔을 차려 자세로 뻗고서 아무런 움직임 없이 누워 있었다. 그녀는 긴장을 풀려고 노력했다. 그녀는 자기 다리가 거즈 같은 것에 감싸여 높이 매달린 것을 상상해보려 했다. 그녀는 배를 깔고 엎드려서 눈을 감았다가 떴다. 그리고 입술 앞의 시트 위에 구부린 채 놓인 자기 손가락에 대해 생각했다. 그녀는 손가락 하나를 들어올렸다가 시트 위에 놓았다. 그러고는 엄지손가락으로 약지에 낀 결혼반지를 만졌다. 그녀는 옆으로 돌아누웠다가 다시 바로 누웠다. 그런데 그때부터 그녀는 두려워지기 시작했다. 충동적인 갈망의 어느 한 순간, 그녀는 자게 해달라고 기도했다.

제발, 하느님, 잠이 들게 해주세요.

그녀는 자려고 애썼다.

"마이크."

그녀가 속삭였다.

대답이 없었다.

그녀는 옆방에서 애들 중 하나가 침대에서 돌아눕다가 벽에 쿵 부딪히는 소리를 들었다. 계속 귀를 기울였지만 더이상 다른 소리는 나지 않았다. 그녀는 한 손을 왼쪽 가슴 아래 놓고 손을 통해 올라오는 심장의 움직임을 느껴보았다. 그러고는 다시 엎드려서 베개 옆에 머리를 묻고 시트에 입을 대고 울기 시작했다. 그녀는 울었다. 그러다가 그녀는 침대 발치 쪽으로 해서 자리에서 일어났다.

그녀는 욕실에서 손과 얼굴을 씻었다. 이도 닦았다. 그녀는 이를 닦고 거울에 비친 자기 얼굴을 바라보았다. 거실로 나온 그녀는 히터를 높였다. 그런 다음 부엌 식탁 앞에 앉아 잠옷 속에서 발을 끌어당겼다. 그녀는 또 울었다. 식탁 위의 담뱃갑에서 담배 한 대를 꺼내 불을 붙였다. 잠시 후 그녀는 침실로 돌아가서 가운을 가져왔다.

그녀는 아이들을 들여다보았다. 그녀는 아들아이의 어깨 위로 이불을 끌어올려주었다. 그리고 거실로 돌아와 커다란 의자에 앉아서 잡지를 여기저기 넘겨보며 읽으려고 애썼다. 그녀는 사진들을 바라보다가 다시 읽으려고 해보았다. 가끔씩 차가 바깥 길을 지나가면 그녀는 고개를 들었다. 차가 한 대씩 지나갈 때마다 그녀는 귀를 기울이며 기다렸다. 그러고는 다시 잡지를 내려다보았다. 커다란 의자 옆 선반에는 잡지가 한 무더기 쌓여 있었다. 그녀는 그 잡지들을 전부 뒤적여보았다.

밖이 환해지기 시작했을 때 그녀는 자리에서 일어섰다. 그녀는 창가로 걸어갔다. 언덕 위 구름 한 점 없는 하늘이 하얗게 바뀌어가기 시작했다. 나무들과 길 건너편에 한 줄로 늘어선 2층짜리 공동주택들이 그녀가 바라보고 있는 동안 윤곽을 드러내기 시작했다. 하늘이 점점 하얘지면서 언덕 뒤에서부터 빛이 빠르게 퍼지고 있었다. 아이들 때문에 밤새 깨어 있었던 때를 제외하고는(그러나 그럴 때면 밖을 내다보지 않고 침대나 부엌으로 서둘러 돌아갔기 때문에 그녀는 그것을 계산에 넣지 않았다) 그녀는 평생 해돋이를 몇 번 보지 못했다. 그것도 다 어렸을 때 본 것이었다. 그녀는 그 해돋이 중 어느 것도 지금 것과 같지 않았다는 것을 깨달았다. 지금까지 보아온 어떤 그림에도, 어떤 책에도 해돋이가 이렇게 끔찍하다고 나와 있지 않았다.

그녀는 기다리다가 문을 따고 현관으로 나갔다. 그녀는 가운의 목 주변을 여몄다. 공기는 축축하고 차가웠다. 조금씩 조금씩 사물들의 모습이 뚜렷해지고 있었다. 그녀는 눈길 닿는 대로 여기저기 바라보다가 건너편 언덕 위의 라디오 송신탑 꼭대기에서 반짝이는 붉은 빛에 눈길을 고정시켰다.

그녀는 어둑한 집 안을 지나 침실로 돌아갔다. 그는 침대 한가운데에 웅크리고 있었다. 이불은 그의 어깨 위에 뭉쳐 있고 머리는 베개 밑으로 반쯤 들어가 있었다. 깊은 잠 속에 빠진 남편은 절망적으로 보였다. 그녀 자리를 가로질러 한쪽 팔을 내던져놓고 이를 악물고 있었다. 그를 바라보는 동안 방은 아주 환해지고 있었고, 창백한 색깔의 시트는 지나치게 희어 보였다.

그녀는 끈적거리는 소리를 내며 입술을 축이고 무릎을 꿇었다. 그녀는 침대 위에서 두 손을 내밀었다.

"하느님."

그녀는 말했다.

"하느님, 저희를 도와주세요, 하느님."

내 입장이 돼보시오

그가 진공 청소기를 돌리고 있는데 전화가 울렸다. 그는 청소기를 아파트 여기저기로 밀고 다니며 청소했고, 지금은 쿠션들 사이에 낀 고양이털을 빼내려고 호스 끝에 좁은 관을 끼우고 거실을 청소하는 중이었다. 그는 움직임을 멈추고 귀를 기울이다가 청소기의 스위치를 껐다. 그리고 전화를 받으러 갔다.

"여보세요. 마이어스입니다."

그가 말했다.

"마이어스, 안녕? 지금 뭐 해요?"

그녀가 말했다.

"아무것도 안 해. 안녕, 폴라."

"오늘 오후에 사무실 파티가 있어요. 당신도 초대받았어요. 칼이 당신을 초대했어요."

"갈 수 없을 것 같은데."

마이어스는 대답했다.

"칼이 방금 당신 집 노인네를 전화로 불러내, 라고 했어요. 한 잔 하러 이리로 오게 하래요. 그를 그 상아탑에서 끌어내서 잠시라도 현실세계로 돌아오게 해, 라고도 했어요. 술 마시면 칼은 참 웃겨요. 마이어스?"

"들었어."

마이어스는 전에 칼을 위해 일했다. 칼은 언제나 소설을 쓰러 파리로 가는 일에 대해 얘기했고, 마이어스가 소설을 쓰기 위해 일을 그만두자 그의 이름이 베스트셀러 목록에 오르는지 지켜볼 거라고 말했다.

"지금은 갈 수 없어."

마이어스가 말했다.

"우린 오늘 아침에 끔찍한 뉴스를 알게 됐어요."

그의 말을 듣지 못한 것처럼 폴라가 말을 이었다.

"래리 구디나스를 기억하죠? 당신이 일하러 나올 때 여기 있었잖아요. 잠시 과학책 만드는 걸 도왔는데, 회사에서 그를 현장에 배치했다가 해고했어요. 그런데 오늘 아침에 그가 자살했다는 얘기를 들었어요. 입 안에다 총을 넣고 쐈대요. 상상이 가요? 마이어스?"

"들었어."

마이어스가 말했다. 그는 래리 구디나스를 기억해내려고 애썼
다. 마침내 쇠테 안경에 밝은 색 넥타이를 매고 머리가 점점 벗어
져가고 있던 키가 크고 어깨가 굽은 남자가 기억났다. 그는 급격
한 충격과 뒤로 툭 꺾이는 머리를 상상할 수 있었다.

"세상에, 정말 안됐군."

마이어스가 말했다.

"사무실로 내려오세요, 여보. 괜찮죠?"

폴라가 말했다.

"모두 얘기하고 술 마시면서 크리스마스 음악을 듣고 있어요.
와요."

마이어스는 전화기 저편의 소리를 모두 들을 수 있었다.

"난 가고 싶지 않아. 폴라?"

그가 바라보고 있는 동안 눈송이 몇 개가 창문을 스쳐 지나갔
다. 그는 기다리면서 유리창을 손가락으로 문지르고 그 위에 자
기 이름을 쓰기 시작했다.

"네? 들었어요. 좋아요."

폴라가 말했다.

"저, 그러면 보일스에서 만나 술 한잔 하는 건 어때요? 마이어

스?”

“좋아. 보일스랬지. 그렇게 해.”

“당신이 안 오면 모두 실망할 거예요. 특히 칼이 그럴 거예요. 당신도 알겠지만 칼은 당신을 아주 좋게 보고 있어요. 정말이에요. 나한테 그렇게 말했는 걸요. 그는 당신의 용기를 찬양해요. 자기에게 당신 같은 용기가 있었다면 벌써 오래 전에 그만두었을 거래요. 당신이 한 일에는 용기가 필요하다고 했어요. 마이어스?”

“듣고 있어.”

마이어스가 대답했다.

“차에 시동을 걸 수 있을 거야. 시동이 안 걸리면 전화할게.”

“그래요. 보일스에서 봐요. 전화 없으면 여기서 오 분 후에 출발할게요.”

“칼에게 인사 전해줘.”

마이어스가 말했다.

“그럴게요. 그 사람, 지금 당신 얘기를 하고 있어요.”

폴라가 말했다.

마이어스는 청소기를 치웠다. 그는 두 층을 걸어내려가 차로 향했다. 차는 주차장의 마지막 구획에 있었는데 눈으로 덮여 있었다. 그는 차 안으로 들어가 페달을 여러 번 밟아본 후 시동을 걸었다. 시동이 걸렸다. 그는 계속 페달을 밟은 채로 있었다.

차를 몰고 가면서 그는 쇼핑백을 들고 보도를 총총히 걸어가는 사람들을 바라보았다. 눈송이로 가득 찬 회색 하늘을 쳐다보았고, 금이 간 곳 또는 창턱마다 눈이 쌓인 높다란 빌딩들을 쳐다보았다. 그는 모든 것을 나중을 위해 기억해두려고 했다. 그는 지금 작품 하나를 마치고 다른 작품을 시작하려는 상태였고, 정말로 기분이 좋지 않았다. 그는 보일스를 발견했다. 남자 옷가게 옆 모퉁이에 있는 작은 술집이었다. 그는 뒷길에 차를 세워두고 안으로 들어갔다. 그는 잠시 바에 앉아 있다가 술잔을 들고 문 옆의 작은 탁자로 갔다.

폴라가 들어서면서 말했다.

"메리 크리스마스."

그는 일어서서 그녀의 뺨에 키스하고 그녀를 위해 의자를 빼주었다.

"스카치 마시겠소?"

"스카치요."

그녀는 그렇게 대답하고 주문을 받으러 온 여자에게 "스카치 한 잔, 얼음 넣어서"라고 말했다.

폴라는 그의 잔을 집어들고 다 마셨다.

"나도 한 잔 더 주시오."

마이어스가 여자에게 말했다.

"난 여기가 싫은데."

여자가 물러간 뒤 그가 말했다.

"여기가 어때서요? 우린 늘 여기로 와요."

"그냥 싫어. 한 잔만 마시고 다른 곳으로 갑시다."

"좋을 대로 해요."

여자가 술잔을 들고 왔다. 마이어스는 그녀에게 돈을 냈고, 그와 폴라는 술잔을 부딪쳤다.

마이어스가 그녀를 한참 바라보았다.

"칼이 안부 전해달래요."

마이어스는 고개를 끄덕였다.

폴라는 술을 한 모금 마셨다.

"오늘은 어떻게 지냈어요?"

마이어스는 어깨를 으쓱했다.

"뭐 했어요?"

"아무것도 안 했어. 청소했지."

그녀가 그의 손을 만졌다.

"모두 당신에게 인사 전해달랬어요."

그들은 술을 다 마셨다.

"좋은 생각이 있어요. 잠시 모건네 집에 들르면 어떨까요? 그 사람들 돌아온 지 몇 달 됐는데, 정말이지 만난 적이 없잖아요. 잠 깐 들러서 안녕하세요, 우린 마이어스 부부예요, 라고 하면 될 거 예요. 게다가 그 사람들, 우리한테 카드를 보냈어요. 휴가 동안에 들러달라고 했더군요. 우릴 초대한 거예요. 난 바로 집에 가고 싶 지 않아요." 그녀는 마침내 이렇게 말하고는 백을 뒤져 담배를 찾 았다.

마이어스는 집을 나오기 전에 난로를 준비해두고 전등을 모두 끈 것을 상기했다. 그리고 창을 스쳐 날아가던 눈을 생각했다.

"우리가 그 집에서 고양이를 키웠다고 들었다면서 써보낸 그 모욕적인 편지는 어쩔 거야?"

"그 사람들 지금은 다 잊었을 거예요. 아무튼 심각한 일이 아니 었어요. 오, 그렇게 해요, 마이어스! 잠깐 들러보자구요."

"그러려면 먼저 전화를 해야 해."

"아니에요. 그건 중요한 일이 아니잖아요. 전화하지 말자구요. 그냥 가서 문을 두드리고 안녕하세요, 우린 여기 살던 사람인데 요, 라고 말하는 거예요. 괜찮죠, 마이어스?"

"먼저 전화를 해야 할 것 같은데."

"크리스마스 휴가잖아요."

의자에서 일어서며 그녀가 말했다.

"가요, 여보."

그녀가 그의 팔을 잡았고 그들은 눈 속으로 나갔다. 그녀는 자기 차로 가고 나중에 그의 차를 찾으러 오자고 제안했다. 그는 그녀를 위해 차문을 열어주고 차 앞을 돌아서 조수석으로 갔다.

불이 밝혀진 창문과 지붕 위에 쌓인 눈과 집 앞 진입로에 세워진 스테이션 왜건을 보자 그는 무엇인가에 사로잡혔다. 커튼이 열려 있었고 창문에서 크리스마스 트리의 전구들이 그들을 보고 깜박였다.

그들은 차에서 내렸다. 쌓인 눈 위로 발을 내디디면서 그는 그녀의 팔꿈치를 잡았고, 앞쪽 현관으로 이어진 길을 걷기 시작했다. 그들이 채 몇 걸음도 가지 않았을 때, 커다란 털북숭이 개 한 마리가 쏜살같이 차고 모퉁이를 돌아나와 마이어스에게로 곧장 달려왔다.

"아이구, 맙소사."

그는 몸을 웅크리고 뒷걸음질치면서 두 손을 들고는 코트 자락을 펄럭이며 미끄러졌다. 그는 개가 자기 목을 향해 달려들 거라는 무서운 확신에 몸을 떨면서 얼어붙은 잔디 위로 쓰러졌다. 개는 한 번 으르렁거리더니 코를 킁킁거리며 마이어스의 코트 냄새를 맡기 시작했다.

폴라는 눈을 한 줌 집어 개에게 던졌다. 현관 불이 켜지고 문이 열리더니 한 남자가 "버지!" 하고 소리쳤다. 마이어스는 일어서서 눈을 털었다.

"무슨 일이죠?"

문간에 선 남자가 말했다.

"누구세요? 버지, 이리와, 어서!"

"우린 마이어스 부부예요."

폴라가 말했다.

"크리스마스 인사를 하러 왔어요."

"마이어스 부부요?"

문간의 남자가 말했다.

"나가! 차고로 들어가, 버지. 가, 가! 마이어스 부부래."

남자는 그의 뒤에 서서 어깨 너머로 내다보려고 애쓰고 있는 여자에게 말했다.

"마이어스 부부라."

여자가 말했다.

"그럼 들어오시라고 해요, 맙소사, 어서요."

그녀는 현관으로 나와서 말했다.

"들어오세요, 어서. 추워요. 난 힐다 모건이고 이이는 에드거예요. 만나서 반갑습니다. 어서 들어오세요."

그들은 현관에 서서 서둘러 악수를 교환했다. 마이어스와 폴라는 안으로 들어갔고 에드거 모건이 문을 닫았다.

"코트 받아드리죠. 코트 벗으세요."

에드거 모건이 말했다.

"괜찮아요?"

그가 마이어스를 찬찬히 살피면서 말했다. 마이어스는 고개를 끄덕였다.

"저 개가 흥분해 있는 건 알았지만 이런 일을 저지른 적은 없었어요. 내가 봤지요. 창 밖을 내다보고 있는데 일이 일어난 거예요."

이 말이 마이어스에게는 이상하게 들렸다. 그래서 그는 그 남자를 쳐다보았다. 에드거 모건은 사십대로, 머리가 거의 벗어졌고 바지와 스웨터를 입고 가죽 슬리퍼를 신고 있었다.

"저 개 이름은 버지예요."

힐다 모건이 큰 소리로 말하고는 얼굴을 찌푸렸다.

"에드거의 개죠. 난 집 안에 동물을 두는 건 참을 수가 없어요. 그래서 에드거는 저 개를 사와서는 바깥에만 두겠다고 약속했죠."

"개는 차고에서 자요."

에드거 모건이 말했다.

"집 안에 들어오겠다고 사정하지만 아시다시피 우린 허락할 수가 없어요."

모건이 킬킬거리고 웃었다.

"어쨌거나 앉으세요, 앉으세요. 이 난장판에서 앉을 곳을 찾을 수 있으려나 모르겠네요. 여보, 힐다, 마이어스 부부 앉으시게 소파 위 물건들 좀 치워요."

힐다 모건이 소파에서 포장한 상자며 포장지, 가위, 리본 상자, 나비 리본 등등을 치웠다. 그녀는 그것을 모두 마룻바닥에 내려놓았다.

마이어스는 모건이 또다시 자신을 응시하고 있는 것을 눈치챘다. 지금은 미소를 짓고 있지 않았다.

"마이어스, 여보, 당신 머리카락 속에 뭐가 있어요."

폴라가 말했다.

마이어스는 뒤통수로 손을 올려 나뭇가지 하나를 집어내 주머니에 넣었다.

"저놈의 개."

모건이 말하고는 다시 웃었다.

"우린 따뜻한 음료를 마시면서 막판에 보낼 선물 몇 가지를 포장하고 있었어요. 크리스마스 기분 좀 나게 뭐 좀 마시겠어요? 뭐 드실래요?"

"아무거나 좋아요."

폴라가 말했다.

"나도요."

마이어스가 말했다.

"우리가 방해가 됐겠네요."

"무슨 말씀을."

모건이 말했다.

"우린, 뭐랄까, 마이어스 부부에게 무척 호기심을 가지고 있었어요. 따뜻한 걸로 드시겠어요, 마이어스 씨?"

"좋죠."

마이어스가 말했다.

"부인은요?"

모건이 물었다.

폴라는 고개를 끄덕였다.

"따뜻한 음료 두 잔이요. 여보, 우리도 준비가 됐지?"

그가 자기 아내에게 말했다.

"이건 분명히 특별한 사건이야."

그는 아내의 컵을 들고 부엌으로 갔다. 마이어스는 찬장문이 탕탕 여닫히는 소리와 욕처럼 들리는 불분명한 말을 들었다. 마이어스는 눈을 깜박였다. 그는 힐다 모건을 바라보았다. 그녀는 소파 옆에 있는 의자에 파묻혀 앉아 있었다.

"두 분, 이리 와 앉으세요."

힐다 모건이 말했다. 그녀는 소파의 팔걸이를 톡톡 쳤다.

"여기, 불 옆으로 오세요. 모건 씨가 돌아오면 불을 다시 피우라고 하지요."

그들은 앉았다. 힐다 모건은 두 손을 각지껴 무릎 위에 놓고 마이어스의 얼굴을 살피면서 몸을 약간 앞으로 굽혔다.

거실은 힐다 모건이 앉은 의자 뒤편 벽에 액자에 끼운 작은 판화 세 점이 걸려 있는 것을 제외하면 그가 기억하는 그대로였다. 판화 하나에서는 조끼에 프록코트를 입은 한 남자가 파라솔을 든 두 명의 숙녀를 향해 모자에 살짝 손을 대며 인사하고 있었다. 배경은 말과 마차로 가득 찬 광장이었다.

"독일은 어땠어요?"

폴라가 물었다. 그녀는 소파 끄트머리에 엉덩이를 걸치고 앉아 무릎 위에 놓인 백을 쥐고 있었다.

"우린 독일을 좋아했어요."

쟁반에 커다란 컵 네 개를 받쳐들고 부엌에서 거실로 들어오면서 에드거 모건이 말했다. 마이어스는 그 컵들을 알아보았다.

"독일에 가본 적 있으세요, 마이어스 부인?"

모건이 물었다.

"우리도 가고 싶어요."

폴라가 말했다.

"그렇죠, 마이어스? 어쩌면 내년, 내년 여름에 갈지도 몰라요.

아니면 내후년에요. 갈 수 있게 되면 바로 갈 거예요. 마이어스가 뭔가 팔게 되면 바로 가겠지요. 마이어스는 글을 써요."

"유럽 여행은 작가에게 아주 유익할 거라고 생각해요."

에드거 모건이 말했다. 그는 컵들을 컵받침 위에 올려놓았다.

"어서 드세요."

그는 자기 아내 맞은편의 의자에 앉아서 마이어스를 응시했다.

"전에 편지에서 글을 쓰기 위해 일을 그만둘 거라고 하셨지요."

"그렇습니다."

마이어스는 대답하고 음료를 한 모금 마셨다.

"이 사람은 거의 매일같이 뭔가를 쓰고 있어요."

폴라가 말했다.

"그게 사실입니까?"

모건이 물었다.

"정말 인상적인데요. 오늘은 뭘 쓰셨는지 물어봐도 될까요?"

"아무것도 안 썼어요."

마이어스가 말했다.

"휴가 기간이잖아요."

폴라가 말했다.

"남편이 자랑스러우시겠어요, 마이어스 부인."

힐다 모건이 말했다.

"네."

"그렇다니 기뻐요."

힐다 모건이 말했다.

"얼마 전에 두 분이 흥미 있어할 얘기를 들었어요."

에드거 모건이 말했다. 그는 담배를 조금 꺼내 파이프에 채우기 시작했다. 마이어스는 담배에 불을 붙이고 재떨이를 찾아 두리번거리다가 성냥을 소파 뒤에 버렸다.

"정말 끔찍한 얘기예요. 하지만 선생은 그걸 이용할 수 있을지도 모르죠, 마이어스 씨."

모건은 불을 붙이고 파이프를 빨았다.

"유익하게 이용할 수 있는 특별 자료라고나 할까요."

모건은 그렇게 말하고 웃으며 성냥통을 흔들었다.

"그 친구는 내 나이 또래였죠. 한 이 년간 동료로 지냈어요. 우린 서로 조금 알고 지냈고, 둘이 공통으로 아는 좋은 친구들이 몇 있었어요. 그러다가 그는 가버렸어요. 조금 떨어진 대학에서 제의한 일자리를 받아들인 거죠. 뭐, 그런 일들이 종종 어떻게 진행되는지 잘 알지 않습니까—그 친구가 자기 학생 한 명과 연애를 한 거예요."

모건 부인이 못마땅한 듯 혀를 찼다. 그녀는 바닥으로 손을 뻗어 초록색 종이로 싼 작은 꾸러미를 집어들고 포장지에 빨간 나비 리본을 붙이기 시작했다.

"사람들 얘기에 따르면 몇 달간 계속 된 열렬한 연애였다더군
요."

모건이 얘기를 계속했다.

"사실 바로 얼마 전까지 계속됐죠. 정확히 말하자면 일 주일 전
까지요. 그날—저녁때였는데—그가 자기 아내한테—그 사람
들 결혼한 지 이십 년 됐어요—이혼하고 싶다고 선언한 거예요.
그 어리석은 여자가 그걸 어떻게 받아들였을지 상상이 갈 겁니
다. 뜻밖에 나온 얘기니 말이죠. 대단한 소동이 벌어졌죠. 가족 전
체가 그 일에 끼어든 겁니다. 그녀는 그에게 당장 집에서 나가라
고 명령했죠. 그런데 그 친구가 막 떠나려는 순간 아들이 그에게
토마토 수프 깡통을 던져서 이마를 맞힌 겁니다. 그게 뇌진탕이
돼서 그는 병원에 실려갔어요. 그 사람 상태가 아주 심각해요."

모건은 파이프를 빨며 마이어스를 응시했다.

"그런 얘기는 처음 들어봐. 에드거, 정말 구역질나요."

모건 부인이 말했다.

"끔찍해요."

폴라가 말했다.

마이어스는 씩 웃었다.

"바로 거기에 당신이 쓸 만한 얘기가 있는 겁니다, 마이어스 씨."

그의 웃음을 놓치지 않고 눈을 가늘게 뜨며 모건이 말했다.

"만일 당신이 그 남자의 머릿속에 들어갈 수 있다면 어떤 얘기를 알게 될지 생각해보세요."

"아니면 그 여자 머릿속에 들어가든지요."

모건 부인이 말했다.

"그 부인 머리 말이에요. 그녀의 얘기를 생각해봐요. 이십 년 결혼생활 끝에 그런 식으로 배신을 당하다니, 어떤 기분일까요?"

"하지만 그 가엾은 아이가 어떤 일을 겪고 있을지도 상상해봐요. 상상해봐요, 자기 아버지를 죽이다시피 했잖아요."

폴라가 말했다.

"그래요, 그건 다 사실이에요."

모건이 말했다.

"하지만 여러분 중 누구도 생각해보지 못한 부분이 있어요. 이걸 잠깐 생각해보세요. 마이어스 씨, 듣고 계세요? 이걸 어떻게 생각하는지 말해보세요. 유부남과 사랑에 빠진 열여덟 살짜리 여대생 입장이 되어보라는 겁니다. 그녀에 대해 잠시 생각해보면, 당신 작품에 써먹을 만하다는 걸 알 수 있을 거예요."

모건은 고개를 끄덕이고 만족스런 표정으로 의자 깊숙이 앉았다.

"난 그 여자애한테는 아무런 동정심도 느껴지지 않는데요."

모건 부인이 말했다.

"그애가 어떤 유의 인간일지는 상상이 가요. 그애가 어떤 애일지 우린 다 알잖아요. 나이 많은 남자들을 먹잇감으로 삼는 그런 애죠. 난 그 남자에 대해서도 전혀 동정심을 느낄 수 없어요. 그 남자, 그 사냥꾼, 천만에, 불쌍하지 않아요. 이 사건에서 나는 그 부인과 아들에게만 동정심이 느껴지는 것 같네요."

"그 애길 제대로 하려면 톨스토이 같은 작가가 있어야 할 겁니다."

모건이 말했다.

"톨스토이에 못지않은 작가여야겠지요. 마이어스 씨, 그 말썽은 아직도 해결되지 않았답니다."

"가봐야겠어요."

마이어스가 말했다.

그는 일어서서 담배를 불 속으로 던졌다.

"좀더 있다 가세요."

모건 부인이 말했다.

"서로 얘기도 제대로 못 했잖아요. 두 분은 우리가 두 분에 대해 어떻게…… 생각했었는지 모르시죠. 모처럼 이렇게 함께 모이게 됐으니 잠시만 더 있다 가세요. 와주셔서 정말로 기뻐요."

"카드 잘 받았어요."

폴라가 말했다.

"카드요?"

모건 부인이 말했다.

마이어스는 자리에 앉았다.

"우린 올해엔 카드를 한 장도 보내지 않기로 했답니다."

폴라가 말했다.

"해야 할 때는 할 시간이 없었어요. 그리고 막판에는 이제 와서
해봤자 헛일일 것 같았구요."

"한 잔 더 할 거죠, 마이어스 부인?"

폴라의 앞에 서서 한 손을 그녀의 컵 위에 대고 모건이 말했다.

"부인이 남편을 위해 모범을 보이셔야죠."

"정말 좋았어요. 몸이 따뜻해지네요."

폴라가 말했다.

"맞아요. 몸을 데워주죠. 맞습니다. 당신, 마이어스 부인 말 들
었소? 몸을 따뜻하게 해준다. 정말 좋습니다. 마이어스 씨는요?"

모건은 말하고 기다렸다.

"한 잔 더 드실 겁니까?"

"좋습니다."

마이어스는 그렇게 대답하고 모건이 컵을 가져가게 놔두었다.

개가 낑낑거리며 문을 긁기 시작했다.

"저놈의 개 왜 저러는지 모르겠어요."

모건이 말했다. 그는 부엌으로 갔다. 마이어스는 모건이 주전자를 가스 레인지 위에 탕 소리가 나게 올려놓으면서 욕을 하는 것을 똑똑히 들었다.

모건 부인이 낮게 흥얼거리기 시작했다. 그녀는 반쯤 싸다 만 꾸러미를 집어들고 테이프를 잘라 종이에 붙이기 시작했다.

마이어스는 담배에 불을 붙였다. 그는 성냥을 자기 컵받침 안에 버렸다. 그리고 시계를 보았다.

모건 부인이 고개를 들었다.

"노랫소리를 들은 것 같아요."

그녀는 귀를 기울이더니 의자에서 일어나 앞쪽 창문으로 다가갔다.

"정말로 노래를 하고 있어요. 에드거!"

그녀가 소리를 질렀다.

마이어스와 폴라도 창으로 갔다.

"캐럴 부르는 사람들을 몇 년째 보지 못했어요."

모건 부인이 말했다.

"뭔데?"

모건이 물었다. 그는 쟁반에 컵들을 담아 들고 있었다.

"뭔데 그래? 뭐가 잘못됐소?"

"잘못되긴요. 캐럴 부르는 사람들이에요. 저기들 있어요, 길 건너편에요."

모건 부인이 말했다.

"마이어스 부인."

쟁반을 내밀면서 모건이 잔을 권했다.

"마이어스 씨, 당신도."

"고마워요."

폴라가 말했다.

"무차스 그라시아스.*"

마이어스가 말했다.

모건은 쟁반을 내려놓은 다음 자기 컵을 들고 창가로 돌아왔다. 아이들이 길 건너편 집 앞길에 모여 있었다. 머플러를 두르고 긴 코트를 입은, 키도 크고 나이도 더 많아 보이는 소년과 함께 소년, 소녀들이 서 있었다. 마이어스는 건너편 집 창 뒤쪽에 모여든 얼굴들—아드리네 식구들—을 볼 수 있었다. 아이들이 노래를 마치자 잭 아드리가 문으로 나와 나이 많은 소년에게 무언가를 주

---

* '대단히 고맙습니다'라는 뜻의 스페인어.

었다. 아이들은 손전등을 위아래로 까딱거리며 길을 걸어내려가 다른 집 앞에 멈추었다.

"이리로는 안 올 거예요."

한참 후 모건 부인이 말했다.

"뭐라구? 왜 이리로는 안 온다는 거요?"

모건이 말하고는 자기 아내를 돌아보았다.

"그렇게 말 같지도 않은 멍청한 얘기를 하다니! 왜 안 온다는 거요?"

"그냥 알아요."

모건 부인이 말했다.

"난 애들이 올 거라고 생각해. 마이어스 부인, 저 아이들이 이리로 올까요, 안 올까요? 어떻게 생각하세요? 저애들이 이 집을 축복하러 올까요? 그 예측을 당신께 맡기겠어요."

폴라는 창문으로 가까이 다가갔다. 그러나 캐럴 부르는 아이들은 이제는 길 아래로 멀어져 있었다. 그녀는 대답을 하지 않았다.

"자, 이제 이 모든 흥분이 끝났군요."

모건은 그렇게 말하고 자기 의자로 갔다. 그는 인상을 쓰고 앉아서 파이프를 채우기 시작했다.

마이어스와 폴라도 소파로 돌아갔다. 모건 부인도 결국 창가를 떠났다. 그녀는 앉아서 미소를 지으며 자기 컵을 응시했다. 그러더니 컵을 내려놓고 울기 시작했다.

모건이 아내에게 손수건을 건넸다. 그는 마이어스를 쳐다보고는 이내 의자의 팔걸이를 두드리기 시작했다. 마이어스는 발을 움직였다. 폴라는 백 안을 들여다보며 담배를 찾았다.

"당신이 무슨 짓을 했는지 알겠어?"

모건은 마이어스의 구두 근처 카펫 위의 무언가를 응시하며 말했다.

마이어스는 일어설 준비를 했다.

"에드거, 두 분께 마실 것을 더 갖다줘요."

눈가의 눈물을 찍어내며 모건 부인이 말했다. 그녀는 손수건으로 코를 풀었다.

"두 분께 아텐보로 부인 얘기를 해주고 싶어요. 마이어스 씨는 글을 쓰시니 그 얘기를 해드리면 고마워할 거예요. 당신이 올 때까지 기다렸다가 그 얘기를 시작하기로 하죠."

모건은 컵을 모았다. 그는 컵을 가지고 부엌으로 갔다. 마이어스는 접시들이 덜그럭거리고 찬장문이 탕탕 닫히는 소리를 들었다. 모건 부인이 마이어스를 보며 희미하게 미소를 지었다.

"우린 가봐야 합니다. 가봐야 해요. 폴라, 당신 코트 갖고 와."

"안 돼요, 안 돼요, 제발, 마이어스 씨."

모건 부인이 말했다.

"우린 당신이 아텐보로 부인에 대해서, 가엾은 아텐보로 부인에 대해서 들었으면 좋겠어요. 당신도 그 얘기를 들으면 고마워하실 거예요, 마이어스 부인. 부인 남편의 마음이 글 쓸 소재를 앞에 두고 어떻게 움직이게 되는지 알 수 있는 기회가 될 거예요."

모건이 돌아와 뜨거운 음료를 돌린 다음 재빨리 앉았다.

"두 분께 아텐보로 부인 얘기를 해줘요, 여보."

모건 부인이 말했다.

"저놈의 개가 내 다리를 뜯어먹을 뻔했어요."

마이어스는 자기가 한 말에 놀라고 말았다. 그는 컵을 내려놓았다.

"아이구, 참. 그다지 심하지 않았잖아요. 내가 봤는데요."

모건이 말했다.

"작가란 사람들이 어떤지 아시죠."

모건 부인이 폴라에게 말했다.

"그들은 과장하기를 좋아하죠."

"펜이며 뭐, 그런 것들의 힘이지."

모건이 말했다.

"바로 그거예요. 당신의 펜을 쟁기날처럼 구부려요, 마이어스 씨."

모건 부인이 말했다.

"우리, 모건 부인한테 아텐보로 부인 얘기를 하라고 하지요."

막 일어선 마이어스를 못 본 체하며 모건이 말했다.

"모건 부인은 그 일과 개인적인 관련이 있죠. 난 수프 깡통에 맞아 심각한 상태에 처한 친구 얘기를 벌써 했으니까."

모건이 소리없이 웃었다.

"우리, 모건 부인에게 이 얘기를 하게 하자구요."

"당신이 해요. 마이어스 씨, 잘 들으세요."

모건 부인이 말했다.

"우린 가야 합니다. 폴라, 가지."

마이어스가 말했다.

"정직에 대해 얘길 해보자구요."

모건 부인이 말했다.

"그럼, 정직하게 말해서 말이죠."

마이어스가 말했다.

"폴라, 우린 이만 가자구."

"난 당신이 그 얘기를 들었으면 해요."

목소리를 높이며 모건이 말했다.

"그 얘기를 안 들으면 당신들은 모건 부인을 경멸하는 거고, 우리 두 사람을 모욕하는 거예요."

모건이 파이프를 움켜쥐었다.

"제발, 마이어스. 난 그 얘길 듣고 싶어요. 들은 다음에 가요. 마이어스? 제발, 여보, 잠시만 더 앉아 있어요."

폴라가 걱정스러운 어조로 말했다.

마이어스는 그녀를 바라보았다. 그녀는 그에게 신호라도 하듯이 손가락을 움직였다. 그는 주저하다가 그녀 옆에 앉았다.

모건 부인이 얘기를 시작했다.

"뮌헨에서 살 땐데, 어느 날 오후 에드거와 함께 도르트문트 박물관에 갔어요. 그해 가을 거기선 바우하우스 전이 열리고 있었는데 에드거가 제기랄, 우리 하루 쉬자, 라고 했어요 ─ 그때 연구를 하고 있었잖아요 ─ 제기랄, 우리 하루 쉬자라고요. 우리는 전철을 타고 뮌헨을 가로질러 박물관으로 갔지요. 우린 그 전시회도 보고, 몇몇 갤러리에도 다시 가서 옛 거장들 중에서 우리가 좋아하는 예술가들에게 경의를 표하면서 몇 시간을 보냈어요. 그리고 막 떠나려던 참에 난 화장실에 갔어요. 그런데 가방을 놓고 온 거예요. 가방에는 그 전날 고국에서 온 에드거의 월급 수표하고, 그 수표랑 같이 입금하려던 현금 백이십 달러가 들어 있었어요. 신분증들도 있었구요. 집에 올 때까지도 가방을 잃어버린 줄 몰랐어요. 에드거가 즉시 박물관 관리자에게 전화를 했죠. 그런데 저이가 통화를 하고 있는 사이에 집 앞에 택시가 왔어요. 잘 차려

입은 흰머리의 부인이 내리더군요. 뚱뚱한 부인이었는데 가방을
두 개 들고 있었어요. 나는 에드거를 부르고 문 쪽으로 갔죠. 그
부인은 자기를 아텐보로 부인이라고 소개하고 내 가방을 건네준
다음 설명을 했어요. 자기도 그날 오후에 그 박물관에 갔다가 화
장실에서 쓰레기통에 버려진 가방을 보게 됐다구요. 물론 주인이
누군지 알아보려고 가방을 열었겠죠. 거기서 신분증들을 보고 우
리 주소를 알았던 거예요. 그 부인은 곧 박물관을 나와서 택시를
탔어요. 가방을 직접 가져다주려고요. 에드거의 수표는 그대로
있었는데 돈은, 백이십 달러는 없어졌더군요. 그렇지만 난 다른
것들이 그대로 있는 것에 감사했어요. 그때가 거의 네시쯤 되었
을 때라 우린 그분에게 차나 한잔 드시고 가라고 했어요. 부인은
자리에 앉더니 조금 후에 우리에게 자기 얘기를 하기 시작했어
요. 그분은 호주에서 태어나고 자라서 어린 나이에 결혼했고, 아
들만 셋을 두고 과부가 됐는데, 아들 둘과 함께 아직도 호주에서
산다고 했어요. 아들들은 양을 키우는데, 양들이 뛰놀 수 있는 이
만 에이커의 땅을 소유하고 있대요. 연중 필요할 때면 와서 일해
주는 사람들도 많대요. 양을 몰고 시장까지 가는 사람이며, 양털
깎는 사람이며 그런 사람들이요. 뮌헨에 있는 우리집에 왔을 때
는 영국에서 호주로 가는 중이라고 했어요. 영국에 사는 막내아
들을 보고 가는 길인데 아들이 변호사랬어요. 우리를 만났을 때

호주로 돌아가는 중이었지요."

모건 부인이 말했다.

"그 부인은 도중에 세상 구경을 하고 있었던 거예요. 여정이 여정인지라 아직도 갈 곳이 많았죠."

"여보, 중요한 얘기를 해야지."

모건이 말했다.

"네, 그럼 사건 얘기를 할게요. 마이어스 씨, 나도 당신네 작가들이 하듯이 곧장 클라이맥스로 갈게요. 우리는 한 시간 동안 아주 유쾌한 대화를 했어요. 그 부인은 자신과 호주에서의 모험적인 삶에 대해 얘기를 하다가 갑자기 간다고 일어서더군요. 자기 컵을 내게 막 건네주려고 하다가 갑자기 입을 벌리더니 컵을 떨어뜨렸고, 그 다음에는 우리 소파에 길게 쓰러져서 죽어버렸어요. 죽었어요. 바로 우리 거실에서요. 그건 우리 삶에서 가장 충격적인 순간이었어요."

모건이 엄숙하게 고개를 끄덕였다.

"세상에."

폴라가 말했다.

"운명이 독일의 우리집 거실 소파 위에서 죽도록 그녀를 보낸 거예요."

모건 부인이 말했다.

마이어스가 웃기 시작했다.

"운명이…… 당신네…… 거실에서…… 죽도록…… 그녀를…… 보냈다구요?"

그는 헐떡거리는 사이사이에 말했다.

"그게 웃깁니까? 그게 재미있다고 생각하세요?"

모건이 말했다.

마이어스는 고개를 끄덕였다. 그는 계속 웃었고 셔츠 소매로 눈을 닦았다.

"정말 미안해요. 참을 수가 없었어요. '운명이 독일의 우리집 거실 소파 위에서 죽도록 그녀를 보낸 거예요' 라는 그 대목 말이에요. 미안합니다. 그러고 나서 어떻게 됐어요? 그 다음에 어떤 일이 일어났는지 알고 싶어요."

그는 겨우 말했다.

"마이어스 씨, 우린 어떻게 해야 좋을지 몰랐어요. 충격이 대단했지요. 에드거가 부인의 맥박을 짚어봤지만 뛰지 않았어요. 그리고 그녀의 피부색이 변하기 시작했어요. 얼굴과 손이 회색이 되는 거예요. 에드거는 누군가를 부르려고 전화 있는 데로 갔지요. 그러더니 이러는 거예요. '부인 가방을 열어서 어디 묵고 있는지 알아봐요.' 소파 위에 있는 그 가엾은 시체를 보지 않으려고 애쓰면서 나는 부인의 가방을 집어들었지요. 내가 그 가방 안에서 맨 처음 본 게 아직도 클립에 끼워진 채로 있는 내 돈 백이십 달러였을 때 내가 느꼈을 그 놀라움과 당황스러움을, 그 엄청난 혼란을 상상해보세요. 그렇게 놀랐던 적이 없어요."

모건 부인이 말했다.

"그리고 실망도 했잖소. 그걸 잊지 말라구. 정말 극심한 실망이었죠."

모건이 말했다.

마이어스가 킬킬대며 웃었다.

"당신이 말한 대로 당신이 진정한 작가라면, 마이어스 씨, 당신은 웃지 못할 거요. 감히 웃지 못할 거라구요! 이해를 하려고 애쓸 거요. 그 가엾은 사람의 마음을 깊이 꿰뚫어보고 이해하려고 말이오. 하지만 당신은 작가가 아니군요!"

모건이 벌떡 일어서며 말했다.

마이어스는 계속 킬킬거렸다.

모건이 주먹으로 커피 탁자를 쾅 쳤다. 컵받침 안의 컵들이 달그락거렸다.

"진짜 얘기는 여기, 이 집 안에, 바로 이 거실 안에 있어요. 이제 말할 때가 됐어! 진짜 얘기는 여기 있단 말이오, 마이어스 씨."

모건이 말했다. 그는 카펫 위에 풀어진 채 펼쳐진 반짝이는 포장지를 밟고 왔다갔다했다. 그는 걸음을 멈추고 마이어스를 노려보았다. 마이어스는 이마를 짚고 있었는데 웃느라 몸이 흔들렸다.

"이런 일이 일어날 수 있는지 생각해보시오, 마이어스 씨!"

모건이 소리를 질렀다.

"생각해봐요! 한 친구가―그 친구를 X씨라고 합시다―Y씨 부부, 그리고 Z씨 부부와도 친구요. 불행하게도 Y씨 부부와 Z씨 부부는 서로 몰라요. 내가 불행하게도라고 하는 건 그들이 서로 알았더라면 이 얘기는 생기지도 않았을 것이기 때문이오. 결코 일어나지도 않았겠지. 아무튼 Y씨 부부가 1년간 독일로 가게 돼서, 그 동안 그들 집을 빌려서 살 사람이 필요하게 됐다는 걸 X씨가 알게 됐소. Z씨 부부는 적당한 집을 찾고 있었고, X씨는 자기가 딱 맞는 집을 알고 있다고 그들에게 말합니다. 그런데 X씨가 Z씨 부부를 Y씨 부부와 미처 연결시켜주기 전에, Y씨 부부가 예상보다 일찍 떠나게 됐소. X씨는 친구로서 그 집을 Y씨―아니 Z씨 부부를 포함해서 누구에게든 자기 임의대로 세를 주도록 위임받았소. 그런데…… Z씨 부부는 그 집으로 이사 오면서 고양이 한 마리를 데려왔고, Y씨 부부는 그 얘기를 나중에야 X씨의 편지를 통해서 듣게 됐소. Y씨 부인은 천식이 있어서 그 집에 고양이나 다른 동물을 들여오는 걸 명백히 금지했는데도 Z씨 부부가 고양이를 데리고 온 거요. 진짜 얘기는, 마이어스 씨, 내가 지금 묘사한 그 상황 속에 있소. 진실을 얘기하자면 Y씨 부부―아니, Z씨 부부가

Y씨 부부의 집으로 이사 온 것, Y씨 부부의 집으로 쳐들어온 것 말이오. Y씨 부부의 침대에서 자는 건 어쩔 수 없지만 Y씨 부부의 개인 벽장 자물쇠를 열고, 그들의 침구를 쓰고, 거기서 찾아낸 물건들을 못 쓰게 만든 것, 그건 임대 규정에 위배되는 거였소. 그리고 그 부부는, 그 Z씨 부부는 '열지 마시오'라고 씌어 있는 부엌살림이 든 상자들을 열었소. 그러고는 접시들을 깼소. 임대 계약서에 그들은 소유주의 것을, Y씨 부부의 개인적인, 다시 말하지만 개인적인 소유물을 사용할 수 없다고 똑똑히 씌어 있었는데도 말이오."

모건의 입술이 하얘졌다. 그는 포장지 위로 계속 왔다갔다하면서 이따금씩 걸음을 멈추고 마이어스를 쳐다보며 입으로 푸푸 하는 작은 소리를 냈다.

"그리고 욕실 물건들도, 여보. 욕실 물건들 얘기도 잊지 말아요."

모건 부인이 말했다.

"Y씨 부부의 모포며 시트를 사용한 것도 악질적인데, 그들은 욕실 물건들까지 손댔고, 다락에 보관된 소소한 개인 물품들까지 뒤졌어요. 해도 정도껏 해야지요."

"이게 진짜 얘기요, 마이어스 씨."

모건이 말했다. 그는 파이프를 채우려고 애썼으나 손이 떨려서 담배를 카펫 위에 흘렸다.

"그게 바로 씌어지기를 기다리는 진짜 얘기요."

"그 얘기를 하는 데는 톨스토이가 필요치 않지요."

모건 부인이 말했다.

"톨스토이가 필요하지 않아요."

모건이 말했다.

마이어스는 웃었다. 그와 폴라는 동시에 소파에서 일어나서 문으로 향했다.

"안녕히 계시오."

마이어스가 유쾌하게 말했다.

모건이 그의 뒤에 있었다.

"당신이 진짜 작가라면 그 얘기를 글로 쓸 거고, 당신 생각을 정확히 얘기하는 걸 꺼리지도 않을 거요."

마이어스는 웃기만 했다. 그는 문 손잡이를 잡았다.

"하나 더 있어요."

모건이 말했다.

"난 이 문제는 말하지 않을 작정이었지만 오늘 밤 당신의 태도를 보니 내 두 질짜리 '필하모닉 재즈' 세트가 없어졌다는 얘기를 하고 싶어지는군요. 그 레코드들은 추억이 깃든 아주 소중한 거란 말이오. 1955년에 샀어요. 자, 나는 그것들이 어떻게 됐는지 말해달라고 당신에게 요구하는 바요."

“공정하게 말하자면, 에드거,”

폴라가 코트 입는 것을 거들면서 모건 부인이 말했다.

“그 레코드들이 있는지 조사한 뒤에 그것들을 마지막으로 본 게 언제인지 기억을 못 하겠다고 인정했잖아요.”

“하지만 지금은 확실히 알아.”

모건이 말했다.

“우리가 떠나기 직전에 틀림없이 봤어. 그리고 지금 나는 이 작가 선생이 그것들의 소재에 대해서 뭘 알고 있는지 똑똑히 듣고 싶어. 마이어스 씨?”

그러나 마이어스는 벌써 밖으로 나가서 자기 아내의 손을 잡고 서둘러 차로 걸어가고 있었다. 그들은 버지를 놀라게 했다. 개는 두려운 듯 짖어대더니 옆으로 뛰어올랐다.

“난 그걸 알아야겠어요!”

모건이 소리쳤다.

“기다리고 있잖소, 선생!”

마이어스와 폴라는 차를 타고 엔진을 켰다. 그는 현관에 서 있는 그 부부를 다시 바라보았다. 모건 부인이 손을 흔들었고, 그런 다음 그녀와 에드거 모건은 안으로 들어가서 문을 닫았다.

마이어스는 길 가운데로 차를 몰아갔다.

“저 사람들 미쳤어.”

폴라가 말했다.

마이어스는 그녀의 손을 토닥거렸다.

"저 사람들 무서웠어요."

그는 대답하지 않았다. 그녀의 목소리가 아주 먼 데서 들려오는 것 같았다. 그는 계속 차를 몰았다. 앞 유리창으로 눈이 달려들었다. 그는 말없이 길만 주시했다. 그는 머릿속으로 이야기 하나의 결말 부분을 만들고 있었다.

제리와 몰리와 샘

앨이 보기에는 한 가지 해결책밖에 없었다. 베티나 아이들이 알지 못하게 그 개를 없애버려야 했다. 밤에. 밤에 해치워야 했다. 그냥 수지를 싣고 가서—글쎄, 어딘가로 데리고 가서, 어디로 갈 건지는 나중에 정할 것이다—문을 열고 개를 밀어낸 다음, 차를 몰고 떠나면 되는 것이다. 빠를수록 좋다. 결정을 내리자 마음이 편해졌다. 어떤 행동이든 아무것도 안 하는 것보다는 낫다고 그는 확신하게 되었다.

일요일이었다. 그는 혼자서 늦은 아침을 먹다가 부엌 식탁에서 일어나서 주머니에 두 손을 찌른 채 개수대 옆에 섰다. 요즘 들어 제대로 되는 것이 하나도 없었다. 그에게는 냄새나는 개 말고도 걱정할 것이 많았다. 에어로젯 샤*에서는 고용을 해야 할 시점에 해고를 하고 있었다. 한여름, 방위 계약이 전국적으로 넘쳐나는 데 에어로젯은 인원 감축을 이야기하고 있는 것이다. 사실, 감축할 인원은 매일 조금씩 늘어나고 있었다. 그가 회사에 이 년 있었고 이제 삼 년이 되어간다 해서 다른 사람보다 안전하다는 법은 없었다. 그는 필요할 때 도움이 되어줄 수 있는 사람들과 잘 지냈다. 좋다, 그러나 고참이라거나 우정 같은 건 근래에는 손톱만큼도 의미가 없었다. 자기 차례가 되면 그것으로 끝이었다—어느 누구도 손을 쓸 수 없었다. 회사에서는 해고할 준비를 했고, 해고를 했다. 한 번에 50명, 100명씩 했다.

반장, 감독에서 작업 라인의 직공에 이르기까지 어느 누구도 안전하지 못했다. 그런데 석 달 전, 해고가 시작되기 직전에 그는 베티가 자기를 설득해 한 달에 2백 달러짜리인 이 편안한 집으로 이사 오도록 내버려두었던 것이다. 나중에 구입한다는 조건이 붙은 임대였다. 젠장!

앨은 전에 살던 집을 정말로 떠나고 싶지 않았다. 그는 거기서 아주 편안하게 지냈던 것이다. 이사한 지 이 주 후에 해고가 시작되리라는 걸 누가 알 수 있었겠는가? 그러나 요즘 무엇이 되었든 일어날 일을 미리 알 수 있는 사람이 있을까? 예를 들어 질의 일만

---

* 미사일을 제작하는 미국의 방위 산업체.

해도 그랬다. 질은 와인스톡의 가게에서 부기 일을 봤었다. 그녀는 멋진 여자였고 앨을 사랑한다고 말했다. 그녀는 그저 외로울 뿐이었다. 첫날밤 그녀는 그에게 그렇게 말했다. 결혼한 남자가 자기를 유혹하도록 내버려두는 게 습관은 아니라고도 했다. 그는 석 달쯤 전에 그녀를 만났다. 그때 그는 막 시작된 해고 건으로 우울하고 예민해져 있었다. 그는 새 집에서 그다지 멀지 않은 타운 앤 컨트리라는 술집에서 그녀를 만났다. 그들은 춤을 조금 췄고, 그는 그녀를 집까지 태워다줬으며 그녀의 아파트 앞에 차를 세우고 차 안에서 키스를 했다. 그래도 됐을 거라고 확신했지만, 그는 그날 밤엔 그녀와 함께 위층으로 올라가지 않았다. 그녀 집에 간 것은 그 다음날 밤이었다.

놀라운 일이지만 그는 지금 외도를 하고 있었고, 그 일을 어떻게 처리해야 할지 몰랐다. 그 일이 계속되기를 원하지도 않았지만, 끝나는 것도 원치 않았다. 폭풍우를 만났다고 해서 모든 것을 배 밖으로 던지지는 않는 법이다. 앨은 표류하고 있었고, 자기가 표류하고 있다는 걸 알고 있었지만, 이 모든 것이 어디서 끝날지는 알 수가 없었다. 그러나 그는 자기가 주변 상황을 제어할 수 없게 되었다는 걸 느끼기 시작하고 있었다. 모든 것을 다. 최근 며칠 간 변비로 고생한 다음부터는 자신이 노년에 대해 생각하고 있다는 것을 알게 되었다. 변비란 그가 생각하기에 노인들과 연관된 병이었다. 그리고 듬성듬성 머리카락이 빠지기 시작한 것과 머리를 어떻게 빗을 것인지 궁리하기 시작했다는 문제도 있었다. 나는 어떤 삶을 살려고 하는 것일까? 그는 알고 싶었다.

그는 서른한 살이었다.

고민해야 할 이 모든 일들에다, 넉 달쯤 전에 처제인 샌디가 그의 아이들인 앨릭스와 메리에게 저놈의 잡종 개를 준 일까지 겹쳤다. 그는 그 개를 보고 싶지 않았다. 샌디도 보고 싶지 않다. 망할 년! 그녀는 언제나 그가 돈을 쓰게 되고야 마는 조잡한 물건, 하루나 이틀이 지나면 완전히 못 쓰게 되어 수리를 해야만 하는 사기성 짙은 물건, 아이들이 비명을 지르며 서로 싸우고 치고받게 되는 그런 물건들을 가지고 나타났다. 맙소사! 그러고는 베티를 통해 그에게서 25달러씩 뜯어내려고 노리는 것이었다. 그녀에게 간 25달러나 50달러짜리 수표들 생각을 하면, 그리고 그녀에게 자동차 할부금을 내라고 바로 몇 달 전에 준 85달러짜리 수표 생각을 하면—세상에, 자신은 길에 나앉게 될지도 모르는 판에 그녀의 자동차 할부금을 내준 것이다—그는 그래서 그 빌어먹을 개를 죽이고 싶어지는 것이었다.

샌디! 베티와 앨릭스와 메리! 질! 그리고 그 망할 개, 수지!

이것이 앨이 처한 상황이었다.

그는 출발점을 찾아야 했다 — 얽힌 일들을 정리하고 이 모든 것의 질서를 잡기 위해 뭔가를 해야 할 때, 변화를 꾀하기 위해 생각을 똑바로 해야 할 때였다. 그리고 오늘 밤, 그는 그것을 시작하기로 했다.

그는 이런저런 핑계를 대고 아무에게도 들키지 않도록 개를 꾀어서 차에 싣고 나갈 생각이었다. 그러나 베티가 그가 옷을 입는 것을 지켜보면서 눈을 내리깔고 있다가 나중에, 그가 문을 나서기 직전에 몹시도 죄책감이 들게 하는 체념한 목소리로 어디 가느냐, 얼마나 오래 있을 거냐 하고 묻는 모습을 떠올리기는 싫었다. 그는 거짓말하는 것에 익숙해질 수가 없었다. 그리고 그녀가 의심하는 것과는 다른 일 때문에 그녀에게 거짓말을 함으로써, 그녀와의 사이에 남겨둬야 할지도 모르는 그 얼마 되지 않는 거짓말 거리를 써버리기도 싫었다. 말하자면 거짓말이 쓸데없이 낭비되는 셈이니까. 그러나 그는 그녀에게 진실을 말할 수는 없을 것이다. 자기가 술을 마시러 가는 것도, 누군가를 방문하러 가는 것도 아니고, 그 빌어먹을 개를 처치하는, 집안의 질서를 바로잡는 첫 조치를 취하러 가는 길이라는 얘기는 할 수 없었다.

그는 얼굴을 한 번 문지르고 그 모든 생각을 잠시 마음에서 몰아내려고 애썼다. 그는 냉장고에서 차가운 반 쿼트짜리 럭키 맥주를 꺼내 알루미늄 뚜껑을 땄다. 그의 인생은 미로가 되어버렸다. 하나의 거짓말 위에 또다른 거짓말이 쌓여, 풀려고 해도 풀 수 있을지 그 자신도 확신하지 못하는 지경이었다.

"빌어먹을 놈의 개!"

그는 큰 소리로 말했다.

"개가 분별이 없어!"

앨의 표현으로는 그랬다. 게다가 그 개는 집 안을 몰래 들락거렸다. 모두 나가고 뒷문이 열려 있으면, 망사문을 비집고 들어와 거실까지 와서는 카펫 위에 오줌을 싸는 것이었다. 지금 카펫 위에는 지도 모양의 얼룩이 적어도 여섯 개는 되었다. 그러나 개가 가장 좋아하는 장소는 더러운 빨랫거리 사이를 헤집고 다닐 수 있는 다용도실이었다. 그래서 반바지와 팬티의 가랑이나 엉덩이 부분에는 이빨로 씹혀나간 자국이 있었다. 개는 집 밖의 안테나 선을 모조리 씹어놓기도 했다. 한 번은 앨이 집 앞 진입로로 들어오다가 개가 앞마당에서 그의 구두 한 짝을 물고 앉아 있는 것을 본 적도 있었다.

"미친 개야."

그는 말하곤 했다.

"게다가 나까지 돌게 만들고 있어. 저 개를 하루빨리 해치워버려야 해, 더러운 암캐 같으니. 내 조만간 이놈의 개를 죽이고 말겠어!"

베티는 그 개를 상당히 오랫동안 관대히 보아넘겼고, 한동안은 평온하게 지내는 것 같았으나, 갑자기 주먹을 불끈 쥐고 개에게 달려들거나 똥개, 망할년이라고 욕을 하고, 개를 방이나 거실에 들어오지 못하게 하라고 아이들에게 소리를 질러댔다. 베티는 아이들에게도 그런 식이었다. 그녀는 꽤 오랫동안 아이들과 잘 지냈고, 아이들이 무슨 짓을 해도 야단치지 않고 내버려두다가, 갑자기 아이들에게 난폭하게 굴면서 "그만 해! 그만 하라니까! 더이상은 못 참겠어!"라고 소리를 지르며 아이들의 얼굴을 찰싹찰싹 때리는 것이었다.

그러면서도 베티는 이렇게 말하곤 했다.

"이 개는 아이들이 평생 처음 갖게 된 개예요. 당신도 첫 개를 얼마나 좋아했었는지 기억날 거예요."

"내 개는 똑똑했어. 그건 아이리시 세터*였다구!"

그는 말하곤 했다.

그날 오후가 지나갔다. 베티와 아이들이 어딘가 갔다가 차를 타고 돌아왔다. 그들은 모두 안뜰에 모여 샌드위치와 포테이토칩을 먹었다. 그가 잔디밭에서 잠이 들었다가 깼을 때는 저녁이 다

---

* 아일랜드 원산의 사냥개.

되어 있었다.

그는 샤워와 면도를 한 후, 바지와 깨끗한 셔츠를 입었다. 푹 쉰 것 같았지만 몸은 둔한 느낌이었다. 옷을 입고 나서 그는 질을 생각했다. 그리고 베티와 앨릭스와 메리와 샌디와 수지를 생각했다. 그는 약이라도 먹은 것처럼 나른했다.

"곧 저녁 먹을 거예요."

욕실문으로 와서 그를 살펴보며 베티가 말했다.

"됐어. 난 배 안 고파. 너무 더워서 먹기도 싫고. 칼스 술집에 가서 당구 몇 게임 하고 맥주나 마실까 해."

셔츠 깃을 만지작거리며 그가 말했다.

"알겠어요."

그녀가 말했다.

"젠장!"

"그렇게 해요, 난 괜찮으니까."

"오래 있지는 않을 거야."

"그렇게 하라고 했잖아요. 난 괜찮다니까요."

차고에서 그는 "망할 것들!" 하고 중얼거리며 시멘트 바닥 위에 길게 놓인 갈퀴를 걸어찼다. 그는 담배에 불을 붙이고 자신을 억제하려고 애썼다. 그는 갈퀴를 집어들어 제자리에 갖다놓았다. 그가 "질서, 질서"라고 중얼거리고 있을 때, 개가 차고로 다가와

문 근처에서 코를 킁킁거리며 안을 들여다보았다.

"자, 자, 이리 와, 수지. 이리 온, 아가씨."

그가 큰 소리로 불렀다.

개는 꼬리를 흔들었지만 그 자리에 그대로 있었다.

그는 잔디 깎는 기계 위의 찬장으로 가서 한 개, 두 개, 세 개의 먹이 깡통을 꺼냈다.

"오늘 밤엔 원하는 대로 주마, 수지. 먹을 수 있는 만큼 먹어라."

그는 첫째 깡통을 열어 속에 든 것을 개 밥그릇에 부어넣으며 부드러운 목소리로 개를 불렀다.

그는 거의 한 시간 동안 차를 몰고 다녔으나 장소를 결정하지 못했다. 아무 데나 떨궈놓으면 사람들이 동물 수용소에 전화를 할 테고, 개는 하루나 이틀 만에 집으로 돌려보내질 것이다. 카운티 안에 있는 동물 수용소는 베티가 첫번째로 전화할 만한 곳이었다. 잃어버린 개들이 몇백 마일을 되짚어 집으로 돌아온 얘기를 몇 번 읽은 기억도 났다. 차량 번호판을 보고 신고하는 범죄 프로그램들도 기억났다. 그런 생각을 하자 가슴이 두근거렸다. 보통 사람들의 시각에서 봤을 때, 사정이 고려될 리 없는 상황에서 개를 버린 것이 발각되면 창피한 일일 것이다. 딱 맞는 장소를 찾아야만 할 것이다.

그는 아메리칸 강가로 차를 몰았다. 어쨌든 개는 더 자주 밖으로 나가서 바람이 등을 간질이는 것을 느끼고, 원할 때는 강에서 헤엄칠 수도 있어야 했다. 개를 담장 안에 가둬두는 것은 가엾은 일이다. 그러나 제방 근처의 들판은 너무나 황량했고 집도 한 채 없었다. 사실 그는 개가 발견돼서 보살핌을 받기를 바랐다. 그는 오래된 커다란 이층짜리 집을, 개가 필요한, 정말로 개가 필요한 행복하고 분별 있게 행동하는 아이들이 있는 그런 집을 염두에 두고 있었다. 그러나 여기에는 그런 오래된 이층짜리 집이 없었다. 한 채도 없었다.

그는 다시 큰길로 차를 몰았다. 간신히 차에 태운 후로 그는 개를 쳐다보지 못하고 있었다. 개는 뒷좌석에 조용히 엎드려 있었다. 그러나 그가 길에서 벗어나 차를 세우자 개는 일어나 앉아 주위를 둘러보며 낑낑거렸다.

그는 술집 앞에 차를 세웠다. 그리고 술집 안으로 들어가기 전에 차창을 전부 내렸다. 그는 맥주를 마시고 셔플보드 게임을 하며 한 시간 가까이 거기 머물렀다. 그러면서도 차문을 모두 열어둘걸 그랬나 하는 생각이 떠나지 않았다. 그가 다시 밖으로 나갔을 때 수지는 좌석에 앉은 채 입술을 위로 말아올리고 이빨을 보이고 있었다.

그는 차 안으로 들어가 다시 시동을 걸었다.

그때 그는 장소를 하나 생각해냈다. 전에 살던 동네였다. 아이들이 우글거리고 행정구역상 선 하나 건너의 욜로 카운티에 있는 동네로, 딱 알맞은 장소일 터였다. 개가 발견된다 해도 새크라멘토의 수용소가 아니라 우드랜드 수용소로 보내질 것이다. 옛 동네의 아무 길로나 차를 몰고 가서 차를 세우고, 개 먹이를 조금 밖으로 던진 후, 문을 열고 약간 밀어준다. 그러면 개는 나갈 것이고, 그는 떠난다. 그것으로 끝! 잘될 것이다.

그는 그곳으로 가기 위해 속력을 냈다.

현관 불들이 켜져 있었고, 그가 지나가는 길가의 서너 집에서 남자와 여자들이 계단에 나와 앉아 있는 것이 보였다. 그는 천천히 차를 몰다가 예전에 살던 집에 이르자 속도를 늦춰 거의 세우다시피 하고 앞문과 현관, 불 켜진 창문들을 바라보았다. 그 집을 보고 있자니 더욱더 비현실적인 느낌이 들었다. 그는 거기서 살았었다. 얼마나 살았더라? 일 년? 십육 개월? 그전에는 치코, 레드 블러프, 타코마, 포틀랜드—거기서 베티를 만났다—야키마…… 토페니시—그는 거기서 태어나고 고등학교까지 다녔다—에서 살았다. 어린아이였을 때 이후로는 걱정과 패배 없이 산다는 게 어떤 건지 알지 못하고 살아온 것 같다. 그는 캐스케이즈 강에서 낚시와 캠핑을 하던 여름날들과 샘을 앞세우고 꿩을 사냥하곤 하던 가을날들을 생각했다. 사냥개 샘의 반짝이는 붉은 털은 소년이었던 그와 그의 것이었던 개가 미친 듯이 달리곤 하던 알팔파 초원과 옥수수밭에서는 하나의 표시등과 같았다. 그는 오늘밤 내내 운전해서 토페니시의 벽돌 깔린 오래된 중심가로 갔으면 싶었다. 거기 첫번째 신호등에서 좌회전하고, 다시 또 좌회전해서 어머니가 사는 집에 닿으면 차를 세우고 다시는, 다시는 어떤 이유로도 그곳을 떠나지 않을 텐데.

그는 길의 어두운 끝자락에 이르렀다. 곧장 가면 넓은 빈 들판이 있고, 길은 들판을 에워싸며 오른쪽으로 꺾어졌다. 들판에 더 가까운 쪽으로는 거의 한 블록을 가도록 집 한 채 없었고, 반대편에 완전히 불이 꺼진 집이 딱 한 채 있을 뿐이었다. 그는 차를 세운 뒤 자기가 무슨 짓을 하는지 더이상 생각하지 않고 개 먹이를 한 줌 폈다. 그리고 좌석 너머로 몸을 기울이고 들판 가까운 쪽 뒷문을 연 후, 먹이를 밖으로 던지며 "가라, 수지" 하고 말했다. 그는 개가 마지못해 뛰어내릴 때까지 개를 밀었다. 그리고 몸을 뒤로 빼서 문을 당겨 닫은 후, 천천히 그곳을 떠났다. 그러고는 점점 더 속도를 냈다.

그는 새크라멘토로 돌아오는 길에 처음 마주친 듀피스라는 술집 앞에 차를 세웠다. 그는 흥분해 있었고 땀을 흘렸다. 생각했던 것처럼 그렇게 가뿐하고 편안한 기분은 들지 않았다. 그러나 그는 이건 올바른 방향으로 가는 첫걸음이라고, 내일이면 기분이 좋아질 거라고 끊임없이 자신을 타일렀다. 이제 할 일은 기다리는 것뿐이었다.

맥주 네 잔을 마셨을 때 터틀넥 스웨터에 샌들을 신고 여행용 가방을 든 여자가 옆자리에 앉았다. 그녀는 두 의자 사이에 가방을 놓았다. 그녀는 바텐더를 아는 것 같았다. 바텐더도 가까이 올 때마다 그녀에게 할 얘기가 있는 듯 보였고 한두 번은 잠시 서서 얘기를 하기도 했다. 그녀는 앨에게 자기 이름이 몰리라고 말했지만, 그가 맥주를 사겠다고 제안하자 거절했다. 대신 피자 반 조각 정도는 먹겠다고 했다.

그는 그녀에게 미소를 지어보였고, 그녀도 화답했다. 그는 담배와 라이터를 꺼내 테이블 위에 놓았다.

"피자요!"

그가 말했다.

조금 있다가 그가 물었다.

"어디 가시는지 태워드릴까요?"

"아뇨. 난 지금 사람을 기다리는 중이에요."

"어디로 가시는데요?"

"아무 데도 안 가요. 아!"

발가락으로 가방을 건드리고 웃으면서 그녀가 말했다.

"이것 때문에 그러시는군요? 난 이곳 웨스트 색에 살아요. 난 아무 데도 안 가요. 이 안엔 어머니의 세탁기 모터가 들어 있어요. 제리가 ─ 저 바텐더 말이에요 ─ 물건을 아주 잘 고쳐요. 제리가 공짜로 고쳐주겠다고 해서요."

앨은 일어섰다. 그녀 위로 굽힌 그의 몸이 조금 흔들렸다.

그가 말했다.

"그럼 안녕, 아가씨. 또 만나요."

"물론이죠!"

그녀가 말했다.

"피자 고마워요. 실은 점심 이후로 아무것도 못 먹었어요. 살을 빼보려고 노력하는 중이거든요."

그녀는 스웨터를 들어올리고 허리의 살을 한 움큼 집어보였다.

"내가 태워다드릴 수 없을까요?"

그가 말했다.

여자는 머리를 흔들었다.

다시 차를 타고 운전하면서 그는 담배를 찾아 손을 뻗었다가, 다시 미친 듯이 라이터를 찾았다. 술집의 테이블 위에 전부 두고 온 것이 기억났다. 빌어먹을, 그 여자가 갖게 놔두지 뭐. 가방 안에 세탁기 모터와 함께 라이터와 담배도 넣어가라지. 그는 그것도 개 탓으로 돌렸다. 비용이 또 든 셈이다. 그러나 맹세코 이것이 마지막이다! 그는 자신이 지금 질서를 잡는 일을 하는 중인데도 그 여자가 자신에게 더 친절하게 대해주지 않은 것에 화가 났다. 만일 그가 지금과 같은 마음 상태가 아니었다면 그녀를 유혹할 수도 있었을 것이다. 사람이 우울할 때는 온몸으로 그것이 드러나는 법이다. 담배에 불을 붙이는 동작 하나로도 드러나는 것이다.

그는 질을 보러 가기로 했다. 그는 주류 판매점에 들러 위스키 한 파인트짜리를 사서 그녀의 아파트 계단을 올라갔다. 그는 층계참에서 숨을 고르고 혀로 이빨을 훑었다. 피자의 버섯 맛이 아직도 남아 있었지만, 입과 목은 위스키 때문에 무감각해져 있었다. 그는 자기가 하고 싶은 일이 질의 욕실로 곧장 들어가서, 그녀의 칫솔로 이를 닦는 거라는 걸 깨달았다.

그는 문을 두드렸다.

"나, 앨이요."

그가 속삭였다.

"앨이야."

그는 좀더 큰 소리로 말했다. 그녀의 발이 마루를 딛는 소리가 들렸다. 그가 문에 무겁게 기대어 있는 사이 그녀는 잠금 장치를 풀고 체인을 벗기려고 애썼다.

"잠깐만, 앨. 밀지 마. 체인을 벗길 수가 없어, 됐어."

그녀는 문을 열고 그의 얼굴을 살피며 손을 잡았다.

그들은 어색하게 포옹을 했고, 그는 그녀의 뺨에 키스했다.

"앉아, 자기. 여기에."

그녀는 램프를 켜고 그를 소파로 데려갔다. 그녀는 머리에 말아놓은 헤어롤을 만지며 말했다.

"립스틱 좀 바를게. 그 동안 뭐 마실래? 커피? 주스? 맥주? 맥주가 좀 있을 텐데. 뭘 갖고 왔나…… 위스키야? 뭐 마실래, 자기?"

그녀는 한 손으로 그의 머리카락을 쓰다듬으며 그에게로 몸을 굽힌 채 그의 눈을 들여다보았다.

"가엾은 사람, 뭐 마실 거야?"

"그냥 당신이 날 안아줬으면 좋겠어."

그가 말했다.

"이리 와. 앉아. 립스틱은 놔두고."

그녀를 자기 무릎 위로 끌어앉히며 그가 말했다.

"안아줘. 쓰러질 것 같아."

그녀는 그의 어깨를 한 팔로 감쌌다.

"침대로 가. 당신이 좋아하는 걸 줄게."

"질."

그가 말했다.

"살얼음판 위에서 스케이트를 타는 것 같아. 어느 순간 깨어질지…… 나도 몰라."

그는 경직되고 부어오른 것 같은 표정으로 그녀를 응시했다. 그는 자기 표정을 느낄 수 있었지만 표정을 바꿀 수는 없었다.

"심각해."

그가 말했다.

그녀가 고개를 끄덕였다.

"아무것도 생각하지 마. 그냥 편안히 있어."

그녀는 그의 얼굴을 자기 얼굴 쪽으로 당겨서 그의 이마와 입술에 키스했다. 그녀는 그의 무릎 위에 앉은 채 살짝 몸을 돌리고는 "아니, 움직이지 마, 앨" 하고 말하며 두 손을 갑자기 그의 목 뒤로 돌리는 것과 동시에 그의 얼굴을 꼭 쥐었다. 그의 눈길이 잠시 흔들리며 방 안을 두리번거리다가 그녀가 하고 있는 행동에 초점을 맞추려고 애썼다. 그녀는 두 손에 힘을 주어 그의 머리를 꼭 잡고 있었다. 그러더니 양손 엄지손톱으로 그의 코 옆에 난 여드름을 짜기 시작했다.

"가만히 있어!"

그녀가 말했다.

"싫어. 하지 마! 그만 해! 그럴 기분 아니야."

"거의 다 나왔어. 가만히 있으랬잖아! ……자, 봐. 어때? 이런 게 있는 줄도 몰랐지? 이제 딱 하나만 더. 큰 거야. 이게 끝이야."

"욕실에 가야겠어."

그녀를 밀어내고 일어서면서 그가 말했다.

집은 온통 눈물바다였고 혼란 그 자체였다. 그가 미처 차를 세우기도 전에 메리가 울면서 차로 달려나왔다.

"수지가 없어졌어요. 수지가 없어졌어요. 다시는 돌아오지 않을 거야. 아빠, 난 알아요. 수지는 가버렸어요!"

아이가 흐느꼈다.

맙소사, 심장이 요동을 쳤다. 내가 무슨 짓을 한 거지?

"걱정 마라, 애야. 아마 나가서 어딘가 뛰어다니고 있겠지. 돌아올 거야."

"돌아오지 않을 거예요, 아빠. 내가 알아요. 다른 개를 사야 할지도 모르겠다고 엄마가 그랬어요."

"그게 좋지 않겠니? 수지가 돌아오지 않는다면 다른 개를 사는 게? 애완동물 가게에 가서……"

"다른 개는 필요 없어요!"

아이는 그의 다리에 매달려 울었다.

"아빠, 개 대신에 원숭이 키우면 안 될까요?"

앨릭스가 물었다.

"개를 사러 동물 가게에 갈 거라면 개 대신 원숭이를 사면 안 돼
요?"

"난 원숭이 싫어! 난 수지가 좋아."

메리가 울부짖었다.

"이제 그만들 해라, 아빠 좀 들어가자. 아빤 머리가 너무너무
아프다."

그가 말했다.

베티는 오븐에서 냄비 요리를 꺼내고 있었다. 그녀는 지치고
짜증스럽고…… 더 늙어 보였다. 그녀는 그를 쳐다보지 않았다.

"아이들이 얘기했죠? 수지 없어진 거요. 동네를 샅샅이 훑었어
요. 한 군데도 빼놓지 않고요."

"나타날 거야. 어디선가 뛰어다니고 있겠지. 돌아올 거야."

"심각하게 말하는 건데요."

그에게로 돌아서서 엉덩이에 두 손을 짚고 그녀가 말했다.

"난 그렇게 생각하지 않아요. 개가 차에 치였는지도 모른다구
요. 당신이 차로 한 바퀴 돌아보면 좋겠어요. 애들이 어젯밤에 개
를 불렀는데 개가 사라지고 없는 거예요. 그 뒤론 못 봤어요. 내가
동물 수용소에 전화를 해서 개의 생김새를 설명했는데 트럭들이
아직 다 들어오지 않았다더군요. 아침에 다시 전화해야 할 것 같
아요."

그는 욕실로 들어갔으나 그녀가 애기하는 소리가 계속 들렸다. 그는 세면대에 물을 흘려보내기 시작했다. 그러면서 불안하고 초조한 심정으로 자신의 잘못이 얼마나 심각한 것인지 생각했다. 수도꼭지를 잠그자 그녀가 아직도 애기하는 소리가 들렸다. 그는 세면대만 바라보았다.

"내 말 듣고 있어요?"

그녀가 소리질렀다.

"저녁식사 후에 차를 몰고 나가서 개를 찾아보라구요. 애들도 같이 나가서 찾아보게 하고요…… 앨?"

"그래, 알았어."

그가 대답했다.

"뭐라구요? 뭐라고 했어요?"

"알았다고 했어. 그러겠다고! 좋아, 뭐든지 하지! 그러니 먼저 좀 씻게 해주겠어, 응?"

그녀는 부엌에서 욕실을 바라보았다.

"그런데, 당신 요즘 도대체 왜 그러는 거예요? 어젯밤에 내가 술 취하라곤 하지 않았죠? 이젠 아주 지긋지긋해요! 알고 싶을지 모르겠지만 난 끔찍한 하루를 보냈어요. 앨릭스가 오늘 아침 다섯시에 날 깨워 내 침대로 들어오면서 아빠가 코를 너무 크게 골아서…… 무서워 죽겠다고 하는 거예요! 가보니 당신은 술에 곯아 떨어져서 옷을 입은 채로 자고 있고, 방 안엔 냄새가 진동을 하더군요. 정말이지 지긋지긋해요!"

그녀는 무엇이든 움켜쥐려는 것처럼 부엌을 휙 둘러보았다.

그는 문을 발로 차서 닫았다. 모든 것이 엉망이 되고 있었다. 면도를 하다가 그는 손을 멈추고 면도기를 든 채 거울 속의 자신을 바라보았다. 그의 얼굴은 창백하고 특색이 없었다. 부도덕하다는 게 정확한 표현이었다. 그는 면도기를 내려놓았다. 이번엔 정말 중대한 잘못을 저지른 것 같아. 정말 중대한 잘못을 저지른 것 같아. 그는 면도기를 목으로 올려 면도를 끝냈다.

그는 샤워도 하지 않았고, 옷도 갈아입지 않았다.

"내 저녁은 오븐에 넣어둬요. 냉장고에 넣어두든지. 난 지금 나가."

"저녁 먹고 나가지 그래요. 애들도 같이 나갈 수 있는데."

"아니, 싫어. 애들 밥 먹이고, 애들이 좋다면 이 근처나 찾아보게 해요. 난 배고프지 않아. 그리고 곧 어두워질 텐데."

"모두 제정신이 아니야."

그녀가 말했다.

"우리한테 무슨 일이 일어나려는 건지 모르겠어요. 난 신경쇠약에 걸릴 지경이에요. 금방이라도 미쳐버릴 것 같아요. 내가 미처버리면 애들은 어떻게 되겠어요?"

그녀는 개수대에 무너지듯 몸을 기댔다. 얼굴이 일그러지고, 눈물이 뺨을 타고 흘러내렸다.

"당신은 애들을 사랑하지도 않잖아요! 사랑한 적이 없어요. 내가 걱정하는 건 개가 아니에요. 우리예요! 우리 걱정을 하는 거라구요! 당신이 이젠 날 사랑하지 않는다는 거 알아요, 나쁜 사람! 그런데 당신은 애들까지도 사랑하지 않아요!"

"베티, 베티!"

그가 말했다.

"이러지 마! 다 잘될 거야. 약속해. 걱정 말라구. 약속할게. 다 잘될 거야. 개를 찾아올게. 그러면 다 잘될 거야."

그는 집에서 튀어나왔으나 아이들이 다가오는 소리가 들리자 잡목 덤불 속에 숨었다. 딸애는 울면서 "수지, 수지"라는 말만 되풀이하고 있었고, 아들애는 아마 기차에 치여버렸는지도 모른다고 말하고 있었다. 아이들이 집 안으로 들어가자 그는 덤불에서 나와 차를 향해 달리기 시작했다.

그는 신호를 기다려야 할 때마다 안절부절못했고, 기름을 넣느라 허비한 시간 때문에 분통이 터졌다. 태양은 계곡 저 끝에 있는 언덕의 나지막한 능선 바로 위에 낮고 무겁게 걸려 있었다. 빛은 이제 기껏해야 한 시간쯤 후면 사라질 것이다.

그는 자신의 전 생애가 여기서부터 파멸이라는 것을 알았다. 오십 년을 더 산다 해도—그럴 것 같지는 않지만—개를 버린 사실을 극복하지 못할 거라는 느낌이 들었다. 개를 찾아내지 못하면 자신은 끝장이라고 느꼈다. 조그만 개도 갖다버리는 남자라면 털끝만큼의 가치도 없는 것이다. 그런 남자라면 무슨 짓이든 못하겠으며, 무슨 일에 머뭇거리겠는가.

그는 언덕으로 점점 더 낮게 떨어지는 태양의 부어오른 얼굴을 노려보며 자리에서 몸을 움찔했다. 그는 이제 상황이 너무나 절망적이라는 것을 알았지만 가만히 있을 수는 없었다. 어떻게 해서든 개를 찾아와야만 한다고 생각했다. 그 전날 밤에 개를 버려야만 한다고 생각했던 것처럼.

"미치게 생긴 건 바로 나야."

그는 중얼거리고, 그 말에 동의하듯 고개를 끄덕였다.

그는 이번에는 다른 길로 해서 개를 버렸던 들판으로 왔고, 조그만 움직임에도 신경을 곤두세웠다.

"제발 거기 있었으면."

그는 차를 세우고 들판을 살폈다. 그러고는 계속 천천히 차를 몰았다. 딱 한 채뿐인 집의 진입로에 스테이션 왜건 한 대가 시동을 켠 채 세워져 있었다. 그는 하이힐을 신고 옷을 잘 차려입은 여자가 조그만 여자아이를 데리고 앞문으로 나오는 것을 보았다. 그가 지나갈 때 그들은 그를 유심히 바라보았다. 한참을 더 가서 그는 좌회전했다. 그는 시선이 닿는 멀리까지 도로와 길 양쪽 집들의 마당을 살폈다. 아무것도 없었다. 한 블록 저 앞, 주차된 차 옆에 아이들 둘이 자전거를 세워놓고 서 있었다.

"얘들아."

그는 옆에 차를 세우고 두 소년에게 말을 걸었다.

"오늘 이 근처에서 조그만 흰 개 한 마리 못 봤니? 흰색 털북숭이 개인데. 개를 잃어버려서 말이야."

한 소년은 그를 바라보기만 했다. 다른 소년이 말했다.

"아까 오후에 저기서 어린애들 여럿이 개를 데리고 노는 걸 봤어요. 저 건너편 도로에서요. 그게 어떤 종류의 개였는지는 모르겠어요. 아마 흰 개였을 거예요. 애들이 아주 많았어요."

"그래, 잘됐다. 고맙다."

앨이 말했다.

"정말, 정말 고맙다."

그는 그 길 끝에서 우회전했다. 그는 앞에 보이는 길에만 신경을 집중했다. 이제 해는 져버려 어둑해져 있었다. 나란히 늘어선 집과 나무, 잔디, 전신주, 주차되어 있는 자동차들, 그 모든 것들이 고요하고 평온해 보였다. 한 남자가 자기 애들을 부르는 소리가 들렸다. 앞치마를 두른 어떤 여자가 자기 집의 불 켜진 문으로 향하는 것이 보였다.

"내게도 아직 기회가 있을까?"

앨이 중얼거렸다. 그는 눈물이 솟구쳐오르는 것을 느꼈다. 그는 놀랐다. 그리고 자신의 모습에 웃지 않을 수 없었다. 그는 손수건을 꺼내면서 고개를 저었다. 그때 한 무리의 아이들이 길을 걸어오는 것이 보였다. 그는 그들의 주의를 끌기 위해 손을 흔들었다.

"너희들, 조그만 흰 개 못 봤니?"

앨이 그들에게 물었다.

"봤어요."

한 소년이 말했다.

"아저씨 개예요?"

앨이 고개를 끄덕였다.

"조금 전까지 저기서 그 개하고 놀았어요. 테리네 집 마당에서요. 저기요."

소년이 손으로 가리켜보였다.

"아저씨도 애들이 있으세요?"

어린 소녀 하나가 천진하게 물었다.

"그래."

앨이 대답했다.

"테리는 자기가 그 개를 키울 거라고 했어요. 그앤 개가 없거든
요."

소년이 말했다.

"글쎄다."

앨이 말했다.

"우리 애들이 그러라고 할 것 같지 않구나. 그 개는 그애들 거거
든. 단지 잃어버렸을 뿐이란다."

그는 길을 따라 계속 차를 몰아갔다. 이젠 완전히 어두워져서
주변이 잘 보이지 않았다. 그는 다시 겁이 나기 시작해서 나직이
욕설을 내뱉었다. 이리저리 바뀌고 이랬다 저랬다 하니, 풍향계
같은 꼴이라고 자신을 욕했다.

그때 그는 개를 보았다. 그는 자기가 한참 동안 그 개를 보고 있
었다는 것을 깨달았다. 개는 어느 집 담을 따라 자라난 풀 냄새를
킁킁대고 맡으면서 천천히 움직이고 있었다. 앨은 차에서 내려
잔디밭을 가로지르기 시작했다. 그는 몸을 앞으로 웅크리고 걸으
면서 "수지, 수지, 수지" 하고 불렀다.

그를 본 개가 멈추어 섰다. 개는 머리를 들었다. 그는 쭈그리고
앉아 한 팔을 뻗고 기다렸다. 그들은 서로 바라보았다. 개는 반갑
다고 꼬리를 흔들었다. 그리고 앞발 사이에 머리를 늘이고 앉아
그를 바라보았다. 그는 기다렸다. 개가 일어섰다. 개는 담을 돌아

가더니 사라져버렸다.

　그는 그 자리에 앉았다. 모든 것을 곰곰이 생각해보아도 그다지 나쁜 기분은 아니었다. 세상은 개로 가득 차 있다. 온통 개 천지다. 그중엔 어찌해볼 수 없는 녀석들도 있는 법이다.

왜 그러는 거니, 애야?

안녕하세요.

제 아들에 대해 물으시는 당신의 편지를 받고 몹시 놀랐습니다. 제가 여기 있는 건 어떻게 아셨나요? 저는 오래 전, 그 일이 일어나기 시작한 직후에 이리로 이사해왔습니다. 여기서는 제가 누군지 아무도 모르지만 그래도 전 두렵습니다. 제가 두려워하는 건 그애입니다. 신문을 볼 때마다 저는 고개를 저으며 생각합니다. 사람들이 그애에 대해 쓴 것을 읽으며 저는 자문합니다. 이 남자가 정말 내 아들일까, 그애가 정말로 이런 일들을 하고 있는 건가?

그애는 착한 애였어요. 가끔 감정을 폭발시키거나, 진실을 말하지 못하는 때가 있었다는 것 말고는요. 왜 그랬는지 저로서는 말씀을 드릴 수가 없습니다. 그 일은 그애가 열다섯 살쯤 되었을 때의 어느 여름, 독립기념일 휴가 기간에 시작됐습니다. 저희 집 고양이인 트루디가 사라져서 밤새 돌아오지 않았고, 그 다음날도 그랬습니다. 저희 뒷집에 사는 쿠퍼 부인이 그 다음날 저녁때 제게 와서 말하기를, 트루디가 그날 오후에 그 집 뒤뜰로 기어들어와 죽었다는 겁니다. 트루디는 상처투성이였지만 그녀는 트루디를 알아보았답니다. 쿠퍼 씨가 시체를 묻어주었구요.

상처투성이요? 제가 말했습니다. 상처투성이라니 무슨 말씀이죠?

남편 말이, 들판에서 두 소년이 트루디의 귀와 거기에 폭죽을 넣는 것을 보았답니다. 아이들을 말리려고 했지만 달아났다더군요.

누가, 누가 그런 짓을 했을까요? 누군지 보셨대요?

다른 애는 모르겠지만 한 애는 이리로 도망치더래요. 남편은 그게 댁의 아들이라고 생각했어요.

저는 머리를 흔들었습니다. 아니에요, 그럴 리 없어요, 그애는 그런 짓을 할 리가 없어요, 그애는 트루디를 사랑했는 걸요, 트루디는 오랫동안 우리 식구였는데요, 천만에요, 제 아들이 아니에요.

그날 저녁 제가 트루디에 대한 애기를 하자 그애는 놀라고 충격을 받은 것처럼 굴었고, 우리가 현상금을 걸어야 한다고 말했습니다. 그애는 뭔가 타자기로 치고는 그걸 학교에 게시하겠다고 했어요. 그러나 그날 밤 자기 방으로 가면서 그애는 엄마, 그 일 너무 심각하게 받아들이지 마세요, 트루디는 늙었어요, 고양이 나이로는 예순다섯이나 일흔쯤이었으니까 오래 산 거예요, 라고 말하더군요.

그애는 매일 오후와 토요일에 하틀리네 가게에서 창고를 관리하는 일을 했어요. 거기서 일하던 내 친구 베티 윌크스가 그 일자리에 대해 얘기하면서 그애 얘기를 잘 해주겠다고 했지요. 저는 그날 저녁에 그애에게 그 얘기를 전했고, 그애도 좋다고, 젊은 사람들이 할 만한 일을 찾기가 힘들다고 했습니다.

그애가 첫 월급을 받게 된 날 밤, 저는 그애가 가장 좋아하는 음식을 준비했고, 그애가 들어오기 전에 식탁을 다 차려놓았지요. 저는 그애를 껴안으면서 우리집 가장이 오는구나, 하고 말했습니다. 정말 자랑스럽다, 우리 아들, 얼마나 받았니? 80달러요, 그애가 말했어요. 저는 너무나 놀랐습니다. 정말 대단하구나, 정말 믿어지지 않는다. 전 배고파요, 밥 먹어요, 그애가 말했지요.

전 행복했지만 이해할 수가 없었어요. 그 액수는 제가 버는 것보다도 많았거든요.

저는 빨래를 하다가 그애 주머니에서 하틀리 상점이 발행한 급료 수표를 발견했어요. 그건 28달러짜리였죠. 그애는 80달러라고 했는데. 왜 사실대로 말하지 않았을까요? 이해할 수가 없었어요.

저는 그애한테 어젯밤에 어디 갔었니? 하고 묻곤 했습니다. 그애는 쇼 보러 갔었어요, 라고 대답하곤 했지요. 그러고 나면 저는 그애가 학교 댄스 파티에 가거나, 누군가를 차에 태우고 드라이브를 하며 저녁 시간을 보냈다는 걸 알게 되었습니다. 저는 그래서 뭐가 달라지는지, 왜 그애가 사실대로 얘기하지 않는 건지 생각해 보곤 했지요. 자기 엄마한테 거짓말할 이유가 없지 않습니까.

언젠가 한 번은 그애가 답사를 갔다 온 것 같아서 제가 물었지요. 답사에서 뭘 봤니? 그러자 그애는 어깨를 으쓱하고는 지층이며 화산암, 재, 그런 거요. 그런 걸 보면 백만 년 전에는 거기에 큰 호수가 있었는데, 지금은 그냥 사막일 뿐이라는 걸 알게 돼요, 하고 대답했어요. 그애는 저를 똑바로 보면서 얘기를 계속했지요. 그런데 그 다음날 저는 학교에서 보낸 통신문을 받았어요. 답사를 가려는데 허락을 해달라고, 그애가 답사를 갈 수 있는지 알려달라는 것이었지요.

고등학교를 마칠 무렵에 그애는 차를 한 대 샀고, 그후부터는 늘 밖으로 나돌았어요. 전 그애의 성적이 걱정됐지만 그앤 웃기만 했지요. 아시다시피 그애는 아주 뛰어난 학생이었어요. 그애에 대해 뭔가를 아신다면 그것도 아시겠지요. 그 다음에 그애는 엽총과 사냥칼을 샀어요.

전 집 안에서 그런 것을 보는 게 싫었어요. 그래서 그애한테 그

렇게 말했지요. 그앤 웃었어요. 그앤 언제나 그렇게 웃었어요. 그
애는 총과 칼을 자기 차의 트렁크에 넣어두겠다고 했지요. 아무
튼 거기 두는 게 더 쓰기 편하다고 하면서요.

어느 토요일 밤, 그앤 집에 오지 않았어요. 전 걱정이 된 나머지
미칠 지경이었지요. 그앤 다음날 아침 열시경에 들어와서는 아침
밥을 달라고 하더군요. 사냥을 한 덕에 식욕이 왕성해졌다고, 밤
새 안 들어와서 죄송하다고, 집까지 먼길을 운전해왔다고 하면서
요. 이상하게 들리더군요. 그애는 초조해보였어요.

어디로 갔었니?

웨너스요. 몇 마리 잡았어요.

누구랑 갔는데?

프레드요.

프레드?

그애가 저를 똑바로 보았고, 저는 더이상 아무 말도 안 했지요.

바로 다음날인 일요일에 저는 그애의 차 열쇠를 가지러 그애의
방으로 살금살금 들어갔어요. 전날 밤 그애는 퇴근하고 집에 오
는 길에 다음날 아침에 먹을 걸 좀 사오겠다고 약속했고, 전 그애
가 그것들을 차 안에 두었을 거라고 생각했거든요. 저는 침대 밑
에 그애의 새 신발이 반쯤 비어져나와 있는 것을 보았어요. 진흙
과 모래가 잔뜩 묻어 있더군요. 그애가 눈을 떴어요.

애, 네 신발이 왜 저렇게 됐니? 신발 좀 봐라.

기름이 떨어져서 기름 넣으러 걸어가야 했어요. 그애는 일어나 앉았어요. 왜 그러시는데요?

난 네 엄마야.

그애가 샤워하는 동안, 저는 차 열쇠를 가지고 그애의 차로 가서 트렁크를 열었어요. 식료품은 찾을 수가 없었어요. 조각 이불 위에 총이 놓여 있더군요. 칼도요. 그애의 셔츠 하나가 둘둘 말려 있어서 펼쳐보니 피범벅인 거예요. 축축했구요. 저는 셔츠를 떨어뜨렸습니다. 트렁크를 닫고 집으로 향했어요. 그애가 창가에서 보고 있더군요. 그애가 문을 열었어요.

말씀드린다는 게 잊었어요. 코피가 심하게 났었어요. 저 셔츠를 빨 수 있을 것 같지 않아서 버렸어요. 그러면서 그애는 미소를 짓더군요.

며칠 뒤 저는 직장에서 어떻게 지내느냐고 물었지요. 잘 지내요, 월급도 올랐어요, 그애는 그렇게 말했어요. 그런데 베티 윌크스를 길에서 만났는데, 그애가 일을 그만둬서 하틀리 상점에 있는 사람들이 모두 섭섭해하고 있다고, 모두 그애를 좋아했는데, 라고 하더군요.

이틀 뒤 밤이었어요. 전 침대에 누워 있었지만, 잠이 오지 않아 천장을 바라보고 있었지요. 그애의 차가 집 앞에 멈춰 서는 소리가 들렸어요. 저는 그애가 열쇠구멍에 열쇠를 넣는 소리며, 부엌으로 들어와서 현관을 지나 자기 방으로 가서 문을 닫는 소리에 귀를 기울였어요. 저는 일어났습니다. 그애 방문 밑으로 불빛이 새어나오길래 문을 두드린 다음 열면서 따뜻한 차 한 잔 마실래, 나는 잠이 오지 않는구나, 라고 말했어요. 그애는 서랍장 옆에 허리를 굽히고 서 있다가, 서랍 하나를 소리나게 닫으며 돌아서더니 나가라고 소리를 질렀습니다. 여기서 나가요, 엄마가 엿보는데 진절머리가 나요! 하고 악을 쓰더라구요. 전 제 방으로 돌아와 울다가 잠이 들었습니다. 그애는 그날 밤 저를 몹시도 가슴 아프게 했어요.

다음날 아침에 일어나보니 그애는 나가고 없더군요. 하지만 전 괜찮았습니다. 그때부터는 그애를 하숙인 취급할 작정이었어요. 그애가 태도를 고치려 하지 않는다면 말이죠. 전 한계에 도달해 있었거든요. 한 지붕 밑에 살면서 서로 남남처럼 지내기를 원치 않는다면 사과를 해야 할 테지요.

그날 저녁에 집에 들어가니 그애는 저녁을 준비해놓고 있었어요. 다녀오셨어요? 하면서 그애는 제 코트를 받아주었어요. 오늘 어떻게 지내셨어요?

전 어젯밤에 잠을 못 잤다고 했지요. 그 얘기를 꺼내지 않겠다고 스스로 약속했고, 또 네가 죄책감을 느끼게 하고 싶진 않지만,

난 내 아들에게 그런 말을 듣는 게 익숙지 않구나.

보여드리고 싶은 게 있어요, 그러면서 그애는 시정학(市政學) 수업을 위해 쓰고 있던 논문을 보여주었습니다. 그건 의회와 대법원 사이의 관계를 다룬 거였다고 기억돼요(그애는 그 논문으로 졸업 때 상을 받았답니다!). 저는 그것을 읽으려고 애쓰다가 바로 이때라고 결정을 했습니다. 애야, 너랑 얘기 좀 하고 싶구나. 요즘 같은 세상에 아이를 키운다는 건 어려운 일이야. 우린 아버지도 없고 필요할 때 의지할 남자 어른도 없으니 특히 어렵지. 너는 이제 다 컸지만 아직도 난 널 책임지고 있어. 그러니 존경과 배려를 받을 자격이 있다고 생각한다. 난 너를 공정하고 정직하게 대하려고 애써왔어. 난 진실을 알고 싶다. 원하는 건 그게 다야. 진실 말이야. 저는 심호흡을 하고 말했어요. 아들아, 네게 아이가 있는데, 네가 그애한테 뭔가를, 무엇이든 물었을 때, 어디 갔었니, 어디 갈 거니, 시간이 나면 뭘 할 거니, 그런 걸 물었을 때 한 번도, 결코, 단 한 번도 진실을 말해주지 않는다고 생각해보렴. 네가 그애한테 밖에 비 오니? 하고 물으면 아니오, 날씨가 좋아요, 해가 났어요, 하고 대답하는 거야, 그러고는 속으로 웃으면서 네가 너무 늦었거나 바보 같아서 그애의 옷이 젖은 것도 못 본다고 생각한다고 상상해봐. 저애는 왜 거짓말을 해야 하는 거지? 넌 너 자신에게 묻겠지, 저애가 저렇게 해서 뭘 얻는지 난 모르겠어, 라고.

난 줄곧 왜? 하고 자문했지만 답을 얻지 못했어. 왜 그러는 거니, 애야?

그애는 아무 말도 하지 않고 저를 쳐다보기만 하더니, 옆으로 다가와 가르쳐드리죠, 라고 말했어요. 그애는 무릎을 꿇어요, 무릎을 꿇으라구요, 하고 말했어요. 그게 첫째 이유예요, 하면서.

저는 제 방으로 달려가 문을 잠갔어요. 그애는 그날 밤 떠났어요. 자기 물건을 챙겨서, 자기가 원하는 것들을 가지고 떠났어요. 믿으실지 모르겠지만 전 그애를 다시는 보지 못했습니다. 졸업식 날 보긴 했지만 사방에 사람들이 잔뜩 있었지요. 전 청중 속에 섞여 앉아 그애가 졸업장과 논문상을 받는 걸 지켜보았고, 그애가 연설하는 걸 듣고 다른 청중들과 함께 박수를 쳤습니다.

그러고는 집으로 돌아왔지요.

이후로는 그애를 두 번 다시 보지 못했습니다. 아, 물론 텔레비전에서 봤고, 신문에 실린 그애 사진도 보긴 했지만요.

전 그애가 해병대에 입대했다는 걸 알게 됐고, 어떤 사람에게서 그애가 해병대를 제대하고 동부의 대학에 갈 거라는 얘기를 들었지요. 그애가 그 여자와 결혼하고 정치에 뛰어들었다는 것도요. 전 그애 이름을 신문에서 보기 시작했습니다. 전 그애의 주소를 알아내 편지를 썼지요. 몇 달에 한 번씩 써보냈지만 답장은 없었습니다. 그앤 주지사에 출마해 당선됐고, 유명해졌죠. 그때부터 전 걱정이 되기 시작했습니다.

두려움이 쌓여갔어요. 무서워서 그애에게 편지 쓰는 것도 그만뒀고, 그애가 제가 죽었다고 생각하게 되기를 바랐어요. 전 이리로 이사를 하고, 새 전화번호가 전화번호부에 실리지 않도록 손을 썼습니다. 이름도 바꿔야 했어요. 만일 당신이 권력을 가진 사람인데, 누군가를 찾으려고 한다면 찾을 수 있겠지요. 그렇게 어려운 일이 아닐 테니까요.

자랑스러워야 하겠지만 전 두렵습니다. 지난주에 자동차 한 대를 길에서 봤는데, 안에 탄 남자가 저를 지켜보고 있더군요. 저는 곧장 집으로 돌아와서 문을 잠갔습니다. 며칠 전에는 누워 있는데 전화가 계속 울려서 수화기를 들었더니 아무 소리도 안 나더군요.

전 늙었어요. 전 그애 에미입니다. 전 이 나라에서 가장 자랑스러운 어머니이지만 두렵기만 할 뿐이에요.

편지 주신 데 대해 감사드립니다. 누군가가 알아주었으면 싶었어요. 저는 정말 부끄럽습니다.

당신이 어떻게 제 이름과 주소를 알아냈는지도 묻고 싶군요, 아무도 모르기를 기도해왔는데 말입니다. 왜 그러셨죠? 제발 좀 알려주세요.

당신의 충실한 벗 드림

오리들

그날 오후 바람이 일면서 비가 왔고, 오리들은 숲속에 있는 조용한 웅덩이를 찾아 호수에서 한꺼번에 까맣게 날아올랐다. 그는 집 뒤에서 장작을 패다가 오리들이 고속도로 위를 가로질러 숲 뒤의 늪지로 떨어져내리는 것을 보았다. 그는 오리가 여섯 마리씩 떼를 지어, 그러나 대개는 그 두 배쯤 되는 숫자가 한 무리를 이루어 지나가는 것을 지켜보았다. 호수 위로는 벌써 어둠과 안개가 내려앉아 제재소가 있는 반대편이 보이지 않았다. 그는 일을 서둘렀다. 커다란 마른 나무토막에 쇠로 된 쐐기를 더 단단하게 박아넣고 있는 힘껏 내리치면, 썩은 나무들이 쪼개지면서 멀리 날아가기도 했다. 그의 아내가 두 그루의 오엽송 사이에 매어놓은 빨랫줄에 걸린 시트며 담요가 총소리 비슷한 소리를 내며 바람에 펄럭였다. 그는 두 번 왔다갔다하면서 비가 시작되기 전에 장작들을 모두 현관으로 옮겼다.

"저녁 준비됐어요!"

아내가 부엌에서 소리를 질렀다.

그는 안으로 들어가 손을 씻었다. 그들은 저녁을 먹으면서 애기를 조금 나누었다. 대부분은 리노까지의 여행에 관한 것이었다. 사흘 더 일하면 급료가 나오고, 그후엔 리노에서의 주말이 기다리고 있었다. 식사 후에 그는 현관으로 나와 사냥용 미끼를 챙기기 시작했다. 아내가 나오자 그는 하던 일을 멈추었다. 그녀는 문간에 서서 그를 지켜보았다.

"아침에 또 사냥하러 갈 거예요?"

그는 그녀에게서 눈길을 돌려 호수 쪽을 바라보았다.

"날씨를 봐요. 아침이면 좋아질 거야."

그녀의 시트들이 바람 속에서 세차게 펄럭였다. 담요 하나는 땅에 떨어져 있었다. 그는 그것을 눈으로 가리키며 고개를 끄덕였다.

"당신 물건들이 젖겠는걸."

"뭐 말라 있던 것도 아닌데요. 내다 넌 지 이틀이 됐는데 아직도 안 말랐어요."

"왜 그래? 기분이 안 좋소?"

"기분은 괜찮아요."

그녀는 부엌으로 돌아가 문을 닫고 창으로 그를 내다보았다.

"당신이 내내 나가 있는 게 싫은 것뿐이에요. 당신은 언제나 집에 없는 것 같아."

그녀는 창에 대고 말했다. 유리창에 입김이 서렸다가 사라졌다. 안으로 들어간 그는 미끼들을 구석에 놓고 도시락통을 가지러 갔다. 그녀는 개수대 가장자리에 두 손을 올려놓은 채 찬장에 기대어 서 있었다. 그는 그녀의 엉덩이에 손을 대고 그녀의 옷자락을 움켜쥐었다.

"리노에 갈 때까지 기다려요. 재미있게 지낼 수 있을 거야."

그가 말했다.

그녀는 고개를 끄덕였다. 부엌은 더웠다. 그녀의 두 눈 위에 작은 땀방울들이 맺혀 있었다.

"당신 들어오면 일어나서 아침 해줄게요."

"당신은 자. 난 당신이 자는 게 더 좋아."

그는 그녀 뒤로 손을 뻗어 도시락통을 찾았다.

"키스해주고 가요."

그녀가 말했다.

그는 그녀를 안아주었다. 그녀는 그의 목을 두 팔로 꼭 감싸안았다.

"사랑해요. 운전 조심해."

그녀는 부엌 창문으로 가서 그가 달려나가 물웅덩이들을 뛰어 넘어 픽업트럭에 타는 것을 바라보았다. 그가 차 안에서 뒤를 돌아보자 그녀는 손을 흔들었다. 이젠 어두웠고 비가 세차게 내리고 있었다.

그녀는 거실 창가의 의자에 앉아 라디오와 빗소리를 듣고 있었다. 그때 트럭의 불빛이 진입로로 들어오는 것이 보였다. 그녀는 급히 일어나서 서둘러 뒷문으로 갔다. 그는 거기 문간에 서 있었다. 그녀는 젖어서 고무같이 느껴지는 그의 코트에 손을 댔다.

"모두 집에 가라고 하더군. 제재소 감독이 심장마비를 일으켰대. 제재소 바닥에 쓰러지더니 죽었대."

"무서워라."

그녀는 그의 도시락통을 받아들고 문을 닫았다.

"누구래요? 멜이라는 그 감독이요?"

"아니. 그 사람 이름은 잭 그레인저요. 한 쉰 살쯤 되었을걸."

그는 기름 난로 가까이로 걸어가 손을 쬐며 서 있었다.

"세상에, 정말 어이없는 일이야! 그 사람이 나 일하는 데로 와서 어떻게 지내느냐고 묻고 간지 오 분도 안 됐을 거야. 빌 베시가 와서 잭 그레인저가 제재소 안에서 죽었다고 하는 거야. 그랬다니까."

그는 고개를 저었다.

"그 생각은 더이상 하지 말아요."

그녀는 그렇게 말하면서 그의 두 손을 자기 손 안에 쥐고 손가락을 문질러주었다.

"일부러 생각하려고 하는 건 아니야. 생각이 떠오르는 건 불가항력 아니야? 안 그래?"

빗줄기가 세차게 집에 부딪히며 창문을 따라 흘러내렸다.

"아, 덥군! 맥주 있소?"

"남은 게 있을 거예요."

그녀는 그를 따라 부엌으로 갔다. 그의 머리카락은 아직도 젖어 있었다. 그가 자리에 앉자 그녀는 손가락으로 그의 머리를 빗어주었다. 그녀는 그에게 맥주를 따주고 자기 컵에도 조금 따랐다. 그는 맥주를 조금씩 마시며 창 밖의 어두운 숲을 내다보았다.

그가 말했다.

"누가 그러는데, 그 사람한테는 부인과 다 큰 아이 둘이 있대."

"그 그레인저라는 남자, 안됐어요. 당신이 집에 있으니 좋아. 하지만 그런 일이 일어나는 건 정말 싫어요."

그녀가 말했다.

"나도 몇몇 사람들에게 그런 말을 했지. 집에 가게 돼서 좋긴 하지만 정말이지 이런 일이 생기는 건 싫다고 말이야."

그는 의자에서 조금 옆으로 움직였다.

"대부분의 사람들은 계속 일을 하려고 했지만, 몇몇 사람들은 그가 그렇게 거기 누워 있으니 일하지 않겠다고 했어."

그는 맥주를 다 마시고 일어섰다.

"저기 있잖소, 그 사람들이 일하지 않겠다고 해서 다행이야."

"나도 당신이 일하지 않게 되어서 좋아요. 오늘 밤에 당신이 나갈 때 정말 이상한 기분이 들었어요. 당신 차의 불빛을 봤을 때, 그 이상한 기분이 무엇이었을까 하고 생각하고 있었어."

"그 사람, 어젯밤에 구내식당에서 농담을 하고 있었어. 그레인저는 좋은 사람이었어. 언제나 웃었지."

그녀가 고개를 끄덕였다.

"뭔가 먹고 싶다면 먹을 것 좀 만들게요."

"배가 고프지는 않지만 그럼 뭣 좀 먹을까."

그들은 거실에 앉아서 손을 잡고 텔레비전을 보았다.

"이런 프로그램은 한 번도 본 적이 없는걸."

"난 이젠 별로 신경 쓰지도 않아요. 볼 만한 걸 고를 수가 없는걸요. 토요일과 일요일엔 괜찮아요. 그렇지만 주중엔 밤에 볼 게 없어."

그는 두 다리를 쭉 뻗고 뒤로 기댔다.

"조금 피곤한데. 자야 할 것 같아."

"나도 목욕하고 자야 할 것 같아요."

그녀는 그의 머리카락 속에 손가락을 넣어 움직이다가 손을 아래로 내려 그의 목을 어루만졌다.

"오늘 밤엔 할 수 있을 것 같은데. 할 기회가 좀처럼 없잖아요."

그녀는 다른 손으로 그의 허벅지를 쓰다듬으며 그에게 기대어 키스했다.

"어때요?"

"괜찮지."

그가 말했다. 그는 일어서서 창가로 걸어갔다. 바깥의 숲 위로 그녀의 모습이 비쳐 보였다. 그녀는 그의 뒤에서 약간 옆으로 비켜서 있었다.

"여보, 가서 목욕해요. 그리고 잡시다."

그가 말했다. 그는 잠시 더 서서 빗줄기가 창에 부딪히는 것을 바라보았다. 그는 손목시계를 보았다. 일을 하고 있었다면 지금은 점심시간일 것이다. 그는 침실로 가서 옷을 벗기 시작했다.

그는 팬티 바람으로 거실로 돌아가 바닥에 떨어져 있는 책 한 권을 집어들었다. '미국인의 애독시(詩)'라는 책이었다. 그는 그 것이 그녀가 가입해 있는 클럽에서 우편으로 보내온 것일 거라고 짐작했다. 그는 집 안을 돌아다니며 불을 껐다. 그리고 다시 침실로 돌아갔다. 그는 이불 속으로 들어가 아내의 베개를 자기 베개 위에 놓고, 램프의 목을 돌려 불빛이 책장 위를 비추도록 했다. 그는 책의 중간쯤 되는 곳을 펼치고 시 몇 편을 읽기 시작했다. 그러고는 책을 침대 옆 탁자에 올려두고 램프의 불빛이 벽 쪽을 향하도록 돌려놓았다. 그는 담배에 불을 붙인 후 두 팔을 머리 뒤로 돌려 베고 담배를 피우며 누워 있었다. 그는 앞쪽 벽을 바라보았다. 램프의 불빛이 회벽의 가늘게 금간 부분과 부풀어오른 부분들을 드러내고 있었다. 구석의 천장 가까운 곳에는 거미줄이 있었다. 지붕을 쓸고 내려가는 빗소리가 들렸다.

그녀는 욕조 안에 서서 몸을 닦기 시작했다. 그가 자신을 지켜보고 있다는 것을 알자 그녀는 미소를 띠고 수건을 어깨에 두른 다음, 욕조 안에서 발을 조금 움직여 포즈를 취했다.

"어때요?"

"괜찮아."

"좋아요."

"난 당신이 아직…… 그렇다고 생각했는데."

"그래요."

그녀는 다 닦고 나서 수건을 욕조 옆 바닥에 떨어뜨리고 그 위로 우아하게 올라섰다. 그녀 옆의 거울엔 김이 서려 있었고, 그녀의 몸의 향기가 그에게 전해져왔다. 그녀는 몸을 돌려 선반으로 손을 뻗어 상자를 찾았다. 그런 다음 팬티를 입고 하얀 패드를 댔다. 그녀는 그를 쳐다보고 미소를 지으려고 했다. 그는 담배를 비벼 끄고 다시 책을 집어들었다.

"뭘 읽고 있어요?"

그녀가 큰 소리로 물었다.

"몰라. 쓰레기 같은 거야."

그는 책 뒷장까지 넘기고 저자 약력을 훑어보기 시작했다.

그녀는 불을 끄고 머리를 빗으며 욕실에서 나왔다.

"여전히 아침에 떠날 생각이에요?"

"안 갈 것 같아."

"잘됐다. 우리 늦게까지 자고 일어나서 아침 근사하게 차려먹어요."

그는 팔을 뻗어 담배를 또 한 개비 꺼냈다.

그녀는 브러시를 서랍에 넣고 다른 서랍을 열어 잠옷을 꺼냈다.

"이거 내게 사주었던 때 기억나요?"

그는 대답 대신 그녀를 쳐다보았다.

그녀는 침대를 돌아 그가 누워 있는 쪽으로 왔다. 그들은 잠시 조용히 누워 있었다. 그는 담배를 피웠다. 다 피웠다는 뜻으로 그가 고개를 끄덕이자 그녀가 담배를 껐다. 그는 그녀 쪽으로 다가가 그녀의 어깨에 키스하고 불을 껐다.

"있잖아."

다시 누우며 그가 말했다.

"난 여길 떠나고 싶어. 다른 곳으로 가고 싶어."

그녀는 그에게로 움직여와서 한쪽 다리를 그의 다리 사이에 넣었다. 그들은 서로 마주 보고 옆으로 누워 있었다. 입술이 거의 닿을 정도였다. 그는 자기의 호흡에서도 그녀에게서처럼 깨끗한 냄새가 날까 하고 생각했다. 그가 말했다.

"난 떠나고 싶어. 우린 여기 오래 있었잖소. 난 집으로 돌아가서 가족들을 보고 싶어. 아니면 오리건까지 계속 가든가. 거긴 멋진 곳이지."

"당신이 원한다면요."

"그러고 싶어. 갈 곳은 많잖아."

그녀는 조금 움직여 그의 손을 잡아 자신의 가슴 위에 놓았다. 그런 다음 입을 벌려 그에게 키스하며 다른 손으로는 그의 머리를 아래로 당겼다. 그녀는 천천히 조금씩 몸을 위로 올리면서 그의 머리를 부드럽게 자신의 가슴까지 내렸다. 그는 그녀의 젖꼭지를 잡아 입에 넣고 애무하기 시작했다. 그는 자기가 그녀를 얼마나 사랑하는지, 혹은 자기가 그녀를 사랑하기는 하는 건지 생각해보려고 애썼다. 그는 그녀의 숨소리를 들을 수 있었고 빗소리도 들을 수 있었다. 그들은 그렇게 누워 있었다.

그녀가 말했다.

"하고 싶지 않으면 안 해도 괜찮아요."

"그런 게 아니야."

자기가 무슨 말을 하고 있는지도 모르면서 그가 대답했다.

그녀가 잠이 든 것을 알자 그는 그녀를 안고 있던 팔을 풀고 자기 자리로 돌아누웠다. 그는 리노 생각을 하려고 애썼다. 슬롯머신과 달그락거리는 주사위, 그리고 그것들이 휘황한 불빛 아래서 구를 때 어떻게 보일지에 대해서도 생각해보려고 했다. 그는 또 룰렛 볼이 반짝이는 휠 위를 미끄러져갈 때 내는 소리를 떠올려보려고도 했다. 그는 그 휠에 정신을 집중하려고 애썼다. 그는 계속 보고, 귀기울여 들었다. 룰렛의 바늘과 기계장치가 점점 느리게 돌다가 드디어 멈추는 소리도 들었다.

그는 침대에서 빠져나와 창가로 갔다. 밖은 암흑이었고 아무것도, 빗줄기조차도 보이지 않았다. 그러나 지붕에서 폭포처럼 쏟아져내려 창 아래 웅덩이로 떨어지는 빗소리를 들을 수 있었다. 그는 집 전체에서 그 소리를 들을 수 있었다. 그는 손가락을 뻗어 유리창 위를 흘러내리는 빗줄기를 따라갔다.

침대로 돌아온 그는 그녀에게 가까이 다가가 그녀의 엉덩이에
손을 올렸다.

"여보, 일어나."

그가 속삭였다. 그러나 그녀는 몸을 떨면서 자기 자리로 더 멀
리 움직여갔다. 그녀는 잠을 깨지 않았다.

"일어나."

그가 속삭였다.

"밖에서 무슨 소리가 들려."

이건 어때?

　도시로부터의 탈출을 화려하게 물들였던 그의 그 모든 낙관론은 이젠 사라지고 없었다. 그것은 첫날 저녁, 그들이 미국삼나무가 어둑하게 우거진 숲을 통과해 북쪽으로 차를 몰아갈 때에 이미 사라져버렸다. 워싱턴 주 서부 지역의 완만한 굴곡을 이룬 목초지와 소들, 띄엄띄엄 한 채씩 서 있는 농가들은 그를 위해 아무것도, 정말로 그가 원하는 것은 아무것도 제공하지 않는 듯 보였다. 그는 뭔가 다른 것을 기대했었다. 그는 낙담과 분노가 솟는 것을 느끼면서 계속 차를 몰아가고 있었다.

　그는 차의 속도를 50마일로 유지하고 있었다. 그 길이 허용하는 속도는 그 정도였다. 그의 이마와 코밑에 땀이 맺혔다. 그들 주위는 자극적이고 두통을 불러올 것 같은 클로버 냄새로 가득 차 있었다. 길이 바뀌기 시작했다. 간선도로가 급하게 아래로 꺾어지더니 배수로를 건너서 다시 위로 올라갔다. 그러고는 아스팔트 길이 끝났다. 그는 시골의 흙길 위로 차를 몰고 갔다. 그들 뒤를 따라 엄청난 먼지가 일었다. 단풍나무 몇 그루 사이에 들어앉은 불탄 지 오래된 어느 집터를 지날 때 에밀리는 선글라스를 벗고 앞으로 몸을 빼 밖을 바라보았다.

"저건 오언스 노인의 집이야."

그녀가 말했다.

"그분은 아빠와 친구였어. 그분은 다락에 증류기를 두고 있었고, 짐마차 끄는 말들을 아주 많이 가지고서, 품평회 때마다 내보내곤 했지. 내가 열 살 때쯤 맹장이 터져서 돌아가셨어. 집은 일 년 후 크리스마스에 불타버렸고. 그후 그 집 식구들은 브레머턴으로 이사 갔어."

"그래? 크리스마스라."

그가 물었다.

"여기서 오른쪽으로 도나, 왼쪽으로 도나? 에밀리, 오른쪽이야, 왼쪽이야?"

"왼쪽이야, 왼쪽."

그녀가 말했다.

그녀는 다시 선글라스를 썼다가 잠시 후 다시 벗었다.

"해리, 십자로가 또 나올 때까지 이 길로 계속 가. 거기서 오른쪽으로 돌고. 거기서는 조금만 더 가면 돼."

그녀는 쉬지 않고 담배를 피웠고, 지금은 개간된 들판과 이따금씩 나타나는 전나무숲과 가끔씩 보이는 낡은 집을 내다보면서 말이 없었다.

그는 기어를 바꾸고 오른쪽으로 돌았다. 길은 천천히 경사져 내려가 숲이 그다지 우거지지 않은 계곡에 이르렀다. 멀리 앞쪽에—아마 캐나다일 거라고 그는 생각했다—산맥이 보였다. 그 산맥 뒤에 색이 더 짙고 훨씬 더 높은 산맥이 이어져 있었다.

"저 아래에 작은 길이 있어. 저게 그거야."

그는 조심해서 회전한 후, 집이 있음을 알리는 첫째 징후가 나타나기를 기다리면서 바퀴 자국이 난 길을 따라 천천히 차를 몰아 내려갔다. 에밀리는 그의 옆에 앉아 있었는데 그는 그녀가 초조해하는 것을 알 수 있었다. 그녀는 담배를 피우면서 그와 마찬가지로 집이 모습을 드러내기를 기다리고 있었다. 서로 뒤엉켜 낮게 드리운 나뭇가지들이 앞유리창을 치는 바람에 그는 눈을 깜박였다. 그녀가 앞으로 약간 몸을 내밀고 그의 다리에 가볍게 손을 올려놓았다.

"지금이야."

그녀가 말했다. 그는 차가 멎을 정도로 속도를 늦추고, 왼쪽의

키 큰 풀숲에서 흘러나오는 작고 맑은 개울을 지나 충충나무 군락
지로 들어섰다. 나무들은 작은 길을 따라 올라가는 차의 옆면을
스치고 긁어댔다.

"저기 있어."

그녀가 그의 다리에서 손을 떼면서 말했다.

불안정한 눈길로 한 번 흘끗 본 후 그는 길에 시선을 고정시켰
다. 그는 현관문 가까이에 차를 세운 다음 그 집을 다시 바라보았
다. 그러고는 입술을 핥은 후 그녀에게 고개를 돌리고 웃으려고
해보았다.

"자, 드디어 왔군."

그가 말했다.

그녀는 계속 그를 보고 있었다. 집은 전혀 보고 있지 않았다.

해리는 도시에서만 살았다ㅡ지난 삼 년간은 샌프란시스코에
서, 그전에는 로스앤젤레스와 시카고, 뉴욕에서 살았다. 그러나
오랫동안 그는 시골로, 시골 어딘가로 이사했으면 하고 바랐었
다. 처음에는 어디로 가고 싶은지 그다지 확실하지 않았다. 그저
도시를 떠나 다시 시작해보고 싶은 것뿐이었다. 그가 생각하는
것은 좀더 단순한 삶이었다. 본질적인 것들 말이야, 라고 그는 말
했었다. 그는 서른두 살이었고, 어떤 의미로는 작가였지만 배우

이자 음악가이기도 했다. 색소폰을 연주했고 때때로 베이 시티 플레이어스 극단과 공연했으며, 첫번째 소설을 쓰고 있었다. 그는 뉴욕에 살던 때부터 그 소설을 줄곧 쓰고 있었다. 3월의 어느 우울한 일요일 오후, 그가 변화에 대해, 시골 어딘가에서의 좀더 정직한 삶에 대해 다시 얘기를 꺼냈을 때 그녀가 농담처럼 워싱턴 주 북서부에 있는 자기 아버지의 버려진 집에 대해 이야기했다.

"세상에, 당신 괜찮겠어? 불편을 참을 수 있겠느냐는 말이야. 그런 시골에서 사는 거 괜찮겠어?"

해리가 물었다.

"난 거기서 태어났는걸."

그녀가 웃으며 말했다.

"기억나? 난 시골에서 살았다구. 그러니 괜찮아. 좋은 점도 있어. 다시 거기서 살 수 있을 거야. 그렇지만 해리, 당신에 대해서는 잘 모르겠어. 그게 당신한테 좋을지 어떨지 말이야."

그녀는 그에게서 눈을 떼지 않았다. 이번에는 심각했다. 그는 최근에 그녀가 늘 자기를 바라보고 있음을 느끼고 있었다.

"당신 후회하지 않을 거야? 여기 일들을 포기한 거?"

"많은 걸 포기하는 건 아니니까."

그녀가 어깨를 으쓱했다.

"그렇지만 난 그런 생각을 장려하지는 않을 거야."

"당신은 거기서 그림을 그릴 수 있을까?"

"난 어디서든 그릴 수 있어."

그녀가 말했다.

"거기에 벨링엄이 있는데 그곳엔 대학이 하나 있어. 아니면 밴쿠버나 시애틀로 가지 뭐."

그녀는 계속 그를 바라보고 있었다. 그녀는 반쯤 완성된 어느 남녀의 어두운 초상화를 앞에 두고, 등받이 없는 의자에 앉아 손에 쥔 붓 두 개를 앞뒤로 굴려대고 있었다.

그게 석 달 전이었다. 그들은 그것에 대해 얘기를 하고 또 했으며, 지금은 여기에 있는 것이다.

그는 현관문 근처의 벽을 톡톡 두드려보았다.

"단단한데. 기초가 단단해. 집은 기초가 단단한 게 가장 중요하지."

그는 그녀를 쳐다보지 않고 있었다. 그녀는 날카로운 여자여서 그의 눈에서 무엇인가 읽어낼지도 몰랐다.

"너무 기대하지 말랬잖아."

"그래, 그랬지. 나도 똑똑히 기억하고 있어."

여전히 그녀를 보지 않은 채로 그가 말했다. 그는 주먹을 쥐어 튀어나온 뼈마디로 칠이 벗겨진 판자를 또다시 두드리더니 그녀 옆으로 다가갔다. 그는 습기 찬 오후의 더위에 소매를 걷어올렸고, 흰색 진바지에 샌들을 신고 있었다.

"정말 조용한데?"

"도시와는 많이 다르지."

"아, 그래…… 상당히 멀리 오기도 했고."

그는 미소를 지어 보이려고 했다.

"조금 손볼 필요가 있어. 그러면 돼, 조금만 손보면. 우리가 여기 있기를 원한다면 이 집은 멋진 곳이 될 거야. 어쨌건 이웃들이 방해하지는 않을 테고."

"내가 어렸을 때는 이웃들이 있었는데. 만나려면 차를 타고 가야 했지만 그래도 이웃이었지."

그녀가 말했다.

문이 삐딱하게 열렸다. 꼭대기의 경첩이 헐거워져 있었다. 별거 아니야, 라고 해리는 판단을 내렸다. 그들은 천천히 이 방 저 방 둘러보았다. 그는 실망을 감추려고 노력했다. 그는 벽을 두 번 두드려보고 "단단하네"라고 말하기도 했고, "요즘엔 집을 이렇게 짓지 않아. 이런 집이면 여러 가지를 할 수 있지"라고 하기도 했다.

그녀는 어느 커다란 방 앞에 서서 길게 숨을 들이쉬었다.

"당신 방이야?"

그녀는 고개를 저었다.

"그런데 당신 엘시 고모한테 필요한 가구들을 얻을 수 있겠지?"

"응, 뭐든 필요한 건 다 얻을 수 있어. 그런데 만일 그게 우리가 원하는 거라면, 여기 사는 것 말이야, 난 강요하지 않겠어. 지금 돌아가도 늦지 않아. 잃은 건 아무것도 없어."

그녀가 말했다.

그들은 부엌에서 장작 난로와 한쪽 벽에 밀어붙여놓은 매트리스를 발견했다. 다시 거실로 돌아왔을 때 그는 사방을 둘러보며 말했다.

"벽난로가 있을 거라고 생각했었어."

"벽난로 있다는 말은 한 적 없는데."

"왜 그랬는지는 모르지만 그게 있을 거라는 인상을 받았을 뿐이야…… 전기 콘센트도 없네."

잠시 후에 그가 말했다.

"전기도 없고!"

"화장실도 없어."

그녀가 말했다.

그는 입술을 축였다.

"저기,"

구석에 있는 무언가를 살펴보려고 고개를 돌리면서 그가 말했다.

"내 생각엔 방 하나에 욕조를 들여놓고, 사람을 불러서 배관 공

사를 시키면 될 것 같아. 그런데 전기라면 문제가 달라, 그렇지 않
아? 내 말은, 그런 문제들이 닥치면 생각을 해보자는 거야. 한 번
에 한 가지씩 말야, 응? 그렇게 생각하지 않아? 우리…… 우리 이
런 일로 실망하지 말자구, 응?"

"당신, 좀 조용히 했으면 좋겠어."

그녀가 말했다. 그리고 돌아서서 밖으로 나갔다.

잠시 후, 그는 계단을 뛰어내려가 바깥 공기를 들이마셨다. 두
사람은 담배를 피워 물었다. 목초지 저 끝에서 까마귀 떼가 날아
올라 천천히, 그리고 조용히 숲속으로 날아갔다.

그들은 헛간으로 걸어가다가 잠시 멈춰 서서 시든 사과나무들
을 살펴보았다. 그는 말라버린 작은 가지 하나를 꺾어서 두 손에
들고 계속 돌렸고, 그녀는 그의 옆에 서서 담배를 피웠다. 정말 평
화롭고 조금은 매력적인 곳이었다. 그는 뭔가 영원한 것, 정말로
영원한 것이 그의 것이 될지도 모른다는 느낌이 기분좋았다. 그
는 그 작은 과수원에 대한 갑작스런 애정에 사로잡혔다.

"다시 열매를 맺게 해야지. 물을 주고 조금만 돌보면 돼."

그는 고리버들 바구니를 들고 집에서 나와, 아직 아침이슬에
젖어 있는 커다랗고 빨간 사과들을 따는 자신의 모습을 그려볼 수
있었다. 그런 일이 매력적일 것 같다는 생각이 들었다.

헛간으로 다가가자 그는 조금 기운이 나는 듯했다. 그는 문에 못질해놓은 오래된 자동차 번호판들을 잠깐 살펴보았다. 워싱턴 주에서 발행된 녹색, 노란색, 흰색의 번호판들은 이제는 녹이 슬어 있었다. 1922-23-24-25-26-27-28-29-34-36-37-40-41-1949. 그는 연속된 숫자들이 뭔가 의미를 갖고 있는 암호이기라도 한 듯 그 날짜들을 조사했다. 그는 나무 빗장을 던져버리고 무거운 문을 당겼다 밀기를 반복했다. 마침내 문이 흔들리며 열렸다. 안에서는 오랫동안 사용하지 않은 곳에서 나는 냄새가 났다. 그러나 그는 그게 불쾌한 냄새는 아니라고 믿었다.

"여긴 겨울에 비가 많이 와."

그녀가 말했다.

"유월에 이렇게 더운 적이 있었는지 기억이 안 나네."

지붕의 갈라진 틈으로 햇빛이 내리꽂혔다.

"한 번은 사냥철도 아닌데 아빠가 사슴을 쏜 적이 있었어. 내가 여덟 살이나 아홉 살 때, 잘 모르겠는데 그 정도 됐을 때였어."

그녀는 그에게로 돌아섰다. 그는 문 가까이에 서서 못에 걸려 있는 낡은 마구(馬具)를 보고 있었다.

"여기 헛간에 그 사슴을 가져다두고 아빠도 여기 있었는데, 수렵 감시인이 차를 타고 마당으로 들어왔어. 밖은 어두웠지. 엄마가 아빠를 모셔오라고 날 이리로 보냈는데, 모자를 쓴 몸집이 커

314

다란 그 감시인이 따라오는 거야. 아빠는 램프를 들고 막 다락에서 내려오고 있는 중이었어. 아빠와 감시인은 잠시 얘기를 했어. 사슴이 저기 걸려 있었는데, 감시인은 아무 말도 안 했어. 그 사람이 아빠에게 씹는담배를 주었는데 아빠가 거절했어. 아빤 그걸 좋아하지 않았고 그런 상황에서도 절대 받으려 하지 않았어. 그러자 감시인은 내 귀를 잡아당기고는 떠났어. 하지만 그런 일은 생각하고 싶지 않네."

그녀가 재빨리 덧붙였다.

"오랫동안 그런 일들에 대해 생각해보지 않았어. 비교는 하고 싶지 않아. 싫어."

그녀는 머리를 흔들며 뒷걸음질쳤다.

"울려는 건 아니야. 그런 말을 하면 멜로드라마 같고 진짜 바보스럽게 들리겠지. 그렇게 들리도록 말한 거 미안해. 그런데 사실은, 해리……"

그녀가 다시 머리를 흔들었다.

"모르겠어. 여기 돌아온 게 잘못이었나봐. 당신이 실망하는 게 느껴져."

"당신이 어떻게 알아?"

"그래, 맞아. 난 모르겠어. 미안해. 난 정말 당신한테 영향을 줄 생각이 없어. 하지만 당신은 여기 있고 싶어하지 않을 것 같아, 그렇지?”

그는 어깨를 으쓱했다.

그는 담배를 한 대 꺼냈다. 그녀는 그에게서 그것을 빼앗아들고 성냥불을 기다렸고, 성냥불을 붙여주면서 그의 눈이 자기 눈과 마주치기를 기다렸다.

“어렸을 때,”

그녀가 말을 이었다.

“나는 커서 서커스에 들어가고 싶었어. 간호사나 선생님은 되고 싶지 않았어. 화가도. 그땐 화가가 되겠다고 하지 않았어. 줄타기 곡예사 에밀리 호너가 되고 싶었어. 아주 멋지게 보였거든. 난 여기 헛간에 와서 서까래 위를 걸으면서 연습을 했어. 저기 큰 서까래 있지, 저 위를 수백 번은 걸었을 거야.”

그녀는 뭔가 다른 말을 시작하려 하다가 담배를 뻐끔뻐끔 빨더니 발 뒤축으로 불을 끄고는 꽁초를 꾹꾹 눌러 주의 깊게 흙 속에 밀어넣었다.

헛간 밖에서 새가 우짖는 소리가 들렸다. 쥐가 다락 판자 위를 달려가는 소리도 들을 수 있었다. 그녀는 그를 지나쳐 햇빛 속으로 나가 무성한 풀을 헤치고 천천히 집으로 걷기 시작했다.

“에밀리, 우리 어떻게 할까?”

그녀의 뒤에 대고 그가 소리쳤다.

그녀는 걸음을 멈추었고, 그는 그녀 옆으로 다가갔다.

"살아 있어야지."

그녀가 말했다. 그러고는 머리를 흔들고 보일 듯 말 듯 미소를 지었다. 그녀는 그의 팔을 만졌다.

"아, 정말이지 우리 좀 어려운 상황에 빠진 것 같지 않아? 그런데 난 그 말밖에 할 수가 없네."

"결정을 내려야 해."

그는 자기가 무슨 말을 하는 건지 제대로 알지도 못하면서 말했다.

"당신이 결정해, 해리. 아직 하지 않았다면. 당신이 결정할 일이야. 돌아가는 게 당신한테 조금이라도 더 편하다면 난 곧 돌아가겠어. 엘시 고모네 집에 하루나 이틀 있다가 돌아가자. 괜찮지? 담배 한 대 줘. 난 집으로 올라갈래."

그때 그는 그녀에게로 더 가까이 가면서 둘이 포옹하게 될지도 모르겠다고 생각했다. 그러고 싶었다. 그러나 그녀는 움직이지 않았다. 그냥 뚫어지게 그를 바라보고만 있을 뿐이었다. 그래서 그는 검지손가락으로 그녀의 코를 슬쩍 건드리고는 말했다.

"조금 있다 보자구."

그는 그녀가 가는 모습을 지켜보았다. 그리고 시계를 본 후 돌아서서 천천히 목초지를 걸어내려가 숲으로 향했다. 풀이 무릎까지 올라왔다. 숲으로 들어가기 직전에 풀이 성기어지면서 길 비슷한 것이 나타났다. 그는 선글라스 아래 콧마루를 문지르고 집과 헛간을 돌아본 후, 천천히 계속 걸었다. 모기 떼가 그의 머리 주위에 구름처럼 모여들어 그와 함께 움직였다. 그는 걸음을 멈추고 담배에 불을 붙였다. 그리고 손을 저어 모기 떼를 쫓았다. 그는 다시 돌아보았으나 이제는 집과 헛간이 보이지 않았다. 그는 담배를 피우면서 그 자리에 서 있었다. 풀밭과 숲과 숲속 저 뒤쪽의 그늘 속에 고인 고요가 느껴지기 시작했다. 이것이 자신이 원해온 것 아닌가? 그는 앉을 자리를 찾으며 계속 걸었다.

그는 또다시 담배를 꺼내 피워 물고 나무에 기댔다. 그는 두 다리 사이의 부드러운 흙에서 나무 조각들을 집어들었다. 그는 담배를 피웠다. 차의 뒷좌석에 쌓인 물건들 맨 위에 놓여 있는 겔더로드*의 희곡집이 생각났고, 그날 아침 통과해온 작은 도시들— 펀데일, 린든, 커스터, 눅색—이 떠올랐다. 갑자기 부엌에 있던 매트리스가 생각났다. 그는 그것이 자신을 겁먹게 만들었다는 것을 알았다. 그는 에밀리가 헛간의 그 커다란 서까래 위를 걷는 모습을 상상해보려 했다. 그러나 그것도 그를 두렵게 했다. 그는 담

---

* 미셸 드 겔더로드(1898~1962), 벨기에의 극작가. 프랑스어로 아방가르드 희곡을 썼다.

배를 피웠다. 모든 것을 생각해보고 나니 정말로 아주 평온한 느낌이었다. 그는 여기 머물지 않을 것이다. 그는 그것을 알았다. 그러나 지금은 그것을 안다는 게 그를 불편하게 하지는 않았다. 자기 자신에 대해 그렇게 잘 안다는 게 기분좋았다. 그는 자신이 괜찮을 거라고 결론을 내렸다. 그는 겨우 서른두 살이었다. 그리 많은 나이가 아니었다. 지금 당장은 곤경에 처해 있다. 그는 그것을 인정할 수 있었다. 하지만 결국 그런 게 인생이 아닌가? 그는 담배를 껐다. 잠시 후 그는 담배를 또 한 대 피워 물었다.

집 모퉁이를 돌아선 그는 그녀가 막 옆으로 재주를 넘고 있는 모습을 보았다. 그녀는 가볍게 쿵 소리를 내며 착지하고 약간 몸을 웅크렸다. 그러다가 그를 보았다.

"이봐!"

그녀는 위엄 있는 웃음을 지어 보이며 소리를 질렀다.

그녀는 발뒤꿈치를 높이 들고 두 손을 머리 위로 올려 옆으로 뻗은 다음 앞으로 몸을 던졌다. 그가 보고 있는 사이 그녀는 두 번 더 재주넘기를 하고 외쳤다.

"이건 어때!"

그녀는 가볍게 두 손을 짚어 물구나무를 서고는 그대로 균형을 잡으면서, 그가 있는 쪽으로 멈칫멈칫 흔들리며 다가오기 시작했다. 얼굴이 빨개지고, 블라우스는 턱까지 흘러내린 채 다리가 미친 듯이 흔들리는 꼴로 그녀는 그에게 다가왔다.

"결정했어?"

숨을 몰아쉬면서 그녀가 물었다.

그는 고개를 끄덕였다.

"어떻게?"

그녀가 물었다. 그녀는 어깨를 부딪치며 몸을 내렸고, 등을 바닥에 대고 구르면서 마치 가슴을 드러내려는 것처럼 한 팔을 들어 눈에 비친 햇빛을 가렸다.

그녀가 말했다.

"해리."

그가 마지막 남은 성냥으로 담뱃불을 붙이려고 하는데 손이 떨리기 시작했다. 성냥은 꺼졌고, 그는 다 쓴 종이 성냥첩과 담배를 손에 든 채 눈부신 풀밭 끝에 광대하게 펼쳐진 숲을 응시하면서 서 있었다.

"해리, 우린 서로 사랑해야 해."

그녀가 말했다.

"우린 정말로 서로 사랑해야만 할 거야."

자전거, 근육, 담배

에번 해밀턴이 담배를 끊은 지 이틀이 되었다. 그 이틀 동안 웬일인지 그는 말하고 생각하는 것이 모두 담배를 암시하는 것처럼 여겨졌다. 그는 부엌 불빛 아래서 자기 손을 바라보았다. 그리고 킁킁거리면서 손의 뼈마디와 손가락의 냄새를 맡아보았다.

"냄새가 나."

그가 말했다.

"알아요. 당신한테서 스며나오는 것 같아요."

앤 해밀턴이 말했다.

"나도 끊은 뒤 사흘 동안은 내 몸에서 그 냄새를 맡을 수 있었어요. 목욕하고 나왔을 때까지도 그랬는걸. 역겨웠죠."

그녀는 저녁식사를 위해 식탁 위에 접시들을 놓았다.

"정말 미안해요, 여보. 당신이 지금 어떤 일을 겪고 있는지 알아요. 이 말이 위안이 될지 모르지만 이틀째가 가장 힘들어요. 물론 사흘째 되는 날도 힘들지만, 그 정도 기간을 견딜 수 있다면 어려움을 벗어난 거예요. 당신이 금연에 대해 그렇게 진지해서 난 정말 좋아요. 얼마나 좋은지 모르겠어."

그녀는 그의 팔에 손을 댔다.

"자, 당신이 로저만 데려오면 같이 먹죠."

해밀턴은 현관문을 열었다. 벌써 어두워져 있었다. 11월 초여서 해는 짧고 추웠다. 전에 본 적이 없는 나이가 좀 들어 보이는 남자애가 진입로에 들어와, 작지만 이것저것 잘 갖춘 자전거 위에 앉아 있었다. 소년은 의자에서 막 일어서서 몸을 앞으로 굽히고 발끝으로 인도를 짚으면서 몸을 똑바로 세우는 참이었다.

"해밀턴 씨예요?"

소년이 물었다.

"그래. 그런데 로저냐?"

"로저는 저희 집에서 저희 어머니랑 얘기를 하고 있는 것 같은데요. 킵도 같이 있고, 게리 버먼이라는 애도 거기 있어요. 제 동생 자전거 때문에요. 확실히는 모르지만."

손잡이를 돌리며 소년이 말했다.

"그런데 어머니가 가서 아저씨를 모셔오랬어요. 로저 부모님

중 한 분이요."

"그런데 개는 괜찮니?"

해밀턴이 물었다.

"그래, 알았다. 곧 돌아오마."

그는 신발을 신으러 집 안으로 들어갔다.

"로저 찾았어요?"

앤 해밀턴이 물었다.

"뭔가 곤란한 일이 생긴 모양이야."

해밀턴이 대답했다.

"자전거 문제래. 어떤 애가 — 그애 이름을 듣지 못했는데 — 밖에 와 있어. 우리 중 한 사람이 자기와 함께 자기 집에 갔으면 한다는데."

"로저는 괜찮아요?"

앤 해밀턴은 남편에게 물으며 앞치마를 벗었다.

"그럼, 걘 괜찮아."

해밀턴은 그녀를 바라보며 고개를 저었다.

"그냥 애들 싸움인데 저애 엄마가 끼어든 것 같아."

"내가 갈까요?"

앤 해밀턴이 물었다.

그는 잠시 생각했다.

"당신이 가는 게 낫겠지만 내가 갈게. 우리가 올 때까지 저녁식
사는 미뤄야 되겠구려. 오래 있진 않을 거요."
"난 그애가 어두워진 다음에 밖에 있는 게 싫어요."
앤 해밀턴이 말했다.
"그게 싫어요."

소년은 자기 자전거 위에 앉아 핸드 브레이크를 움직여보고 있
었다.
"얼마나 가지?"
보도를 걸어가기 시작했을 때 해밀턴이 물었다.
"저기 아버클 코트에 있어요."
소년은 대답하고 나서 해밀턴이 자기를 쳐다보자 이렇게 덧붙
였다.
"멀지 않아요. 여기서 두 블록만 가면 돼요."
"뭐가 문제인 것 같든?"
해밀턴이 물었다.
"확실히는 몰라요. 다 알고 있는 건 아니거든요. 그애하고 킵하
고 그 게리 버먼이라는 애가 저희가 휴가 간 사이에 제 동생 자전
거를 쓴 것 같아요. 그런데 그걸 망가뜨렸나봐요. 일부러요. 하지
만 전 잘 몰라요. 아무튼 그 얘기들을 하고 있는 중이에요. 제 동

생은 자기 자전거를 찾지 못했고, 그애들, 킵하고 로저는 마지막으로 그걸 가지고 있었구요. 저희 어머니는 그게 어디 있는지 알아내려고 하고 계시죠."

"킵은 나도 알아. 그런데 다른 애는 누구지?"

해밀턴이 말했다.

"게리 버먼이요. 새로 이사 왔나봐요. 그애 아빠는 집에 오시는 대로 저희 집으로 오실 거예요."

그들은 모퉁이를 돌았다. 소년은 줄곧 약간 앞서서 힘차게 나아갔다. 과수원이 보였다. 그곳을 지나서 그들은 또다시 모퉁이를 돌아 막다른 길로 들어섰다. 그는 이런 길이 있는 줄도 몰랐다. 그래서 자신은 이곳에 사는 사람을 아무도 알지 못할 거라고 확신했다. 그는 낯선 집들을 둘러보며 자기 아들의 생활 반경에 놀랐다.

소년은 진입로로 들어서서 자전거에서 내리더니 자전거를 집에 기대어 세웠다. 소년이 현관문을 열었고 해밀턴은 그를 따라 거실을 거쳐 부엌으로 들어갔다. 거기서 그는 자기 아들이 킵 홀리스터와 또다른 소년과 함께 식탁 한쪽에 나란히 앉아 있는 것을 보았다. 해밀턴은 로저를 자세히 보고 나서 식탁 머리에 앉아 있는 뚱뚱한 검은 머리 여자에게 눈을 돌렸다.

"로저 아버님이세요?"

여자가 그에게 물었다.

"네, 저는 에번 해밀턴입니다. 안녕하세요?"

"전 밀러예요, 길버트의 엄마죠. 여기까지 오시라고 해서 죄송해요. 하지만 문제가 좀 있어서요."

해밀턴은 식탁 다른쪽 끝에 놓인 의자에 앉아 주위를 둘러보았다. 아홉 살이나 열 살쯤 되어 보이는 소년 — 해밀턴은 자전거를 잃어버린 게 그 소년인 모양이라고 생각했다 — 이 여자 옆에 앉아 있었다. 열네 살쯤 된 또다른 소년은 개수대 옆 조리대 위에 다리를 늘어뜨리고 앉아 전화를 하고 있는 다른 소년을 지켜보고 있었다. 방금 전화선을 통해 들려온 어떤 얘기에 교활하게 웃으면서, 그 소년은 담배를 들고 개수대로 다가갔다. 해밀턴은 물컵 안에서 담배가 치직 하며 꺼지는 소리를 들었다. 그를 데려온 소년은 냉장고에 기대어 팔짱을 꼈다.

"킵의 부모님 중 한 분도 모셔왔니?"

여자가 그 소년에게 물었다.

"쟤 누나 말이 부모님은 장보러 가셨대요. 게리 버먼네 집에도 갔어요. 걔 아버지는 조금 있으면 오실 거예요. 주소를 남겨놓았어요."

"해밀턴 씨."

여자가 말했다.

"무슨 일이 있었는지 말할게요. 우린 지난달에 휴가를 갔는데,

킵이 길버트의 자전거를 빌리고 싶어했어요. 자기가 신문 돌리는 일을 로저가 도울 수 있게 하려고 말이죠. 로저의 자전거는 바퀴에 펑크가 났던가 아마 그랬지요. 그런데 어떻게 됐냐면—"

"게리가 내 목을 졸랐어요, 아빠."

로저가 말했다.

"뭐라고?"

해밀턴은 말하면서 아들을 찬찬히 살펴보았다.

"얘가 내 목을 졸랐다구요. 자국도 있어요."

그의 아들은 티셔츠의 깃을 내려 목을 보여주었다.

"얘들은 차고에 있었어요."

여자가 말을 계속했다.

"난 애들이 뭘 하고 있는지 몰랐어요. 큰아들인 커트가 나가보고야 알았지요."

"얘가 시작했어요!"

게리 버먼이 해밀턴에게 말했다.

"날 얼간이라고 했다구요."

게리 버먼은 현관문을 바라보았다.

"내 자전거는 육십 달러쯤 했어."

길버트라는 아이가 말했다.

"나한테 그 돈을 주면 돼."

"넌 가만있어, 길버트."

여자가 아이한테 말했다.

해밀턴은 심호흡을 했다.

"말씀 계속 하세요."

"킵과 로저가 신문을 돌린다고 길버트의 자전거를 쓰고는 둘이서, 게리까지 함께 셋이서 번갈아 그걸 굴렸다는군요."

"'굴렸다' 니 무슨 말씀입니까?"

해밀턴이 물었다.

"굴리는 거요."

여자가 말했다.

"자전거를 밀어서 굴러가다 쓰러지게 하는 거죠. 그런 다음에, 잘 들어보세요 — 애들이 조금 전에 시인한 일이에요 — 킵과 로저가 그걸 학교에 가져가서 골대 기둥에 대고 던졌답니다."

"그게 정말이냐, 로저?"

해밀턴은 아들의 얼굴을 또 쳐다보았다.

"일부는 사실이에요, 아빠."

시선을 떨구고 손가락으로 식탁을 문지르면서 로저가 말했다.

"하지만 우린 한 번만 굴렸어요. 킵이 하고 두번째엔 게리가 하고, 그 다음엔 내가 했어요."

"한 번이라도 지나친 거지. 한 번도 너무 많은 거란다. 난 너한

328

테 정말 놀라고 실망했다. 킵, 너도 마찬가지야."

해밀턴이 말했다.

"그런데요."

여자가 말했다.

"누군가는 지금 거짓말을 하고 있거나, 아는 걸 얘기하지 않고 있어요. 자전거를 아직 못 찾았거든요."

부엌에 있는 소년들은 아직도 전화기를 붙들고 있는 소년을 웃으며 놀려대고 있었다.

"우리는 자전거가 어디 있는지 몰라요, 아줌마."

킵이라는 아이가 말했다.

"벌써 얘기했잖아요. 저와 로저가 자전거를 학교에 가지고 갔다가 우리집으로 가져온 게 마지막이었어요. 그러니까, 마지막 바로 전이었어요. 그 다음날 아침에 이리로 가져와서 집 뒤에 세워놓은 게 진짜 마지막이었구요. 그게 어디 있는지 우리는 몰라요."

킵은 머리를 흔들었다.

"육십 달러야."

길버트라는 애가 킵이라는 애한테 말했다.

"일 주일에 오 달러씩 주거나 해서 갚으면 되잖아."

"길버트, 가만있어라."

여자가 말했다.

“보셨죠, 저래요.”

여자는 이제는 얼굴을 찡그리고서 말을 계속했다.

“그게 여기서 없어졌다는 거예요, 집 뒤에서요. 그렇지만 저녁 내내 진실하지 못했으니 저희가 어떻게 그 말을 믿겠어요?”

“사실대로 말씀드린 거예요. 다 사실이에요.”

로저가 말했다.

길버트가 의자 뒤로 기대어 앉으며 해밀턴의 아들을 보고 머리를 흔들었다.

현관 벨이 울리자 조리대 위에 앉아 있던 소년이 뛰어내려 거실로 갔다.

머리를 짧게 올려 깎고 날카로운 회색 눈에 어깨가 단단한 남자가 아무 말도 없이 부엌으로 들어왔다. 그는 여자를 흘끗 보고는 게리 버먼의 의자 뒤로 갔다.

“버먼 씨군요? 만나서 반갑습니다. 전 길버트의 엄마고 이쪽은 로저 아버지이신 해밀턴 씨예요.”

여자가 말했다.

남자는 해밀턴에게 머리를 숙였으나 손은 내밀지 않았다.

“무슨 일이냐?”

버먼이 자기 아들에게 물었다.

식탁 앞에 앉아 있던 소년들이 일제히 말하기 시작했다.

"조용히 해!"

버먼이 말했다.

"난 게리한테 묻는 중이다. 너희들한테도 나중에 물어보마."

소년은 그 일에 대해 자기 나름대로 설명을 하기 시작했다. 그의 아버지는 주의 깊게 들으면서 때때로 눈을 가늘게 뜨고 다른 두 소년을 살폈다.

게리 버먼이 얘기를 마치자 여자가 말했다.

"전 이 일이 어떻게 된 건지 제대로 알고 싶어요. 여기 이애들 중 누구도 비난하지 않아요. 아시겠지요, 해밀턴 씨, 버먼 씨. 그저 사실을 알고 싶을 뿐이에요."

그녀는 로저와 킵에게서 눈을 떼지 않았다. 그애들은 게리 버먼을 보며 머리를 흔들고 있었다.

"그건 사실이 아니야, 게리."

로저가 말했다.

"아빠, 둘이서만 얘기하면 안 될까요?"

게리 버먼이 말했다.

"가자."

남자가 말했다. 그들은 거실로 들어갔다.

해밀턴은 그들의 모습을 지켜보았다. 그는 그들을 막아야 한다고, 그렇게 은밀하게 얘기하지 못하게 해야 한다고 느꼈다. 손바닥이 축축했다. 그는 담배를 찾아 셔츠 주머니로 손을 가져갔다. 그러다가 심호흡을 하고서 손등을 코밑에 쓱 댔다가 말했다.

"로저, 이 일에 대해 네가 이미 말한 것 말고 더 아는 게 없니? 길버트의 자전거가 어디 있는지 몰라?"

"몰라요. 맹세해요."

소년이 대답했다.

"그 자전거를 마지막으로 본 게 언제였지?"

해밀턴이 물었다.

"학교에서 가져와 킵의 집에 놔두었을 때요."

"킵, 길버트의 자전거가 지금 어디 있는지 아니?"

해밀턴이 물었다.

"나도 몰라요, 맹세해요."

소년이 대답했다.

"학교에 가져간 다음날 아침에 도로 가져와서 차고 뒤에 세워 놨어요."

"아까는 그걸 집 뒤에 놔두었다고 한 것 같은데."

여자가 재빨리 말했다.

"집이에요! 집이라고 했잖아요."

소년이 말했다.

"그후에 자전거 타러 여기 다시 온 적 없니?"

몸을 앞으로 내밀면서 그녀가 물었다.

"아뇨, 없어요."

킵이 대답했다.

"킵?"

그녀가 재차 물었다.

"안 왔어요! 어디 있는지 난 몰라요!"

소년이 소리를 질렀다.

여자는 어깨를 올렸다 내렸다.

"누굴 믿어야 할지, 뭘 믿어야 할지 모르겠어요. 제가 아는 건 길버트가 자전거를 잃어버렸다는 것뿐이에요."

그녀가 해밀턴에게 말했다.

게리 버먼과 그의 아버지가 부엌으로 돌아왔다.

"그걸 굴리자고 한 건 로저의 생각이었어요."

게리 버먼이 말했다.

"네 생각이었어! 네가 하고 싶어했잖아! 그리고 그걸 과수원으로 가져가서 분해하고 싶어했잖아!"

로저가 의자에서 일어서며 말했다.

"넌 입 닥쳐!"

버먼이 로저에게 말했다.

"말을 시키면 하거라. 그전엔 하지 마. 게리, 이 일은 내가 알아서 하마. 버릇없는 두 놈 때문에 밤중에 끌려나오다니! 자, 너희들 둘 중에,"

버먼이 킵을 보며 다음엔 로저를 보며 말했다.

"이 아이 자전거가 어디 있는지 아는 사람 있으면 지금 당장 말하기 바란다."

"당신 정말 마음에 안 들게 구는군."

해밀턴이 말했다.

"뭐라고? 당신은 참견하지 않는 게 좋을 것 같은데."

버먼의 이마가 어두워졌다.

"가자, 로저. 킵, 너도 지금 가든지 여기 있든지 해라."

해밀턴이 일어서면서 말했다. 그는 여자에게 고개를 돌렸다.

"오늘 밤엔 달리 할 수 있는 일이 없을 것 같네요. 이 일에 대해 로저와 더 얘기해볼 참입니다만, 로저도 그 자전거를 함부로 다루는 데 한 몫 했으니 배상을 하게 된다면 삼분의 일은 애가 물어내야겠지요."

"무슨 말을 해야 할지 모르겠네요."

거실을 지나 해밀턴을 따라 나오면서 여자가 대꾸했다.

"저도 길버트 아버지하고 얘기를 해볼게요. 지금은 출장중이거든요. 좀 두고 보죠. 결국엔 그럴 수밖에 없겠지만 애 아버지하고 애길 해봐야겠어요."

해밀턴은 아이들이 그보다 앞서서 현관으로 나갈 수 있도록 옆으로 비켜섰다. 그때 뒤에서 게리 버먼이 말하는 소리가 들렸다.

"아빠, 쟤가 저더러 얼간이랬어요."

"정말이냐?"

버먼이 말하는 소리가 들렸다.

"천만에, 저애가 얼간이다. 얼간이같이 생겼잖니."

해밀턴이 돌아서서 말했다.

"버먼 씨, 당신 오늘 밤 정말로 재수없게 구는군그래. 자제 좀 하시지?"

"아까 참견 말라고 했을 텐데!"

버먼이 말했다.

"넌 집에 가거라, 로저."

입술을 축이며 해밀턴이 말했다.

"어서 가라니까!"

로저와 킵은 보도로 나갔다. 해밀턴은 문간에 서서 아들과 함께 거실을 가로질러 나오고 있는 버먼을 바라보았다.

"해밀턴 씨."

여자는 불안한 목소리로 말을 꺼냈지만, 끝을 맺지 못했다.

"당신 뭘 어쩌자는 거야?"

버먼이 그에게 말했다.

"조심해, 그리고 썩 비켜!"

버먼이 지나가면서 해밀턴의 어깨를 스쳤다. 해밀턴은 현관에서 비척대다가 가시투성이의 잘 부러지는 나무 덤불 속으로 떨어졌다. 그런 일이 벌어지고 있다는 것을 믿을 수가 없었다. 그는 덤불에서 나와 현관에 서 있는 남자에게로 돌진했다. 그들은 둔탁한 소리를 내며 잔디밭으로 쓰러졌다. 그들은 잔디 위를 굴렀다. 해밀턴은 버먼과 뒤엉켜 뒹굴다가 그를 바로 누이고 그의 팔뚝 근육을 무릎으로 세게 찍어눌렀다. 그러고는 그의 옷깃을 잡고 그의 머리를 잔디밭에 마구 짓찧기 시작했다. 여자가 소리를 질러 댔다.

"아이고 하느님, 누가 좀 말려주세요! 제발 경찰 좀 불러주세요!"

해밀턴은 동작을 멈추었다.

버먼이 그를 올려다보며 말했다.

"내 몸에서 내려가."

"괜찮으세요?"

그들이 서로 떨어지자 여자가 소리쳐 물었다.

"이걸 어째."

그녀가 말했다. 그녀는 거칠게 숨을 몰아쉬며 서로 등을 돌리고 몇 피트 떨어져서 서 있는 두 남자를 바라보았다. 나이 많은 소년들은 현관에 몰려나와 구경을 하고 있었다. 싸움은 끝났으나 그들은 두 남자를 바라보며 기다렸다. 그러다가 서로 팔과 갈빗대를 치며 싸움하는 흉내를 내기 시작했다.

"너희들은 집 안으로 들어가거라."

여자가 말했다.

"이런 꼴을 볼 줄은 생각도 못 했네."

그녀는 이렇게 말하며 한 손을 가슴에 댔다.

해밀턴은 땀을 흘렸다. 심호흡을 하려고 하자 허파가 타는 듯했다. 목구멍에 뭔가가 뭉쳐 있어서 한동안은 침을 삼킬 수도 없었다. 그는 아들과 킵이라는 소년을 양옆에 세우고 걷기 시작했다. 그는 차문이 탕 닫히는 소리와 시동이 걸리는 소리를 들었다. 걷고 있는 그의 위로 헤드라이트의 불빛이 스치고 지나갔다.

로저가 훌쩍거렸다. 해밀턴은 아이의 어깨를 감싸안았다.

"집에 가는 게 좋겠어요."

킵이 말하고는 울기 시작했다.

"아빠가 찾을 거예요."

그리고 소년은 달려갔다.

"미안하다. 그런 꼴을 보게 해서 미안하구나."

해밀턴이 아들에게 말했다.

그들은 계속 걸었다. 집이 있는 블록에 도착했을 때, 해밀턴은 아들의 어깨에 둘렀던 팔을 내렸다.

"그 사람이 칼을 집어들면 어쩌실 생각이었어요? 아니면 방망이라도 휘둘렀으면요?"

"그 사람, 그런 짓을 하지는 않았을 거다."

"하지만 만약 그랬다면요?"

"사람이 화가 나면 무슨 짓을 할지 알기 어렵지."

그들은 집 문으로 통하는 길을 걸어올라가기 시작했다. 불이 켜진 창문들을 보니 가슴이 뭉클했다.

"아빠 근육 좀 만져볼게요."

아들이 말했다.

"지금은 안 돼."

해밀턴이 말했다.

"넌 들어가서 저녁 먹고 빨리 자거라. 어머니께는 난 괜찮다고, 잠시 현관에 앉아 있을 거라고 말씀드리렴."

소년은 불안한 듯 발을 들었다 놓았다 하며 아버지를 바라보더니 집 안으로 달려들어가며 엄마를 부르기 시작했다.

그는 현관에 앉아 벽에 등을 기대고 다리를 쭉 뻗었다. 이마의 땀은 다 말라버렸다. 옷 아래의 살갗이 축축하고 끈적거리는 듯 느껴졌다.

그는 전에 구부정한 어깨에 얼굴이 창백하고, 말을 느릿느릿하게 하는 자신의 아버지가 이와 비슷한 일에 관련된 것을 본 적이 있었다. 심한 싸움이었고 두 사람 모두 다쳤다. 어떤 카페에서 일어난 일이었다. 상대 남자는 농장 일꾼이었다. 해밀턴은 아버지를 사랑했기 때문에, 아버지에 관한 일들은 많이 기억해낼 수 있었다. 그러나 지금 그는 아버지가 주먹다짐을 한 일만 회상하고 있었다. 마치 그게 아버지에 대한 유일한 기억인 것처럼.

그가 아직 현관에 앉아 있는데 아내가 나왔다.

"맙소사."

그녀는 그의 머리를 두 손으로 감쌌다.

"들어가서 샤워하고 뭐 좀 먹고 나서 얘기해줘요. 음식은 아직 따뜻해요. 로저는 자러 갔고요."

그러나 그는 아들이 자신을 부르는 소리를 들었다.

"아직 깨어 있네."

그녀가 말했다.

"금방 내려올게."

해밀턴이 말했다.

"그리고 술 한잔 합시다."

그녀는 고개를 저었다.

"이런 일이 있었다는 게 아직도 믿기지 않아요."

그는 아들의 방으로 들어가 침대 발치에 앉았다.

"꽤 늦었는데 아직도 안 자고 있으니 잘 자라고 말해야겠다."

해밀턴이 말했다.

"안녕히 주무세요."

두 손으로 머리를 받친 채, 팔꿈치가 삐죽 튀어나오게 하고서 소년이 말했다.

아이는 잠옷을 입고 따뜻하고 상쾌한 냄새를 풍기고 있었다. 해밀턴은 그 냄새를 깊숙이 들이마셨다. 그는 이불 위로 아들을 다독거려주었다.

"이제부터는 마음 편히 지내. 그 동네엔 가지 말고. 그리고 네가 남의 자전거나 다른 물건을 망가뜨렸다는 얘기가 내 귀에 들리지 않게 해라. 알겠니?"

해밀턴이 말했다.

소년은 고개를 끄덕거렸다. 그는 목 뒤에 받치고 있던 두 손을 빼내더니 침대보에 묻은 무엇인가를 집어내기 시작했다.

"됐다. 그럼,"

해밀턴이 말했다.

"잘 자라는 인사를 해야겠구나."

그는 아들에게 뽀뽀를 해주려고 했으나 소년은 말을 하기 시작했다.

"아빠, 할아버지도 아빠처럼 힘이 셌어요? 할아버지가 아버지 나이였을 때, 그러니까, 있잖아요, 아빠가 ―"

"내가 아홉 살이었을 때 말이지? 그 얘기 아니냐? 그래, 힘이 셌지."

해밀턴이 말했다.

"가끔씩은 할아버지를 기억해낼 수가 없어요."

소년이 말했다.

"난 할아버지도, 그 어떤 것도 잊고 싶지 않아요. 무슨 말인지 알죠, 아빠?"

해밀턴이 금방 대답을 하지 않자 소년은 계속 말했다.

"아빠가 어렸을 때도 아빠랑 나처럼 그랬어요? 아빤 저보다 할아버지를 더 사랑했어요? 아니면 똑같이 사랑했어요?"

소년은 이불 밑에서 발을 움직이며 딴 곳을 보았다. 해밀턴이 여전히 대답을 하지 않자 소년이 또 말했다.

"할아버지도 담배 피웠나요? 파이프 같은 게 기억나는 것 같아요."

"할아버지는 돌아가시기 전에 파이프 담배를 피우기 시작했지. 네 말이 맞다. 아주 오래 전에는 그냥 담배를 피우셨지. 그러다가 무슨 일인가로 우울해지시면서 담배를 끊었어. 하지만 나중에 상표를 바꿔서 다시 피우기 시작하셨지. 뭐 하나 보여줄까?"

해밀턴이 말했다.

"내 손등의 냄새를 맡아봐라."

소년은 그의 손을 쥐고 코를 킁킁거리더니 말했다.

"아무 냄새도 안 나는 것 같은데요. 뭔데요?"

해밀턴은 자신의 손 냄새를, 그 다음에는 손가락 냄새를 맡아보았다.

"이젠 나도 아무 냄새도 못 맡겠구나."

그가 말했다.

"전에는 냄새가 났는데 이젠 다 사라졌네."

그는 냄새가 아마도 놀라서 나가버린 모양이라고 생각했다.

"네게 뭔가를 보여주고 싶었는데. 그래, 이젠 늦었구나. 넌 자는 게 좋겠다."

소년은 옆으로 돌아누워서 아버지가 문으로 걸어가 손을 스위치 위로 올리는 것을 지켜보았다. 그러더니 말했다.

"아빠? 내가 아주 이상하다고 생각하겠지만 난 아빠가 어렸을 때 아빠를 알았더라면 좋았을걸, 싶어요. 그러니까, 바로 지금의 나와 비슷한 나이 때 말이에요. 어떻게 말해야 좋을지 모르겠지만 그 생각을 하면 쓸쓸해져요. 마치 — 마치 지금 그 생각을 하면

벌써 아빠가 보고 싶어지는 것 같아요. 정말 이상하죠? 그건 그렇
고 문 좀 열어두세요."
　해밀턴은 문을 열었다가 다시 생각해보고 반쯤 닫았다.

무슨 일이요?

차가 빨리 팔려야 한다. 그래서 리오는 차를 팔도록 토니를 보내기로 한다. 토니는 머리가 좋고 매력이 있다. 그녀는 전에는 이집 저 집으로 아동 백과사전을 팔러 다녔다. 그에게 아이가 없는데도 그녀는 그가 계약서에 서명하도록 만들었다. 나중에 리오는 그녀에게 데이트를 신청했고 그 데이트가 이렇게 이어졌다. 이번 거래는 현금이어야 하고 오늘 밤에 이루어져야 한다. 내일이면 빚쟁이 중 누군가가 그 차에 담보권을 행사할지도 모른다. 월요일에 그들은 법정에 가 있을 것이고 틀림없이 이길 것이다. 그러나 어제 그들의 변호사가 우편으로 보내온 의향서에는 그들에 대한 당부의 말이 적혀 있었다. 월요일에 있을 심리는 걱정할 일이 아니라고 변호사는 얘기했다. 몇 가지 질문을 받게 될 것이고, 몇

몇 서류에 서명을 하게 될 뿐이라고 했다. 그러나 그 컨버터블 자동차는 팔라고 했다. 오늘, 오늘 밤에. 그들은 작은 차, 리오의 차는 가지고 있어도 될 테고 아무런 문제가 없을 것이다. 그러나 그들이 그 커다란 컨버터블을 타고 법정에 출두하면 법정은 그것을 빼앗을 것이고, 그것으로 끝이다.

토니는 옷을 차려입는다. 오후 네시다. 리오는 중고차 판매상이 문을 닫을까봐 걱정이다. 하지만 토니는 옷을 입는 데 시간을 끈다. 그녀는 소매 끝에 넓은 레이스가 달린 하얀 새 블라우스에 새로 산 투피스 정장을 입고 새 구두를 신는다. 그녀는 밀짚 가방에 든 물건들을 새로 산 에나멜 가죽 핸드백에 옮겨 넣는다. 도마뱀 가죽으로 만든 화장가방을 찬찬히 살피고는 그것도 집어넣는다. 토니는 머리를 만지고 화장을 하는 데 두 시간을 들였다. 리오는 침실 문간에 서서 그 모습을 지켜보며 주먹 쥔 손으로 입술을 툭툭 친다.

"당신 때문에 불안해요. 그렇게 서 있지 말았으면 좋겠어. 자, 나 어떤지 말해줘요."

그녀가 말한다.

"멋져. 근사해. 나라면 언제든 당신에게서 차를 살 거야."

그가 대답한다.

"하지만 당신은 돈이 없잖아요."

거울을 들여다보며 그녀가 말한다. 그녀는 머리를 가볍게 두드리며 얼굴을 찡그린다.

"그리고 신용도 형편없구요. 당신은 별볼일 없는 사람이에요."

그녀가 말한다.

"농담이에요."

그녀는 말하면서 거울에 비친 그를 바라본다.

"곧이듣지 말아요. 해야 하는 일이니까 할 거예요. 그 차 가지고 가서 삼사백 달러 받으면 운이 좋은 것일 테고, 우린 둘 다 그걸 알고 있어요. 여보, 만일 그 사람들에게 돈을 내야 할 지경이 아니라면 운이 좋은 거라구요."

그녀는 머리를 마지막으로 매만지고 립스틱을 바른 후, 티슈로 입술을 가볍게 누른다. 그녀는 거울에서 돌아앉아 핸드백을 집어든다.

"저녁을 먹거나 해야 할 거예요. 말했었죠, 그게 그 사람들 일하는 방식이니까. 난 그 사람들을 알아요. 하지만 걱정 말아요. 빠져나올 테니까. 내가 처리할 수 있어요."

그녀가 말한다.

"제기랄."

리오가 말한다,

"그런 말을 꼭 해야 해?"

그녀는 그에게서 눈을 떼지 않는다.

"행운이나 빌어줘요."

"행운을 빌어. 그 분홍색 속옷 입었어?"

그녀는 고개를 끄덕인다. 그는 현관까지 그녀를 쫓아간다. 작고 높은 가슴에 넓은 엉덩이와 허벅지를 가진 키 큰 여자를. 그는 목에 난 뾰루지를 긁는다.

"확실해? 확인해봐. 분홍색 속옷을 입어야 한다니까."

"입었어요."

"확인해보라구."

그녀는 막 뭔가 말하려다 말고 현관 옆 유리창에 비친 자신의 모습을 바라보고는 머리를 흔든다.

"전화라도 해. 어떻게 돼가는지 알려줘."

"그럴게요. 키스해줘요. 여기에다가요."

그녀는 말하면서 입 가장자리를 가리킨다.

"조심해요."

그녀가 말한다.

그는 그녀를 위해 문을 붙잡고 서 있다.

"어디 먼저 가볼 거요?"

그녀는 그를 지나서 현관으로 나간다.

어니스트 윌리엄스가 길 건너편에서 보고 있다. 버뮤다 팬츠를 입고 배를 늘어뜨린 채 베고니아 꽃밭에 호스를 대고 리오와 토니를 바라본다. 작년 겨울 휴가 기간에 토니와 아이들이 그의 어머니 댁에 가 있는 동안 리오가 어떤 여자를 집에 데려왔었다. 그 다음날 아침 아홉시, 춥고 안개 낀 토요일에 리오는 여자를 차까지 바래다주다가 손에 신문을 들고 보도에 서 있던 어니스트 윌리엄스를 놀라게 했다. 어니스트 윌리엄스는 안개 사이로 그를 뚫어지게 쳐다보더니 신문으로 자기 다리를 세게 후려쳤다.

리오는 그 후려치던 소리를 떠올리고 어깨를 움츠리며 말한다.

"먼저 가보려고 생각해둔 데 있어?"

"그냥 순서대로 갈 거예요. 처음 나타나는 판매상에 들렀다가 그 줄을 따라서 계속 가죠 뭐."

"구백 달러에서 시작해. 거기서 내리는 거야. 구백 달러면 현금 거래라 해도 낮은 가격이야."

"어디서부터 시작해야 할지 내가 알아요."

어니스트 윌리엄스는 그들 쪽으로 호스를 돌린다. 그는 흩뿌려지는 물줄기 사이로 그들을 지켜보고 있다. 리오는 큰 소리로 고백을 하고 싶은 충동을 느낀다.

"꼭 그렇게 해."

"알았어요. 나, 가요."

그건 그녀의 차다. 그들은 그걸 그녀의 차라고 부른다. 그런데 그렇기 때문에 상황이 더 나쁜 것이다. 그들은 삼 년 전 여름에 그 차를 구입했다. 아이들이 학교에 다니게 되자 그녀는 일을 원했고 다시 판매 일을 시작했다. 그는 섬유 유리 공장에서 일 주일에 엿새를 일하고 있었다. 한동안 그들은 돈을 어떻게 써야 할지 몰랐다. 그들은 그 컨버터블에 천 달러를 지불했고 불입액을 두 배, 세 배로 올려가면서 일 년 만에 완불했다. 조금 아까 그녀가 외출 준비를 하고 있는 동안 그는 트렁크에서 자동차 지렛대와 스페어 타이어를 들어냈고, 연장함에 들어 있던 연필이며 종이 성냥갑, 쿠폰 같은 것들도 모두 꺼냈다. 그러고는 차를 물로 닦고 내부도 청소기로 청소했다. 빨간 후드와 흙받이가 반짝였다.

"잘되길 빌어."

그가 말하면서 그녀의 팔꿈치를 살짝 잡는다.

그녀는 고개를 끄덕인다. 그는 그녀의 마음이 벌써 그곳에 가 있고 벌써 흥정을 시작하고 있다는 것을 안다.

그녀가 집 앞 진입로에 도착했을 때 그가 그녀에게 큰 소리로 말한다.

"앞으론 상황이 달라질 거야! 월요일에 새출발하는 거야, 진짜야."

어니스트 윌리엄스가 그들을 보다가 고개를 돌려 침을 뱉는다. 그녀는 차에 타고 담배에 불을 붙인다.

"다음주 이 시간이면!"

리오가 다시 소리를 지른다.

"옛날 이야기가 될 거야!"

그녀가 후진해서 길로 들어서자 그는 손을 흔든다. 그녀는 기어를 바꾸고 앞으로 출발한다. 그녀는 속도를 높이고, 타이어들은 작게 비명을 지른다.

부엌에서 리오는 스카치를 한 잔 따라 뒤뜰로 가지고 간다. 아이들은 친할머니 댁에 가 있다. 사흘 전에 편지가 한 통 왔다. 지저분한 봉투 겉면에 그의 이름이 연필로 씌어진 그 편지는 여름 내내 온 편지 중 지불을 청구하지 않는 유일한 편지였다. 우리는 재미있게 지내고 있어요, 라고 편지에 씌어 있었다. 우린 할머니가 좋아요. 식스 씨라는 이름의 개도 새로 생겼어요. 착한 개예요. 우린 그 개가 좋아요. 안녕히 계세요.

그는 한 잔 더 마시러 간다. 얼음을 넣다가 손이 떨리는 것을 본다. 그는 개수대 위로 떨리는 손을 들어올린다. 그는 잠시 그 손을 보다가 잔을 내려놓고 다른 손을 내민다. 그리고 잔을 들고 다시 밖으로 나가 계단에 앉는다. 그는 어렸을 때 아버지가 멋진 집 하나를, 사과나무와 높다란 흰색 가로장 울타리로 둘러싸인 하얀 집을 가리키던 것을 떠올린다.

"저건 핀치 씨네 집이야."

아버지는 감탄의 어조로 말했다.

"그 사람은 적어도 두 번 파산을 했었지. 저 집을 봐라."

파산이란 회사 하나가 완전히 망하는 것이다. 간부들이 손목을 긋고, 창에서 몸을 던지고, 사람 수천 명이 길거리로 내몰리는 일이다.

리오와 토니에게는 아직 가구가 남아 있었다. 리오와 토니는 가구를 가지고 있고, 토니와 아이들은 옷을 가지고 있었다. 그런 것들은 면제가 되었다. 그 밖에 또 뭐가 있나? 아이들 자전거가 있지만 그것들은 안전하게 지키려고 어머니 댁으로 먼저 보냈다. 소형 에어컨과 가전제품들, 새것인 탈수기 달린 세탁기는 몇 주 전에 트럭이 와서 싣고 갔다. 그 밖에 무엇이 남았나? 이것저것, 대부분 쓸모없는 것들, 낡았거나 오래 전에 박살나버린 것들이었다. 그러나 그것들에는 몇 번의 성대한 파티와 멋진 여행의 추억이 있었다. 그들은 리노와 타호로, 차의 지붕을 내리고 라디오를 켠 채 80마일로 달렸었다. 음식은 중요한 항목 중의 하나였다. 그들은 실컷 먹었다. 그는 호사스런 음식을 수천 가지는 댈 수 있다. 토니는 식품점에 가면 보이는 대로 다 사들였다.

"난 어렸을 때 없이 살았어요."

그녀는 말한다.

"우리 애들은 가난하게 살지 않을 거예요."

그녀는 마치 그가 애들은 그래야 한다고 주장하기라도 한 것처럼 말한다. 그녀는 온갖 북클럽에 가입한다.

"내가 어렸을 땐 우리집에 책이 한 권도 없었어요."

무거운 소포들을 찢어 열면서 그녀는 말한다. 그들은 새로 산 스테레오에 음반을 걸기 위해 레코드 클럽에 등록한다. 그들은 그 모든 것에 서명한다. 진저라는 이름의 혈통 좋은 테리어를 위해서도 서명한다. 그는 2백 달러를 지불했지만 일 주일 후에 그 개가 길에서 차에 치여 죽은 것을 발견했다. 그들은 원하는 것을 산다. 돈을 낼 수 없으면 외상으로 산다. 그들은 서명한다.

그의 속옷이 축축하다. 양쪽 겨드랑이로부터 땀이 흘러내리는 것을 느낄 수 있다. 그는 계단에 앉아 빈 잔을 손에 들고 그림자가 뜰을 채우는 것을 지켜본다. 그는 기지개를 켜고 얼굴을 문지른다. 그리고 큰길에서 들려오는 차 소리에 귀를 기울이면서, 지하실로 가서 개수대 위에 올라서서 허리띠로 목을 매야 하나 말아야 하나 궁리한다. 그는 자기가 죽을 준비가 되어 있다는 것을 안다.

집 안으로 들어가서 그는 큰 컵에 술을 따르고 텔레비전을 켜고 먹을 것을 만든다. 그는 칠리와 크래커를 가지고 식탁에 앉아 앞을 못 보는 탐정에 관한 프로를 본다. 그는 식탁을 치우고, 냄비와 그릇을 씻어 행주로 닦은 다음 치워놓고 시계를 한 번 쳐다본다.

아홉시가 넘었다. 그녀가 나간 지 다섯 시간 가까이 됐다.

그는 스카치를 따르고 물을 부은 다음 술잔을 가지고 거실로 간다. 소파에 앉지만 어깨가 너무 굳어서 뒤로 기댈 수가 없다는 것을 알게 된다. 그는 화면을 응시하며 술을 조금씩 마시다가 곧 일어서서 술을 또 따르러 간다. 그는 다시 앉는다. 뉴스가 시작된다. 열시다. 그러자 그는 말한다.

"어이구, 도대체 뭐가 잘못된 거야?"

그러고는 부엌으로 가서 술을 더 따라가지고 돌아온다. 그는 앉아서 눈을 감는다. 그러다가 전화벨이 울리는 소리에 눈을 뜬다.

"전화하고 싶었어요."

그녀가 말한다.

"어디 있는 거야?"

그가 말한다. 피아노 소리가 들린다. 가슴이 뛴다.

"몰라요. 어딘가에 있어요. 술을 마시고 있는데, 그런 다음엔 저녁 먹으러 다른 곳으로 갈 거예요. 판매 담당자랑 같이 있어요. 거칠긴 하지만 괜찮은 사람이에요. 그 사람이 차를 샀어요. 난 지금 가야 해요. 화장실 가다가 전화 거는 거예요."

"누가 그 차를 샀다구?"

리오가 말한다. 그는 부엌 창을 통해 그녀가 늘 차를 세워두던 장소를 내다본다.

"말했잖아요. 나 지금 가야 해요."

"잠깐, 잠깐만 기다려봐."

그가 말한다.

"그 차를 산 거야, 아니야?"

"내가 자리를 뜰 때 그 사람이 수표책을 꺼냈어요."

그녀가 대답했다.

"지금 가야 해요. 화장실에 가야 해요."

"기다려!"

그가 소리를 지른다. 전화가 끊겼다. 발신음만 들려온다.

"맙소사."

그는 수화기를 손에 든 채 서서 말한다.

그는 부엌을 한 바퀴 돌고 거실로 돌아간다. 그는 앉았다가 일어선다. 욕실에 가서 매우 주의를 기울여 이를 닦는다. 그러고 나서 치실을 사용한다. 그는 세수를 하고 다시 부엌으로 간다. 그는 시계를 쳐다보고 컵마다 트럼프가 한 패씩 그려진 유리컵 세트에서 깨끗한 컵 하나를 꺼낸다. 그 컵에 얼음을 채우고 개수대에 놓아둔 컵을 잠시 바라본다.

그는 소파 한쪽 끝에 기대앉아 다른쪽 끝에 다리를 올려놓는다. 그는 화면을 보다가 자기가 그 사람들이 하고 있는 말을 이해하지 못한다는 것을 깨닫는다. 그는 빈 컵을 손에 쥐고 돌리다가 컵 가장자리를 이빨로 물어뜯을까 하고 한참 생각한다. 그리고 잠시 몸을 떨다가 자러 갈 생각을 한다. 그러나 그는 머리가 하얀 커다란 여자의 꿈을 꿀 것이라는 것을 안다. 그 꿈속에서 그는 언제나 구두끈을 매느라 몸을 구부리고 있다. 그가 허리를 펴고 서면 그녀가 그를 쳐다보고, 그는 다시 구두끈을 매기 위해 몸을 굽힌다. 그는 자기 손을 바라본다. 그가 바라보자 손이 주먹을 쥔다. 전화벨이 울린다.

"여보, 당신 어디 있어?"

그가 천천히, 부드럽게 말한다.

"우린 식당에 있어요."

그녀의 목소리가 힘있고 밝다.

"무슨 식당?"

그가 묻는다. 그는 손이 손목과 이어지는 부분을 눈에 갖다 대고 누른다.

"시내예요. 뉴 지미스 같아요. 잠깐만요."

그녀가 수화기를 떼고 누군가에게 말을 한다.

"여기가 뉴 지미스예요? 리오, 여기 뉴 지미스예요."

그녀가 그에게 말한다.

"다 잘되고 있어요. 거의 다 먹었어요. 먹고 나면 그 사람이 날 집에 데려다줄 거예요."

“여보?”

그는 수화기를 귀에 대고 눈을 감은 채 앞뒤로 몸을 흔든다.

“여보?”

“난 가야 해요. 전화하고 싶었어요. 그건 그렇고 얼마나 받았게요?”

“여보.”

“육백이십오 달러예요. 그 돈을 가방에 가지고 있어요. 그 사람 말이, 컨버터블은 안 팔린대요. 우린 운을 타고 난 것 같아요.”

그녀가 말하면서 웃는다.

“그 사람한테 다 말했어요. 그래야 할 것 같아서요.”

“여보.”

리오가 말한다.

“네?”

“제발, 여보.”

“그 사람은 동정이 간다고 했어요. 하지만 그는 무슨 말이든 했을 거예요.”

그녀는 다시 웃는다.

“그 사람은 개인적으로 자기는 파산자보다는 강도나 강간범으로 분류되는 게 낫다고 생각한다고 했어요. 그렇지만 정말 좋은 사람이에요.”

"집에 와."

리오가 말한다.

"택시 타고 집으로 와."

"그럴 수 없어요. 말했잖아요, 저녁 먹고 있다니까요."

"내가 데리러 가지."

"안 돼요. 식사가 끝나가는 중이에요. 말했죠, 이건 거래의 일부라구요. 그 사람들은 얻을 수 있는 건 뭐든 얻으려고 해요. 그렇지만 걱정 마세요. 우린 이제 나갈 참이에요. 조금 있으면 집에 갈거예요."

그녀는 전화를 끊는다.

몇 분 후에 그는 뉴 지미스로 전화를 한다. 한 남자가 전화를 받는다.

"뉴 지미스 영업 시간은 끝났습니다."

남자가 말한다.

"내 아내와 통화를 하고 싶소."

리오가 말한다.

"부인께서 여기서 일하십니까?"

남자가 묻는다.

"누구시죠?"

"손님이오."

리오가 말한다.

"일행과 함께 있어요. 사업하는 사람인데."

"찾아볼까요? 부인 성함이 어떻게 되시죠?"

"당신은 그녀를 못 찾아낼 거요. 아, 됐어요."

리오가 말한다.

"됐어요. 지금 왔소."

"뉴 지미스에 전화해주셔서 감사합니다."

남자가 말한다.

리오는 서둘러 창가로 간다. 누구 것인지 모를 차가 집 앞에서 속도를 늦추더니 다시 속도를 낸다. 그는 기다린다. 두세 시간 후에 또다시 전화벨이 울린다. 수화기를 들지만 저쪽에서는 아무 소리도 없다. 발신음만 들릴 뿐이다.

"나 여기 있어!"

리오는 수화기에 대고 소리를 지른다.

새벽이 가까웠을 때 그는 현관에서 발소리를 듣는다. 그는 소파에서 일어난다. 텔레비전은 낮게 웅웅거리고 화면은 환하다. 그는 문을 연다. 그녀는 들어오면서 벽에 부딪힌다. 그녀는 소리 없이 웃는다. 그녀의 얼굴이 부어 있다. 진정제라도 먹고 잔 사람처럼. 그가 주먹을 들어올리자, 그녀는 입술을 움직이며 목을 쑥 집어넣고 몸을 좌우로 흔든다.

"쳐봐요."

그녀가 탁한 목소리로 말한다. 그녀는 몸을 흔들면서 거기 서 있다. 그러더니 소리를 지르며 달려들어 그의 셔츠를 잡아 앞자락을 죽 찢는다.

"파산자!"

그녀가 소리를 지른다. 그녀는 그의 속옷 목부분을 붙잡아 비틀더니 찢는다. 손톱으로 할퀴며 "개새끼"라고 말한다.

그는 그녀의 손목을 꽉 쥐었다가 놓으면서 뒤로 물러서서 뭔가 무거운 것을 찾는다. 그녀는 침실로 가면서 비틀거린다.

"파산자."

그녀가 중얼거린다. 그는 그녀가 침대에 쓰러져 신음소리를 내는 것을 듣는다.

그는 잠시 기다리다가 얼굴에 물을 끼얹고 침실로 간다. 그는 불을 켜고 그녀를 본다. 그리고 그녀의 옷을 벗기기 시작한다. 그녀의 몸을 이리 당기고 저리 밀면서 옷을 벗긴다. 그녀는 자면서 뭐라고 말하며 손을 움직인다. 그는 그녀의 팬티를 벗겨서 불빛에 비추어 자세히 살피고는 구석에 던져버린다. 그는 이불을 젖히고 벌거벗은 그녀를 이불 안으로 굴려넣는다. 그리고 그녀의 가방을 연다. 수표를 보고 있는데 차가 진입로로 들어오는 소리가 들린다.

그는 현관 창을 통해 진입로에 서 있는 컨버터블을 본다. 엔진은 부드럽게 돌고 있고, 헤드라이트가 켜져 있다. 그는 눈을 감았다가 뜬다. 키 큰 남자가 차 앞을 돌아서 현관으로 다가온다. 남자는 뭔가를 현관에 놓고 차로 돌아간다. 그 남자는 흰색 리넨 양복을 입고 있다.

리오는 현관 불을 켜고 조심하면서 문을 연다. 아내의 화장가방이 계단 맨 위에 놓여 있다. 남자는 저쪽에서 리오를 건너다보더니, 차 안으로 들어가서 핸드 브레이크를 푼다.

"기다려!"

리오는 소리를 지르며 계단을 내려가기 시작한다. 리오가 헤드라이트 불빛 앞으로 걸어오자 남자는 브레이크를 건다. 차가 끽 하고 선다. 리오는 찢어진 셔츠를 한데 모으고, 셔츠 자락을 바지 안으로 집어넣으려고 애써본다.

"무슨 일이요?"

남자가 묻는다.

"보쇼, 난 가봐야 해요. 화나게 하려는 거 아니오. 나는 차를 사고파는 사람이오, 알겠소? 그 여자분이 화장도구를 놓고 갔어요. 멋진 여자요, 아주 세련됐고. 한데 무슨 일이요?"

리오는 차문에 기대어 남자를 바라본다. 남자는 운전대에서 두

손을 뗐다가 다시 올려놓는다. 그는 기어를 후진으로 바꾸고, 차
는 뒤로 조금 움직인다.

"얘기 좀 했으면 하는데."

리오는 말하면서 입술을 축인다.

어니스트 윌리엄스의 침실 불이 켜지고 블라인드가 올라간다.

리오는 머리를 흔들면서 다시 셔츠 자락을 밀어넣는다. 그는
차에서 물러선다.

"월요일에 봅시다."

그가 말한다.

"월요일요."

남자는 되뇌며 갑작스런 움직임에 대비하여 그를 주시한다.

리오는 천천히 고개를 끄덕인다.

"그럼, 잘 주무쇼."

남자는 말하고 기침을 한다.

"맘 편히 먹어요, 알겠소? 월요일이라, 좋소. 그럼."

그는 브레이크에서 발을 떼고 후진해서 조금 가더니 다시 브레
이크를 밟는다.

"이봐요, 하나만 물읍시다. 친구로 믿고 묻는 말인데, 여기 이
주행거리, 이거 진짜요?"

남자는 기다리다가 헛기침을 한다.

"좋아요, 뭐 어쨌든 상관없소. 난 가야겠소. 잘 지내시오."

그는 후진해서 도로로 나가 재빨리 속도를 높이더니, 멈추지도 않고 모퉁이를 돈다.

리오는 셔츠 자락을 밀어넣고 집 안으로 들어간다. 그는 현관문을 잠그고 잘 잠겼는지 점검한다. 그런 다음 침실로 가서 침실문을 잠그고 이불을 젖힌다. 그는 불을 끄기 전에 그녀를 바라본다. 그는 옷을 벗어 조심스럽게 접어 마루에 놓고 그녀 옆으로 들어간다. 그는 잠시 똑바로 누워 있다가 생각에 잠겨 배에 난 털을 잡아당긴다. 그는 이제는 바깥의 희미한 빛을 받아 윤곽을 알아볼 수 있게 된 침실문을 바라본다. 그는 손을 뻗어 그녀의 엉덩이를 만진다. 그녀는 움직이지 않는다. 그는 옆으로 누워 그녀의 엉덩이에 한 손을 올려놓는다. 그는 그녀의 엉덩이를 쓰다듬는다. 임신으로 튼 자국들이 만져진다. 그것들은 마치 길 같다. 그는 그녀의 피부에 있는 그 길들을 따라간다. 그는 손가락으로 첫째 선을 앞뒤로 더듬었다가 다른 선을 더듬는다. 그것들은 피부 여기저기에 나 있다. 수십 개, 어쩌면 수백 개인지도 모른다. 그는 그들이 그 차를 산 다음날 아침, 잠에서 깨어 진입로에서 햇빛을 받아 반짝이던 차를 바라보던 순간을 생각하고 있다.

징후들

그날 저녁을 위해 계획했던 호사스런 일들 중 첫째 행사로 웨인과 캐럴라인은 앨도 식당에 갔다. 북쪽으로 상당한 거리를 가야 하는 새로 문을 연 우아한 식당이었다. 그들은 작은 조각품들이 놓인 조그만 정원을 지나, 검은 양복을 입은 키가 크고 머리가 희끗희끗한 남자의 인사를 받았다. 그 남자는 "안녕하십니까, 손님, 부인" 하고 인사하고는 무거운 문을 열어주었다.

안에서는 주인인 앨도가 새들—공작 한 마리와 금계 한 쌍, 목에 고리무늬가 있는 중국 꿩 한 마리, 그리고 날아다니거나 횃대에 앉아 있는, 이름을 소개받지 못한 수많은 새들—을 보여주었다. 앨도는 그들을 직접 식탁으로 안내하고 캐럴라인이 앉는 것을 도와준 다음, 물러가기 전에 웨인을 돌아보며 "부인이 아름다

우십니다"라고 했다. 부드러운 억양에 머리칼이 검고 몸집이 작은 흠잡을 데 없는 남자였다.

그들은 그가 신경을 써준 것이 흐뭇했다.

"신문에서 읽었는데, 저 사람에게는 바티칸에서 어떤 직책을 맡고 있는 삼촌이 있다는 거야. 그래서 이런 그림들의 복사본을 얻을 수 있었을 거야."

웨인은 가까운 벽에 걸린 벨라스케스의 복제화를 고갯짓하며 말했다.

"바티칸에 있는 삼촌이라니."

"저 사람은 리오의 코파카바나 호텔 지배인이었대요."

캐럴라인이 말했다.

"프랭크 시내트라와 알고 지냈고, 라나 터너와는 친한 친구 사이였다나요."

"그래? 그건 몰랐네. 스위스에 있는 빅토리아 호텔하고, 파리의 어떤 큰 호텔에 있었다는 건 읽었는데. 리오의 코파카바나에 있었다는 건 몰랐어."

웨인이 말했다.

웨이터가 굽 달린 묵직한 잔을 내려놓자, 캐럴라인은 핸드백을 조금 옮겨놓았다. 웨이터는 잔에 물을 따르고 나서 웨인이 앉은 쪽으로 왔다.

"저 사람 입고 있는 양복 봤소? 저런 양복 보기 힘들어. 삼백 달러짜리야."

그는 메뉴를 집어들었다. 잠시 후에 그가 말했다.

"그런데, 뭘 먹을 거요?"

"모르겠어요. 아직 결정 못 했어요. 당신은 뭘 먹을 건데요?"

"몰라. 나도 결정 못 했어."

"이 프랑스 요리들 중 하나를 시키는 게 어때요? 아니면 이건 어때요? 여기, 이쪽에 있는 거요."

그녀는 손가락으로 가리켜보이고는 그가 그 프랑스 요리 이름을 찾아낸 뒤 입을 꾹 다물고 얼굴을 찌푸리며 고개를 젓자, 눈을 가늘게 뜨고 그를 바라보았다.

"모르겠소."

그가 말했다.

"난 내가 뭘 먹게 되는 건지 알고 싶어. 정말이지 전혀 모르겠어."

웨이터가 카드와 연필을 들고 와서 뭐라고 했지만, 웨인은 제대로 이해할 수 없었다.

"우린 아직 결정 못 했소."

웨인이 말했다. 웨이터가 계속 테이블 옆에 서 있자 그는 머리를 절레절레 흔들었다.

"준비되면 부르겠소."

"난 그냥 설로인 스테이크*를 먹을까봐. 당신은 당신 먹고 싶은 거 시켜요."

웨이터가 물러가자 그는 캐럴라인에게 말했다. 그는 메뉴를 덮고 물잔을 들었다. 다른 테이블들에서 들려오는 나직한 목소리들 너머로 웨인은 새장에서 들려오는 새들의 지저귐을 들을 수 있었다. 그는 앨도가 어떤 네 명의 일행을 맞아 미소를 띠고 고개를 끄덕이면서 그들과 이야기하고 테이블로 안내하는 것을 보았다.

"더 좋은 자리에 앉을 수도 있었을 텐데."

웨인이 말했다.

"사람들이 옆으로 지나다니고 우리가 먹는 것을 구경하는 이 가운데 자리 말고 말이야. 벽 쪽 테이블을 차지할 수도 있었어. 아니면 저기 분수 옆이나."

"난 쇠고기 투르네도**를 먹을까 해요."

캐럴라인이 말했다.

그녀는 계속 메뉴를 들여다보고 있었다. 그는 담뱃갑을 탁탁 쳐서 담배를 하나 꺼내고 불을 붙인 후, 다른 손님들을 죽 둘러보

---

* 등심 스테이크.
** 안심 부위로 만든 요리.

왔다. 캐럴라인은 여전히 메뉴를 보고 있었다.

"이봐, 제발 그만. 그걸 먹기로 결정했으면 저 사람 와서 주문 받게 메뉴를 덮으라구."

웨인은 팔을 들어 웨이터를 불렀다. 웨이터는 다른 웨이터와 얘기하느라 미적거렸다.

"다른 웨이터들과 잡담하는 것 말고는 하는 일이 없군."

웨인이 말했다.

"오고 있어요."

캐럴라인이 말했다.

"손님?"

웨이터는 마르고 얽은 얼굴에 헐렁한 검정 양복을 입고 검정 나비넥타이를 매고 있었다.

"……어, 우리는 샴페인 한 병 마시겠소. 작은 병으로요. 저기, 국내산으로요."

웨인이 말했다.

"네, 손님."

웨이터가 말했다.

"바로 갖다주시오. 샐러드나 전채(前菜) 접시 가져오기 전에요."

웨인이 말했다.

"오, 아무튼 전채 접시*도 가져오세요. 부탁해요."

캐럴라인이 말했다.

"네, 부인."

웨이터가 말했다.

"저놈들은 믿을 수 없는 놈들이야."

웨인이 말했다.

"당신 브루노라는 친구 기억해? 주중에는 사무실에서 일하고 주말엔 웨이터로 일하던 친구 말이야. 그놈이 사무실의 소액 경비 보관함에서 돈을 훔치는 걸 프레드가 붙잡았어. 우린 그놈을 해고했지."

"우리 유쾌한 얘기나 해요."

캐럴라인이 말했다.

"좋아, 그러지."

웨이터는 웨인의 잔에 샴페인을 조금 따랐다. 웨인은 잔을 들어 맛을 보고는 말했다.

"좋군, 이 정도면 아주 훌륭해."

그러고는 "당신을 위해 건배"라고 말하면서 잔을 높이 들어올렸다.

---

* 웨인은 흔히 쓰는 말로 '접시(plate)' 라고 한 반면, 그의 아내는 세련된 어조로 말하기 위해 같은 뜻을 가진 다른 단어 'tray' 를 사용하고 있다.

"생일 축하하오."

그들은 잔을 부딪쳤다.

"난 샴페인이 좋아요."

"나도 좋소."

"랜서스*를 한 병 시킬 수도 있었을 텐데."

"그걸 마시고 싶었다면 왜 말하지 않았소?"

"모르겠어요. 그냥 생각을 못 한 것뿐이에요. 그렇지만 이것도 좋아요."

"난 샴페인에 대해서는 잘 몰라. 내가 대단한…… 감식가가 못 된다는 걸 인정하고 있어. 교양이 낮은 사람이란 걸 거리낌없이 인정한다구."

그는 웃으면서 그녀의 시선을 잡으려고 했으나, 그녀는 전채 접시에서 올리브를 고르느라 열심이었다.

"당신이 요즘 함께 어울리는 그 사람들하곤 달라. 그렇지만 만약 당신이 랜서스를 원했다면,"

그는 말을 이었다.

"랜서스를 주문해야 했어."

"아, 그만 입 다물어요! 뭔가 다른 얘기를 할 순 없어요?"

---

* 포르투갈 테이블 와인 제조업체인 '호세 마리아 다 폰세카'의 미국 브랜드 명.

그리고 그녀는 그를 올려다보았고, 그는 다른 곳으로 시선을 돌려야 했다. 그는 테이블 밑에서 발을 조금 움직였다.

그가 말했다.
"여보, 샴페인 더 들겠소?"
"네, 고마워요."
그녀가 조용히 대답했다.
"우리를 위해서."
그가 말했다.
"우리를 위해서."
그녀가 말했다.
그들은 마시면서 서로에게서 눈을 떼지 않았다.
"우리 이런 자리를 더 자주 가져야겠어."
그녀는 고개를 끄덕였다.
"가끔 이렇게 외출하는 것도 좋지. 당신이 원한다면 더 노력해 볼게."
그녀는 셀러리를 집었다.
"그건 당신에게 달렸어요."
"그렇지 않아! 그럴 사람은…… 그럴 사람은…… 내가 아니 야."

“그럴 사람이라니요?”

그녀가 물었다.

“당신이 뭘 하든 난 상관 안 해.”

눈길을 떨구면서 그가 말했다.

“그래요?”

“내가 이 말을 왜 했는지 모르겠군.”

웨이터가 수프를 가져오고 술병과 와인잔을 치운 후, 그들의
잔에 다시 물을 채웠다.

“수프 숟가락 좀 주시겠소?”

웨인이 물었다.

“네?”

“수프 숟가락 말이오.”

웨인이 다시 말했다.

웨이터는 놀란 것 같더니 이내 당황한 기색이 되었다. 그는 다
른 테이블들을 잽싸게 한 번 훑어보았다. 웨인은 숟가락으로 수
프를 뜨는 시늉을 했다. 앨도가 테이블 옆에 나타났다.

“모든 게 다 괜찮으십니까? 뭐 문제되는 게 있으신지요?”

“남편한테 수프 숟가락이 없는 것 같아요. 소란을 피워서 죄송
합니다.”

캐럴라인이 말했다.

"괜찮습니다. 윈 퀴예, 실 부 플레?*"

앨도는 차분한 목소리로 웨이터에게 말했다. 그는 웨인을 한 번 쳐다보고 나서 캐럴라인에게 설명했다.

"오늘은 폴이 처음 근무하는 날입니다. 영어를 거의 못 하지만 그가 훌륭한 웨이터라는 것에 두 분도 동의하실 거라고 믿습니다. 식탁을 차리던 사람이 숟가락을 잊은 겁니다."

앨도는 미소를 지었다.

"폴이 매우 놀랐을 겁니다."

"여긴 아름다운 곳이네요."

캐럴라인이 말했다.

"고맙습니다. 오늘 밤 와주셔서 정말 기쁩니다. 와인 저장고와 개별실들을 보시겠습니까?"

앨도가 말했다.

"네, 정말 보고 싶어요."

"식사 마치시면 구경시켜드리라고 하겠습니다."

"기대하고 있을게요."

캐럴라인이 대답했다.

---

* '숟가락 하나 갖다주겠어?' 라는 뜻의 프랑스어.

앨도는 가볍게 인사하고 다시 웨인을 바라보았다.

"즐겁게 식사하시기 바랍니다."

"저 멍청이."

웨인이 말했다.

"누구요? 누구 얘기 하는 거예요?"

숟가락을 내려놓으며 그녀가 물었다.

"웨이터 말야, 웨이터. 이 집에서 제일 신참이고 제일 바보인 웨이터. 하필 우리가 그놈한테 걸린 거야."

"수프나 먹어요. 그렇게 펄펄 뛰지 말고."

웨인은 담배를 피워 물었다. 웨이터가 샐러드를 가져다놓고 수프 그릇을 가져갔다.

그들이 주요리를 먹기 시작했을 때 웨인이 말했다.

"그런데, 당신 어떻게 생각해? 우리한테 기회가 있을까, 없을까?"

그는 눈을 내리깔고 무릎 위에 놓인 냅킨을 바로 했다.

"있을지도 모르죠. 기회는 언제나 있는 거니까."

그녀가 말했다.

"그런 쓰레기 같은 대답은 하지 마. 한 번만이라도 솔직하게 대답해보라구."

그가 말했다.

"나한테 성질부리지 말아요."

"난 당신한테 부탁하고 있는 거라구. 솔직한 대답을 해줘."

"피로 사인한 서류라도 만들어줘요?"

"그리 나쁜 생각도 아니군."

"내 얘기 잘 들어요! 난 내 인생 최고의 세월을 당신한테 바쳤어요. 최고의 세월을 말이에요!"

"당신 인생의 최고의 세월이라구?"

"난 서른여섯이에요. 오늘 밤으로 서른일곱이 되구요. 오늘 밤, 바로 지금, 이 순간에 내가 장차 뭘 할 건지 말할 수 없을 뿐이에요. 두고 봐야겠어요."

"당신이 뭘 하든 난 상관 안 해."

"정말이에요?"

그는 포크를 던지듯 내려놓고, 냅킨도 식탁 위에 던져버렸다.

"다 먹었어요?"

그녀가 쾌활하게 물었다.

"커피하고 후식 먹읍시다. 멋진 후식을 먹어요. 맛있는 걸로요."

그녀는 자기 접시의 음식을 남김없이 다 먹었다.

"커피 두 잔 줘요."

웨인이 웨이터에게 말했다. 그는 그녀를 바라보고 다시 웨이터
에게 눈길을 돌렸다.

"후식은 뭐가 있소?"

"네?"

웨이터가 되물었다.

"후식 말이오!"

웨인이 말했다.

웨이터는 캐럴라인을 쳐다보고 다시 웨인을 보았다.

"후식 먹지 말아요. 후식 먹지 말자구요."

그녀가 말했다.

"초콜릿 무스요. 오렌지 셔벗도 있습니다."

웨이터가 말했다. 그는 미소를 지었다. 엉망인 치열이 드러났다.

"손님?"

"나는 안내자한테 끌려다니며 구경 같은 것 하기 싫소."

웨이터가 사라지자 웨인이 말했다.

식탁에서 일어설 때 웨인은 1달러짜리 지폐를 자기 커피잔 옆
에 떨궈놓았다. 캐럴라인은 핸드백에서 2달러를 꺼내 잘 펴서 웨
인이 던져놓은 1달러 옆에 세 장의 지폐가 나란히 한 줄을 이루도
록 펼쳐놓았다.

그녀는 그가 음식 값을 치르는 동안 옆에서 기다렸다. 앨도가 문 가까이에 서서 새장 바닥에 모이를 뿌리고 있는 모습이 그의 눈에 들어왔다. 앨도는 그들 쪽을 보고 미소를 지었고, 새들이 그의 앞으로 모여들고 있는 가운데 계속 곡식을 비벼서 손가락 사이로 떨어뜨렸다. 그러고는 기운차게 두 손을 문질러 털고 웨인에게 다가오기 시작했다. 앨도가 다가오자 웨인은 고개를 돌렸다, 살짝, 그러나 의미심장하게. 그러나 다시 돌아보았을 때 그는 앨도가 캐럴라인의 손을 잡는 것을 보았다. 그가 발뒤꿈치를 단정하게 붙이는 것도 보았고, 그녀의 손목에 키스하는 것도 보았다.

"부인께선 식사가 즐거우셨는지요?"

앨도가 물었다.

"정말 멋졌어요."

캐럴라인이 말했다.

"가끔 들러주시겠지요?"

"그럴게요. 가능한 한 자주 올게요. 다음에 오면 좀 둘러볼 수 있도록 사장님의 허락을 얻고 싶어요. 하지만 이번엔 그냥 가야 해요."

"부인."

앨도가 말했다.

"드릴 게 있습니다. 잠깐만 기다려주세요."

그는 문 가까운 곳의 테이블 위에 놓인 꽃병으로 손을 뻗어 줄기가 긴 장미 한 송이를 빼들고 우아하게 돌아섰다.

"부인께 드리죠. 하지만 제발 조심하세요, 가시를요. 정말로 아름다운 부인이세요."

그는 웨인에게 이렇게 말하며 미소를 지어보이고는 다른 커플을 맞이하기 위해 돌아섰다.

캐럴라인은 거기 그대로 서 있었다.

"여기서 나갑시다."

웨인이 말했다.

"저 사람이 어떻게 라나 터너와 친구가 될 수 있었는지 당신도 알겠죠."

캐럴라인이 말했다. 그녀는 장미를 손가락 사이에 끼우고 돌렸다.

"안녕히 계세요!"

그녀가 앨도의 등에 대고 큰 소리로 말했다.

그러나 앨도는 또다른 장미를 고르는 일에 정신이 팔려 있었다.

"저 친구가 그 여잘 알기나 했는지 몰라."

웨인이 말했다.

제발 조용히 좀 해요

1

열여덟 살이 되어 처음으로 집을 떠나게 되었을 때, 랠프 와이먼은 제퍼슨 초등학교의 교장이며 위버빌 엘크스 클럽 부속 밴드의 트럼펫 독주자였던 아버지로부터 조언을 들었다. 인생은 아주 심각한 것이며, 막 출발하는 젊은이에게 힘과 목표를 요구하는 사업이며, 모두 알듯 매우 힘든 것이지만, 그럼에도 보답을 주는 것이라고. 랠프 와이먼의 아버지는 그렇게 믿었고, 그렇게 말했다.

그러나 대학에서 랠프의 목표는 뚜렷하지 않았다. 그는 의사가 되고 싶다고 생각했고, 변호사가 되고 싶다고도 생각했다. 그래서 의예과 강의와 법학의 역사, 거래법 강의들을 듣다가, 자신이

378

의학에 필요한 감정적인 초연함도, 법률 공부에 요구되는 끈질긴 독서—특히 그런 독서는 재산과 증여에 관련되어 있을지도 모르므로—능력도 갖고 있지 않다는 결론을 내렸다. 그렇게 계속 여기저기 기웃거리며 과학과 경영학 강의를 들었다. 철학과 문학 강의도 몇 개 들었으며, 자신이 스스로에 대한 뭔가 엄청난 발견을 할 찰나에 있다고 느꼈다. 그러나 그 순간은 결코 오지 않았다. 바로 이 기간에—나중에 그가 그때를 가리켜 말했듯 그의 가장 저조했던 시기에—랠프는 자신이 신경쇠약에 걸린 모양이라고 믿었다. 그는 남학생 사교 클럽에 들어 있었는데 매일 밤 술에 취했다. 술을 너무 많이 마셔서 소문이 자자했고, 케그 술집의 바텐더 이름을 따서 '잭슨' 이라고 불렸다.

그러다가 3학년 때 랠프는 매우 설득력 있는 한 선생의 영향을 받게 되었다. 맥스웰 박사가 바로 그 사람이었다. 랠프는 그를 결코 잊지 못할 것이다. 그는 사십대 초반의 잘생기고 우아한 남자로, 훌륭한 예의범절을 갖추었고, 목소리에서 남부 억양이 약간 느껴졌다. 그는 밴더빌트 대학을 다녔고, 유럽에서 공부했으며, 나중에는 동부에서 한두 종의 문학잡지 일에 관여했던 사람이었다.

그가 나중에 말하게 된 바에 따르면, 랠프는 거의 하룻밤 새에 가르치는 일을 직업으로 삼기로 결정했다. 그래서 그렇게 많이 마시던 술을 끊고 공부에 온 힘을 쏟기 시작했다. 그리고 일 년도 안 돼 오메가 사이라는 전국 저널리즘 남학생 클럽에 뽑혔고, 영어 클럽의 회원이 되었으며, 삼 년 동안 손도 대지 않던 첼로를 가지고 와서 막 구성되고 있던 학생 실내악단에 참여하라는 권유를 받았다. 4학년 간사로 출마해 성공적인 결과를 거두기까지 했다. 바로 그 무렵에 그는 매리언 로스를 만났다. 영문과의 초서 강의 시간에 그의 옆자리에 앉았던, 매력적으로 창백하고 호리호리한 여자였다.

매리언 로스는 머리를 길게 기르고, 목이 높은 스웨터를 즐겨 입었으며 언제나 어깨에서 늘어져 흔들리는 끈이 긴 가죽 가방을 메고 돌아다녔다. 그녀는 눈이 컸는데, 그 눈은 한 번만 흘끗 봐도 모든 것을 이해하는 것처럼 보였다. 랠프는 매리언 로스와 데이트하는 것을 좋아했다. 그들은 모든 학생들이 가는 케그 술집과 몇몇 다른 장소에 갔지만, 그렇게 함께 나다니는 것이나 다음해 여름으로 예정되어 있는 약혼이 두 사람의 공부에 절대로 방해가 되지 않도록 했다. 그들은 진지한 학생들이었고, 양가 부모도 마침내 그들의 결혼을 허락했다. 랠프와 매리언은 봄에 시카고에 있는 어느 고등학교에서 함께 교생 실습을 했고, 6월에 함께 졸업식을 치렀다. 그들은 이 주 후에 성 제임스 성공회 교회에서 결혼했다.

결혼식 전날 밤 그들은 손을 맞잡고 결혼의 흥분과 신비를 영원히 간직하기로 서약했다.

신혼여행으로 그들은 과달라하라로 차를 몰고 갔다. 두 사람 모두 쇠락한 교회와 조명이 시원치 않은 박물관들을 찾아다녔고 시장 구석구석을 누비며 물건도 사면서 오후 시간을 즐겼으나, 랠프는 자신이 목격한 천박함과 거리낌없는 욕망에 은근히 충격을 받은 나머지 안전한 캘리포니아로 돌아가고 싶은 마음뿐이었다. 그러나 그가 후에 언제나 떠올리게 된, 다른 무엇보다도 그를 불안하게 한 광경은 멕시코와는 아무런 관련이 없는 것이었다. 오후 늦은 시간, 저녁이 거의 다 되었을 무렵이었다. 랠프가 먼지이는 길을 걸어오고 있는데 매리언이 그들이 머무르는 집의 쇠 난간에 두 팔을 올려놓고 기대어 꼼짝 않고 있는 것이었다. 머리카락은 길게 어깨 앞으로 흘러내렸고, 눈은 그가 아닌 멀리 있는 무엇인가를 응시하고 있었다. 그녀는 흰 블라우스를 입고 밝은 빨간색의 스카프를 목에 두르고 있었다. 그는 그녀의 젖가슴이 블라우스의 흰 천을 밖으로 밀어내고 있는 것을 볼 수 있었다. 그는 색깔이 짙고 상표가 붙어 있지 않은 포도주 한 병을 옆구리에 끼고 있었는데, 그 전체적인 모습이 영화의 한 장면, 매리언은 잘 어울릴 수 있으나 그는 그럴 수 없는 매우 극적인 어떤 순간을 연상시켰다.

　신혼여행을 떠나기 전에 그들은 캘리포니아 주 북부의 벌목지대에 있는 소도시인 유레카의 한 고등학교 선생 자리를 수락했었다. 일 년 뒤, 그 학교와 도시가 자신들이 정착하고 싶은 바로 그곳이라는 확신이 들었을 때, 그들은 파이어 힐 지역에 있는 집을 샀다. 심각하게 생각해보지는 않았지만 랠프는 자신과 매리언이 서로 완벽하게—적어도 서로 다른 두 사람이 그럴 수 있는 만큼 잘—이해하고 있다고 느꼈다. 게다가 랠프는 스스로 자기 자신을 잘 이해한다고, 자신이 무엇을 할 수 있고 없는지, 그리고 스스로에 대해 내린 신중한 판단을 통해 자신이 어디로 가고 있는지를 잘 알고 있다고 느꼈다.

　그들의 두 아이, 도로시어와 로버트는 이제 다섯 살, 네 살이었다. 로버트가 태어나고 몇 달 뒤에 매리언은 도시 변두리에 있는 전문대학의 프랑스어와 영어 강사 자리를 제의받았고, 랠프는 고등학교에 계속 남아 있었다. 그들은 자기들이 행복한 부부라고 생각했다. 그들의 결혼생활에는 오직 한 가지 상처만 있을 뿐이었는데, 그것은 한참 전, 이번 겨울로부터 이 년 전의 일이었다. 그 일이 있은 후로 지금까지 그들은 한 번도 그 일에 대해 얘기를 나눠본 적이 없었다. 그러나 랠프는 가끔 그 일에 대해 생각했다. 사실을 말하자면 그는 그 일에 대해 점점 더 많이 생각하게 되었음을 기꺼이 인정하고 있었다. 무서운 이미지들이 그의 눈앞을 스쳐가는 일이 잦아졌다, 상상조차 할 수 없는 몇몇 세세한 것들까지도…… 왜냐하면 그는 자기 아내가 미첼 앤더슨이란 남자와 함께 자신을 배신한 적이 있다고 믿게 되었기 때문이다.

그러나 지금은 11월의 일요일 밤이었고, 아이들은 자고 있었으며, 랠프는 몽롱한 상태로 소파에 앉아 채점을 하며 매리언이 다림질을 하고 있는 부엌의 라디오에서 나직하게 흘러나오는 음악을 들을 수 있었다. 그는 너무나 행복하다고 느꼈다. 그는 자기 앞에 놓인 시험지들을 잠시 더 바라보다가 그것들을 다 모아 들고 램프를 껐다.

"다 끝났어요, 여보?"

그가 문간에 나타나자 매리언이 미소를 띠며 말했다. 그녀는 높은 스툴에 앉아 있었고, 그를 기다리고 있기라도 한 것처럼 다리미를 세워둔 상태였다.

"웬걸, 아니야."

그는 시험지들을 부엌 식탁 위에 내던지고 얼굴을 과장되게 찌푸려 보이며 말했다.

그녀는 웃었다. 환하게, 유쾌하게. 그리고 그가 키스할 수 있도록 얼굴을 내밀었다. 그는 그녀의 뺨에 살짝 키스했다. 그는 식탁에서 의자 하나를 끌어내 등을 기대고 앉아 그녀를 바라보았다.

그녀는 또다시 미소를 짓더니 눈을 내리깔았다.

"나, 벌써 반은 자고 있는걸."

"커피 마실래요?"

손을 뻗어 커피 메이커에 손등을 대보며 그녀가 말했다.

그는 고개를 흔들었다.

그녀는 재떨이에서 타고 있던 담배를 집어 마룻바닥을 바라보며 잠시 피우다가 다시 재떨이에 내려놓았다. 그녀는 그를 바라보았다. 따뜻한 표정이 그녀의 얼굴을 스쳐갔다. 그녀는 키가 크고 나긋나긋한 몸매에 멋진 가슴과 좁은 엉덩이, 크고 아름다운 눈을 지니고 있었다.

"당신, 그 파티에 대해 생각해본 적 있어요?"

여전히 그를 바라보면서 그녀가 물었다.

그는 깜짝 놀라 의자에서 몸을 움직였다. 그리고 말했다.

"무슨 파티 말이요? 이 년인가 삼 년 전의 그 파티 말인가?"

그녀는 고개를 끄덕였다.

그는 기다리다가 그녀가 더이상 말을 하지 않자 이야기했다.

"그 파티에 대해서 뭘 생각해? 당신이 이왕 얘기를 꺼냈으니 하는 말이지만, 뭘 생각한다는 거요?"

그리고 덧붙였다.

"그러니까 그가 그날 밤 당신한테 키스했다는 거 아니요? 내 말은 그가 그랬다는 걸 나도 알고 있었다는 거지. 그 사람, 당신한테 키스하려고 했지, 그렇지 않소?"

"막 그 생각을 하고 있던 참이라 당신한테 물어본 것뿐이에요. 난 가끔 그 생각을 해요."

"그래, 그가 키스했지. 그렇지 않소, 매리언?"

"그날 밤에 대해 생각해본 적 있어요?"

"그렇지는 않아. 오래 전 일이잖소. 삼사 년 전의 일이지. 이젠 내게 얘기할 수 있을 텐데. 당신과 지금 얘기하고 있는 사람은 그 예전의 잭슨*이야, 기억나?"

그리고 그들은 둘 다 웃음을 터뜨렸다. 갑작스럽게 그녀가 말했다.

"네, 그가 내게 몇 번 키스했어요."

그녀는 미소를 지었다.

자기도 그녀의 미소에 화답하려고 애써야 한다는 것을 알았지만 그는 그럴 수가 없었다. 그가 말했다.

"전에는 그가 키스하지 않았다고 했는데. 그가 운전하면서 당신한테 팔을 두르기만 했다고 그랬잖소? 어떤 게 맞는 얘기요?"

"당신 왜 이런 짓을 해요?"

---

* 랠프의 대학 시절 별명.

그녀는 꿈꾸듯 말하고 있었다.

"당신 밤새 어디 있었어?"

그는 후들거리는 다리로 그녀 가까이에 서서 그녀를 때리려고 주먹 쥔 손을 들어올리며 소리를 질렀다. 그러자 그녀가 말했다.

"난 아무 짓도 안 했어요. 왜 날 때려요?"

"우리가 어쩌다 이 얘길 하게 됐죠?"

그녀가 말했다.

"당신이 얘기를 꺼냈잖소."

그녀는 머리를 흔들었다.

"무엇 때문에 그 생각을 하게 됐는지 모르겠어요."

그녀는 윗입술을 이빨로 물고 바닥을 응시했다. 그러더니 어깨를 펴고 그를 올려다보았다.

"이 다리미판을 치워주면 따뜻한 음료를 만들게요. 버터 넣은 럼주요. 어때요?"

"좋지."

그녀는 거실로 들어가 램프를 켜고 허리를 굽혀서 바닥에 떨어진 잡지를 집어들었다. 그는 격자무늬 모직 스커트 아래서 움직이는 그녀의 엉덩이를 지켜보았다. 그녀는 창 앞에서 왔다갔다하다가 서서 가로등을 내다보았다. 그리고 손바닥을 펴서 치마를 쓸어내리더니 블라우스 자락을 스커트 안으로 집어넣기 시작했다. 그는 그가 나를 지켜보고 있는 건 아닐까, 하고 그녀가 생각하고 있을지도 모른다고 생각했다.

다리미판을 현관의 벽장 안에 세워둔 후 그는 다시 앉았다. 그리고 그녀가 부엌으로 왔을 때 말했다.

"그날 밤 당신과 미첼 앤더슨 사이에 또 무슨 일이 있었소?"

"아무 일도 없었어요. 난 다른 생각을 하고 있었어요."

"무슨 생각?"

"아이들이요. 내년 부활절에 도로시어한테 입혔으면 하는 드레스도요. 그리고 내일 하게 될 강의와 학생들이 랭보를 어떻게 조금이나마 공격하려나 하는 생각을 하고 있었죠."

그러면서 그녀는 웃었다.

"딴 소리를 하려는 건 아니에요. 정말이에요, 랠프. 정말로 그 밖에 다른 일은 없었어요. 그 일에 대해 그 동안 아무 말도 안 했던 것 미안해요."

"괜찮아."

그는 일어서서 냉장고 옆 벽에 기대어 그녀가 컵 두 개에 설탕을 넣은 뒤 럼주를 숟가락으로 저어가며 넣는 것을 지켜보았다. 물이 끓기 시작하고 있었다.

그가 말했다.

“이제 이왕 말도 나왔고, 벌써 사 년 전 일이니 원한다면 그 얘기를 하고 싶다면 못 할 이유가 없다고 생각되는데. 그렇지 않소?”

“얘기할 만한 게 정말 없어요.”

“난 알고 싶소.”

“뭘 말이에요?”

“당신한테 키스한 것 외에 그자가 한 짓은 뭐든지. 우린 어른이야. 몇 년 째 앤더슨 부부를 만나지도 못했고, 다시는 못 볼지도 몰라. 게다가 그건 아주 오래 전의 일이니 우리가 그 얘기를 못 할 이유가 뭐가 있겠소?”

그는 자기 목소리에 실려 있는 이론적인 울림에 약간 놀랐다. 그는 자리에 앉아 식탁보를 바라보다가 다시 그녀를 올려다보았다.

“자, 어서.”

“글쎄요.”

장난꾸러기 같은 미소를 짓고 소녀처럼 머리를 한쪽으로 갸웃한 후 옛일을 떠올리면서 그녀가 말했다.

“싫어요, 랠프, 정말로. 얘기하지 않는 게 좋겠어요.”

“어서 해, 매리언! 이번엔 농담 아니야.”

그렇게 말한 그는 불현듯 자기가 진심임을 깨달았다.

그녀는 물을 끓이던 가스불을 끄고 스툴 위에 한 손을 올려놓았다. 그러더니 다시 앉아서 발뒤꿈치를 아래쪽 계단 위에 걸쳤다.

그녀는 두 팔을 무릎 위에 엇갈리게 놓고 허리를 굽히고 앉았다. 그녀의 젖가슴이 블라우스를 밀어내고 있었다. 그녀는 치마에 붙어 있던 뭔가를 집어내고는 고개를 들었다.

"당신도 기억하겠지만 에밀리는 비티 부부랑 함께 벌써 집에 갔고, 무슨 이유에선지 몰라도 미첼은 계속 남아 있었지요. 그날 밤 그는 처음부터 기분이 안 좋은 것 같았어요. 잘 모르지만 아마 에밀리와 그 사람은 잘 지내지 못했던 것 같아요, 하지만 그건 모를 일이구요. 그때는 당신과 나, 프랭클린 부부, 그리고 미첼이 있었어요. 모두 약간씩 취해 있었지요. 어떻게 해서 그렇게 됐는지 잘 모르겠지만 어쩌다 보니 미첼과 내가 부엌에 잠시 둘이서만 있게 됐는데, 위스키는 남은 게 없었고 백포도주만 병에 조금 남아 있더군요. 한시가 다 됐던 게 틀림없어요. 미첼이 '만일 우리가 거대한 날개를 타고 간다면 주류 판매점이 문 닫기 전에 도착할 수 있을 텐데요' 라고 했으니까요. 그 사람, 원하기만 하면 배우처럼 될 수 있었던 거 당신도 알죠? 탭댄스 추는 것 같은 동작이나 얼굴 표정 같은 게 말이에요. 아무튼 그는 그런 것에 아주 재능이 있었어요. 어쨌든 그때는 그렇게 보였어요. 덧붙이자면 몹시 취해 있기도 했구요. 그건 나도 마찬가지였어요. 랠프, 그건 충동이었어요. 왜 그랬는지 모르니 묻지 마세요. 하지만 그가 갑시다, 했을 때 난 그러자고 했어요. 우린 뒤쪽으로 나갔어요. 거기 그의 차가 있었죠. 우린 나갈 때…… 우린 벽장에서 코트도 꺼내지 않았어요. 몇 분이면 돌아올 거라고 생각했으니까. 우리가 무슨 생각을 했는지, 아니 내가 무슨 생각을 했는지 모르겠어요. 왜 갔는지도 모르겠고. 충동이었어요. 그 말밖엔 할 수가 없어요. 그릇된 충동이었지요."

그녀가 잠시 말을 멈췄다.

"그날 밤 일은 내 잘못이었어요. 미안해요, 그런 일을 해서는 안 되는데. 나도 알고 있어요."

"맙소사!"

그 말이 그의 입에서 튀어나왔다.

"그렇지만 당신은 언제나 그런 식이었어, 매리언!"

그리고 그 즉시 그는 자기가 새롭고도 의미심장한 진실 하나를 입 밖에 내었다는 사실을 깨달았다.

그의 마음은 그녀에 대한 들끓는 비난으로 가득 차 있었다. 그는 특히 한 가지 사실에 집중하려고 애썼다. 그는 자기 손을 내려다보고는 발코니에 있는 그녀를 보았을 때 그랬던 것처럼 자기 손이 생명이 없는 듯 무감각하다는 것을 깨달았다. 그는 식탁에 놓여 있던 채점용 빨간 연필을 집었다가 다시 내려놓았다.

"듣고 있으니 계속해요."

"뭘 듣고 있다는 거예요? 당신은 욕을 하고 화를 내고 있어요,

랠프. 아무 일도 아닌 것 가지고 말이에요!…… 다른 일은 없었어
요."

"계속해요."

"도대체 우리가 왜 이러는 거죠? 어쩌다 이런 일이 시작됐는지
당신 알아요? 어쩌다 이렇게 됐는지 난 정말 모르겠어요."

"계속해, 매리언."

"그게 다예요, 랠프. 다 말했다구요. 우린 차를 몰고 나갔고, 얘
기를 했고, 그가 내게 키스했어요. 어떻게 우리가 세 시간 동안이
나 ― 당신이 그렇다고 했으니까 ― 나가 있을 수 있었는지 아직
도 모르겠어요."

"말해봐, 매리언."

그가 말했다. 그러나 그는 뭔가가 더 있다는 것도, 자기가 그 사
실을 알고 있다는 것도 인식하고 있었다. 불안하고 초조했다.

"됐어. 말하고 싶지 않다면 그래, 좋소. 사실 나도 이쯤에서 그
만두고 싶은 생각이니까."

결혼을 하지 않았다면 오늘 밤 뭔가 다른 일을 하면서 어딘가
다른 곳, 어딘가 조용한 곳에 있을 텐데 하는 생각이 스치듯 지나
갔다.

"랠프, 당신 화 안 낼 거죠? 랠프? 우린 그냥 얘기를 하고 있는

거예요. 화 안 낼 거죠, 그렇죠?"

그녀는 식탁 의자로 옮겨 앉았다.

"안 내."

"약속하죠?"

"약속해."

그녀는 담배를 피워 물었다. 그는 갑자기 아이들을 보고 싶다
는 커다란 욕망을 느꼈다. 아이들을 깨워 일으켜서, 잠이 덜 깨 나
른해하고 심술을 내는 그 아이들을 하나씩 무릎에 앉히고 잠이 깰
때까지 흔들어주고 싶은 욕망을 느꼈다. 그는 식탁보에 그려진
검은색 작은 역마차들 중 하나에 온 신경을 집중했다. 네 마리의
작고 기운찬 흰 말들이 검은 역마차 한 대를 끌고 있었다. 말을 모
는 사람은 두 팔을 올리고 실크해트를 썼으며, 여행가방들이 마
차 꼭대기에 끈으로 묶여 있었다. 그리고 등유 램프처럼 보이는
것이 옆에 매달려 있었다. 만일 그가 귀기울여 듣고 있는 게 있었
다면 그건 검은색 역마차 안에서 들려오는 소리였다.

"……우린 곧장 주류 판매점으로 갔어요, 그리고 그가 나올 때
까지 난 차 안에서 기다렸어요. 그는 한 손에 종이봉투를 들고 다
른 손에는 얼음이 든 비닐봉지를 들고 있었어요. 차에 타면서 조
금 비틀거리더라구요. 다시 차를 몰고 출발했을 때에야 그가 몹
시 취해 있는 걸 알았어요. 그 사람 차 모는 방식을 주의해서 보았

죠. 정말 느리데요. 운전대 위로 몸을 잔뜩 구부리고 눈은 앞만 바라보구요. 우리는 말도 안 되는 얘기들을 많이도 지껄여댔어요. 기억도 안 나요. 니체 얘기도 했고 스트린드베리* 얘기도 했어요. 그는 2학기에 〈미스 줄리〉를 연출할 참이었죠. 그러다가 노먼 메일러가 자기 아내 가슴을 칼로 찌른 얘기가 나왔어요. 그때 그가 찻길 한가운데에 잠시 차를 세웠어요. 우리는 병째 들고 술을 한 모금씩 마셨죠. 그는 내가 가슴을 칼로 찔리는 생각 같은 건 하기도 싫다고 하더군요. 그러고는 내 가슴에 키스하고 싶다고 했어요. 그는 차를 몰아 길 바깥으로 나갔어요. 그는 내 무릎에 얼굴을 묻고……"

그녀는 말을 빨리 했다. 그는 식탁 위에 두 손을 깍지낀 채 올려놓고 앉아 그녀의 입술을 바라보았다. 그의 눈길은 부엌 안을 이리저리 옮겨다녔다. 난로에서 냅킨꽂이로, 다시 난로로 갔다가 찬장으로, 토스터로, 다시 그녀의 입술로 갔다가 식탁보 속의 역마차로 돌아갔다. 그는 그녀에 대한 기묘한 욕망이 자신의 사타구니를 관통하며 파닥이는 것을 느꼈다. 그리고 역마차의 한결같은 흔들림을 느꼈다. 그는 그만 해라고 소리치고 싶었다. 그때 그녀가 "그 사람이 우리 한번 할까요, 그러더라구요"라고 말하는 소

* 요한 오거스트 스트린드베리(1849~1912). 스웨덴 작가로 『미스 줄리』 『유령 소나타』 등의 자연주의 희곡을 남겼다.

리가 들렸다. 그녀는 말하고 있었다.

"내 잘못이에요. 잘못은 내게 있어요. 그는 모두 내게 맡기겠다고 했고, 난 내가 원하는 대로 할 수 있었으니까요."

그는 눈을 감았다. 그는 머리를 흔들며 가능했던 일들을, 다른 결론들을 만들어내려고 애썼다. 그는 실제로 이 년 전의 그 밤을 되살릴 수 없을까 생각했고, 그들이 문간에 있던 바로 그때 자기가 부엌에 들어가는 모습을 상상했고, 자기가 그녀에게 애정 어린 목소리로, 안 돼, 안 돼, 저 미첼 앤더슨이라는 자하고 뭘 하려는지 몰라도 나가지 말아요! 저 작자는 취한데다가 운전 실력이 형편없어, 그리고 당신은 지금 자야 해, 그래서 아침에 어린 로버트와 도로시어와 함께 일어나야 해, 그러니 멈춰! 멈추라구! 하고 말하는 소리를 들었다.

그는 눈을 떴다. 그녀는 한 손을 얼굴에 올리고 소리내어 울고 있었다.

"왜 그랬어, 매리언?"

그가 물었다.

그녀는 고개를 들지 않은 채 머리를 흔들었다.

그때 갑자기 그는 깨달았다! 그의 마음이 무너졌다. 잠시 동안 그는 멍하니 자기 손만 바라볼 뿐이었다. 그는 깨달았다! 그의 마음은 깨달음으로 인해 아우성치고 있었다.

"이럴 수가! 세상에! 매리언! 이럴 수가 있어?"

식탁에서 퉁기듯 일어나며 그가 말했다.

"세상에! 아니야, 매리언!"

"아니야, 아니에요."

머리를 뒤로 홱 젖히며 그녀가 말했다.

"당신은 그자가 하는 대로 가만히 있었어!"

그가 소리를 질렀다.

"아니, 아니에요."

그녀가 항변했다.

"그를 받아들였어! 그자하고 했어! 그렇지? 그렇지? 한번 하자니! 그게 그자가 했던 말이야? 대답해봐!"

그가 소리를 질렀다.

"그자가 당신 몸 속으로 들어왔어? 둘이서 그러고 있으면서 당신은 그자가 당신 속으로 들어오게 한 거야?"

"들어봐요, 내 말 좀 들어요, 랠프."

그녀가 흐느끼며 말했다.

"그렇게 하지 않았어요. 맹세해요. 그러지 않았어요. 그는 내 몸 속으로 들어오지 않았어요."

그녀는 의자에 앉은 채 좌우로 몸을 흔들었다.

"오, 맙소사! 나쁜 년! 도대체 어떻게!"

그는 악을 썼다.

일어서서 두 손을 내밀면서 그녀가 말했다.

"우리가 미쳤었나봐. 정신이 나간 모양이에요. 랠프, 용서해요. 랠프, 용서……"

"손대지 마! 저리 꺼져!"

그가 비명을 질렀다. 그는 비명을 지르고 있었다.

그녀는 두려움에 숨을 헐떡이기 시작했다. 그녀는 그를 막으려고 애썼다. 그러나 그는 그녀의 어깨를 잡아 옆으로 밀어버렸다.

"용서해줘요, 랠프! 제발, 랠프!"

그녀가 찢어지는 듯한 소리로 외쳤다.

2

그는 계속 걸음을 옮길 수가 없어서 멈춘 채 차에 기대야만 했다. 야회복 차림의 남녀 두 쌍이 보도를 걸어 그에게 다가오고 있었고, 그중 한 남자는 큰 소리로 이야기를 하고 있었다. 다른 이들은 아까부터 웃고 있었다. 랠프는 차에서 몸을 떼어내고 길을 건넜다. 잠시 후 그는 블레이크 술집으로 갔다. 오후에 유치원으로 아이들을 데리러 가기 전에 딕 코니그와 맥주를 몇 번 같이 마신

집이었다.

안은 어두웠다. 한쪽 벽을 따라 놓인 테이블들 위의 목이 긴 병 속에서 촛불이 타고 있었다. 랠프는 머리를 맞대고 얘기하고 있는 남자와 여자들의 어두운 형상들을 둘러보았다. 문 가까이에 앉아 있던 한 쌍의 남녀가 얘기를 멈추고 그를 올려다보았다. 천장에 매달린 상자 모양의 설치물이 머리 위를 돌면서 가느다란 불빛을 비추고 있었다. 바의 한쪽 끝에 두 남자가 앉아 있었고, 구석에는 주크박스 위로 몸을 굽히고 두 손을 벌려 유리 덮개 양끝을 짚고 있는 한 남자의 검은 실루엣이 보였다. 저 남자는 무슨 노래를 틀려는 모양이군. 중요한 발견이라도 한 듯 랠프는 생각했다. 그는 마루 한가운데에 서서 그 남자를 바라보고 있었다.

"랠프! 와이먼 씨!"

그는 고개를 돌렸다. 바 뒤에서 데이비드 파크스가 그를 부르고 있었다. 랠프는 그리로 가서 바에 털썩 기댔다가 스툴 위에 주저앉았다.

"한 잔 뽑아드릴까요, 와이먼 씨?"

파크스는 미소를 띠고 한 손에 컵 하나를 들었다. 랠프는 고개를 끄덕이고 파크스가 컵을 채우는 모습을, 맥주 꼭지 아래에 컵을 약간 기울여 대고 있다가 컵이 차면서 서서히 컵을 바로 세우는 모습을 지켜보았다.

"어떻게 지내세요, 와이먼 씨?"

파크스는 바 아래의 선반에 한 발을 올려놓았다.

"와이먼 씨, 다음주 경기에서 누가 이길까요?"

랠프는 머리를 흔들고 맥주잔을 입으로 가져갔다. 파크스가 가볍게 기침을 했다.

"내가 한 잔 사지요, 와이먼 씨. 내가 낼게요."

그는 다리를 내리며 확인을 해주듯 고개를 끄덕이고는 앞치마 밑으로 주머니에 손을 넣었다.

"여기 있어요. 돈 여기 있어요."

랠프는 말하면서 동전을 몇 개 꺼내 손에 쥐고 살폈다. 25센트 짜리 한 개, 5센트짜리 한 개, 10센트짜리 두 개, 1센트짜리 두 개가 있었다. 그는 마치 암호라도 푸는 것처럼 그것들을 세어보았다. 그는 25센트짜리를 바 위에 놓고 동전들을 주머니에 도로 넣으면서 일어섰다. 구석의 남자는 여전히 두 손을 기계 양끝에 짚은 채 아직도 주크박스 앞에 있었다.

밖에 나온 랠프는 뭘 할지 결정하려고 애쓰면서 사방을 둘러보았다. 계속 달리기라도 한 것처럼 심장이 뛰었다. 그의 뒤에서 문이 열리면서 한 쌍의 남녀가 나왔다. 랠프는 한쪽으로 비켜섰다. 그들은 보도에 바짝 붙여 세워진 차 안으로 들어갔다. 랠프는 여자가 차를 타면서 머리카락을 쓸어넘기는 것을 보았다. 그는 평생 그렇게 무서운 광경은 본 적이 없었다.

그는 그 블록의 끝까지 걸어가서 길을 건너고, 또다른 블록을 걸어가다가 시내로 가기로 결정했다. 그는 주머니에 넣은 두 손을 꼭 쥐고 구두로 보도를 탁탁 울리며 서둘러 걸었다. 그는 계속 눈을 깜박거리면서 여기가 자기가 사는 곳이라는 사실이 믿기지 않는다고 생각했다. 그는 고개를 저었다. 잠시 어디 앉아서 생각을 해보고 싶었으나, 앉을 수도 없고 그 일에 대해 생각할 수도 없음을 잘 알고 있었다. 언젠가 아카타에서 보도 가장자리에 걸터앉아 있던 한 남자를 본 기억이 났다. 턱수염이 상당히 길고 갈색 털모자를 쓴 그 늙은 남자는 두 팔을 다리 사이에 끼고 그냥 거기 앉아 있었다. 그때 랠프는 생각했다. 매리언! 도로시어! 로버트! 있을 수 없는 일이었다. 그는 이십 년 후에는 이 모든 일이 어떻게 보일지 상상해보려고 애썼으나 아무것도 상상할 수가 없었다. 그는 학생들 사이를 돌고 있는 쪽지를 빼앗아보니 '우리 한번 할까?'라고 씌어져 있는 것을 상상해보았다. 그러자 그는 생각을 계속할 수가 없었다. 그런 다음에는 아주 무관심해지는 것을 느꼈다. 그는 매리언을 생각했다. 조금 전*에 본 그녀의 모습을 생각했다. 얼굴이 일그러진 그녀를. 그리고 입 안에 피가 고인 채 마룻바닥

---

* 매리언과의 대화 중 랠프가 상상으로 아내를 때리려 한 대목.

에 쓰러져 "왜 날 때려요?" 하고 묻던 매리언을 생각했다. 그리고 드레스 자락 밑으로 손을 넣어 가터벨트를 푸는 그녀를! 등을 활처럼 뒤로 젖히고 드레스를 걷어올리는 그녀를! 달아올라 있는 그녀를! 더! 더! 조금만 더! 하고 외치는 그녀를!

그는 걸음을 멈추었다. 토할 것 같았다. 그는 보도 가장자리로 갔다. 그는 계속 침을 삼키다가, 소리를 질러대는 십대들이 가득 탄 차 한 대가 지나가면서 그에게 음악소리처럼 들리는 클랙슨을 길게 울려대자 고개를 들어 바라보았다. 그래, 세상을 몰아가는 거대한 악이 있어, 그리고 그것은 작은 진수대(進水臺) 하나, 작은 개통식 하나만 있으면 시작되는 거야, 라고 그는 생각했다.

그는 사람들이 '투 스트리트' 라고 부르는 지역인 2번가로 갔다. 그 지역은 낡은 하숙집들이 끝나는 이곳 가로등 밑 셸턴에서 시작해 고기잡이배들이 묶여 있는 부두까지 네댓 블록으로 이어졌다. 그는 육 년 전에 한 번 이곳에 온 적이 있었다. 한 중고 서점에 들러 낡은 책들이 빼곡한 먼지가 풀풀 이는 선반들을 뒤졌었다. 길 건너편에 주류 판매점이 하나 있었다. 한 남자가 유리문 안쪽 바로 앞에 서서 신문을 읽고 있는 것이 보였다.

문 위에 매달린 종이 울렸다. 랠프는 그 소리에 하마터면 울 뻔했다. 그는 담배 몇 개비를 사고 다시 나와 유리창 안을 들여다보며 계속 길을 따라 걸었다. 유리창들에는 댄스 파티, 지난여름에 왔다 간 슈라인 서커스, 선거—프레드 C. 월터스를 시의회 의원으로—등등에 대한 게시문과 광고들이 테이프로 붙여져 있었다. 그가 들여다본 한 유리창 안에는 싱크대 몇 개와 탁자 위에 널린 배관 접합 부품들이 있었는데, 그는 그것을 보면서도 눈물을 글썽였다. 그는 빅 태니 체육관으로 갔다. 커다란 유리창을 가로질러 드리워진 커튼 아래로 불빛이 새어나오는 것이 보였고, 수영장 안에서 물이 첨벙거리는 소리와 서로를 부르는 명랑한 목소리들이 울려나왔기 때문이었다. 이제는 길이 더 밝아졌다. 길 양쪽에 있는 술집이며 카페에서 불빛이 흘러나오고 있었다. 사람들도 더 많아졌다. 서넛씩 무리를 지은 사람들이 대부분이었지만 가끔은 남자 혼자서, 혹은 밝은 색깔의 바지를 입은 여자 혼자서 빠르게 걸어가기도 했다. 그는 한 유리창 앞에 서서 흑인 몇 사람이 풀 게임*을 하는 것을 바라보았다. 당구대 위를 비추고 있는 불빛 속에 담배연기가 떠돌았다. 모자를 쓰고 입에 담배를 문 남자가 큐에 초크를 문지르면서 다른 남자에게 뭐라고 얘기했고, 두 남자는 같이 싱글거리며 웃었다. 그리고 앞의 남자는 공들을 예의 주시하더니 당구대 위로 몸을 굽혔다.

---

* 내기로 하는 포켓 당구 게임.

랠프는 짐스 오이스터 하우스 앞에서 걸음을 멈췄다. 그는 여기 와본 적이 없었다. 이곳에 있는 어느 가게에도 들어가본 적이 없었다. 문 위에 노란 전구들로 짐스 오이스터 하우스라는 가게 이름이 씌어 있었다. 그 위에는 사람의 두 다리가 껍질 사이로 빠져 나와 있는 커다란 대합조개가 네온으로 그려져서 석쇠에 고정되어 있었다. 사람의 몸통은 조개껍질 속에 가려진 채, 다리 두 개만 빨갛게 번쩍이며 꺼졌다 커졌다 오르락내리락해서 마치 발길질을 하고 있는 것처럼 보였다. 랠프는 다 피운 담배로 새 담배에 불을 붙여 물고 문을 밀었다.

안은 사람들로 붐볐다. 사람들은 댄스 플로어에 모여 서로 팔을 두르고 밴드가 다시 연주를 시작하기를 기다리고 있었다. 랠프는 사람들을 밀치고 앞으로 나아갔다. 그 와중에 술 취한 여자 하나가 그의 코트를 붙잡았다. 앉을 자리가 없어서 그는 바의 한쪽 끝, 해안 경비대원 한 사람과 작업복을 입은 늙은 남자 사이에 서 있어야 했다. 밴드 멤버들이 앉아 있던 테이블에서 일어나는 것이 거울에 비쳐 보였다. 그들은 흰 셔츠에 검은 바지를 입고, 목에는 작은 끈 모양의 빨간색 타이를 매고 있었다. 가게 안에는 금속으로 만든 가짜 장작에서 가스 불꽃이 오르는 벽난로가 있었고, 밴드의 무대는 그 옆에 있었다. 밴드 멤버 한 사람이 전기 기타의 줄을 퉁기며 다 안다는 듯한 미소를 띠고서 다른 멤버들에게 뭐라고 말했다. 밴드는 연주를 시작했다.

랠프는 컵을 들어 그것을 다 비웠다. 바 저쪽에서 어떤 여자가 화가 난 목소리로 "말썽이 생길 거야. 내가 할 말은 그것뿐이에요"라고 말하는 소리가 들렸다. 밴드는 노래 한 곡을 끝내고 다른 곡을 시작했다. 그들 중 베이스 주자가 마이크 있는 쪽으로 다가가 노래를 부르기 시작했다. 그러나 랠프는 노래 가사를 알아들을 수가 없었다. 밴드가 다시 휴식에 들어가자 랠프는 화장실을 찾아 두리번거렸다. 바의 반대쪽 끝에서 문들이 여닫히는 것을 볼 수 있었다. 그는 그쪽으로 향했다. 조금 비틀거리면서 그는 자기가 지금 취했다는 것을 알았다. 문들 중 하나 위에 멋진 사슴뿔들이 놓인 그물 선반이 있었다. 그는 한 남자가 들어가고, 또다른 남자가 문을 붙들고 나오는 것을 보았다. 안으로 들어가 줄을 서 있는 세 사람 뒤에 가서 선 그는 자기가 주머니빗 자판기 위의 벽에 그려진 벌려진 다리와 외음부 그림을 응시하고 있음을 깨달았다. 그림 밑에는 '나를 먹어'라는 낙서가 있고 그 아래에는 누군가가 베티 M.이 먹는다—RA 52275라고 덧붙여 써놓았다. 앞에 서 있던 남자가 앞으로 가자 랠프도 한 걸음 앞으로 나갔다. 그의 심장은 베티 때문에 무겁게 짓눌리고 있었다. 마침내 그는 변기로 다가가서 소변을 보았다. 번갯불이 번쩍이는 것처럼 소변이 나왔다. 그는 한숨을 쉬며 몸을 앞으로 기울이고 머리를 벽에 기댔다. 오, 베티, 하고 그는 생각했다. 그의 인생은 변했고, 이제 그는 기꺼이 그 사실을 받아들였다. 자기들 인생에서 어떤 사건을 보고, 그 사건에서 삶의 방향을 전환해야 하는 작은 재앙의 요소를 인식할 수 있는 남자들이 또 있을까 하고 그는 술 취한 머리로 생각했다. 그는 그 자리에 잠시 더 서 있다가 아래를 내려다보았다. 그는 자기 손에다 소변을 보고 있었다. 그는 세면대로 가서 더러운 비누를 쓰지 않기로 마음먹고는 물을 틀고 손을 씻었다. 타월에 손을 닦으면서 그는 군데군데 벗겨진 거울에 얼굴을 가까이 대고 자기 눈을 들여다보았다. 비범한 구석은 하나도 없는 얼굴이었다. 그는 거울에 살짝 손을 댔다가 어떤 남자가 그가 막아서고 있는 세면대를 쓰려고 기웃거리자 자리를 비켜주었다.

문에서 나왔을 때 그는 복도 반대쪽 끝에 또다른 문이 있는 것을 알아차렸다. 그는 그리로 가서 문에 끼워진 유리창을 통해 녹색의 펠트 천을 씌운 탁자를 둘러싸고 네 사람이 앉아 카드 게임을 하는 것을 바라보았다. 방 안은 무척 고요하고 평화로운 듯했다. 남자들의 조용한 움직임은 나른해 보였고 많은 의미를 담고 있는 것 같았다. 그는 남자들이 자기를 보고 있다는 것을 느낄 때까지 유리창에 기대어 그렇게 서 있었다.

다시 바로 돌아오니 화려한 기타 연주가 펼쳐지고 있었고, 사람들이 휘파람을 불며 박수를 치기 시작하고 있었다. 하얀 야회복 차림의 뚱뚱한 중년 여성 하나가 사람들에게 이끌려 무대 위로 오르고 있었다. 그녀는 계속 뒤로 빠지려 하고 있었으나 랠프는 그게 가식이라는 것을 알 수 있었다. 마침내 그녀는 마이크를 받아들고 가볍게 절을 했다. 사람들은 휘파람을 불고 발을 굴렀다. 갑자기 그는 카드 게임을 하는 남자들을 지켜보면서 그들과 같은 방에 있는 것 외에는 자신을 구원할 방법이 없다는 것을 깨달았다. 그는 지갑을 꺼내 두 손으로 양옆을 가리고 돈이 얼마나 있는지 보았다. 그의 뒤에서 아까 그 여자가 낮고 졸린 목소리로 노래를 부르기 시작했다.

카드를 돌리던 남자가 고개를 들었다.

"여기 끼기로 했소?"

랠프를 위아래로 훑어보고 다시 테이블을 점검하면서 그가 말했다. 다른 사람들은 잠깐 고개를 들었다가 다시 테이블 위로 미끄러지듯 돌려지고 있는 카드에 시선을 고정시켰다. 남자들은 자기 카드를 집어들었고, 랠프에게 등을 돌리고 앉은 남자는 인상적인 태도로 코로 숨을 내뿜으며 의자에 앉은 채 고개를 돌려 그를 노려보았다.

"베니, 의자 하나 더 가져와요!"

딜러가 의자들을 테이블 위에 엎어놓고 그 밑을 닦고 있던 한 노인에게 소리쳤다. 딜러는 몸집이 큰 남자였다. 그는 흰 셔츠 깃의 단추를 풀고 소매를 한 번 걷어올려 곱슬곱슬한 검은 털이 잔뜩 나 있는 팔뚝을 드러내고 있었다. 랠프는 숨을 길게 들이쉬었다.

"마실 것 드릴까요?"

테이블로 의자 하나를 가지고 오며 베니가 물었다.

랠프는 노인에게 1달러를 주고 코트를 벗었다. 노인은 그 코트를 받아들고 밖으로 나가면서 문 옆에 걸었다. 남자 둘이 의자를 움직여 자리를 내주었고, 랠프는 딜러의 맞은편에 앉았다.

"어떻게 지내시오?"

쳐다보지도 않고 딜러가 랠프에게 물었다.

"좋아요."

랠프가 대답했다.

딜러는 여전히 그를 쳐다보지 않았지만 친절하게 말했다.

"로우 볼*이나 파이브 카드**요. 판돈은 정해져 있고, 오 달러씩만 더 올릴 수 있소."

랠프는 고개를 끄덕였다. 그 판이 끝나자 그는 칩을 15달러어치 샀다. 그는 카드가 테이블 위로 휙휙 돌아가는 것을 지켜보며,

---

* 포커 게임의 한 종류. 낮은 숫자를 들고 있을수록 이길 확률이 높아진다.
** 다섯 장의 카드를 미리 받고 시작하는 가장 흔한 형태의 포커 게임.

아버지가 하는 것을 보았던 대로 카드가 한 장씩 자기 앞에 떨어질 때마다 그 카드를 다른 카드의 귀퉁이 아래로 밀어넣는 식으로 자기 패를 들었다. 그는 한 번 눈을 들어 다른 사람들의 얼굴을 쳐다보았다. 그는 자기와 똑같은 일을 겪은 사람이 그들 중에 하나라도 있을까 하고 생각했다.

삼십 분 동안 그는 두 판을 이겼다. 앞에 쌓여 있는 작은 칩 더미를 세어보지 않아도 아직 15달러나 20달러는 남아 있을 것 같았다. 그는 술을 또 한 잔 시켜서 칩으로 값을 치렀다. 그러다가 갑자기 자기가 그날 밤 아주 먼 길을 왔다는 것을, 자기 인생에서도 먼 길을 왔다는 것을 깨달았다. 잭슨, 하고 그는 생각했다. 그는 잭슨이 될 수도 있었다.

"할 거요, 말 거요?"

한 남자가 물었다.

"클라이드, 나 원 참, 얼마 걸까?"

그 남자가 딜러에게 말했다.

"삼 달러."

딜러가 대답했다.

"할 거요."

랠프가 말했다.

"해요."

그는 단지에 칩 세 개를 넣었다.

딜러는 고개를 들어 보더니 다시 자기 카드로 눈길을 돌렸다.

"당신 정말로 뭔가 하고 싶은 모양이로군. 여기서 끝낸 후 우리 집으로 갈 수도 있어요."

딜러가 말했다.

"아뇨, 됐습니다. 오늘 밤엔 이것으로 충분해요. 오늘 밤에 뭔가를 알아내서 말이오. 내 아내가 이 년 전에 다른 놈이랑 놀아났어요. 오늘 밤에야 알았지요."

랠프는 헛기침을 했다.

한 남자가 자기 카드를 내려놓고 시가에 불을 붙였다. 그는 시가를 뻑뻑 빨면서 랠프를 응시하더니, 성냥을 흔들어 끄고 다시 카드를 집어들었다. 딜러가 빈 두 손을 테이블 위에 놓고 고개를 들었다. 그의 거무스름한 손에 난 검은 털은 매우 곱슬거렸다.

"여기 시내에 직장이 있소?"

그가 랠프에게 물었다.

"여기 삽니다."

랠프가 말했다. 그는 완전히 지친 기분이었다. 놀랍게도 텅 비어버린 느낌이었다.

"게임 하는 거요, 마는 거요? 클라이드?"

한 남자가 말했다.

"좀 기다려보라고."

딜러가 말했다.

"제기랄."

그 남자가 나직이 중얼거렸다.

"오늘 밤에 뭘 알았소?"

딜러가 말했다.

"내 아내, 알아내고 말았소."

랠프가 말했다.

뒷골목에서 그는 다시 지갑을 꺼내 남은 지폐를 세어보았다. 2달러였다. 주머니에 동전도 몇 개 있을 터였다. 뭐든 먹을 것을 사기에 충분한 돈이었다. 그러나 그는 배가 고프지 않았다. 그래서 생각을 해보려고 애쓰면서 건물 벽에 털썩 기댔다. 차 한 대가 뒷골목 쪽으로 들어오다가 멈춰서 다시 후진해 나갔다. 그는 걷기 시작했다. 왔던 길로 다시 갔다. 그리고 보도를 가득 메운 채 오가는 떠들썩한 남녀의 무리를 피해 계속 건물에 붙어서 걸었다. 그는 긴 코트를 입은 여자가 같이 가던 남자에게 "그건 전혀 그렇지 않아요, 브루스. 당신은 이해 못 해요"라고 말하는 것을 들었다.

주류 판매점에 왔을 때 그는 발길을 멈추었다. 안으로 들어간 그는 카운터로 가서 칸마다 길게 줄을 맞춰 정돈되어 있는 술병들을 꼼꼼히 살폈다. 그리고 반 파인트들이 럼주 한 병에 담배를 몇 개비 더 샀다. 병 딱지에 그려진 야자나무가, 뒤쪽의 석호(潟湖)를 배경으로 커다랗게 늘어진 이파리들이 그의 눈길을 붙들었다. 그제야 그는 럼이구나! 하고 깨달았다. 그리고 자신이 기절할 거라고 생각했다. 멜빵을 한 마르고 머리가 벗어진 점원이 종이봉투에 술병을 넣고 돈을 금전등록기에 넣은 후 눈을 찡긋해 보였다.

"오늘 밤엔 좀 드셨나보네요?"

밖으로 나온 랠프는 부두 쪽으로 걸음을 옮기기 시작했다. 그는 불빛이 비쳐 반짝이는 바다를 보고 싶다고 생각했다. 그리고 맥스웰 박사라면 이런 일을 어떻게 처리할까 생각했다. 걸으면서 그는 봉투 속으로 손을 넣어 작은 병의 봉인을 뜯은 다음, 남의 집 문간에 서서 술을 꿀꺽꿀꺽 들이켰다. 그러면서 맥스웰 박사라면 바닷가에 멋진 폼으로 앉아 있을 거라고 생각했다. 그는 오래된 전찻길을 건너 더 어두운 길로 들어섰다. 벌써부터 파도가 부두 아래에 와서 부딪히는 소리가 들렸다. 그리고 누군가가 그의 뒤에서 다가오는 소리도 들렸다. 가죽 재킷을 입은 작은 몸집의 흑인 하나가 그의 앞으로 나서며 말했다.

"잠깐 서보시지, 아저씨."

랠프는 돌아서려고 했다. 그 남자가 말했다.

"제기랄, 이봐, 당신이 내 발을 밟고 있잖아!"

랠프가 미처 뛰기도 전에 그 흑인은 그의 배를 세게 쳤다. 랠프가 신음하며 쓰러지려 하자 남자는 손을 펴서 그의 코를 쳤다. 그는 뒤로 넘어져 벽에 부딪혔다. 넘어진 자리에서 한 다리를 깔고 앉은 채 어떻게든 몸을 일으켜보려는 참에 흑인이 그의 뺨을 철썩 때렸다. 그는 아스팔트 위에 길게 뻗어버렸다.

3

그는 시선을 한 곳에 고정시키고 수십 마리의 새들을 보고 있었다. 아침 이 시간이면 먼바다에서 이리로 들어오는 바닷새들이 구름이 잔뜩 낀 하늘 바로 아래서 선회하다가 쏜살같이 날기도 했다. 길은 아직도 내리고 있는 안개로 검게 젖어 있었다. 그는 젖은 보도를 가로질러 느릿느릿 기어가는 달팽이들을 밟지 않도록 조심해야 했다. 불을 켠 자동차 한 대가 지나가면서 속도를 줄였다. 또다른 차가 지나갔다. 그리고 또 한 대가. 그는 제재소 노동자들이야, 하고 혼잣말을 했다. 월요일 아침이었다. 그는 모퉁이를 돌고 블레이크 술집을 지나 계속 걸었다. 술집엔 블라인드가 내려져 있고 빈 병들이 보초들처럼 문 옆에 서 있었다. 추웠다. 그는 가끔씩 팔짱을 끼고 어깨를 문질러가며 될 수 있는 대로 빨리 걸었다. 그는 마침내 자기 집으로 왔다. 현관 불은 켜져 있었고 창문들은 어두웠다. 그는 잔디밭을 가로질러 집 뒤로 돌아갔다. 손잡이를 돌렸다. 문은 소리없이 열렸고, 집 안은 고요했다. 싱크대 옆에 높은 스툴이 있었다. 그들이 앉던 식탁도 있었다. 그는 소파에서 일어나 부엌으로 들어와 앉았었다. 그 밖에 무슨 일을 더 했던가? 그 외에는 아무것도 한 것이 없었다. 그는 난로 위의 시계를 바라보고 식당을 들여다보았다. 레이스 천이 덮인 식탁과 식탁 가운데에 장식으로 놓아둔 묵직한 유리로 된 날개 편 붉은 홍학들. 식탁 너머 보이는 주름잡힌 커튼이 열려 있었다. 그녀는 저 창가에서 나를 기다리며 서 있었나? 그는 거실 카펫 위로 걸어갔다. 그녀의 코트가 소파 위에 던져져 있었고, 그녀가 피우는 코르크 팁 담배*의 꽁초들이 수북이 쌓인 커다란 재떨이가 옅은 새벽빛에 드러나보였다. 그는 지나가면서 커피 탁자 위에 전화번호부가 펼쳐져 있는 것을 보았다. 그는 조금 열려 있는 그들의 침실문 앞에 섰다. 모든 것이 열려 있는 것처럼 보였다. 그는 잠시 그녀를 들여다보고 싶은 마음과 싸우다가 손가락으로 문을 조금 더 밀어 열었다. 그녀는 자고 있었다. 베개도 베지 않은 채 벽을 향해 돌아누워 있는 그녀의 머리가 시트 위에서 검게 보였다. 이불은 끌어

---

* 필터 부분이 코르크 색깔로 되어 있는 담배.

올려져 그녀의 어깨 주위에 뭉쳐 있었다. 그녀는 옆으로 누워 있어서 그 은밀한 몸매가 엉덩이 부근에서 굽어 있었다. 그는 계속 바라보았다. 도대체 어떻게 해야 하는가? 물건을 챙겨서 떠나야 하나? 호텔로 가서 몇몇 문제를 조정해야 하나? 이런 상황에서 남자는 어떻게 행동해야 하나? 그들의 관계가 이미 끝났다는 것을 그는 알고 있었다. 그러나 이제 어떤 일들을 해야 하는지는 알지 못했다. 집은 아주 조용했다.

그는 부엌 식탁에 두 팔을 올려놓고 앉아 머리를 떨구었다. 그는 어떻게 해야 할지 몰랐다. 지금 이 순간, 이 상황이 아니라, 오늘과 내일에 대해서가 아니라, 지상에서 살아갈 매일매일에 대해 무엇을 해야 할지 알지 못했다. 그때 그는 아이들이 움직이는 기척을 들었다. 아이들이 부엌으로 들어오자 그는 바로 앉아서 웃으려고 애썼다.

"아빠, 아빠."

아이들이 조그만 몸으로 달려들면서 그를 불렀다.

"아빠, 얘기 하나 해줘요."

아들아이가 그의 무릎 위로 올라오면서 말했다.

"아빠 우리한테 얘기를 해주실 수가 없어."

딸애가 말했다.

"시간이 너무 일러. 그렇죠, 아빠?"

"아빠 얼굴에 그게 뭐야?"

아들이 손가락으로 가리키며 말했다.

"어디 봐요! 보여주세요, 아빠."

딸이 말했다.

"불쌍한 아빠."

아들이 말했다.

"얼굴에다 뭘 하신 거예요?"

딸이 물었다.

"아무것도 아니야. 아무렇지도 않단다, 아가. 자, 이제 내려가
거라, 로버트. 엄마가 오시는구나."

랠프가 말했다.

랠프는 재빨리 욕실로 들어가 문을 잠갔다.

"아빠 여기 계시니?"

매리언이 큰 소리로 말하는 게 들렸다.

"아빠 어디 계시니? 욕실에? 랠프?"

"엄마, 엄마!"

딸이 소리쳤다.

"아빠가 얼굴을 다쳤어요!"

"랠프!"

그녀가 욕실문 손잡이를 돌렸다.

"랠프, 들어가게 해줘요. 제발, 여보. 제발 들여보내줘요. 당신을 보고 싶어요, 랠프. 제발요!"

"저리 가, 매리언."

"난 갈 수 없어요. 제발 랠프, 잠시만 문을 열어봐요. 그냥 보고 싶어서 그래요. 랠프? 랠프? 당신 다쳤다면서요. 어쩐 일이에요. 여보? 랠프?"

"가라니까."

"랠프, 제발 문 좀 열어요."

그가 말했다.

"제발 조용히 좀 해요."

그는 그녀가 문 밖에서 기다리는 소리를 들었고, 손잡이가 다시 돌아가는 것을 보았고, 그런 다음 그녀가 부엌에서 왔다갔다 하며 아이들에게 아침을 차려주고 그들의 질문에 답해주려고 애쓰는 소리를 들었다. 그는 오랫동안 거울에 비친 자기 모습을 바라보았다. 그는 자신을 향해 얼굴을 찌푸렸다. 그는 여러 가지 표정을 지어보았다. 그러다가 그만두었다. 그는 거울에서 고개를 돌리고 욕조 가장자리에 앉아 구두끈을 풀기 시작했다. 그는 한 손에 구두를 들고 그렇게 앉아 비닐 샤워 커튼에 그려진, 넓고 푸른 바다를 가로질러 항해하는 쾌속 범선들을 바라보았다. 그는 식탁보의 작고 검은 역마차들을 떠올리고 하마터면 그만 해! 하고 소리를 지를 뻔했다. 그는 셔츠의 단추를 풀고 한숨을 쉬며 욕조 위로 몸을 굽혀 배수구 마개를 꼭 눌러 막았다. 그리고 더운 물을 틀자 곧 수증기가 피어올랐다.

그는 물 속으로 들어가기 전에 벌거벗은 채로 타일 바닥 위에서 있었다. 그는 두 손으로 갈비뼈 위에 늘어진 살을 모아쥐었다. 그리고 수증기로 뿌연 거울 속에 비친 자신의 얼굴을 다시 찬찬히 살펴보았다. 매리언이 그의 이름을 부르자 그는 두려움에 펄쩍 뛰었다.

"랠프, 아이들은 자기들 방에서 놀고 있어요. 본 윌리엄스한테 전화해서 당신이 오늘 못 갈 거라고 말했어요. 그리고 난 오늘 집에 있을 거예요."

그녀는 말을 이었다.

"당신 먹으라고 맛있는 아침식사를 마련해서 난로 위에 놓아두었어요. 목욕 다 하고 먹어요. 랠프?"

"조용히 좀 해요."

그가 대답했다.

그는 그녀의 목소리가 아이들 방에서 들려올 때까지 욕실에 있었다. 그녀는 아이들에게 옷을 입히면서 워런이랑 로이하고 놀고 싶지 않니? 하고 묻고 있었다. 그는 집 안을 가로질러 침실로 들어가 문을 닫았다. 그는 침대를 바라보다가 이불 속으로 기어들어갔다. 그는 똑바로 누워서 천장을 쳐다보았다. 그는 소파에서 일어나 부엌으로 들어가서 앉았……었다. 매리언이 방으로 들어오자 그는 눈을 꼭 감고 옆으로 돌아누웠다. 그녀는 가운을 벗고 침대 위에 앉았다. 그녀는 이불 아래 손을 넣어 그의 허리를 쓰다듬기 시작했다.

"랠프."

그녀가 말했다.

그녀의 손가락이 닿자 그의 몸은 긴장했으나 곧 조금 풀어졌다. 조금 풀어지는 게 더 편했다. 그녀의 손은 그의 엉덩이로 왔다가 그의 배로 올라갔고, 이제 그녀는 그의 몸에 자기 몸을 바짝 붙이고 그의 몸 위로 올라가서 위아래로 움직였다. 자신이 할 수 있는 한 오래 참고 있었다고 그는 나중에 회상했다. 그러다가 그는 그녀에게 돌아누웠다. 그는 도저히 저항할 수 없는 잠이라 부를 법한 것 속에서 돌아눕고 또 돌아누웠으며, 자신에게 닥쳐오고 있다고 느껴지는 믿을 수 없는 변화에 놀라면서 여전히 몸을 뒤채고 있었다.

레이먼드 카버의 생애와 작품[*]

레이먼드 카버의 삶과 예술, 그리고 죽음의 순간에까지도 영향을 미쳤던 그의 분신이자, 스승, 그리고 영혼의 동반자는 러시아 작가 체호프이다. 할아버지는 농노였고, 아버지의 가게가 파산한 뒤 가족의 생계를 위해 힘겹게 일해야 했던 체호프처럼 카버 역시 가난한 유년 시절을 보냈다. 그의 아버지 클레비 카버는 황량한 1930년대에 기차를 타고 아칸소 주에서 워싱턴 주로 이주했다. 그는 제재소의 톱장이로 일했고, 알코올 중독자로 살다가 53세에 사망했다. 그의 아내인 엘라 케이시 카버는 늘 가정 폭력에 노출되어 있었으며, 웨이트리스와 점원으로 일하여 가족을 먹여 살렸

---

* 이 글은 레이먼드 카버 연구가인 하트퍼드 대학의 윌리엄 스털(William Stull) 교수의 Raymond Carver Biographical Essay를 참조하여 편집자가 고쳐 쓴 것이다.

다. 레이먼드 클레비 카버, 애칭으로는 주니어, 프록, 닥 등으로 불렸던 그녀의 아들은 1938년 5월 25일, 주민이 7백 명이었던 컬럼비아 강가의 작은 벌목 마을, 오리건 주 클래츠케이니에서 태어났다. 카버 가족은 1941년에 워싱턴 주로 되돌아왔고, 카버는 '미국의 과일 접시'라고 불릴 정도로 비옥하며 2천 명의 인구가 모여 살던 도시 야키마에서 자란다.

카버는 대공황 말기에 태어났으며, 전후(戰後) 번영기 속에서도 화장실이 없는 집에서 자랐다. 그의 시 「무기력한」(1986)에는 유년기의 경제적 상황들이 드러나 있다. "우리보다 처지가 좋은 사람들은 편했다./…… 우리보다 힘든 사람들은 딱했고 일하지 않았다." 체호프처럼 카버는 주변부 인생의 신산함과 너저분함에 매우 익숙했고, 그것에서 나온 연민과 위기, 그리고 진정성이 담긴 빛나는 작품들을 남겼다. "그들은 내 사람들이었죠." 시간이 흐른 후에 그는 드러나지 않았던 자신의 동족들, 사회에 대한 발언권을 갖지 못했던 노동자와 서비스직 종사자들에 대해 이같이 말했다. "하지만 나는 그들의 수준에 맞춰서 글을 쓸 수가 없었어요."

단편소설을 창조해낸 체호프와 그의 평생 제자

체호프 이전의 이야기 형식이란 우화이거나 일화, 또는 스케치에 지나지 않았다. 인식에서 출발한, 인문적 객관주의를 담은 '플롯 없는' 정서적 환기의 예술, 즉 단편소설은 존재하지 않았다. 체호프는 1880년대에, 부분적으로는 신문 기고의 형식적 필요 때문에 사실적인 디테일과 낭만적 서정이 뒤섞인 근대적 단편소설들을 쓰기 시작했다. 「불행」「아뉴타」「키스」와 같은 초기 단편들에는 아직 짧고 완전하지는 못하지만 체호프적인 순간, 즉 영혼의 포착이 있다. 체호프 식의 이러한 절제되어 있으면서도 울림이 풍부한 스타일은 20세기의 미국 소설가들, 즉 카버의 스승인 셔우드 앤더슨, 어니스트 헤밍웨이, 존 치버 등의 작가들에게 표준이 된다. 하지만 1960년대 후반의 미국 문단은 아방가르드 진영의 비(非)모방적이고 실험적인 '초(超)소설'을 선호하였다. 사실적 이야기들은 시대에 뒤떨어지거나 퇴화한 것으로 여겨졌다.

이러한 시기에 워싱턴 주와 캘리포니아 주 북부의 침체된 환경을 오가던 레이먼드 카버는 19세에 결혼했고, 20세에 두 아이의 아버지가 되었다. "쓰레기 같은 일"과 아버지로서의 의무, 그리고 "진지하다 싶을 정도로 매달렸던 음주벽" 사이에서 그는 근근이 글을 써나갔다. "치고, 빠지고, 머무르지 말고 계속 나아갈 것"이 그의 생활 신조였고, 이는 필연적으로 그의 작품 형태를 결정하였다. "나는 고료를 금방 받을 수 있는 방식으로 글을 쓸 수밖에 없었어요. 그러다 보니 시와 단편소설을 쓰게 된 것이죠."

체호프라면 이런 상황을 잘 이해했을 것이다. 체호프는 19세에 타간로크 지방에서 모스크바로 이주하여 무일푼의 가족을 부양해야 했다. 의대 공부에 매달려야 했음에도 불구하고 그는 현금을 받기 위해 대중 주간지에 건조하면서도 익살스러운 스케치를 써냈다. 그는 1886년에 쓴 한 편지에서 일부 비평가들이 백 년 뒤에 "미니멀 픽션"이라고 부르게 될 소설 형식의 요건을 열거하고 있다. 첫째, 정치-경제-사회적 요소를 언어로 토로하지 말 것. 둘째, 철저히 객관적일 것. 셋째, 인물과 사물에 대한 묘사를 진실하게 할 것. 넷째, 철저히 간결할 것. 다섯째, 따뜻한 마음을 지닐 것.

"도저히 놓여날 수 없는 의무와 영원한 불안함" 속에서 일해야 하는 비슷한 조건에 처해 있던 카버는 체호프의 권고를 기꺼이 따랐으며, 그의 노선에 따른, 1960년대와 1970년대에 걸친 집필활동을 통해 미국 단편소설을 재창조해내게 된다. 소설가 더글러스 웅거는 그의 사후에 다음과 같은 말을 했다. "미국 문단에서 카버의 소설은 단편소설의 부활을 주도한 모범이었다."

체호프가 "가장 위대한 단편소설가"라는 카버의 주장에 반대할 사람은 거의 없을 것이다. 또한 『체호프 컴패니언』지(誌)에서 찰스 메이가 선언했듯이, 동시대 작가 중 가장 체호프적인 작가가 카버라는 데 이의를 제기할 사람도 많지 않을 것이다. 예술가로서, 그리고 인간으로서 두 사람은 평행선을 걸었다. 비극적인 것은 마치 체호프의 뒤를 따르기라도 하듯 카버가 너무나 아까운 나이인 50세에 세상을 떠난 것이라 하겠다. 체호프의 병은 결핵이었고, 그 병은 체호프가 44세 되던 해에 그의 목숨을 앗아갔다. 카버의 경우는 폐암이었다. 자신을 "사람 몸을 가진 담배"라고 표현할 정도로 애연가였던 카버는 1988년 8월 2일에 사망했다. 그가 사망하기 2년 전쯤 소설가 로버트 스톤은 그를 "헤밍웨이 이후의 최고의 소설가"라고 평한 바 있다. 1988년 9월 22일, 뉴욕 시에서 있었던 그의 장례식에서 스톤은 표현을 한 단계 높여 카버를 "인식의 영웅"이라 칭했다.

처음에는 시(詩), 그 다음에는 에세이, 그리고 단편소설로 옮겨가는 과정에서 카버는 그의 러시아인 스승을 철저히 따랐다. 작품집 『불』에 수록된 에세이 「글쓰기에 관하여」에서 그는 도덕적 자각을 불러일으키는 체호프의 "단순한 명료함"을 칭송한 바 있다. "그리고 갑자기 모든 것이 분명해졌다" 같은 식의 문장으로 제시되곤 하는 다소 어두우면서 돌연한 깨달음이 바로 그것이다. 카버의 단편 「농부」를 보면 이와 똑같은 문장이 등장한다.

물러설 수 없는 문학적 가치

카버는 장인(匠人)의 아들이었으며, 그의 습작기는 전적으로 장인의 견습 방식을 따르고 있다. 가족이 야키마에서 캘리포니아

파라다이스로 이사한 후, 그는 치코 주립대학에 등록한다. 그곳에서 그는 생애 최초로 만난 "진짜 작가" 존 가드너 밑에서 도제기(徒弟期)를 거친다. 카버는 가드너의 『소설가가 된다는 것』의 서문에 다음과 같이 썼다. "그는 내게 자기 사무실의 열쇠를 주었다. 그 선물이 내 인생의 전환점이 되었던 듯하다."

가드너는 자기 학생의 작품에 "밀접하고 꼼꼼한 비평"을 했으며 "절대 타협할 수 없는" 가치들을 가르쳤다. 이중 몇 가지는 카버가 죽을 때까지 간직했던 작가적 신념이 되었다. 『도덕적 허구』라는 책에서 전후 세대의 허무주의를 경계한 바 있는 가드너와 마찬가지로 카버는 위대한 문학이란 삶에 연결되어 있어야 하며, 삶에 충실하고, 삶을 바꾸는 것이어야 한다고 믿었다. 카버는 "뛰어난 소설의 중심인물은 그가 여자든 남자든 간에 '움직이는' 캐릭터여야 한다. 이야기 속에서 일어난 일이 인물을 바꿀 수 있어야 한다는 말이다. 그 일은 인물로 하여금 자신과 자신이 속한 세계를 다른 눈으로 볼 수 있도록 만들어야 한다"고 밝힌 바 있다. 그는 스스로 "오래된 스토리텔링의 기본 요소, 즉 플롯과 인물, 행위" 라고 정의한 바 있는 요소들에 집중함으로써 1960년대와 1970년대에 존 바스와 도널드 바셀미 등 포스트모더니즘 계열의 작가들이 주도했던 문단의 흐름을 바꾸어놓았다. 가드너와 체호프처럼, 카버는 자신을 인본주의자로 선언하였다. "예술은 자기 표현이 아니라, 소통이다."

카버는 처음에는 가드너, 그후에는 훔볼트 주립대학의 리처드 C. 데이 교수의 지도하에 단편을 썼다. 그에게 영향을 준 문학의 선조들의 울림 속에서 자기 자신의 목소리를 드러내기 시작한 이 초기 단편들은 나중에 『제발 조용히 좀 해요』(1976)와 『분노의 계절』(1977)에 수록되었다. 최초로 잡지에 수록된 단편 「분노의 계절」은 포크너적인 다성(多聲)을 시도한 실험작이다. 다음 작품인 「아버지」는 길이가 500단어를 넘지 않는 카프카적인 짧은 우화이다. 동세대의 다른 모든 작가들처럼 카버 역시 헤밍웨이의 영향권에 들어가기도 했다. 훔볼트 대학을 졸업하던 해인 1963년에 씌어진 「전원시」와 「투우 팬」에서는 헤밍웨이를 연상시키는 자기 파괴적 패러디가 엿보인다.

데이 교수로 하여금 카버를 작가로서 주목하게 만든 단편은 「머리카락」이었다. 「아버지」의 주제와 마찬가지로, 여기서도 젊은 주인공은 작은 장난 때문에 정체성의 위기를 겪는다. 여느 날과 다름없이 직장에 출근한 젊은 주인공 데이브는 이빨에 긴 머리카락 한 올 때문에 마음의 평정을 잃게 되고, 밤이 될 무렵에는 병적으로 흥분하여 아내를 당황하게 한다. 하지만 「아버지」가 간략한 대화체로 이루어져 있고 매우 건조한 반면, 「머리카락」은 느긋하고 서정적이다. 소설의 주제는 카프카와 닮았지만 정상성이 붕

괴되어가는 모습을 다루는 스타일은 체호프의 초기 단편들을 닮았다.

카버는 여기에서 자신의 음역(音域)을 찾아냈다. 1981년에 마이클 코프가 지적했듯이, "레이먼드 카버의 소설에는 체호프적인 명료함이 존재하지만, 또한 이면의 무엇인가가 끔찍하게 잘못되어가고 있다는 카프카적 의식도 존재한다." 하지만 카버는 여기서 멈추지 않고 1960년대 내내 다양한 스타일과 양식에 대한 실험을 계속한다. 1963년과 1964년에 그는 아이오와 작가 워크숍에서 창작 공부를 한다. 1966년에는 『디셈버』지에 중편에 가까운 분량의 단편 「제발 조용히 좀 해요」를 발표했으며, 이는 1967년도 『전미(全美) 최우수 단편소설』에 수록된다. 또한 고전주의를 다루어보기도 했으며(「포세이돈과 친구」), 판타지(「선명한 빨간 사과」)를 쓰기도 했다. 그는 셔우드 앤더슨처럼 '신뢰할 수 없는 1인칭 화자' 시점을 도입하기도 했고, 헤밍웨이 특유의 지방색을 실험하기도 했다.

"서부 출신의 작가가 된다는 사실이 내겐 아주 중요했습니다." 카버는 1968년 첫 시집 『클래머스 근처』를 펴낸 당시를 회고하며 이렇게 말한다. 1960년대 중반에 그는 밤에는 병원의 수위로 근무하고, 낮에는 새크라멘토 대학에서 세번째 스승인 시인 데니스 슈미츠의 강의를 들었다. 첫 책의 출간 준비와 아버지의 죽음이

겹친 1967년은 기념할 만한 해였다. 또한 그해 여름에 카버는 최초로 화이트칼라 직업을 얻는다. 캘리포니아 중부에서 샌프란시스코 근방으로 이사 오면서 과학 리서치 협회의 교과서 편집자로 취직한 것이다. 그후 몇 년간, 새로운 환경의 영향은 그의 글 속에 더욱 건조하고 세련된 형태로 드러난다. 「밤의 산책」(훗날 「징후들」로 제목을 바꾸어 『제발 조용히 좀 해요』에 실음)은 비싼 레스토랑에서 말다툼을 하는 부부의 저녁 나절을 블랙 코미디 풍으로 그린 작품이다. 카버가 도제기에 쓴 마지막 작품이라 할 수 있는 「수레」는 아내의 고향에 정착하여 살 것인지 말 것인지를 고민하게 된 한 남자의 이야기로, 훗날 『제발 조용히 좀 해요』에 「이건 어때?」라는 제목으로 수록되었다.

미니멀리즘과 작가로서의 자각

1970년경부터 카버는 소설이라는 매체에 대한 장악력을 얻고, 자신의 "집착"(그는 '테마'라는 말을 좋아하지 않았다)을 더욱더 다듬어나갔다. 그는 영웅적인 것과는 거리가 먼 자기 고장의 삶들을 소재로 취했는데, 이는 "가장 단순하고 가장 평범하기 때문에 가장 끔찍한" 것들이었다. 체호프와 카프카에 주목하면서 그는 사회 안에서 개인이 자기 정체성을 상실하게 될 때 생기는 최면적 순간들에 초점을 맞추었다. 그의 중심주제는 결혼, 그중에서도 "어떤 끔찍한 종류의 가정생활"로, 그는 이를 "질병"이라고 불렀다. 그의 소설과 시에 나타나는 이러한 위협적 요소들은 일상의 매끈한 표면 밑을 달리다가 어느 날 불쑥 터져나오는 숨겨진 지진층과도 같다.

한편 카버의 도제기는 1970년 9월 과학 리서치 협회의 일자리를 잃으면서 갑자기 끝이 나게 된다. 하지만 이런 변화는 결국 그에게 득이 되었다. 실업수당과 몇몇 상금 덕분에 생애 최초로 글쓰기에만 전념할 수 있는 시간을 갖게 된 것이다. 그후 9개월 동안 그는 소설집『제발 조용히 좀 해요』에 수록될 단편의 절반 이상을 집필했다. 그러한 과정에서 그는 작가로서의 자신을 인식하게 되었다. "매일 책상 앞에 앉는 버릇만 들이면 내가 꽤 꾸준히, 그리고 맹렬하게 글을 쓸 수 있다는 것을 깨닫게 되었다"라고 그는 술회한 바 있다. 또한 이 시기에 그의 글은 커다란 내적 변화를 겪게 된다. "글을 쓰는 동안, 글쓰기 자체에 뭔가가 일어났다. 그것은 사라졌다가 다시 나타났고, 나에게 새롭고 찬연한 빛을 던져주었다. 나는 그것을 머릿속 이미지에 가깝게 조금씩 깎아나가기 시작했고, 그것은 곧 형상을 갖추기 시작했다."

이 시절은 또한 카버가 자신의 긴 여행에 동반자가 될 편집자 고든 리시와 본격적인 인연을 맺게 된 시기이기도 하다. 카버는 1960년대에는 스승인 존 가드너의 충고에 따라『시 *Poetry*』지와 같은 명망 높은 문예지에만 기고하였다. 이런 문예지들은 원고료를 현금으로 지급하기보다는 책으로 지급하는 경우가 더 많았다. 팔로 알토에 살던 시절 카버의 이웃이기도 했던 리시는 1969년에 당시 가장 호화로운 잡지 중의 하나이며, 발행부수가 많아 원고료도 높았던 『에스콰이어』지의 소설 부문 편집자가 된다. 카버는 자신의 선례를 깨고 새 단편들을 이 잡지에 보냈고, 리시가 이를 받아들여 1971년 6월호에 「이웃 사람들」이 실린다. 이것은 하나의 전환점이었다.

「이웃 사람들」은 겉으로 보기에는 너무나 정상적인 빌과 알린 밀러 커플의 이야기다. 교외에 있는 아파트 이웃인 스톤네 부부가 맡겨놓고 간 집을 돌보면서 그들은 점차 도착적 생활에 빠져들기 시작한다. 처음엔 몰래, 그리고 점차 대담하게 그들은 스톤네 아파트에 숨어들어가서 그들의 프라이버시를 살핀다. 술을 훔쳐 마시고, 옷장의 옷을 꺼내 입고, 은밀한 사진을 발견하기도 한다. 욕망에 달아오른 밀러 부부는 스톤네 집을 마지막으로 방문하고 난 뒤에 열쇠를 안에 둔 채 문을 잠가버리고 만다. 두 사람은 타락한 낙원에서 추방된 채 복도에 서서, 어디서 불어오는지 알 수 없는 바람에 몸을 떤다.

이 작품은 겉보기에 그전의 카버 단편들과 크게 다르지 않지만, 이제 작가가 구조와 스타일, 독자를 끌어들이는 흡인력을 완전히 갖추고 있음을 엿보게 한다. 카버 자신도 그 안에 "미스터리와 기묘함이 숨겨져 있다"고 말한 바 있고, "만약 이 작품에 뭔가 있는 듯 보인다면 그것은 이 소설이 매우 '양식화' 된 이야기이기 때문이며, 그것이 작품의 가치를 만드는 요소일 것"이라고 하였다. 『제발 조용히 좀 해요』에 실린 단편들의 개작 과정을 보면 고든 리시가 카버의 작업에 미친 영향의 흔적을 발견할 수 있다. "그의 눈은 매우 뛰어났으며, 가드너에 필적할 만했다." 가드너는 카버에게 스물다섯 단어로 할 말을 열다섯 단어로 하라고 충고한 반면, 리시는 좀더 혁신적인 미학을 제안했다. 적은 것이 더 낫다는 일명 "미니멀리스트적" 확신이다. "만약 열다섯 단어로 말하려던 것을 다섯 단어로 할 수 있다면 그게 낫다는 것이 고든의 생각이었지요." 리시의 지도하에 카버의 단편들은 더욱더 짧고 간결해지면서, 마치 거대한 깊이를 숨긴 빙산처럼 다듬어져갔다.

주제도 점차 변하기 시작했다. 편집자로서 리시가 관심을 가졌던 주제는 "마비와 죽음, 가족, 집, 먹고살 방법, 우리 안에 숨겨진 폭력" 등이었다. 이러한 모든 것으로부터의 '비상(飛上)'에도 관심이 없었던 것은 아니지만 역시 주관심사는 전자였다. 이러한 주제들은 카버의 숙련기 작품들에 일종의 집착처럼 나타나, 『하퍼스 바자』나 『에스콰이어』 같은 매체뿐만 아니라, 다른 소규모 계간지들에 실렸다. 『에스콰이어』지에 실렸던 여러 소설가들의 단편을 모은 소설집 『우리 시대의 은밀한 삶』이나 『우리의 비밀은 다 똑같다』를 살펴보면 카버 중기(中期)의 라이트모티프(leitmotif)를 짐작할 수 있다. "젊을 때는 자신이 잘 알고 있는 것을 쓰라는 충고를 수없이 듣게 됩니다. 사실 작가로서 자기 자신의 비밀보다 더 잘 알고 있는 게 또 뭐가 있겠어요?"라고 카버는 말한다. 이 시기의 작품들은 거의 예외 없이, 망연자실한 노출과 폭로의 순간으로 끝을 맺고 있다. 「당신, 의사세요?」에서 "듣고 있어요, 아놀드? 당신 목소리 같지가 않네요"라는 아내의 질문은 등장인물의 정체성을 온통 혼란에 빠뜨린다.

소설집 『제발 조용히 좀 해요』는 카버의 숙련기 대표작들을 모은 단편집이다. 1976년 맥그로힐 사에서 고든 리시의 편집으로 출간된 이 책에는 이 "영향력이 증대되고 있는 작가"를 좀더 많은 대중에게 소개할 목적으로 선정된 스물두 편의 단편소설이 실려 있다. 이 첫 소설집은 큰 성공을 거두었고, 카버는 1977년 전미 도서상(National Book Award) 후보에 오른다. 같은 해에 두번째 소설집 『분노의 계절』이 카프라 프레스에서 출간되었다. 그러나 이런 성공은 갑작스러운 것이 아니며, 한편으로 보면 작가의 숨겨진 삶 때문에 그 동안 성공이 가로막혀 있었던 것이기도 했다. 1976년에서 1977년 사이에 카버는 알코올 중독 치료를 위해 가족과 격리되어 네 차례나 입원을 하였다. "과장이 아니라, 말 그대로 그때 저는 죽어가고 있었습니다"라고 카버는 그 시기에 대해 회상했다.

두번째 인생과 두번째 동반자

1977년 6월 2일, 그는 기적적으로 술을 끊었다. 알코올 중독 치료협회의 도움이 있었음을 시인하기는 했지만, 그는 이러한 기적의 내적 동기가 무엇인지 확실히 알지는 못했다고 한다. 죽음의 문턱 가까이 이르고 난 후 그는 자신의 삶을 되돌아보게 되었다. 1977년 독립기념일에 쓴 시에서 그는 강을 '거슬러올라가는' 여행이 시작되었다고 술회하였다.

카버의 소설들도 그의 생활을 따라 선회하였다. 그의 지옥에서의 체험을 몇몇 단편소설, 에세이, 시를 모은 『불』에 수록된 여러 시 속에서 엿볼 수 있다. 40세 생일을 축하하고 "제2의 인생"을 시작하게 된 카버는 자신에게 무엇이 남았는지 깨닫지 못하고 있었다. "하지만 그렇다 해도 전혀 상관없었어요. 다시 글을 쓸 수 없다 해도 말이에요. 하지만 테스는 글을 쓰고 있었고, 그것이 나에겐 격려가 되었죠."

1977년 11월 텍사스에서 열린 작가회의에서 그는 여전히 술을 끊은 말짱한 상태로 여성 시인 테스 갤러거를 만났다. 그녀 역시 카버처럼 북서부 출신에, 알코올 중독자 아버지를 두었고, 끝장

난 결혼생활에서 살아남은 생존자였다. 9개월 뒤에 그들은 엘 파소에서 다시 만났고, 몇 번의 조심스러운 데이트 뒤에 동거를 시작하였다. 함께 생활한 10년 동안 두 사람은 모두 합쳐 스물다섯 권의 책을 펴낼 만큼 생산적인 창작기를 보냈다. 또한 두 사람은 공동 집필을 시도하기도 하였고, 각자의 영역에서 서로 자극을 주었다. 성공한 시인이었던 테스 갤러거는 1986년에 첫 소설집 『말[馬]을 사랑하는 사람』을 펴냈고, 소설에 주력하던 카버는 1985년에 『시』지에서 주는 레빈슨 상을 수상하기에 이른다. 카버는 테스와의 행복한 10년 동안의 생활을 시에서 "불로소득"이라고 표현하기도 하였다.

1977년 이후 5년간 그는 자신의 글쓰기를 총체적으로 재평가하였다. 그후 집필한 다섯 권의 책에는 글쓰기 영역의 확장과 수축, 복구가 변증법적으로 나타났다. 『분노의 계절』(1977) 『사랑을 말할 때 우리가 이야기하는 것』(1981) 『불』(1983) 『대성당』(1983) 『그렇게 하고 싶다면』(1984)이 이 시기의 성과이다. 1978년에서 1981년 사이에 카버는 알코올 중독과 장기간에 걸친 가족의 해체에서 빚어진 고통에 관한 단편들을 열 편 이상 잡지에 기고하였다. 이 시기의 대표작으로 「춤 좀 추지 그래?」를 꼽을 수 있는데, 이는 아내에게 버림받은 듯 보이는 한 남자가 마당에 가재도구를 내다놓고 팔면서 벌어지는 이야기이다. 무감각할 정도로 취한 그는 어린 커플에게 신혼 때 구입한 침대를 팔면서, 그들에게 자신의 젊은 시절의 희망까지 암묵적으로 넘겨준다.

『분노의 계절』에 실린 다섯 편을 포함한 이후의 신작들, 특히 『사랑을 말할 때 우리가 이야기하는 것』에 실린 단편들은 삶을 "뼛속 깊이 정도가 아니라 척수까지 해부해들어간" 작품들로 기록된다. 평론가 도널드 뉴러브는 1981년 『새터데이 리뷰』지에서 이 짧은 단편집에 깃든 목소리와 비전의 인상적인 통일성에 대해 다음과 같이 주목했다. "얼음을 넣은 스미르노프*만큼이나 투명한 산문으로 이루어진, 절망과 가정 파탄, 알코올 중독에 관한 열일곱 편의 이야기." 『사랑을 말할 때 우리가 이야기하는 것』은 카버에게 "완전한 거장" "미니멀리스트"라는 칭호를 수여하였으며, 그는 다음 세대 작가들 사이에서 가장 큰 영향력을 발휘하는 작가가 되었다.

카버 자신은 이 책을 대표작으로 꼽고 싶어하지 않았으나, 어쨌든 이 책은 카버의 대표작으로 남았다. 이 책은 그가 "미니멀리즘"에서 전환하여 새로운 스타일로 뛰어들기 전, 마지막으로 쓴 작품들이었다. 훗날 카버는 어느 인터뷰에서 "그쪽으로 계속 나아갔다가는 막다른 골목에 다다를 듯한 기분이었다"고 이야기하

---

* 보드카의 일종.

였다.

다음 두 해 동안 그는 예술적 전환을 이루어, 헤밍웨이의 '생략의 이론'에 따라, 혹은 편집자 리시의 영향에 따라 길이를 줄이고 축소했던 작품들을 복구하고 늘여나가기 시작했다. 소규모 출판사에서 간행되었던 『불』과 『그렇게 하고 싶다면』은 이 과정들을 잘 보여준다. 이 시기에 집필한 몇 편의 단편들은 더 밝고 희망찬 면모를 보인다. 카버 자신은 이중에서 「대성당」을 들어, 전작들과는 "완전히 다른 사고(思考)와 실행으로 쓴 작품"이라고 하였다. 이 고요한 작품에는 한 맹인이 등장하여 자신이 머물고 있는 집의 주인에게 삶을 완전히 다른 방식으로 보는 법을 가르친다. 존 가드너는 1982년도 『전미 최우수 단편소설』을 편집하면서 이 단편을 포함시켰고, 「대성당」은 메이저 출판사에서 출간된 그의 세번째 소설집의 제목이 되었다. 뉴욕 타임스 북 리뷰에서 평론가 어빙 하우는 이 소설집의 몇몇 단편이 미국 단편소설의 고전이 될 것이라고 내다보았다. 그가 이 소설집에서 주목한 것은 작가의 또다른 성장이었다. "『대성당』에서 우리는 재능 있는 작가가 자신의 지평을 넓히기 위해, 더 나은 뉘앙스를 표현하기 위해 분투하는 모습을 엿볼 수 있다."

카버는 『대성당』으로 퓰리처 상과 전미 도서상 후보에 오른다. 이보다 더 중요한 것은 이 책으로 그가 고든 리시의 영향력을 줄

업했다는 사실이다. 조너선 워들리가 「워싱턴 포스트」에 썼듯이 『대성당』은 그가 "'미니멀리스트' 스타일에서 더 넓고 포괄적이며 너그러운 세계로 접어들었다는 것을 알려주는 단편들"로 채워져 있었다. 당시에 이를 즉각적으로 알아본 감식력 있는 비평가들은 많지 않았지만, 이제 카버의 숙련기가 끝나가고 있었던 것이다. 『대성당』으로 카버는 자신이 장인임을 선포하였다. 이 5년간 그에게 '외부적' 영향력을 행사한 이는 테스 갤러거와 체호프뿐이었다.

시와 축복의 시기, 그리고 죽음

카버는 1983년 전미 예술 문학 아카데미에서 수여하는 '밀드레드 앤 해럴드 스트로스 리빙 어워드'의 수상자가 되면서 경제적 어려움에서 완전히 벗어난다. 그는 세금이 면제되는 상금을 5년에 걸쳐 받았고, 유명인이 되었다. 카버의 약력은 『뉴욕 타임스 매거진』 『배니티 페어』 『피플』 같은 잡지에까지 실렸다. 동부인들의 이같은 난리법석을 피해 카버는 1984년 테스의 새로 지은 포트 앤젤레스의 집으로 이사 갔다. 이 시기는 소설보다는 시에서 더 알찬 결실을 거두었던 시기로, 그는 "나 자신보다도 이에 대해 더 놀란 사람은 없을 터인데, 이전 2년 동안은 전혀 시를 쓰지 않았음에도 다시 매일 시를 쓰게 되었기 때문이었다. 나는 매일 낮

글을 썼고, 밤에는 쓸 것이 없었다. 텅 비어버린 듯했다. 다음날 아침에 뭘 하게 될지 모르는 상태로 잠자리에 들었다. 그러나 매일같이 쓸 것이 생겨났다"고 회상했다.

그 결과물로 시집『물이 다른 물과 합쳐지는 곳』『울트라마린』 그리고 마지막 시집인『폭포로 가는 새 길』등이 출간되었다. 초기 시집인『클래머스 근처』『겨울 불면』『밤에 연어가 움직인다』에서 그의 관심사는 땅에 붙박여 있었다. 워싱턴 주 중부의 들판과 숲, 그리고 그곳에 거주하는 사람들이 주요 테마였다.『불』에 실린 시들은 작가생활 중기의 가장 요동치고 힘들었던 시기를 지나 씌어진 것으로, 참회와 재생의 이미지가 가득하다. 카버는 갤러거의 투명한 시세계의 연구를 공유하고 난 뒤에 새로운 시집들에서 물〔水〕로 시선을 돌렸다. 그의 새 시들은 갤러거와 함께 살고 있는 고장의 호숫가 풍경을 찬양하고 있다. 또한 그것은 동시에 자신의 두 가지 삶의 물결과 조수, 소용돌이에 관한 시들이기도 했다.

이러한 새 시들은 "커다란 축복"으로 일컬어졌다. 서두름 없이 매일매일 꾸준히 씌어진 시들은 젊은 날의 시들보다 고요했다. 또 광채는 덜한 대신 훨씬 친근하였다. 경험과 표현 사이의 간극이 거의 없었기 때문에 시를 읽은 이들 가운데 몇몇은 과연 이것이 시어인가 하는 의문을 품었다. 그러나 또 이들 가운데 몇몇은 카버의 이 평범한 시어 속에서 평범하지 않은 울림을 발견하였다. 평론가 패트리샤 햄플은 다음과 같이 평하였다. "카버는 시어도어 뢰트케와 제임스 라이트 이후 가장 매력적인 미국 시의 목소리를 계승하였다."

또한 이 시기부터 사망 직전까지 카버는 평론과 선집 편찬에도 매진했다. 그는 1986년도 『전미 최우수 단편소설』과 1988년 『아메리칸 픽션』에 실릴 단편들을 심사하여 선집했다. 에세이와 인터뷰, 서문 등을 통해 그는 하나의 운동을 주도했는데, 이는 1980년대 '미국 단편소설의 르네상스'였다. 포스트모더니즘의 형식주의가 태동한 시기에 문학을 시작했으면서도 그는 가드너가 주장한 '소설의 도덕성'뿐만 아니라 톨스토이의 '진지함', 로마 시대 문학의 '엄숙함'에 귀를 기울이기도 했다. 그는 소설이 '우연과 필연의 산물'이기를 바랐으며, '잘 씌어진 정직한 이야기'를 찬양했다. 그는 자신의 원칙을 몸소 실행했으며, 그 산물들은 시대의 기준을 바꾸었다. 평론가 마릴린 로빈슨은 『내가 전화하는 곳』의 서평에서 다음과 같이 말했다. "카버의 소설 창작 과정은 우리의 인식을 바꾸어놓기 위한 것이었다."

존 가드너가 1982년 오토바이 사고로 사망했을 때 카버는 이를 두고 미국 문학의 "계산 불가능한 손실"이라고 하였다. 레이먼드 카버의 너무 이른 죽음에 대해서도 같은 말을 할 수 있을 것이다.

1988년 6월, 전해에 폐에서 발견되었던 암이 재전이(轉移)되었
다. 죽음을 피할 수 없다는 진단이었다. 죽기 석달 전에 오랜 연인
이었던 여배우 올가 크니페르와 결혼식을 올린 체호프처럼 그도
그해 6월 17일, 10년간의 동반자 테스 갤러거와 네바다 주 리노
교회에서 결혼식을 올린다. 그의 표현에 따르면 "상당히 볼품없
는 잔치"였다고 한다. 그리고 두 사람은 워싱턴 주 포트 앤젤레스
의 보금자리로 돌아와서 마지막 시집 『폭포로 가는 새 길』의 준비
를 서둘렀다. 원고가 완성되자 부부는 알래스카로 여행을 다녀왔
고, 러시아를 여행할 계획을 세웠다. 그리고 증세가 심해져 사망
전날, 퇴원하여 정든 집으로 향했고, 8월 2일 오전 6시 20분, 수면
중에 사망했다. 카버는 사망하기 한 달 전에 가졌던 인터뷰에서
"내가 작가 말고 다른 것으로 불리는 것은 상상할 수 없다. 그게
아니라면 시인 정도"라는 묘비명에 가까운 말을 남겼다. 장례식
은 8월 4일 포트 앤젤레스의 포트뷰 묘지에서 거행되었고, 그는
평소에 보트를 즐겨 탔던 푸른 해협이 보이는 곳에 묻혔다.

그는 죽기 전 마지막 소설집 『내가 전화하는 곳』을 준비하면서
자신의 작품들이 미국 단편문학의 거장으로서 자신의 위치를 확
고히 해줄 것이라는 자신감을 가졌으면서도 자신이 앞으로 써야
할 글들은 이와 다를 것이라고 말한 바 있다. "내가 최근 6, 7개월
간 써온 단편들은, 좀 이상하게 들릴지 모르겠지만 내가 진짜로

쓰려고 했던 것들은 아니다…… 내게는 아직도 낚아야 할 고기가 있고 써야 할 소설과 시가 있다.”

그는 생전에 널리 ‘미니멀리스트’로 불리었으나, 최근 카버의 연구가들은 그가 ‘미니멀리스트’가 아니라 ‘완벽주의자’였다고 말한다. ‘미니멀리즘’은 그의 다양한 스펙트럼 중 일부에 지나지 않는다는 것이다. 그의 30년에 까까운 소설 창작의 집대성인 『내가 전화하는 곳』은 카버 사후에 출간되었고, 그의 대표작 서른 편과 마지막으로 쓴 단편 「상자들」「코끼리」「심부름」 등 일곱 편이 수록되었다. 8월 7일자 「런던 타임스」는 1면에 카버의 부고와 단편 「코끼리」의 리뷰를 실으면서 그를 “아메리칸 체호프”라 칭하였다.

레이먼드 카버 연보

1938년 5월 25일 오리건 주 클래츠케이니에서 레이먼드 카버 주니어 (이하 카버) 출생. 부모는 클레비 레이먼드 카버와 엘라 비어트리스 케이시.

1941(3세) 가족이 모두 워싱턴 주 야키마로 이사.

1956(18세) 야키마 고등학교를 졸업하고 아버지와 함께 캘리포니아 주 체스터의 제재소에서 일하다. 그해에 다시 야키마로 돌아오다.

1957(19세) 아버지가 2월부터 신경쇠약에 시달리기 시작하다. 야키마에서 16세의 메리앤 버크와 결혼하고, 약국 배달원으로 일하면서 밤에는 야키마 커뮤니티 칼리지의 야간강좌를 수강하다. 배달 일을 하면서 처음으로 시(詩) 잡지를 읽다. 12월 2일 첫 딸인 크리스티나 라레이 출생. 같은 병원 위층에서 아버지는 정신과 치료를 위해 입원중이었다. 이 해는 카버에게 개인적으로 매우 중요한 해였는데, 그는 자신의 집필에 가장 큰 영향을 준 것은 자녀들이었다고 훗날 술회한다. 카버는 이때의 경험을 에세이 「불」과 「내 아버지의 삶」에 기록하고 있다.

1958(20세) 캘리포니아 주 파라다이스로 이사하고 치코 주립대학의 강의를 듣다. 10월 19일에 둘째 아이 밴스 린지가 태어나다.

1959(21세) 존 가드너가 가르치는 치코 주립대학의 101 문예창작반을
수강하다. 에세이 「존 가드너: 교사로서의 작가」에서 카버는 가드너에
대해 다음과 같이 적고 있다. "그는 끝없는 개작(改作)의 신봉자였다. 그
것은 그의 기질에 맞는 일이었고, 그는 작가가 어느 단계에 올라 있든 간
에 그것은 작가에게 생명과 같은 것이라고 생각했다. 다섯번째로 고쳐온
작품이라도 그는 학생들의 원고를 읽으면서 결코 인내심을 잃지 않았다."

1960(22세) 치코 주립대학의 문예지 창간호를 발간하고 편집하다. 문
예반 수강이 끝나자 캘리포니아 주 유레카로 이사하여 제재소에서 일하
다. 홈볼트 주립대학으로 옮기다. 문예지 2호(1960년 겨울호)에 첫 단편
소설 「분노의 계절」이 실리다.

1961(23세) 6월에 캘리포니아 주 아카타로 이사.

1962(24세) 첫 희곡 「카네이션」이 홈볼트 대학에서 상연되다.

1963(25세) 문학사 학위를 받고 홈볼트 대학을 졸업하다. 여름 동안
UC 버클리의 대학 도서관에서 근무하다. 여름이 지나고 아이오와 주의
아이오와 시티로 이사하여 500달러의 창작지원금을 받으며 아이오와 작
가 워크숍을 수강하다.

1964(26세) 캘리포니아로 다시 이사 와서 새크라멘토 머시 병원의 수
위로 일하다.

1967(29세) 봄에 파산 신청을 하다. 6월 17일에 아버지 클레비 레이먼드 카버 사망. 과학 리서치 협회에 교과서 편집자로 취직하다. 캘리포니아 팔로 알토로 이사하여 작가이자 편집자인 고든 리시를 만나다. 단편 「제발 조용히 좀 해요」가 1967년도 『전미 최우수 단편소설』에 수록되다.

1968(30세) 아내인 메리앤이 이스라엘 텔아비브 대학에서 장학금을 받게 되어 1년간 휴직을 신청하고 가족이 모두 이스라엘로 이사하다. 6월에 떠났다가 10월에 캘리포니아로 다시 돌아오다.

1969(31세) 2월, 협회의 광고 담당자로 복귀하다. 술을 많이 마시기 시작하다.

1970(32세) 아트 디스커버리 어워드 시(詩) 부문의 국립기금을 받다. 단편 「60에이커」가 1970년 '최우수 잡지 단편소설' 리스트에 오르고 카약 북스에서 시집 『겨울 불면』이 출간되다. 캘리포니아 주 서니빌로 이사하다. 9월에 과학 리서치 협회의 일자리를 잃지만 실업수당을 받으며 집필에 매진할 시간을 갖게 되다.

1971(33세) 『에스콰이어』 6월호에 단편 「이웃 사람들」 게재. UC 산타크루즈의 문예창작반 강사로 초빙되다. 캘리포니아 주 벤 로몬드로 이사하다. 『하퍼스 바자』 9월호에 「뚱보」 게재.

1972(34세) 스탠퍼드 대학의 월러스 E. 스티그너 기금을 받다. UC 버

클리에도 강사로 초빙되다. 7월에 캘리포니아 쿠퍼티노로 이사.

1973(35세) 아이오와 작가 워크숍의 강사가 되다. 아이오와에서 혼자 지내면서 작가 존 치버의 위층에 살게 되다. 단편 「무슨 일이요?」가 오 헨리 단편상 수상작에 포함되고 다섯 편의 시가 「미국 시의 새로운 목소리」에 실리다.

1974(36세) UC 산타 바바라의 강사가 되다. 아이오와와 산타 바바라를 오가며 강의를 하지만 알코올 중독과 가정불화로 12월에 UC 산타 바바라 대학의 강사직을 사임하다. 알코올 중독으로 건강을 해쳐 거의 강의를 할 수 없는 지경에 이르다. 아내와도 별거. 두번째 파산 신청. 이 시기에 대해 둘째 자녀 밴스가 PBS와 인터뷰한 내용에 따르면 아내 메리앤도 술을 마시기 시작하였고, 이는 카버의 음주벽을 더욱 부추기는 요인이 되어, 가족 전체가 혼란에 빠진다.

1976(38세) 카프라 프레스에서 시집 『밤에 연어가 움직인다』 출간. 메이저 출판사와 최초로 계약한 소설집 『제발 조용히 좀 해요』가 맥그로힐 출판사에서 나오다. 1976년 10월부터 1977년 1월까지 알코올 중독 치료를 위하여 네 번 입원하다. 쿠퍼티노의 집을 팔고 아내와 별거하다.

1977(39세) 『제발 조용히 좀 해요』로 전미 도서상 후보에 오르다. 캘리포니아 맥킨리빌로 이사하다. 1977년 6월 2일, 금주하기로 결심하다. 이날은 그의 인생의 전환점이 된 날로, 그는 이날부터 평생 술을 입에 대지

않는다. 술을 끊은 지 3년째 된 1980년에 쓴 단편 「체프의 집」에 이때의 경험을 진술되어 있다. 술을 끊자 아내와 다시 합치게 되고, 11월에 카프라 프레스에서 소설집 『분노의 계절』을 출간하다. 같은 달, 텍사스 주 달라스에서 열린 작가회의에서 여성 시인 테스 갤러거와 만나다.

1978(40세) 구겐하임 기금을 수상하고 3월에서 6월까지 아이오와 시티에서 아내와 함께 살다. 텍사스 대학으로 이사하여 아내와 살 작정이었으나 아내는 다른 선택을 내리고, 둘의 결혼생활은 파경을 맞는다. 8월에 테스 갤러거를 다시 만나 절친한 관계가 시작되다.

1979(41세) 1월부터 엘 파소에서 테스 갤러거와 함께 살기 시작하다. 여름에 테스의 집과 가까운 워싱턴 주 치마컴으로 이사하다. 9월에 애리조나로 옮기고 테스가 애리조나 대학에서 강의를 시작하다. 카버는 시라큐스 대학 영문과 교수직을 제의받지만 창작에 전념해야 한다는 구겐하임 기금의 조건 때문에 이를 수락하지 않는다.

1980(42세) 아트 펠로우십 소설 부문의 국립기금을 수상하다. 테스와 시라큐스로 이사하여 보금자리를 마련하고 수많은 방문자들을 돌려보내기 위해 '작가들은 집필중' 이라는 팻말을 내걸다.

1981(43세) 4월에 랜덤하우스 계열사인 크노프 사에서 출간한 두번째 소설집 『사랑을 말할 때 우리가 이야기하는 것』 출간. 이 책은 친구이자 편집자였던 고든 리시가 카버의 반대에도 불구하고 편집 과정중에 많은

부분을 바꾸거나 삭제하였으며, 그 때문에 일부 단편은 3분의 1 길이로 축소되었다. 훗날 출간된 다른 소설집 『내가 전화하는 곳』에 이때 축소되었던 두 단편을 복원하여 싣는다. 『뉴요커』에 「체프의 집」이 게재된 이후부터 많은 잡지에 글을 싣게 되다.

1982(44세) 테스가 취리히 대학에서 강의하게 되어 함께 스위스로 가다. 9월 14일, 스승인 존 가드너가 오토바이 사고로 사망. 10월 18일에 아내와 정식으로 이혼하다. 이혼 후 메리앤은 캐나다인인 래리 지라드와 결혼. 그럼에도 카버는 메리앤이 자립할 때까지 그녀를 경제적으로 후원하기로 하다. 메리앤은 카버 사망 6년 뒤 경제적으로 자립하지 못하고 있다며 카버 명의의 부동산을 얻기 위해 소송을 제기하지만 승소하지 못했다.

1983(45세) 4월에 카프라 프레스에서 에세이, 단편, 시를 모은 『불』 출간. 전미 예술 문학 아카데미에서 주는 '밀드레드 앤 해럴드 스트로스 리빙 어워드'의 수혜자가 되어 5년간 3만 5천 달러를 받다. 기금의 조건에 따라 시라큐스 대학 교수직을 사임하다. 9월에 크노프 사에서 소설집 『대성당』을 출간하고 전미 도서상 후보에 오르다.

1984년(46세) 전처(前妻)의 친척들과 그밖의 복잡한 관계를 피해 포트 앤젤레스로 이주하다. 혼자 살면서 낮에는 시를 쓰고, 밤에는 소설을 구상하다. 테스와 브라질, 아르헨티나 등을 여행하다. 소설집 『그렇게 하고 싶다면』 출간. 『대성당』이 퓰리처 상 후보에 오르다.

1985(47세) 랜덤하우스에서 시집 『물이 다른 물과 합쳐지는 곳』을 펴
내다. 테스와 영국, 아일랜드 등으로 여행을 떠나고, 영국에서 『불』이 출
간되다.

1986년(48세) 랜덤하우스에서 시집 『울트라마린』을 펴내다. 겨울에 호
주를 여행하다.

1987(49세) 단편 「심부름」이 『뉴요커』에 실리고, 테스와 유럽을 여행하
다. 9월에 폐출혈이 있었고, 10월 1일에 폐 절제수술을 받다.

1988(50세) 암이 도져 시애틀에서 방사선 치료를 받다. 6월에 암이 다
른쪽 폐로 전이된 것이 발견되다. 테스와 네바다 주 리노에서 결혼. 7월
에 알래스카 여행. 포트 앤젤레스에 마지막 보금자리를 꾸미고 마지막
시집 『폭포로 가는 새 길』을 준비하다. 8월 2일 오전 6시 20분, 아내 테
스의 곁에서 수면중 사망하다.

옮긴이의 말

　"헤밍웨이 이후 가장 영향력 있는 소설가"로 불리는 레이먼드 카버는 1938년에 태어나 1988년에 암으로 타계할 때까지 말년의 몇 년을 제외하고는 어렵고 힘든 삶을 살았다. 온갖 뜨내기 직업을 전전하며 어린 나이에 얻은 두 아이를 부양해야 하는 경제적인 어려움에 아내와의 불화, 알코올 중독까지 겹쳐 삶의 밑바닥까지 내려갔고 거의 말년에 이르러서야 삶의 평화를 얻었다. 그의 작품들에 등장하는 평범한 사람들, 그리고 그들의 특별할 것 없고 때로는 지지부진한 일상에 대한 섬세한 묘사는 그와 같은 삶의 경험에서 나온 것이다. 그가 잘 알고 있었을 그런 평범한 계층의 사람들이 삶의 조건을 그럭저럭 충족시키거나, 혹은 그러지 못하는 상태로 삶을 이끌어가는 모습이 그의 작품의 주된 풍경이다. 그의 작품에는 긴장된 드라마나 커다란 사건, 혹은 두드러진 갈등은 없다. 소박하고 평범한 사람들이 일상에서 겪을 수 있는 문제들이 등장한다. 그러나 그런 모습을 통해 그가 보여주는 것은 그와 같은 일상의 모습 아래 감추어진 삶의 진실이다. 그의 작품들은 조용한 어조로 삶의 슬픔을 이야기하고 있다.

『제발 조용히 좀 해요』는 카버의 첫번째 소설집으로 스물두 편의 단편이 실려 있다. 카버는 소설을 쓸 때 그것들을 한데 묶으려는 생각을 염두에 두고 집필했다고 한다. 각각의 단편들을 한 세트로 여기고 써가다보면 전체적인 아이디어가 조금씩 자리를 잡는다는 것이다. 이 작품집의 수록 작품들은 마지막에 실린 작품 「제발 조용히 좀 해요」를 제외하고는 편당 10페이지 남짓한 길이이며, 작품 전체가 작가의 의도대로 비슷한 어조와 분위기를 지니고 있다. 등장인물들은 가정적으로나 경제적으로 어려움에 처해 있고, 그 난관을 어떻게 헤쳐나가야 할지 알지 못한다. 그런 답답하고 우울한 상황에 걸맞게 공간적 배경은 대개 조그만 소도시나 시골이고, 시간적으로는 저녁이나 밤이 대부분이다. 각각의 작품은 일상의 표면에서 시작해 인물들의 흔들리는 심리 속으로 들어간다. 단편이라는 제약에 따른 것이기도 하지만, 작가는 길게는 하루나 이틀, 짧게는 몇 시간 동안에 일어나는 일들을 통해 등장인물의 삶에 드리워진 그늘과 아픔을 섬세하게 그려낸다. 소설에 묘사된 순간은 등장인물들의 삶 전체가 드러나는 순간이다. 그리고 그들이 직면한 어려움은 그들의 삶에 깊이 뿌리내리고 있어서 결코 떼어낼 수 없을 듯하다.

이 작품집을 관통하고 있는 주제는 사랑의 부재이다. 등장인물들은 혼자서 외로움과 맞닥뜨리고, 자신의 삶에 스며 있는 불안을 인식한다. 각 작품은 어긋나는 관계 속에서 불안하게 흔들리는 주인공들의 일상을 보여주다가 마지막에 그들이 삶의 진정한 모습을 외롭게 직면하게 되는 것으로 끝난다. 그들은 외롭다거나 고독하다는 말을 하지 않는다. 그저 그것을 온몸으로 느낄 뿐이다.

카버는 스스로 경험하고 겪었던 삶, 자신이 잘 알고 있는 과거의 어느 시기와 사람들에 대해 쓴다. 그는 그것들이 그에게 중요했으며, 작가는 자신에게 중요한 것들에 대해 얘기해야 한다고 말한다. 이 소설집에 등장하는 인물들은 대부분 가난하고 여러 가지 문제에 직면해 있다. 그들은 직업이 없거나(「그들은 당신 남편이 아니야」「야간 학교」「학생의 아내」) 잃을 위기에 처해 있으며(「제리와 몰리와 샘」), 돈 문제로 시달리고 가난하다(「60에이커」「무슨 일이요?」). 결혼생활도 위기에 봉착해 있고(「제발 조용히 좀 해요」「징후들」), 가정이 와해될 위기에 처해 있기도 하다(「아무도 아무 말도 하지 않았다」). 카버는 집세며 아이들이며 가정생활에 대한 걱정이 사람들의 삶에서 기본적인 것이며, 대부분의 사람들이 그런 걱정에 시달리며 산다고 생각한다. 그는 자신이 "가난한 사람들(submerged population)"에 대해 쓴다고 말한다. 그런 삶이 성공한 수완가들의 삶보다 진실하다고 믿기 때문이다. 그것은 카버 자신이 오랫동안 살아왔던 삶이고 스스로 목격했던 삶이기도 하다.

그러나 작가가 가난한 사람들의 삶의 고단함을 그리는 데에만 관심이 있는 것은 아니다. 그는 자신이 잘 알고 있기 때문에 세세하게 그릴 수 있는 삶의 단면들과 뛰어난 것 없는 보통 사람들이 부딪치게 되는 본질적인 문제들을 그리는 데 관심이 있다. 실제적인 문제들에 부딪쳐가며 그럭저럭 꾸려가던 일상이 어느 날 문득 낯설게 느껴질 때, 혹은 그런 정도의 생활조차 유지할 수 없는 위기로 내몰려 갑자기 자신을 돌아보게 됐을 때 깨닫는 삶의 근원적인 문제들이 바로 그의 관심사이다. 그런 까닭에, 말 그대로 대책 없고 무기력한 인물들을 그린 작품들 속에 나타나는 문제는 겉보기보다 훨씬 심각하다. 그것은 가족들 몰래 갖다버린 개를 다시 찾아오거나 일자리를 다시 얻는다고 해서 풀릴 문제가 아니다.

카버의 작품들에서 묘사되는 일상은 편안함이나 안온함과는 거리가 멀다. 평화롭지는 않더라도 그럭저럭 습관처럼 되풀이되는 일상도 아니다. 등장인물들은 불안하게 흔들리는 일상에, 그리고 조금씩 어긋나는 관계에 지쳐 있다. 그들은 자신들의 삶이

어느 순간 와해될지도 모른다는 것을 이미 깨닫고 있는 듯하다. 그들의 가정은 어딘가 금이 가서 비가 새는 집과도 같다. 예를 들어 이 소설집의 표제작인 「제발 조용히 좀 해요」에서 주인공의 삶은 안락하고 평화로워 보인다. 부부는 안정적인 직장을 가지고 있고, 집과 귀여운 아이들도 있다. 그러나 삶의 평화는 어느 겨울 날 밤에 무참히 깨어지고 만다. 그들이 가슴속에 묻어온, 2년 전 어느 날 밤 있었던 아내의 일탈이 화제에 오르고, 급기야 아내가 새로운 사실을 고백하면서 그들의 삶을 불안하게 유지시키고 있던 기반이 무너지는 것이다. 그러나 와해의 시초는 이미 신혼 여행지에서부터 남편의 마음속에 심어졌다. 가까이 있는 남편을 보지 못하고 망연히 먼 곳을 헤매던 아내의 시선이 불안의 불씨가 되어 남편의 삶을 지배하다가, 그날 밤 새로운 도화선을 만나 폭발해버린 것뿐이다. 남편은 하룻밤을 거리에서 헤매다 다시 집에 돌아오지만, 그들의 삶은 복구되지 않을 듯하다.

「이건 어때?」의 부부는 새로운 시작을 위해 도시를 떠나 외진 시골로 들어가지만 시작도 하기 전에 난관에 부딪친다. 그들에게 정말로 문제가 되는 것은 낡고 편의시설이라곤 전혀 없는 아내의 옛집이 아니라, 그들 사이의 보이지 않는 벽이다.

이처럼 카버의 작품들에 그려진 삶의 모습은 불안하다. 등장인물들이 부부관계의 갈등을 겪고 있건, 가정에 그늘을 드리우는 외적 요소들로 고통을 받고 있건 간에 그들의 삶은 이미 일상의 평온함을 벗어난 지 오래다. 등장인물들은 날이 선 의식과 감각으로 순간순간을 인식하며 산다. 그리고 그런 힘겨운 시간 끝에 다다르게 되는 것은 깊이를 알 수 없는 외로움이다.

첫 작품인 「뚱보」의 화자는 어느 순간 자신이 혼자라는 것을 깨닫는다. 그녀는 마지막에 "내 인생은 변할 것이다. 나는 그것을 느낀다"고 중얼거리지만 그녀 자신도 그것을 믿는 것 같지 않고, 그녀가 처해 있는 환경에도 어디 한 군데 희망차고 밝은 구석이 없다. 그 말은 그녀의 외로움을 더욱 두드러지게 드러내보일 뿐이다. 「오리들」에서 남편은 비가 억수같이 쏟아지는 밤에 혼자 잠 못 들고 빗소리를 듣다가 아내를 깨운다. 그러나 아내는 깊이 잠들어 그가 깨워도 일어나지 않는다. 「알래스카에 뭐가 있지?」의 남편도 마약에 취해 잠든 아내 옆에서 잠을 이루지 못하다가 어둠 속에서 자신을 바라보고 있는 두 개의 눈과 마주친다.

이처럼 많은 작품에서 등장인물들은 혼자서 바깥의 어둠과 대면한다. 그들에게는 가정, 남편 또는 아내가 있지만 그들은 혼자다. 그들의 외로움은 타인과의 의사소통이 불가능해 보이는 데에서 뚜렷이 드러난다. 같이 있으면서도 대화가 번번이 끊기거나 서로 자기 얘기만 하는 등장인물들은 그들이 공유하고 있다고 여기는 삶에 이미 커다란 균열이 생겼음을 보여준다. 카버는 인물간의 대화를 통해 그들이 서로 얼마나 떨어져 있는지 보여준다. 카버는 대화를 중요하게 여긴다. 그것이 줄거리를 진전시키고 인물을 드러내보일 수 있다고 생각하며, 또 그래야 한다고 믿는다. 그는 "서로의 얘기를 듣지 않고 있는 사람들 사이의 대화"를 좋아한다고 한 인터뷰에서 말한 적이 있다. 이 소설집에서도 사실상 거의 모든 작품에서 등장인물들간의 대화가 겉돌고 있는 것을 볼 수 있다. 자기 말만 하고 끊는 전화에서, 깨워도 일어나지 않는 아내나 남편에게서, 생전 처음 보는 사람들간의 일방적인 대화에서, 상대가 하는 얘기에 흥미를 보이지 않는 인물들에게서, 서로 눈을 맞추지 않는 부부에게서 우리는 그러한 소통 불능의 상황을 보게 된다. 남의 생활을 엿보면서 성적 흥분을 느끼는 부부(「이웃 사람들」)나 자기 아내를 훔쳐보는 앞집 남자를 염탐하느라 밤늦도록 깨어 있는 부부(「좋은 생각」)도 소통 불능의 또다른 일면을 보여준다. 이 소설집에 등장하는 인물들의 대부분은 가장 가까워야 할 사람들에게서 가장 멀어져 있는 것이다. 그리고 어느 순간 그러한 진실을 깨닫는다. 그렇게 혼자임을 깨닫는 순간은 대개 작품의 결말 부분이다. 그들의 삶은 서로 고립되어 있는 섬과 같다. 그들에겐 사랑이 없다.

카버는 '미니멀리즘' 작가로 불린다. 그 자신은 이 호칭이 편협한 인생관, 저급한 야망, 제한된 문화적 범위를 암시하는 것이라 생각해서 싫어했으나 헤밍웨이에 비교되는 그의 작품세계를 보면 이 호칭이 그다지 어긋난 것도 아닌 듯하다. 최대한으로 깎아낸 글, 즉 불필요한 것들을 과감하게 버리고 최소한의 표현으로 많은 것을 나타내는 그의 작품들은 미니멀리즘의 특성을 지니고 있다. "산문은 건축이다. 그리고 지금은 바로크 시대가 아니다"라는 헤밍웨이의 말이 그의 모토였던 데서 알 수 있듯이, 그의 작품들은 필요 이상의 것을 피하고 있다. 미니멀리즘 소설들의 특징을 보면 단일 플롯이거나 혹은 이렇다 할 만한 플롯이 없으며, 시간적·공간적 배경도 최소한으로 드러내고, 짧고 친근한 표현을 쓰며, 수식어를 배제한다. 문장은 짧으며 단문이 많다. 카버는 시도 많이 발표했는데, 그는 시와 단편소설의 공통점을 "언어와 감정의 압축"이라고 했다. 그의 문체는 구어체이며 간결하고, 그가 자신이 믿었던 대로 "지극히 상식적이면서도 정확한 언어를 구사하여 지극히 상식적인 사물을 글로 표현하는 것, 그러한 사물에 거대하고 놀라운 힘을 부여하는 것" "말하고 싶은 것을 정확히 말하고 그 외에는 아무것도 말하지 않는 것"을 원칙으로 지켰던 만큼, 그의 소설에 장식적이거나 필요하지 않은 말은 전혀 없다. 등장인물들의 심리상태도 직접적인 묘사가 아닌, 행동에 대한 간결한 묘사와 대화를 통해 보여준다.

카버의 작품에서 그려지는 일상은 어디에나 있음직한 평범한 사람들의 일상이다. 그러나 거기에는 평화와 안정이 없다. 삶이 그렇게 불안한 것은 그들이 서로 멀어져 있기 때문이다. 그들은 그것을 깨닫지만 그 문제를 해결하려고 노력하는 것 같지도 않고, 문제 역시 해결 가능해 보이지 않는다. 그들은 대부분의 사람들이 그러듯이 문제를 안고 지금까지 그래온 것처럼 똑같은 생활을 반복할 것이다. 해결책은 분명하다. 「이건 어때?」의 결말에서 나오는 것처럼 "서로 사랑"하면 된다. 그러나 카버의 작품이 띠고 있는 어두운 색조는 그런 행복한 해결이 과연 가능할 것인지 의문을 갖게 한다. 그들에게 삶은 견디어내야만 하는 고통이고, 그들의 슬픔은 치유가 불가능해 보인다. 카버의 작품에 그려진 삶은 우울한 회색이다.

2004년 2월

손성경

옮긴이 **손성경**
서울에서 태어나 고려대학교 영문과와 동대학원을 졸업했다. 『사랑의 비밀』『어둠 속의 갈가마귀』『워크 투 리멤버』『이단자의 상속녀』『반지의 비밀』 등을 우리말로 옮겼다.

문학동네 세계문학

제발 조용히 좀 해요

1판 1쇄 2004년 3월 20일 | 1판 18쇄 2025년 10월 24일

지은이 레이먼드 카버 | 옮긴이 손성경
책임편집 최정수 박여영 | 디자인 이승욱 이원경
저작권 박지영 형소진 주은수 오서영 조경은
마케팅 정민호 서지화 한민아 이민경 왕지경 정유진 정경주 김혜원 김예진 이서진
브랜딩 함유지 박민재 이송이 박다솔 조다현 김하연 이준희
제작 강신은 김동욱 이순호 | 제작처 한영문화사(인쇄) 경일제책사(제본)

펴낸곳 (주)문학동네 | 펴낸이 김소영
출판등록 1993년 10월 22일 제2003-000045호
주소 10881 경기도 파주시 회동길 210
전자우편 editor@munhak.com | 대표전화 031) 955-8888 | 팩스 031) 955-8855
문학동네카페 http://cafe.naver.com/mhdn
인스타그램 @munhakdongne | 트위터 @munhakdongne
북클럽문학동네 http://bookclubmunhak.com

ISBN 89-8281-758-1 03840

잘못된 책은 구입하신 서점에서 교환해드립니다.
기타 교환 문의 031) 955-2661, 3580

www.munhak.com